A PROMESSA

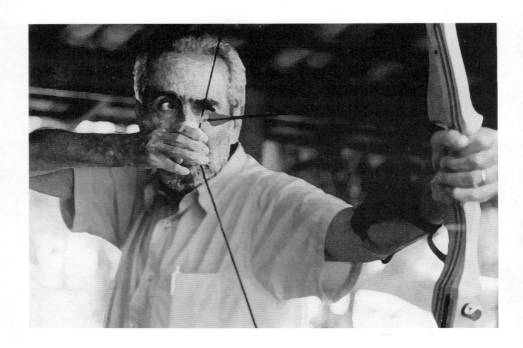

O Arqueiro

GERALDO JORDÃO PEREIRA (1938-2008) começou sua carreira aos 17 anos, quando foi trabalhar com seu pai, o célebre editor José Olympio, publicando obras marcantes como *O menino do dedo verde*, de Maurice Druon, e *Minha vida*, de Charles Chaplin.

Em 1976, fundou a Editora Salamandra com o propósito de formar uma nova geração de leitores e acabou criando um dos catálogos infantis mais premiados do Brasil. Em 1992, fugindo de sua linha editorial, lançou *Muitas vidas, muitos mestres*, de Brian Weiss, livro que deu origem à Editora Sextante.

Fã de histórias de suspense, Geraldo descobriu *O Código Da Vinci* antes mesmo de ele ser lançado nos Estados Unidos. A aposta em ficção, que não era o foco da Sextante, foi certeira: o título se transformou em um dos maiores fenômenos editoriais de todos os tempos.

Mas não foi só aos livros que se dedicou. Com seu desejo de ajudar o próximo, Geraldo desenvolveu diversos projetos sociais que se tornaram sua grande paixão.

Com a missão de publicar histórias empolgantes, tornar os livros cada vez mais acessíveis e despertar o amor pela leitura, a Editora Arqueiro é uma homenagem a esta figura extraordinária, capaz de enxergar mais além, mirar nas coisas verdadeiramente importantes e não perder o idealismo e a esperança diante dos desafios e contratempos da vida.

A PROMESSA
HARLAN COBEN

ARQUEIRO

Título original: *Promise me*

Copyright © 2006 por Harlan Coben
Copyright da tradução © 2017 por Editora Arqueiro Ltda.

Todos os direitos reservados. Nenhuma parte deste livro pode ser utilizada ou reproduzida sob quaisquer meios existentes sem autorização por escrito dos editores.

tradução: Alves Calado
preparo de originais: Alice Dias
revisão: Ana Grillo e Flávia Midori
diagramação: Abreu's System
capa: Elmo Rosa
impressão e acabamento: Bartira Gráfica

CIP-BRASIL. CATALOGAÇÃO NA PUBLICAÇÃO
SINDICATO NACIONAL DOS EDITORES DE LIVROS, RJ

C586p   Coben, Harlan, 1962-
          A promessa / Harlan Coben ; [tradução Alves Calado]. - 1. ed. -
         São Paulo : Arqueiro, 2021.
         352 p. ; 23 cm.   (Myron Bolitar ; 8)

         Tradução de: Promise me
         ISBN 978-65-5565-181-2

         1. Ficção americana. I. Calado, Alves. II. Título. III. Série.

21-70810   CDD: 813
                                               CDU: 82-3(73)

Camila Donis Hartmann - Bibliotecária - CRB-7/6472

Todos os direitos reservados, no Brasil, por
Editora Arqueiro Ltda.
Rua Funchal, 538 – conjuntos 52 e 54 – Vila Olímpia
04551-060 – São Paulo – SP
Tel.: (11) 3868-4492 – Fax: (11) 3862-5818
E-mail: atendimento@editoraarqueiro.com.br
www.editoraarqueiro.com.br

Para Charlotte, Ben, Will e Eve.
Vocês são poucos, mas sempre serão o meu mundo.

capítulo 1

A GAROTA DESAPARECIDA – SAÍRAM inúmeras matérias no noticiário, sempre mostrando aquele retrato escolar dolorosamente comum da adolescente que sumiu, você sabe qual, a do arco-íris em redemoinho no mural ao fundo, de cabelo muito liso, sorriso meio sem jeito; e depois sempre cortam a imagem para os pais preocupados no gramado da frente da casa, cercados por microfones, a mãe chorosa, o pai lendo uma declaração com os lábios trêmulos –, aquela garota, você sabe, aquela garota *desaparecida*, tinha acabado de passar por Edna Skylar.

Edna ficou paralisada.

Stanley, seu marido, ainda deu dois passos antes de perceber que a mulher não estava mais ao lado. Girou.

– Edna?

Estavam perto da esquina da Rua 21 com a Oitava Avenida, em Nova York. O tráfego era leve nessa manhã de sábado. Já o movimento de pedestres era pesado. A garota desaparecida estava indo em direção ao norte da cidade.

Stanley deu um suspiro cansado.

– O que foi, agora?

– Shh.

Ela precisava pensar. Aquela foto da garota, com o arco-íris atrás... Edna fechou os olhos. Precisava fixar a imagem na cabeça. Comparar e contrastar.

Na fotografia, a garota desaparecida tinha cabelo castanho-claro comprido. A mulher que tinha acabado de passar – mulher, e não garota, porque a que tinha acabado de passar parecia mais velha, embora a foto também pudesse ser antiga – era uma ruiva com cabelo mais curto e ondulado. A garota da foto não usava óculos. A que ia para o norte pela Oitava Avenida tinha uns óculos elegantes com armação retangular escura. A roupa e a maquiagem eram mais... adultas – por falta de uma palavra melhor.

Examinar rostos era mais do que um hobby para Edna. Aos 63 anos, era uma das poucas médicas de sua idade especializada no campo da genética. Os rostos eram sua vida. Parte de seu cérebro vivia trabalhando, mesmo longe do consultório. Não conseguia evitar: a Dra. Edna Skylar estudava rostos o tempo todo. Seus amigos e família já tinham se acostumado com aquele olhar que sondava, mas os estranhos e os conhecidos recentes achavam isso perturbador.

Portanto era o que Edna estava fazendo. Caminhando pela rua. Ignorando as paisagens e os sons, como acontecia frequentemente. Perdida em seu fascínio pelas feições das pessoas. Notando estruturas de malares e profundidade mandibular, medindo distância interocular e altura de orelhas, contornos de maxilares e espaçamento orbital. E foi assim que, apesar da nova cor e do novo corte de cabelo, Edna reconheceu a garota desaparecida.

– Ela estava andando com um homem.
– O quê?
Edna não tinha percebido que pensara alto.
– A garota.
Stanley franziu a testa.
– Do que você está falando, Edna?

Aquela foto. Aquele retrato escolar tão comum, igual ao de qualquer estudante. Você já viu um milhão desses. Diante de uma foto como essa, suas emoções começam a borbulhar. Você vê o passado dela, o futuro dela. Sente a alegria da juventude, a dor de crescer. Dá para enxergar o potencial da menina. Então sente uma pontada de nostalgia. Você vê a vida dela passar num jorro; faculdade, casamento, filhos, a coisa toda.

Mas, quando essa foto aparece no noticiário da noite, ela crava o terror em seu coração. Você vê aquele rosto, aquele sorriso hesitante, o cabelo escorrido e os ombros caídos, e sua mente percorre lugares sombrios aonde não deveria ir.

Havia quanto tempo Katie – esse era o nome dela, Katie – estava desaparecida?

Edna tentou lembrar. Um mês, provavelmente. Talvez seis semanas. A história só tinha sido divulgada pelo noticiário local, mas não por muito tempo. Algumas pessoas acreditavam que ela havia fugido de casa. Katie Rochester tinha feito 18 anos alguns dias antes – ou seja, era adulta, o que reduzia um bocado a prioridade das buscas. Devia ter problemas em casa, em especial com o pai rígido.

Talvez Edna estivesse enganada. Talvez não fosse ela.

Havia um modo de descobrir.
– Depressa – disse a Stanley.
– O quê? Aonde vamos?

Não havia tempo para explicações. A garota já devia estar no outro quarteirão. Stanley iria atrás. Stanley Rickenback, ginecologista e obstetra, era o segundo marido de Edna. O primeiro fora um furacão em sua vida, bonito demais, passional demais e, bem, panaca demais. Não era justo, mas e daí? A ideia de se casar com uma médica – isso acontecera havia quarenta anos – parecera interessante para o Marido Um. Mas a realidade não tinha caído muito bem para ele. Imaginava que Edna superaria a fase médica assim que tivessem filhos. Edna não superou; foi o contrário. A verdade – uma verdade que não passou despercebida para seus filhos – era que ela amava mais ser médica do que mãe.

Edna acelerou. As calçadas estavam apinhadas, então ela foi para a rua, no meio-fio, e apertou o passo. Stanley a seguia de perto.

– Edna?

– Só me acompanhe.

Ele a alcançou.

– O que estamos fazendo?

Os olhos dela procuravam o cabelo ruivo.

Ali. Adiante, à esquerda.

Precisava olhar mais de perto. Começou a correr – seria uma situação estranha vista de fora: uma mulher bem-vestida, de 60 e poucos anos, disparando pela rua. Mas estavam em Manhattan. Mal merecia um segundo olhar.

Passou à frente da mulher, tentando não ser óbvia demais, escondendo-se atrás de pessoas mais altas. E quando estava no lugar certo, girou. A possível Katie vinha andando na sua direção. Os olhares das duas se encontraram por um brevíssimo momento e Edna soube.

Era ela.

Katie Rochester estava de mãos dadas com um homem de cabelos escuros, de uns 30 e poucos anos. Não parecia perturbada. Na verdade, até o ponto em que os olhares se encontraram, parecia bem contente. Claro que isso poderia não significar nada. Elizabeth Smart, a garota que fora sequestrada em Utah, tinha estado em lugares públicos com o sequestrador e jamais tentara sinalizar um pedido de socorro. Talvez alguma coisa parecida estivesse acontecendo ali.

Edna continuou desconfiada.

A possível Katie ruiva sussurrou alguma coisa para o sujeito de cabelos escuros. Eles aceleraram, viraram à direita e desceram a escada do metrô. Stanley alcançou Edna. Ele ia dizer alguma coisa, mas viu a expressão dela e ficou quieto.

– Venha – disse ela.

Deram a volta rapidamente e começaram a descer a escada. A mulher desaparecida e o homem de cabelos escuros já estavam passando pela catraca.

– Droga! – disse Edna.

– O que foi?

– Não estou com o cartão do metrô.

– Eu estou – disse Stanley.

– Me dê. Depressa.

Stanley pegou o cartão e o entregou. Ela passou o cartão, atravessou a catraca e o devolveu a ele, sem esperá-lo. Os dois tinham descido a escada à direita. Edna foi até lá. Ouviu o rugido de um trem chegando e começou a correr.

Os freios guincharam. As portas do metrô se abriram. O coração de Edna batia louco no peito. Olhou à esquerda e à direita, procurando a ruiva.

Nada.

Onde estava a garota?

– Edna? – Era Stanley.

Ela não disse nada. Apenas ficou parada na plataforma, sem perceber qualquer sinal de Katie Rochester. E se percebesse? O que poderia fazer? Pular no trem e ir atrás da moça? Para onde? E depois? Encontrar o apartamento dela e ligar para a polícia?

Alguém deu um tapinha no seu ombro.

Edna se virou. Era a garota desaparecida.

Por um longo tempo depois disso Edna se perguntaria o que tinha visto na expressão da jovem. Um olhar de súplica? De desespero? De calma? De alegria, talvez? De decisão? Tudo isso.

As mulheres ficaram imóveis encarando-se por um momento. A multidão agitada, a estática indecifrável nos alto-falantes, o ar soprado pelo movimento do trem – tudo desapareceu, deixando apenas as duas.

– Por favor – disse a garota num sussurro. – A senhora não pode dizer a ninguém que me viu.

Então ela entrou no trem. Edna sentiu um arrepio enquanto as portas se fechavam. Queria fazer alguma coisa, qualquer coisa, mas não conseguia se mexer. Seu olhar permanecia fixo ao da garota.

– Por favor – repetiu ela movendo os lábios do outro lado do vidro.

E então o trem desapareceu no escuro.

capítulo 2

Havia duas adolescentes no porão de Myron.
Foi assim que tudo começou. Mais tarde, quando Myron examinava toda a sequência de acontecimentos, essa primeira série de "e se" vinha à tona e o assombrava de novo. E se ele não tivesse precisado de gelo? E se tivesse aberto a porta do porão um minuto antes ou um minuto depois? E se as duas adolescentes – o que estavam fazendo sozinhas no seu porão, para começo de conversa? – estivessem falando mais baixo e ele não as ouvisse?
E se ele tivesse simplesmente cuidado da própria vida?
Do topo da escada, Myron ouviu as garotas dando risinhos. Parou. Por um momento pensou em fechar a porta e deixá-las em paz. Ele tinha reunido uns amigos em casa, e o gelo estava acabando. Mas ainda não tinha acabado. Poderia voltar outra hora para buscar mais.
Mas, antes que pudesse se virar, a voz de uma das garotas subiu feito fumaça pela escada.
– E você foi com o Randy?
A outra:
– Ah, meu Deus, sim. A gente ficou meio... doido.
– De cerveja?
– Cerveja e uísque.
– Como você voltou pra casa?
– O Randy dirigiu.
No topo da escada Myron se retesou.
– Mas você disse...
– Shh. – E depois: – Ei? Tem alguém aí?
Droga.
Myron desceu a escada trotando, assobiando, o próprio Sr. Casual. As duas jovens estavam onde antigamente era o quarto dele. A reforma do porão tinha "acabado" em 1975 e dava para perceber isso. O pai de Myron – que atualmente morava com a mãe dele em um condomínio perto de Boca Raton – adorava fita dupla-face. O papel de parede imitando madeira, um estilo que envelheceu quase tão bem quanto o Betamax, tinha começado a se soltar. Em alguns pontos, as paredes de concreto estavam visíveis e descascando. Os ladrilhos do piso, presos com alguma coisa parecida com

cola de artesanato, estavam estufando. Estalavam feito besouros quando se pisava neles.

As duas garotas – uma que Myron conhecia desde sempre, outra que ele conhecera naquele dia – se viraram para ele com os olhos arregalados. Por um momento ninguém disse nada. Ele deu um aceninho para elas.

– Oi, meninas.

Myron Bolitar se orgulhava de ter ótimas falas.

As garotas estavam no último ano do ensino médio, ambas eram bonitas, com aquele ar juvenil. A que estava sentada no canto de sua antiga cama – a que ele havia conhecido uma hora antes – se chamava Erin. Dois meses antes Myron tinha começado a namorar a mãe dela, uma viúva chamada Ali Wilder, que escrevia para revistas como freelancer. Essa festa, na casa em que Myron havia crescido e da qual era dono, era uma espécie de "anúncio" oficial de Myron e Ali como um casal.

A outra garota, Aimee Biel, imitou seu aceno e seu tom de voz.

– Oi, Myron.

Mais silêncio.

Ele conhecera Aimee Biel um dia depois de ela nascer no Hospital St. Barnabas. Aimee e seus pais, Claire e Erik, moravam a dois quarteirões dali. Myron conhecia Claire desde a época da escola, quando frequentaram juntos o Heritage, a menos de um quilômetro de onde se encontravam agora. Myron se virou para Aimee. Por um momento recuou cerca de 25 anos no passado. A garota se parecia tanto com a mãe – tinha o mesmo riso torto de quem não ligava a mínima para nada – que olhar para ela era como enxergar através de um portal do tempo.

– Só vim pegar um pouco de gelo – explicou, apontando para o freezer.

– Beleza – disse Aimee.

– Obrigado. Mas pode deixar que eu pego, não precisa me dar gelo.

Myron riu da própria piada. Sozinho. Com o riso idiota ainda no rosto, olhou para Erin. Ela se virou para o outro lado. Essa havia sido sua reação básica ao longo do dia: educada e distante.

– Posso perguntar uma coisa? – disse Aimee.

– Manda ver.

– Isso aqui era mesmo o seu quarto quando você era novo?

– Era.

As duas trocaram um olhar. Aimee deu um risinho. Erin fez o mesmo.

– O que foi? – perguntou Myron.

– Esse quarto... quero dizer, é bizarro.

Finalmente Erin falou:

– É tipo retrô demais para ser retrô.

– Como se chama essa coisa? – perguntou Aimee, apontando para baixo.

– Pufe.

Elas deram mais risinhos.

– E por que essa luminária tem uma lâmpada preta?

– Ela faz os cartazes brilharem.

Mais risos.

– Ei, eu era jovem – disse Myron, como se isso explicasse tudo.

– Você já trouxe alguma garota pra cá? – perguntou Aimee.

Myron levou a mão ao coração.

– Um verdadeiro cavalheiro nunca revela essas coisas. – E depois: – Já.

– Quantas?

– Quantas o quê?

– Quantas garotas você trouxe pra cá?

– Ah. Aproximadamente... – Myron levantou os olhos, desenhou no ar com o indicador, como se estivesse fazendo uma conta –... vão três... eu diria algo entre oitocentas e novecentas.

Isso provocou gargalhadas histéricas.

– Na verdade – disse Aimee –, mamãe diz que você era bem bonitinho.

Myron levantou uma sobrancelha.

– "Era"?

As garotas deram um tapa na mão uma da outra e caíram de costas na cama aos risos. Myron balançou a cabeça e resmungou alguma coisa sobre respeitar os mais velhos.

– Posso perguntar outra coisa? – disse Aimee depois do ataque de riso.

– Vai fundo.

– Quero dizer, sério.

– Manda ver.

– Aquelas fotos suas lá em cima... na parede da escada...

Myron confirmou com a cabeça. Já imaginava aonde aquilo ia chegar.

– Você saiu na capa da *Sports Illustrated*.

– Saí mesmo.

– Mamãe e papai disseram que você foi, tipo, o maior jogador de basquete do país.

– Mamãe e papai exageram – disse Myron.

As duas o encararam. Cinco segundos se passaram. E mais cinco.
– Estou com alguma coisa presa nos dentes? – perguntou Myron.
– Você não foi... tipo, contratado pelo Lakers?
– Celtics – corrigiu ele.
– Desculpe, pelo Celtics. – Aimee manteve o olhar grudado nele. – E machucou o joelho, não foi?
– Foi.
– Aí sua carreira acabou. Assim.
– Mais ou menos, é.
– Então, tipo... – Aimee deu de ombros. – Como foi a sensação?
– De machucar o joelho?
– Não, de ser um superastro e tal. E aí, *pou*, nunca mais poder jogar.

As garotas esperaram a resposta, ansiosas. Myron tentou pensar em alguma coisa profunda.
– Foi uma tremenda bosta – disse.

As duas gostaram disso.

Aimee balançou a cabeça.
– Deve ter sido péssimo.

Myron olhou para Erin. Ela tinha os olhos baixos. O cômodo ficou em silêncio. Ele esperou, até que a garota acabou erguendo a cabeça. Parecia amedrontada, pequena e jovem. Ele quis abraçá-la, mas seria errado.
– Não – disse baixinho, ainda sustentando o olhar de Erin. – Nem chegou perto de péssimo.

Uma voz no topo da escada gritou:
– Myron?
– Estou indo.

Então ele quase saiu do porão. O próximo grande "e se". Mas as palavras que tinha ouvido quando estava no topo da escada – *Randy dirigiu* – ficavam girando em sua cabeça. *Cerveja e uísque*. Não podia deixar pra lá, podia?
– Queria contar uma história – começou.

E parou. O que queria era falar sobre um incidente de sua época de colégio. Houve uma festa na casa de Barry Brenner. Era o que queria contar. Estava no último ano do ensino médio, como elas. Houve muita bebedeira. Seu time, o Livingston Lancers, tinha acabado de ganhar o torneio estadual de basquete, com 43 pontos do astro Myron Bolitar. Todo mundo estava bêbado. E havia Debbie Frankel, uma garota brilhante, que sempre levantava a mão para contradizer os professores, argumentava e assumia o lado oposto das discussões. E todos a adoravam por isso. À meia-noite, Debbie veio se despedir dele. Seus óculos estavam baixos no nariz. Era disso que ele mais se lembrava – o modo como os óculos dela tinham escorregado pelo nariz. Dava para ver que Debbie estava chapada. Assim como as outras duas garotas que iriam se espremer naquele carro.

Dá para adivinhar o fim da história. Elas desceram a ladeira na South Orange Avenue rápido demais. Debbie morreu na batida. O carro amassado ficou exposto na frente da escola durante seis anos. Myron se perguntou onde ele estaria agora, o que teriam feito com os destroços.

– O que foi? – perguntou Aimee.

Mas Myron não contou sobre Debbie Frankel. Sem dúvida Erin e Aimee tinham ouvido outras versões da mesma história. Não funcionaria. Ele sabia disso. Então tentou de outra forma.

– Preciso que vocês me prometam uma coisa.

Erin e Aimee o encararam.

Ele tirou a carteira do bolso e pegou dois cartões de visita. Abriu a gaveta da cômoda e achou uma caneta que ainda funcionava.

– Todos os meus números estão aqui: de casa, do trabalho, do celular, do meu apartamento em Nova York.

Myron rabiscou nos cartões e entregou um para cada uma delas. Elas pegaram os cartões sem dizer nada.

– Por favor, escutem, está bem? Se algum dia estiverem numa encrenca, se saírem para beber, se seus amigos estiverem bebendo, se vocês estiverem chapadas ou doidonas ou sei lá o quê... Prometam que vão ligar para mim. Eu vou pegar vocês onde estiverem. Não vou fazer nenhuma pergunta. Não vou contar aos seus pais. É a minha promessa. Levo vocês aonde quiserem ir. Não importa a que horas seja. Não importa se estiverem longe. Não importa se estiverem chapadas. Vinte e quatro horas por dia, sete dias por semana. Liguem e eu pego vocês.

Nenhuma das duas disse nada.

Myron se aproximou mais. Tentou não parecer que estava implorando.

– Só, por favor... por favor, nunca andem de carro com alguém que tenha bebido.

Elas continuavam o encarando.

– Prometam.

E um instante depois – o último "e se" – elas prometeram.

capítulo 3

Duas horas depois, a família de Aimee – os Biels – foram os primeiros a ir embora.

Myron os levou à porta. Claire se inclinou perto do ouvido dele.

– Ouvi dizer que as garotas desceram até o seu quarto.
– É.

Ela lhe deu um riso maroto.

– Você contou a elas...?
– Meu Deus, não.

Claire balançou a cabeça.

– Você é tão puritano!

Ele e Claire tinham sido bons amigos no ensino médio. Myron adorava o espírito livre dela. Ela agia feito um homem – por falta de um termo mais adequado. Quando iam a festas, Claire tentava ficar com alguém, em geral com mais sucesso que ele, porque era uma garota bonita. Ela gostava de caras musculosos e burros.

Agora Claire era advogada. Ela e Myron tinham se pegado uma vez, naquele mesmo porão, num feriado do último ano de escola. Myron ficou muito preocupado com aquilo. No dia seguinte, contudo, Claire não demonstrou nenhum incômodo, nenhum desconforto. Nem deu gelo, nem veio com "talvez a gente devesse conversar sobre ontem".

E não aconteceu de novo.

Na faculdade de direito Claire conheceu o marido, "Erik, com K" – era como ele sempre se apresentava. Erik era magro e tenso. Raramente sorria. Quase nunca gargalhava. Sua gravata estava sempre com um nó Windsor maravilhosamente bem-feito. Erik com K não era o homem com quem Myron imaginava que Claire acabaria se casando, mas os dois pareciam dar certo juntos. Teria algo a ver com o fato de os opostos se atraírem, talvez.

Erik lhe deu um aperto de mão firme, certificando-se de fazer contato visual.

– Vejo você no domingo?

Os dois costumavam jogar basquete nas manhãs de domingo, mas Myron já tinha parado de ir meses antes.

– Esta semana não vou, não.

Erik assentiu como se Myron tivesse dito algo profundo e saiu. Aimee conteve um riso e acenou.

– Tchau, Myron. Foi bom falar com você.

– Também achei, Aimee.

Myron tentou lhe dirigir um olhar que dizia: "Lembre-se da promessa." Não soube se funcionou, mas Aimee balançou levemente a cabeça antes de descer pelo caminho.

Claire beijou o rosto dele e sussurrou de novo no seu ouvido:

– Você parece feliz.

– E estou.

– Ali é fantástica, não é? – disse ela, com um sorriso satisfeito.

– É.

– Não sou a maior casamenteira de todos os tempos?

Claire deu uma piscadela e se afastou. Myron ficou olhando enquanto ela andava, sorrindo. De certa forma a gente sempre tem 17 anos e está esperando que a vida comece.

Dez minutos depois Ali Wilder, a nova amada de Myron, chamou seus filhos para irem embora também. Myron levou todos até o carro. Jack, o garoto de 9 anos, usava orgulhoso uma camisa do Celtics com o antigo número de Myron. Era a última moda. Primeiro tinha havido a febre dos uniformes retrôs dos melhores jogadores. Agora um site chamado Grandes-Fracassados.com ou algo assim vendia uniformes de antigos ídolos ou de jogadores promissores que nunca tinham chegado a lugar nenhum.

Como Myron.

Naquela idade, porém, Jack não entendia a ironia.

Quando chegaram ao carro, Jack deu um abraço enorme em Myron. Sem saber como agir, Myron o abraçou também, mas foi breve. Erin ficou afastada. Meio que o cumprimentou com a cabeça e se sentou no banco de trás. Jack a acompanhou. Ali e Myron ficaram de pé do lado de fora, olhando-se como dois adolescentes começando a namorar.

– Foi divertido – disse Ali.

Myron ainda estava sorrindo. Ali o observava com seus maravilhosos olhos castanho-esverdeados. Tinha cabelos louro-avermelhados e ainda havia algumas das sardas da infância salpicadas pelo rosto. Seu sorriso era largo e luminoso.

– O que foi? – perguntou ela.

– Você está linda.

– Uau, você é eloquente.
– Não quero contar vantagem, mas sou, sim.
Ali olhou de novo para a casa. Win – nome verdadeiro: Windsor Horne Lockwood III – estava de braços cruzados, encostado no portal.
– O seu amigo Win parece legal – disse ela.
– Não é.
– Eu sei. Só achei que, como ele é seu melhor amigo, seria bom dizer isso.
– O Win é complicado.
– É bonito.
– Ele sabe.
– Mas não faz meu tipo. É bonitinho demais. Mauricinho demais.
– E você prefere machões. Entendo.
Ela deu um risinho.
– Por que ele fica me olhando daquele jeito?
– Quer que eu adivinhe? Provavelmente está avaliando a sua bunda.
– É bom saber que alguém está.
Myron pigarreou e desviou o olhar.
– Então, quer jantar comigo amanhã?
– Seria ótimo.
– Pego você às sete.
Ali pôs a mão no peito dele. Myron sentiu algo elétrico no toque. Ela ficou nas pontas dos pés – Myron tinha 1,93 metro – e o beijou no rosto.
– Eu cozinho para você.
– Verdade?
– Vamos ficar na minha casa.
– Fantástico. Então vai ser, tipo... uma coisa de família? Pra conhecer melhor as crianças?
– As crianças vão dormir na casa da minha irmã.
– Ah.
Ali o olhou com intensidade e se sentou no banco do motorista.
– Ah – repetiu Myron.
Ela arqueou uma sobrancelha.
– E você não queria contar vantagem sobre sua eloquência.
Em seguida foi embora. Myron esperou o carro desaparecer, ainda com o sorriso bobo no rosto. Virou-se e voltou para a casa. Win continuou na mesma posição. Muitas coisas estavam diferentes na vida de Myron – os pais se mudando para o sul, o bebê de Esperanza, o destino de sua empresa,

até Big Cyndi –, mas Win permanecia constante. Parte do cabelo louro--acinzentado nas têmporas tinha ficado grisalho, mas Win ainda era o superbranco-anglo-saxão-protestante. Maxilar nobre, nariz perfeito, cabelo partido pelos deuses – fedia, merecidamente, a privilégio, sapatos brancos e bronzeado de golfista.

– Seis vírgula oito – disse Win. – Dá para arredondar para sete.
– Como assim?

Win levantou a mão com a palma para baixo, inclinou-a de um lado para o outro.

– Sua Sra. Wilder. Se eu for generoso, dou um sete.
– Puxa, isso significa muito vindo de você.

Entraram em casa e se sentaram na sala íntima. Win cruzou as pernas com suas calças com vincos perfeitos. Sua expressão estava sempre no modo "altivo". Parecia mimado, superprotegido e frágil – pelo menos no rosto. Mas o corpo contava outra história. Era todo feito de músculos amarrados e enrolados, como um daqueles rolos de arame farpado.

Win juntou as pontas dos dedos das duas mãos. O gesto parecia adequado a ele.

– Posso fazer uma pergunta?
– Não.
– Por que você está com ela?
– Está brincando, não é?
– Não. Quero saber exatamente o que você vê na Sra. Ali Wilder.

Myron balançou a cabeça.

– Eu sabia que não deveria ter convidado você.
– Ah, mas convidou. Portanto, deixe-me ser mais específico.
– Por favor, não seja.
– Durante seus anos na Duke houve a deliciosa Emily Downing. Depois, claro, sua alma gêmea na década seguinte, a luxuriante Jessica Culver. Houve um caso rápido com Brenda Slaughter e, infelizmente, em tempos mais recentes, a paixão por Terese Collins.
– Você quer chegar a algum lugar?
– Quero. – Win separou as mãos, depois juntou-as de novo. – O que todas as suas mulheres, seus amores do passado, têm em comum?
– Diga você.
– Numa palavra: gostosicidade.
– Isso é uma palavra?

– Eram gatas alucinantes. – Win continuou com o sotaque metido a besta. – Absolutamente todas. Numa escala de um a dez, eu daria nove para Emily. Seria a nota mais baixa. Jessica ganharia um onze. Terese Colllins e Brenda Slaughter chegariam a quase dez.

– E na sua opinião de especialista...

– Dar um sete seria generoso.

Myron apenas balançou a cabeça.

– Então me conte, por favor – pediu Win. – O que o atraiu tanto nela?

– Está falando sério?

– Estou.

– Bom, aqui vai uma notícia de última hora, Win. Em primeiro lugar, ainda que isso não seja de fato importante, discordo das suas notas.

– Ah, é? Que nota você daria para a Sra. Wilder?

– Não vou entrar nesse mérito com você. Mas, para começo de conversa, Ali tem o tipo de beleza que vai conquistando a gente. A princípio a gente acha que ela é bem bonita, e aí, à medida que a conhece...

– Você está racionalizando.

– Bom, aqui vai outra notícia de última hora. Não tem a ver com a aparência.

Win juntou as pontas dos dedos outra vez.

– Vamos fazer um jogo. Eu digo uma palavra e você diz a primeira coisa que lhe vem à cabeça.

Myron fechou os olhos.

– Não sei por que falo sobre meus relacionamentos com você. É como falar de Mozart com um surdo.

– Muito engraçado. Aqui vai a primeira palavra. Na verdade são duas. Diga o que lhe vem à cabeça: Ali Wilder.

– Calor – disse Myron.

– Mentiroso.

– Certo, acho que já discutimos o bastante.

– Myron?

– O quê?

– Quando foi a última vez que você tentou salvar alguém?

Os rostos de sempre relampejaram feito luz estroboscópica na cabeça de Myron. Ele tentou bloqueá-los.

– Myron.

– Não comece – disse ele baixinho. – Aprendi a lição.

– Aprendeu?

Ele pensou em Ali, naquele sorriso maravilhoso e no rosto aberto. Pensou em Aimee e Erin em seu antigo quarto no porão, na promessa que as obrigara a fazer.

– Ali não precisa ser salva, Myron.

– Você acha que é por isso que estou com ela?

– Quando digo o nome dela, qual é a primeira coisa que vem à sua cabeça?

– Calor – repetiu Myron.

Mas dessa vez soube que estava mentindo.

Seis anos.

Era o tempo que fazia desde que Myron tinha bancado o super-herói pela última vez. Em seis anos não tinha dado um único soco. Não tinha segurado, muito menos disparado, uma arma. Não tinha ameaçado nem sido ameaçado. Não tinha telefonado para Win, que continuava sendo o homem mais amedrontador que ele conhecia, para ajudá-lo ou para tirá-lo de uma encrenca. Nos últimos seis anos nenhum dos seus clientes tinha sido assassinado – um ponto realmente positivo no seu ramo de negócios. Nenhum tinha levado um tiro nem sido preso, a não ser aquele episódio com uma prostituta em Las Vegas, mas Myron ainda insistia em que tinha sido uma armadilha. Nenhum dos seus clientes, amigos ou entes queridos havia desaparecido.

Ele aprendera a lição.

Não se meta onde não deve. Você não é o Batman e Win não é uma versão psicótica do Robin. É, Myron tinha salvado alguns inocentes em seus dias quase heroicos, inclusive a vida de seu próprio filho. Jeremy, seu garoto, estava com 19 anos – Myron também não conseguia acreditar nisso – e prestava serviço militar em algum local não revelado no Oriente Médio.

Porém Myron também tinha causado danos. Veja o que aconteceu com Duane, Christian, Greg, Linda e Jack... Mas acima de tudo não conseguia parar de pensar em Brenda. Ainda visitava o túmulo dela com muita frequência. Talvez ela fosse morrer de qualquer jeito – ele não sabia. Talvez a culpa não fosse sua.

As vitórias parecem fugir da gente. A destruição – os mortos –, por outro lado, fica à espreita, dá tapinhas no ombro, atrasa nossa caminhada, assombra nosso sono.

De qualquer modo, Myron enterrara seu complexo de herói. Nos últimos seis anos sua vida transcorrera calma, normal, mediana – até mesmo tediosa.

Lavou os pratos. Hoje ele passava parte do seu tempo em Livingston, Nova Jersey, na mesma cidade – não: na mesma casa – em que fora criado. Seus pais, os amados Ellen e Alan Bolitar, voltaram para o sul da Flórida cinco anos antes. Myron comprara a antiga casa como investimento, na verdade um bom investimento, e também para que seus pais tivessem para onde retornar quando migrassem de volta nos meses mais quentes. Myron passava um terço do tempo morando nessa casa no subúrbio e dois terços dividindo com Win um apartamento no famoso edifício Dakota, em frente ao Central Park, em Nova York.

Pensou na noite seguinte e no jantar com Ali. Win era um idiota, sem dúvida, mas, como sempre, suas perguntas tinham acertado o alvo, ainda que não a mosca. Não era a questão da aparência. Isso era um absurdo completo. E também não tinha nada a ver com o complexo de herói. Não era disso que se tratava. Mas alguma coisa em Ali o mantinha preso e, sim, talvez fosse a tragédia dela. Por mais que tentasse, não conseguia afastar isso.

Quanto a fazer Aimee e Erin prometerem ligar para ele... foi diferente. Não importa quem você é: os anos de adolescência são difíceis. O ensino médio é uma zona de guerra. Myron tinha sido um garoto popular. Um dos melhores jogadores de basquete estudantil do país e um aluno exemplar. Se alguém deveria ter vida fácil naqueles anos, seria ele. Mas não tivera. No fim das contas, ninguém sai dessa fase incólume.

Você só precisa sobreviver à adolescência. Só precisa passar por ela.

Talvez fosse apenas isso que deveria ter dito às garotas.

capítulo 4

NA MANHÃ SEGUINTE MYRON foi para o trabalho.

Seu escritório ficava no décimo segundo andar do edifício Lock-Horne – igual ao sobrenome de Win – na esquina da Park Avenue com a Rua 52, em Manhattan. Quando a porta do elevador se abriu, Myron foi recebido por uma placa grande – novidade no lugar – que dizia MB REPs numa letra esquisita. Esperanza havia arranjado o novo logotipo. O *M* era de Myron. O *B* de Bolitar. O *Reps* vinha do fato de que era uma empresa de *rep*resentações. Myron tinha bolado o nome sozinho. Costumava fazer uma pausa ao dizer isso às pessoas e esperar os aplausos.

Originalmente, quando eles só trabalhavam na área de esportes, a empresa se chamava MB Representações Esportivas. Nos últimos cinco anos, porém, a empresa havia se diversificado, representando também atores, escritores e vários tipos de celebridades. Daí a inteligente redução do nome. Livrar-se do excesso, cortar a gordura. É, assim era a MB Reps, até no nome.

Myron ouviu um choro de bebê. Esperanza já devia ter chegado. Enfiou a cabeça na sala dela.

Esperanza estava amamentando. Ele baixou os olhos imediatamente.

– Ah, volto mais tarde.

– Pare de ser idiota – disse Esperanza. – Até parece que você nunca viu um peito.

– Bom, já faz um tempo.

– E certamente nenhum tão espetacular assim – acrescentou ela. – Sente-se.

A princípio a MB era apenas Myron, o superempresário, e Esperanza, a recepcionista/secretária/faz-tudo. Talvez você se lembre de Esperanza nos anos em que ela era Pequena Pocahontas, a lutadora profissional ágil e cheia de sensualidade. Toda manhã de domingo no Canal 11, Esperanza entrava no ringue usando uma faixa de cabelo com penas e um biquíni de camurça de cair o queixo. Junto com sua parceira, a Grande Chefe-Mãe, conhecida na vida real como Big Cyndi, ganhou o cinturão do campeonato intercontinental por equipes da Associação Nossas Incríveis Lutadoras.

O cargo atual de Esperanza era de vice-presidente sênior, mas agora ela praticamente comandava a divisão de esportes.

– Desculpe, mas não deu para ir à festa de apresentação da sua namorada – disse ela.

– Não foi uma festa de apresentação.

– Ok, tanto faz. Hector, nosso mocinho, ficou gripado.

– Ele está melhor?

– Está ótimo.

– E como vão as coisas por aqui?

– Michael Discepolo. Precisamos fazer o contrato dele.

– O Giants ainda está embromando?

– Está.

– Então ele vai ficar com o passe livre – disse Myron. – Provavelmente é uma boa saída, pelo modo como ele está jogando.

– Só que Discepolo é um cara leal. Seria melhor ele assinar.

Esperanza afastou Hector do mamilo e o colocou no outro seio. Myron tentou não desviar os olhos depressa demais. Nunca sabia bem como agir quando uma mulher amamentava na sua frente. Queria parecer maduro, mas o que isso significava exatamente? Você não olha direto, mas também não afasta o olhar. Como é possível definir a fronteira entre essas duas coisas?

– Tenho novidades – disse Esperanza.

– Ah, é?

– Tom e eu vamos nos casar.

Myron não disse nada. Sentiu uma pontada esquisita no peito.

– E então?

– Parabéns.

– Só isso?

– Só estou surpreso. Mas realmente acho fantástico. Quando vai ser o grande dia?

– Daqui a três semanas. Mas me deixe perguntar uma coisa. Agora que vou me casar com o pai do bebê, ainda sou uma pecadora?

– Acho que não.

– Que droga! Gosto de ser uma pecadora.

– Bom, isso não muda o fato de que você teve o bebê fora do casamento.

– Bom argumento. Dá para aceitar.

Myron olhou para ela.

– O que foi?

– Você, casada. – Ele balançou a cabeça.

– Nunca fui boa com compromissos, não é?
– Você troca de parceiros como uma sala de cinema troca de filme.
Esperanza sorriu.
– Verdade.
– Nem me lembro de você ficar com pessoas do mesmo sexo por mais do que... um mês?
– As maravilhas da bissexualidade. Mas com Tom é diferente.
– Como assim?
– Eu o amo.
Myron não falou nada.
– Você acha que eu não consigo ser fiel, não é?
– Nunca disse isso.
– Sabe o que significa bissexual?
– Claro – respondeu Myron. – Já namorei um monte de mulheres bissexuais. Eu falava em sexo e a garota dizia: "Tchau."
Esperanza apenas olhou para ele.
– Certo, piada velha – disse Myron. – É só que... – Myron deu de ombros.
– Eu gosto de mulheres e gosto de homens. Mas quando eu me comprometo é com uma pessoa, e não com um gênero. Faz sentido?
– Claro.
– Bom. Agora diga qual o problema entre você e essa tal de Ali Wilder.
– Não tem nenhum problema.
– Win disse que vocês ainda não...
– Win disse isso?
– Disse.
– Quando?
– Hoje de manhã.
– Win simplesmente entrou aqui e disse isso?
– Primeiro fez um comentário sobre o aumento do tamanho do meu sutiã depois do parto, depois, sim, contou que você está namorando essa mulher há quase dois meses e ainda não transou com ela.
– O que faz com que ele pense isso?
– A sua linguagem corporal.
– Ele disse isso?
– Win é bom quando se trata de linguagem corporal.
Myron balançou a cabeça.
– Então ele está certo?

25

– Vou jantar na casa de Ali esta noite. As crianças vão ficar com a irmã dela.
– Ela bolou esse plano?
– Sim.
– E vocês não...? – Mesmo com Hector ainda mamando, Esperanza conseguiu terminar a frase com um gesto.
– Não fizemos.
– Cara...
– Estou esperando um sinal.
– Tipo o quê, uma sarça ardente? Ela convidou você para ir à casa dela e disse que as crianças iam passar a noite fora.
– Eu sei.
– É o sinal internacional de Quero te Levar pra Cama.
Ele não disse nada.
– Myron?
– O quê?
– Ela é viúva, não aleijada. Deve estar morrendo de medo.
– É por isso que estou indo devagar.
– Isso é nobre, mas é estúpido. E não está ajudando.
– Então você sugere...?
– Que você vá pra cama com ela.

capítulo 5

Myron chegou à casa de Ali às sete da noite.

Os Wilders moravam em Kasselton, uma cidade cerca de quinze minutos ao norte de Livingston. Myron tinha feito um ritual estranho antes de sair de casa. Com colônia ou sem colônia? Essa era fácil: sem colônia. Cueca branca pequena ou samba-canção? Escolheu um híbrido que era tanto uma samba-canção justa quanto uma pequena mais comprida. Cinza. Usava um pulôver marrom da Banana Republic com uma camiseta preta por baixo. Os jeans eram da Gap. Mocassins do outlet da Tod's adornavam seus pés 46. O estilo não poderia ser mais casual, nem se ele tentasse.

Ali abriu a porta. A luz era fraca. Ela usava um vestido preto decotado. O cabelo estava preso na nuca. Myron gostou. A maioria dos homens gostava de cabelo solto, mas ele sempre preferira mantê-lo longe do rosto.

– Uau – disse ele, depois de a olhar por um momento.

– Achei que você tivesse dito que era eloquente.

– Estou segurando a onda.

– Mas por quê?

– Se eu entrego todo o jogo de uma vez, as mulheres ficam loucas. Preciso controlar meu poder.

– Sorte a minha, então. Entre.

Ele jamais havia passado do saguão da casa de Ali. Ela foi até a cozinha. O estômago de Myron deu um nó. Havia fotos de família nas paredes. Myron deu uma olhada rápida. Viu o rosto de Kevin. Ele estava em pelo menos quatro fotos diferentes. Myron não queria ficar encarando, mas seu olhar se prendeu numa imagem de Erin. A garota estava pescando com pai. Era de partir o coração vê-la sorrindo ao lado dele. Myron tentou visualizar a garota em seu porão sorrindo assim, mas não conseguia.

Olhou de volta para Ali. Algo atravessou o rosto dela. Myron farejou o ar.

– O que você está preparando?

– Frango à Kiev.

– O cheiro é fantástico.

– Você se incomoda se a gente conversar um pouco antes do jantar?

– Claro que não.

Foram para a sala íntima. Myron tentou manter a cabeça no lugar. Olhou em volta procurando mais fotos. Havia uma de casamento, emoldurada. O cabelo de Ali estava comprido demais, mas talvez fosse a moda da época. Pensou que agora ela era mais bonita. Acontece com algumas mulheres. Também havia uma foto de cinco homens usando smokings iguais, com gravata-borboleta. Os padrinhos, deduziu Myron. Ali seguiu seu olhar. Foi até lá e pegou a foto do grupo.

– Este aqui é o irmão do Kevin – disse apontando para o segundo homem à direita.

Myron assentiu.

– Os outros trabalhavam na Carson Wilkie com ele. Eram seus melhores amigos.

– E eles...

– Todos morreram – explicou ela. – Todos estavam casados, todos tinham filhos.

O elefante na sala.

– Você não precisa fazer isso – disse Myron.

– Preciso, sim.

Sentaram-se.

– Quando Claire juntou a gente – começou ela –, eu falei que você teria que tocar nesse assunto. Ela lhe contou isso?

– Contou.

– Mas você não falou nada.

Myron abriu a boca, fechou, tentou de novo.

– Como eu deveria fazer isso? "Oi, como vai? Ouvi dizer que você é uma viúva do Onze de Setembro. Quer comida italiana ou chinesa?"

Ali assentiu.

– É justo.

Havia um relógio de armário gigantesco e ornamentado, no canto. Que começou a tocar nesse momento. Myron se perguntou onde Ali o havia conseguido, onde havia conseguido tudo naquela casa, quanto de Kevin estaria observando os dois agora, naquela casa, na casa *dele*.

– Kevin e eu começamos a namorar no primeiro ano do ensino médio. Decidimos dar um tempo no primeiro ano da faculdade. Eu ia estudar na NYU. Ele ia para a Wharton. Seria a coisa mais madura a fazer. Mas quando viemos passar o Dia de Ação de Graças em casa e nos reencontramos... – Ela deu de ombros. – Nunca estive com outro homem. Nunca. Pronto, falei. Não sei se fizemos a coisa certa ou errada. Não é esquisito? Acho que aprendemos juntos.

Myron ficou imóvel e em silêncio. Ela não estava a mais de 30 centímetros de distância. Não sabia o que fazer em seguida. Pôs a mão perto da dela. Ela pegou-a e a segurou.

– Não sei quando percebi que estava pronta para começar a namorar. Demorei mais do que a maioria das viúvas. Nós, as viúvas da tragédia, falamos sobre isso. Conversamos um bocado. Mas um dia eu simplesmente disse a mim mesma: certo, talvez esteja na hora. Então, contei a Claire. E quando ela sugeriu que eu saísse com você, sabe o que pensei?

Myron balançou a cabeça.

– Ele está fora do meu nível, mas talvez seja divertido. Pensei... isso vai parecer idiota e, por favor, lembre que eu realmente não conhecia você... Pensei que você seria uma boa transição.

– Transição?

– Você sabe o que eu quero dizer. Você foi atleta profissional. Provavelmente teve um monte de mulheres. Pensei que talvez, bom, seria um caso rápido. Uma coisa física. E então, depois, talvez eu conhecesse alguém legal. Faz sentido?

– Acho que faz. Você só estava interessada no meu corpinho.

– Mais ou menos isso.

– Estou me sentindo tão barato! Ou empolgado? Vamos aceitar empolgado.

Isso a fez sorrir.

– Por favor, não fique ofendido.

– Sem ofensa. – E depois: – Quase um garoto de programa.

Ali gargalhou. O som foi melódico.

– E o que aconteceu com o seu plano? – perguntou ele.

– Você não era o que eu esperava.

– Isso é bom ou ruim?

– Não sei. Você namorou Jessica Culver. Li na revista *People*.

– Namorei.

– Foi sério?

– Foi.

– Ela é uma grande escritora.

Myron confirmou com a cabeça.

– E é lindíssima.

– Você é lindíssima.

– Não como ela.

Ele ia argumentar, mas sabia que pareceria paternalista demais.

– Quando você me convidou para sair, achei que estava procurando alguma coisa... não sei, diferente.

– Diferente como? – perguntou ele.

– Como fiquei viúva com o Onze de Setembro... A verdade, e odeio admitir, é que isso me deu uma espécie de fama deturpada.

Ele sabia. Pensou no que Win tinha dito, sobre a primeira coisa que vem à cabeça quando você ouve o nome dela.

– Por isso achei... de novo antes de conhecer você, só sabendo que você era um atleta profissional bonito que namora mulheres que parecem supermodelos... achei que sair comigo pudesse ser uma espécie de ato de caridade.

– Porque é uma viúva do Onze de Setembro?

– É.

– Isso é doentio.

– Na verdade, não.

– Como assim?

– É como eu disse. Existe uma fama esquisita nisso tudo. Pessoas que não ligariam a mínima para mim passaram a querer me conhecer. Ainda acontece. Há mais ou menos um mês comecei a jogar numa liga de tênis no Racket Club. Uma mulher, uma rica esnobe que não me deixava nem passar pelo gramado dela quando me mudei para a cidade, se aproximou com cara de pena.

– Cara de pena?

– É assim.

Ali demonstrou. Franziu os lábios, a testa e tremelicou as pálpebras. Myron riu.

– Recebo olhares desse tipo o tempo todo desde que Kevin morreu. Não culpo ninguém. É natural. Mas aquela mulher chegou, segurou minhas duas mãos, me olhou nos olhos e disse, com a voz triste: "Você é Ali Wilder? Ah, eu queria tanto falar com você! Como está?" Sabe como é.

– Sei.

Ela o encarou.

– O quê?

– Você caiu na versão namoro da cara de pena.

– Como assim?

– Vive dizendo que eu sou linda.

– E é.

– Você se encontrou comigo três vezes quando eu era casada.
Myron não disse nada.
– Você não me achava linda na época?
– Tento não reparar nas mulheres casadas.
– Você se lembra de ter se encontrado comigo?
– Na verdade, não.
– Mas se eu me parecesse com Jessica Culver, mesmo se fosse casada, você teria lembrado.
Ela esperou.
– O que você quer que eu diga, Ali?
– Nada. Mas está na hora de parar de me olhar com cara de pena. Não importa por que você começou a me namorar. Importa por que está aqui agora.
– Posso fazer isso?
– O quê?
– Posso dizer por que estou aqui agora?
Ali engoliu em seco, e pela primeira vez pareceu insegura. Fez um gesto de "prossiga" com a mão. Myron mergulhou fundo.
– Estou aqui porque gosto mesmo de você, porque posso estar confuso em relação a um monte de coisas e talvez você tenha um bom argumento sobre a cara de pena, mas o fato é que estou aqui agora porque não consigo parar de pensar em você. Penso em você o tempo todo, e quando penso fico com um sorriso pateta na cara. É assim. – Agora foi sua vez de demonstrar. – Então é por isso que estou aqui, certo?
– Essa – disse Ali, tentando segurar uma risada – foi uma resposta realmente boa.
Ele já ia fazer uma piadinha, mas se conteve. Junto com a maturidade vem a contenção.
– Myron?
– O quê?
– Quero que você me beije. Quero que me abrace. Quero que você me leve para cima e faça amor comigo. Quero que você faça isso sem expectativas porque eu não tenho nenhuma. Eu poderia largar você amanhã e você poderia me largar. Não importa. Mas não sou frágil. Não vou descrever o inferno dos últimos cinco anos, mas sou mais forte do que você jamais vai saber. Se esse relacionamento continuar depois desta noite, você é que vai ter que ser forte, e não eu. Esta é uma oferta sem obrigações. Sei como você quer ser nobre e valente. Mas não quero isso. Esta noite só quero você.

Ali se inclinou e o beijou. Primeiro gentilmente, depois com mais fervor. Myron sentiu-se atravessado por um jorro.

Ela o beijou de novo. E Myron se sentiu perdido.

Uma hora depois – ou talvez tivessem sido apenas vinte minutos – Myron desmoronou e rolou de costas.

– E então? – perguntou Ali.
– Uau.
– Diga mais.
– Deixe eu recuperar o fôlego.

Ali gargalhou, aninhou-se mais perto.

– Meus membros – disse ele. – Não consigo sentir meus membros.
– Nadinha?
– Um leve formigamento, talvez.
– Você se saiu muito bem.
– Como Woody Allen já disse, eu treino bastante quando estou sozinho.

Ela apoiou a cabeça no peito dele. O coração disparado de Myron começou a diminuir o ritmo. Ele olhou para o teto.

– Myron?
– O quê?
– Ele nunca vai deixar a minha vida. Nem a de Erin e Jack.
– Eu sei.
– A maioria dos homens não suporta isso.
– Não sei se eu aguento também.

Ela o olhou e sorriu.

– O quê?
– Você está sendo honesto. Gosto disso.
– Chega de cara de pena?
– Ah, eu apaguei isso há vinte minutos.

Ele franziu os lábios, franziu a testa e tremeliocu as pálpebras.

– Espera aí! Ela voltou.

Ali pôs a cabeça de volta no peito dele.

– Myron?
– O quê?
– Ele nunca vai deixar a minha vida. Mas não está aqui agora. Nesse momento acho que somos só nós dois.

capítulo 6

No TERCEIRO ANDAR DO Centro Médico St. Barnabas, a investigadora Loren Muse, do condado de Essex, bateu a uma porta onde estava escrito DRA. EDNA SKYLAR, GENETICISTA.

Uma voz feminina disse:
– Entre.
Loren virou a maçaneta e entrou. Edna ficou de pé. Era mais alta do que Loren, mas a maioria das pessoas também era. Edna atravessou a sala com a mão estendida. As duas se cumprimentaram com firmeza e olharam-se nos olhos. Edna Skylar assentiu com um ar de cumplicidade. Loren já tinha visto isso antes. Ambas tinham profissões ainda dominadas pelos homens. Isso as aproximava de alguma forma.
– Por favor, sente-se.
Sentaram-se. A mesa de Edna Skylar era perfeitamente arrumada. Havia diversas pastas de papel pardo, empilhadas perfeitamente. A sala era padronizada, rodeada por uma janela panorâmica que oferecia a visão maravilhosa de um estacionamento.
A Dra. Skylar olhou atentamente para Loren Muse, que não gostou disso. Um tempo se passou. Edna continuou olhando.
– Algum problema? – perguntou a investigadora.
Edna Skylar sorrriu.
– Desculpe, é um mau hábito.
– Qual?
– Analisar rostos.
– Ahã.
– Não é importante. Bom, talvez seja. Foi assim que me meti nessa encrenca.
Loren fingiu não entender.
– A senhora disse ao meu chefe que tem alguma informação sobre Katie Rochester, está certo?
– Como vai o Ed?
– Vai bem.
Ela deu um sorriso caloroso.
– É um bom homem.

– É – disse Loren. – Um príncipe.
– Eu o conheço há muito tempo.
– Ele contou.
– Foi por isso que liguei para o Ed. Tivemos uma conversa longa sobre o caso.
– Certo. E foi por isso que ele me mandou vir aqui.

Edna Skylar olhou pela janela. Loren tentou adivinhar sua idade. Sessenta e poucos anos, provavelmente, mas bem conservados. A Dra. Skylar era uma mulher bonita, com cabelos grisalhos curtos, maçãs do rosto proeminentes; usava um terninho cinza sem parecer masculina nem feminina demais.

– Você poderia me dizer alguma coisa sobre o caso?
– Perdão?
– Katie Rochester. Ela é considerada oficialmente desaparecida?
– Não sei se isso é relevante.

Os olhos de Edna se voltaram lentamente para Loren Muse.

– Você acha que ela foi vítima de alguma coisa ruim...
– Não posso discutir isso.
– ... ou que fugiu? Quando conversei com o Ed, ele pareceu bem seguro de que Katie tinha fugido de casa. Disse que ela tirou dinheiro de um caixa eletrônico no centro da cidade. O pai dela é um sujeito bem desagradável.
– O promotor Steinberg contou tudo isso?
– Contou.
– Então por que está me perguntando?
– Eu sei qual é a opinião dele. Quero saber qual é a sua.

Loren já ia protestar, porém Edna Skylar voltou a encará-la com intensidade. Ela examinou a mesa da médica em busca de fotos de família. Não havia. Imaginou o que devia pensar sobre isso e decidiu não pensar nada. Edna estava esperando.

– Katie tem 18 anos – tentou Loren, pisando com cuidado.
– Eu sei.
– Isso faz dela uma adulta.
– Sei disso também. E quanto ao pai? Acha que abusava dela?

Loren se perguntou como abordar isso. A verdade era que não gostara do pai de Katie desde o início. Dominick Rochester tinha ficha de mafioso, e talvez isso influenciasse seu julgamento. Mas havia um certo padrão no sofrimento das pessoas. Por um lado, todo mundo reage de modo diferente. É verdade que não se pode determinar a culpa com base na reação de alguém. Alguns assassinos choravam lágrimas capazes de envergonhar Al Pacino. Outros eram simplesmente robóticos. Isso também acontecia com os inocentes. Funciona assim: você está com um grupo de pessoas, uma granada é lançada no meio da multidão, você nunca sabe quem vai mergulhar em cima dela e quem vai fugir para se proteger.

Dito isso, o pai de Katie Rochester... havia algo estranho no sofrimento dele. Era fluido demais. Era como se ele estivesse experimentando diferentes personalidades, vendo qual funcionaria melhor para o público. E a mãe... tinha toda a coisa dos olhos despedaçados, mas era resultante da devastação ou da resignação? Difícil dizer.

– Não temos provas disso – respondeu Loren no tom mais descomprometido que conseguiu.

Edna Skylar não reagiu.

– Essas perguntas são meio esquisitas – continuou Loren.

– É porque ainda não sei direito o que fazer.

– Sobre?

– Se houve um crime, eu gostaria de ajudar. Mas...

– Mas?

– Eu a vi.

Loren Muse aguardou um instante, esperando que ela dissesse mais alguma coisa. Não disse.

– A senhora viu Katie Rochester?

– Vi.

– Quando?

– Vai fazer três semanas no sábado.

– E só está contando agora?

Edna Skylar olhava de novo para o estacionamento. O sol ia se pondo, os raios atravessando as persianas. Parecia mais velha àquela luz.

– Dra. Skylar?

– Ela me pediu para não falar nada. – Seu olhar continuava fixo no estacionamento.

– Katie pediu?

Ainda olhando para fora, Edna Skylar confirmou com a cabeça.

– A senhora falou com ela?

– Por um segundo, apenas.

– O que ela disse?

– Que eu não podia contar a ninguém que a vi.
– E?
– E foi só isso. Um instante depois ela foi embora.
– Foi embora?
– Num trem de metrô.

Agora as palavras saíam mais fáceis. Edna Skyar contou toda a história a Loren; disse que estava estudando rostos enquanto andava por Nova York, que identificou a garota apesar da mudança de aparência, que a havia seguido descendo a escada do metrô e que Katie sumira no escuro.

Loren anotou tudo, mas no fundo isso se encaixava com o que ela acreditava desde o início. A garota era uma fugitiva. Como Ed Steinberg já contara a Edna, tinha acontecido um saque num caixa eletrônico do Citibank no centro de Manhattan mais ou menos na época em que ela sumira. Loren assistira ao vídeo do banco. O rosto estava coberto por um capuz, mas ela podia jurar que era Katie Rochester. O pai era um sujeito rígido. Com os filhos fujões, era sempre assim. Quando os pais eram liberais demais, os filhos costumavam se envolver com drogas. Com pais conservadores demais, os filhos eram fugitivos com problemas sexuais. Poderia ser uma visão estereotipada, mas Loren tinha visto muito poucos casos que fugiam a essa regra.

Fez mais algumas perguntas. Não havia nada que pudessem fazer de fato. A garota tinha 18 anos. A partir dessa descrição não existia motivo para suspeitar de algum crime. No cinema e nas séries de TV, os federais se envolviam e deslocavam uma equipe para investigar o caso. Não é isso que acontece na vida real.

Mas Loren se sentia incomodada. Algumas pessoas chamariam isso de intuição. Ou pressentimento. Odiava essa ideia. Imaginou o que Ed Steinberg, seu chefe, faria. Nada, provavelmente. O escritório deles estava atolado de trabalho com dois casos na promotoria federal, um relacionado a um possível terrorista e o outro com um político de Newark envolvido em subornos.

Com os recursos tão limitados, será que deviam investigar o que parecia uma óbvia fuga de casa? Era difícil.

– Por que agora? – perguntou Loren.
– O quê?
– Três semanas e a senhora não disse nada. O que a fez mudar de ideia agora?
– Você tem filhos, investigadora Muse?
– Não.

– Eu tenho.

Loren olhou de novo para a mesa, para o pequeno aparador, para a parede. Nenhuma foto de família. Nenhum sinal de filhos ou netos. Edna sorriu, como se entendesse o que Muse estava fazendo.

– Fui uma péssima mãe.

– O que isso...?

– Eu fui, digamos... daquelas que deixam correr solto. Quando tinha dúvida deixava para lá.

Loren esperou.

– Foi um grande erro – disse Edna.

– Ainda não entendo.

– Nem eu. Mas desta vez... – A voz dela ficou no ar. Engoliu em seco, olhou para as mãos antes de se virar de novo para Loren. – Só porque tudo parece estar certo, talvez não esteja. Talvez Katie Rochester precise de ajuda. Talvez desta vez eu devesse fazer mais do que deixar para lá.

A promessa feita no porão voltaria a assombrar Myron exatamente às 2h17 da madrugada.

Três semanas tinham se passado. Myron ainda estava namorando Ali. Era o dia do casamento de Esperanza. Ali o acompanhou. Myron ia entregar a noiva a Tom – o nome verdadeiro era Thomas James Bidwell III –, que era primo de Win. O casamento seria uma cerimônia íntima. Estranhamente, a família do noivo, membros de carteirinha do Filhas da Revolução Americana, não estava muito empolgada com o casamento de Tom com uma latina nascida no Bronx chamada Esperanza Dias. Vai entender.

– Engraçado – disse Esperanza.

– O quê?

– Sempre achei que eu me casaria por dinheiro, não por amor. – Ela se olhou no espelho. – Mas cá estou, me casando por amor e ganhando dinheiro.

– A ironia não morreu.

– É uma coisa boa. Você vai a Miami ver o Rex?

Rex Storton era um velho astro de cinema que eles estavam agenciando.

– Vou amanhã à tarde.

Esperanza deu as costas para o espelho, abriu os braços e lhe lançou um sorriso ofuscante.

– E então?

37

Ela era uma visão estonteante. Myron disse:
– Uau.
– Você acha?
– Acho.
– Então venha. Me leve para a forca.
– Vamos.
– Primeiro uma coisa. – Esperanza puxou-o de lado. – Quero que você fique feliz por mim.
– Eu estou.
– Não vou abandonar você.
– Eu sei.
Esperanza olhou-o nos olhos.
– Ainda somos melhores amigos – disse. – Entendeu? Você, eu, Win, Big Cyndi. Nada mudou.
– Claro que mudou. Tudo mudou.
– Eu te amo, você sabe.
– E eu te amo.
Ela sorriu de novo. Esperanza era sempre incrivelmente linda. Mas hoje, nesse vestido, as palavras "incrivelmente linda" eram simples demais. Ela havia sido muito louca, um espírito muito livre, dizia que jamais se acomodaria com uma pessoa. Mas aqui estava, com um bebê, casando. Até Esperanza tinha crescido.
– Você está certo – disse ela. – Mas as coisas mudam, Myron. E você sempre odiou a mudança.
– Não comece com isso.
– Olhe para você. Morou com os pais até os 30 e poucos anos. É dono da casa onde passou a infância. Ainda fica a maior parte do tempo com seu colega de faculdade, que, sejamos francos, também não consegue mudar.
Ele levantou a mão.
– Ok, já entendi.
– Mas é engraçado.
– O quê?
– Sempre achei que você seria o primeiro a se casar.
– Eu também.
– O Win, bom, nem vamos entrar nesse papo. Mas você sempre se apaixonou com muita facilidade, especialmente por aquela vaca da Jessica.
– Não fale assim dela.

– Tanto faz. De qualquer modo foi você que comprou o sonho americano: casar, ter dois vírgula seis filhos, convidar amigos para o churrasco no quintal dos fundos e por aí vai.
– E você nunca fez isso.
Esperanza sorriu e passou a mão pelo braço dele.
– Isso pode ser bom, você sabe.
– Eu sei.
Ela respirou fundo.
– Vamos.
– Está nervosa?
Esperanza olhou para ele.
– Nem um pouco.
– Então avante!
Myron a conduziu pelo corredor entre os bancos. Pensou que seria uma formalidade lisonjeira substituir o pai dela, que havia falecido, mas, quando entregou a mão de Esperanza a Tom, quando Tom sorriu e apertou a mão de Myron, começou a se encher de lágrimas por dentro. Recuou e se sentou na primeira fileira.

O casamento não foi tanto uma mistura eclética quanto uma colisão maravilhosa. Win era o padrinho de Tom, e Big Cyndi era a dama de honra de Esperanza. Big Cyndi, sua ex-parceira da equipe de luta livre, tinha 1,95 metro de altura e estava confortavelmente perto dos 150 quilos. Seus punhos pareciam duas peças de presunto. Não soubera direito o que usar – um vestido clássico de dama de honra, cor de pêssego, ou um espartilho de couro preto. Seu meio-termo: couro cor de pêssego com barra de franjas, sem mangas para mostrar os braços com dimensões e consistência de colunas de mármore de uma mansão da Geórgia. O cabelo dela estava penteado num moicano cor de malva, adornado no topo com um pequeno enfeite de bolo no formato de um noivo e uma noiva.

Quando tinha experimentado o... ahn... o vestido, Big Cyndi abrira os braços e dera uma pirueta para Myron. Marés oceânicas alteraram seu curso e sistemas solares saíram do lugar.
– O que você acha? – perguntara ela.
– Malva com pêssego?
– É muito chique, Sr. Bolitar.
Ela sempre o chamava de *senhor*; Big Cyndi gostava de formalidade.
Tom e Esperanza trocaram votos numa igrejinha antiga e elegante. Pa-

poulas brancas enfeitavam os bancos. O lado dos convidados de Tom se vestia de preto e branco: um mar de pinguins. O de Esperanza tinha tantas cores que a Crayola mandou um pesquisador. Parecia um desfile de Carnaval. Um órgão tocava lindos hinos. O coro cantava feito anjos. O cenário não poderia ser mais sereno.

Mas para a recepção Esperanza e Tom queriam algo um pouco diferente. Alugaram uma boate de sadomasoquismo perto da Décima Primeira Avenida, chamada Couro e Luxúria. Big Cyndi trabalhava ali como leoa de chácara e às vezes, muito tarde da noite, ocupava o palco para um show que desafiava a imaginação.

Myron e Ali estacionaram numa vaga perto da West Side Highway. Passaram por uma sex shop que ficava aberta 24 horas, chamada Palácio das Vagabas do Rei Davi. As vitrines eram cobertas com tinta opaca. Havia uma placa enorme na porta, com os dizeres SOB NOVA DIREÇÃO.

– Uau. – Myron apontou para a placa. – Já era hora, não acha?

Ali confirmou com a cabeça.

– Esse lugar era muito mal administrado.

Quando entraram na Couro e Luxúria, Ali percorreu o lugar como se estivesse no Louvre, franzindo os olhos para as fotos na parede, examinando os instrumentos, as fantasias, as amarras. Balançou a cabeça.

– Sou irremediavelmente ingênua.

– Irremediavelmente não – disse Myron.

Ali apontou para uma coisa preta e comprida parecida com intestinos humanos.

– O que é isso? – perguntou.

– Não faço a mínima ideia.

– Você curte... ahn...?

– Ah, não.

– Que pena – disse Ali. Depois: – Brincadeirinha. Juro.

O romance dos dois estava progredindo, mas a realidade de namorar alguém com dois filhos havia se assentado. Não tinham passado outra noite inteira juntos desde aquela primeira. Myron só dera breves olás a Erin e Jack desde a festa. Ele e Ali não sabiam direito com que velocidade deveriam ir no relacionamento, mas ela havia sido bem enfática quanto a ir devagar no que tivesse a ver com as crianças.

Ali precisava ir embora cedo. Prometera ajudar Jack num projeto de escola. Myron saiu da boate com ela, decidindo que ia passar a noite na cidade.

– Quanto tempo você vai ficar em Miami? – perguntou Ali.
– Só uma ou duas noites.
– Você vomitaria demais se eu dissesse que vou sentir sua falta?
– Só um pouquinho.

Ela lhe deu um beijo suave. Myron ficou olhando enquanto ela se afastava de carro, depois voltou para a festa.

Como tinha planejado ficar na cidade, começou a beber. Myron não era o que você chamaria de grande bebedor – aguentava o álcool quase tão bem quanto uma garota de 14 anos –, mas esta noite, nessa comemoração maravilhosa ainda que bizarra, sentia-se com clima para umas e outras. Win também, se bem que era necessário muito mais para deixá-lo bêbado. Conhaque era leite materno para Win. E ele raramente demonstrava os efeitos, pelo menos por fora.

Nessa noite isso não importava. A limusine de Win estava à disposição para levá-los de volta para casa.

O apartamento de Win no Dakota valia cerca de 1 bilhão de dólares e tinha uma decoração que fazia lembrar o Palácio de Versalhes. Quando chegaram, Win se serviu de um vinho do Porto obscenamente caro, Quinta do Noval Nacional 1963. A garrafa tinha sido posta para decantar várias horas antes porque, como Win explicou, é preciso dar ao vinho do Porto antigo tempo para respirar antes do consumo. Normalmente Myron bebia um achocolatado, mas seu estômago não estava com clima para isso. Além do mais, o chocolate não teria tempo para respirar.

Win ligou a TV e eles assistiram ao *Antiques Roadshow*. Uma mulher metida a besta, com sotaque arrastado, tinha trazido um busto de bronze horroroso. Começou a contar ao avaliador que em 1950 Dean Martin tinha oferecido 10 mil dólares por aquela porcaria de pedaço de metal, mas disse, com um dedo apontando insistentemente e um sorrisinho combinando, que o pai era muito astuto para acreditar nisso. Sabia que a peça devia valer uma fortuna. O avaliador assentiu com paciência, esperou que a mulher terminasse, depois disse:

– Vale uns 20 dólares.

Myron e Win compartilharam um silencioso "toca aqui".

– Curtindo o sofrimento dos outros – disse Win.

– Somos dignos de pena – concordou Myron.

– Não estou falando de nós.

– Não?

– É esse programa. Representa muito do que há de errado na nossa sociedade.

– Como assim?

– As pessoas não ficam satisfeitas por suas bugigangas valerem uma fortuna. Não, elas querem comprá-las muito barato, de algum otário que não saiba o valor da peça. Ninguém considera os sentimentos do ingênuo vendedor de garagem que foi enganado.

– Bom argumento.

– E tem mais.

Myron sorriu, recostou-se e esperou.

– Esqueça a ganância por um momento – continuou Win. – O que de fato incomoda a gente é que todo mundo, todo mundo mesmo, mente no *Antiques Roadshow*.

Myron assentiu.

– Quer dizer, quando o avaliador pergunta: "Você tem alguma ideia de quanto isso vale?"

– Exatamente. Ele faz sempre a mesma pergunta.

– Pois é.

– E o Sr. ou a Sra. Ora Veja Só age como se a pergunta o pegasse totalmente desprevenido, como se nunca tivesse assistido ao programa.

– É irritante – concordou Myron.

– E aí eles dizem algo do tipo: "Minha nossa, nunca pensei nisso. Não tenho ideia de quanto pode valer." – Win franziu a testa. – Me poupe! Você arrastou seu armário de granito de 2 toneladas até um centro de convenções impessoal e esperou doze horas na fila, mas nunca, jamais, nem em seus sonhos mais loucos, imaginou quanto aquilo poderia valer?

– É mentira – concordou Myron, começando a sentir o efeito do álcool. – Do mesmo tipo que "Sua ligação é muito importante para nós".

– E é por isso que a gente adora quando uma mulher como aquela é detonada. Pelas mentiras. Pela ganância.

Então a campainha tocou.

Myron sentiu um embrulho no estômago. Olhou para o relógio. Uma e meia da madrugada. Olhou para Win. Win olhou de volta, o rosto como um lago plácido. Ele ainda era muito bonito, mas os anos, os excessos, as noites de violência ou, como esta, de sexo, estavam começando a mostrar seus sinais.

Myron fechou os olhos.

– Isso é uma...?
– É.
Ele suspirou e se levantou.
– Gostaria que você tivesse me avisado.
– Por quê?
Os dois já haviam falado sobre isso. Não havia resposta.
– Ela é de um lugar novo no Upper West Side – disse Win.
– Que conveniente!
Sem mais nenhuma palavra, Myron dirigiu-se ao seu quarto enquanto Win ia atender à porta. Por mais que isso o deprimisse, Myron deu uma espiada. A garota era jovem e bonita.
– Oi! – disse ela com um sotaque forçado.
Win não respondeu. Sinalizou para que o acompanhasse. Ela fez isso, equilibrando-se em saltos altos demais. Sumiram pelo corredor.
Como Esperanza dissera, algumas coisas se recusam a mudar.
Myron fechou a porta e desmoronou na cama. Sua cabeça girava por causa da bebida. O teto rodava. Pensou se iria vomitar. Achou que não. Afastou os pensamentos sobre a garota. O pensamento o abandonou mais facilmente do que de costume, uma mudança que não chegava a ser um bom sinal. Não ouviu nenhum barulho: o quarto que Win usava (não o quarto dele, claro) era à prova de som – e Myron acabou fechando os olhos.
A ligação foi recebida em seu celular.
Myron o tinha deixado só para vibrar. O aparelho chacoalhou na mesinha de cabeceira. Ele acordou do semissono e estendeu a mão. Rolou na cama e sua cabeça latejou de dor. Foi então que olhou para o relógio digital.
2h17.
Não chegou a verificar quem estava ligando antes de levar o telefone ao ouvido.
– Alô – grasnou.
Ouviu primeiro o soluço.
– Alô – repetiu.
– Myron? É Aimee.
– Aimee. – Myron sentou-se. – O que foi? Onde você está?
– Você disse que eu podia ligar. – Outro soluço. – A qualquer hora, não é?
– É. Onde você está, Aimee?
– Preciso de ajuda.

– Certo, sem problema. Só diga onde você está.
– Ah, meu Deus.
– Aimee?
– Você não vai contar, não é?

Ele hesitou. Pensou rapidamente em Claire, a mãe de Aimee. Lembrou-se de Claire nessa idade e sentiu uma pontada esquisita.

– Você prometeu. Prometeu que não contaria aos meus pais.
– Onde você está?
– Promete que não vai contar?
– Prometo, Aimee. Só diga onde você está.

capítulo 7

MYRON VESTIU UM SUÉTER.

Seu cérebro ainda estava meio turvo por causa da bebida. A ironia não lhe escapou: tinha dito a Aimee para ligar porque não queria que ela entrasse num carro com alguém que tivesse bebido, e aqui estava ele, ligeiramente de pileque. Deu um passo para trás e tentou avaliar sua sobriedade. Achou que tinha condições de dirigir, mas não é isso que todo bêbado sempre diz?

Pensou em pedir ajuda a Win, mas o amigo estava preocupado com outra coisa. Além disso, Win tinha bebido mais do que ele, apesar da fachada sóbria. Mesmo assim ele não deveria simplesmente sair correndo, não é?

Boa pergunta.

O belo piso de madeira do corredor tinha sido reformado havia pouco tempo. Myron insistiu no teste de sobriedade. Andou por uma tábua como se ela fosse uma linha reta, como se um policial o tivesse parado numa blitz. Passou. Mas, afinal de contas, deixando toda a modéstia de lado, Myron tinha uma tremenda coordenação motora. Poderia passar nesse teste mesmo se estivesse completamente chapado.

Ainda assim, não tinha outra opção. Se conseguisse arranjar alguém para dirigir àquela hora, como Aimee reagiria se ele aparecesse com um estranho? Ele é que tinha feito com que ela prometesse ligar se precisasse de ajuda. Ele é que havia enfiado o cartão na mão dela. Como Aimee acabara de lembrar ao telefone, ele é que tinha jurado sigilo completo.

Precisava ir sozinho.

Seu carro estava num estacionamento ali perto. O portão estava fechado. Myron tocou a campainha. O funcionário apertou o botão, de má vontade, e o portão se abriu.

Myron não prestava muita atenção em carros, por isso ainda dirigia um Ford Taurus. Para ele, um carro era algo que o levava do ponto A ao ponto B. E fim. Mais importante do que potência era ter controles do rádio no volante, para poder mudar constantemente de estação.

Digitou o número de Aimee no celular. Ela atendeu com voz baixa.

— Alô?

— Estou indo.

Aimee não respondeu.

– Por que não fica na linha? – pediu ele. – Só para eu saber que você está bem.

– Minha bateria está acabando. Quero economizar.

– Devo chegar em dez, quinze minutos, no máximo.

– De Livingston?

– Estou na cidade.

– Ah, que bom. Até daqui a pouco.

Ela desligou. Myron olhou o relógio do carro: duas e meia. Os pais de Aimee deviam estar desesperados de preocupação. Esperava que ela já tivesse telefonado para Claire e Erik. Ficou tentado a ligar, mas isso não fazia parte do acordo, então ele logo desistiu. Quando ela entrasse no carro ele iria encorajá-la a avisar.

O local onde Aimee estava – não ficou surpreso ao saber – era na área central de Manhattan. Ela disse que iria esperar na Quinta Avenida perto da Rua 54. Era praticamente no Rockefeller Center. O estranho disso, de uma garota de 18 anos estar bebendo naquela área da cidade, era que a região central ficava deserta à noite. Esse lugar era movimentadíssimo ao longo da semana. Aos sábados e domingos os turistas circulavam durante o dia. Mas numa noite de sábado havia pouca gente na rua. Nova York podia ser a cidade que nunca dorme, mas, quando ele chegou à Quinta Avenida, na altura da Rua 50 e Muitos, o bairro estava dormindo a sono solto.

Precisou parar num sinal na Quinta Avenida com a Rua 52. A maçaneta da porta chacoalhou, Aimee abriu a porta e entrou no banco de trás.

– Obrigada – disse.

– Você está bem?

Atrás dele, uma voz baixa respondeu:

– Estou.

– Não sou motorista, Aimee. Sente-se na frente.

Aimee hesitou, mas obedeceu. Quando ela fechou a porta, Myron se virou para encará-la. A garota ficou olhando reto pela janela. Como a maioria das adolescentes, ela tinha passado maquiagem demais. As jovens não precisam de maquiagem, ainda mais tanto assim. Os olhos dela estavam vermelhos e parecendo os de um guaxinim. Vestia algo justo/adolescente, como um fino invólucro de gaze, o tipo de coisa que, mesmo tendo corpo para isso, você não poderia continuar usando depois que passasse dos 23 anos.

Ela se parecia demais com a mãe naquela idade.

– O sinal ficou verde – disse Aimee.

Ele começou a dirigir.

– O que aconteceu?

– Algumas pessoas estavam bebendo demais. Não quis ir de carro com elas.

– Onde?

– Onde o quê?

De novo Myron sabia que a área central de Manhattan não era frequentada por jovens. A maioria ficava em bares no Upper East Side ou talvez no Village.

– Onde você estava bebendo?

– Isso é importante?

– Eu gostaria de saber.

Aimee virou-se totalmente para ele. Seus olhos estavam molhados.

– Você prometeu.

Ele continuou dirigindo.

– Você prometeu que não faria perguntas, lembra?

– Só quero ter certeza de que você está bem.

– E estou.

Myron virou à direita, cruzando a cidade.

– Então vou levar você para casa.

– Não.

Ele esperou.

– Vou ficar com uma amiga.

– Onde?

– Ela mora em Ridgewood.

Myron a encarou, voltou o olhar para a rua.

– No condado de Bergen?

– É.

– Eu preferiria levar você para casa.

– Meus pais sabem que vou ficar na casa da Stacy.

– Talvez você devesse ligar para eles.

– E dizer o quê?

– Que está bem.

– Myron, eles acham que eu saí com meus amigos. Se eu ligar, eles vão ficar preocupados.

Era um bom argumento, mas Myron não gostava daquela história. A luz da gasolina se acendeu. Precisava encher o tanque. Foi pela West Side Highway e atravessou a ponte George Washington. Parou no primeiro posto de gasolina da Route 4. O frentista, usando turbante e entretido com um romance de Nicholas Sparks, não ficou empolgado em vê-lo.
– Coloque 10 dólares de gasolina, por favor – pediu Myron.
Ele os deixou em paz. Aimee começou a fungar.
– Você não parece bêbada – começou Myron.
– Eu não disse que estava. Foi o cara que estava dirigindo.
– Mas parece que você andou chorando.
Ela fez aquela coisa adolescente que podia ser um dar de ombros.
– Sua amiga Stacy. Onde ela está agora?
– Em casa.
– Ela não foi para a cidade com você?
Aimee balançou a cabeça e se virou de costas para ele.
– Aimee?
A voz dela saiu baixa.
– Achei que podia confiar em você.
– E pode.
Ela balançou a cabeça de novo. Depois levou a mão à porta e virou a maçaneta, preparando-se para sair. Myron estendeu a mão para ela. Segurou seu pulso direito com um pouco mais de força do que pretendia.
– Ei! – ela deu um grito.
– Aimee...
Ela tentou se soltar. Myron continuou segurando seu pulso.
– Você vai ligar para os meus pais.
– Só preciso saber se você está bem.
Aimee fez força contra a mão, tentando se soltar. Myron sentiu as unhas dela nos nós dos dedos.
– Me solta!
Ele soltou. Ela pulou do carro. Myron tentou ir atrás, mas ainda estava com o cinto de segurança. Tirou o cinto e saiu. Aimee tropeçava pela via expressa, andando rápido, com os braços cruzados.
Myron correu até ela.
– Por favor, volte para o carro.
– Não.
– Eu levo você.

– Me deixe em paz.

Aimee saiu correndo. Carros passavam a toda velocidade. Alguns buzinavam para ela. Myron foi atrás.

– Aonde você vai?

– Eu cometi um erro. Não devia ter ligado para você.

– Aimee, volte para o carro. Aqui não é seguro.

– Você vai contar aos meus pais.

– Não vou. Prometo.

Ela diminuiu o passo e parou. Os carros passavam zunindo por eles. O frentista do posto abriu os braços num gesto do tipo "Qual é o problema de vocês?". Myron levantou um dedo indicando que precisavam de um minuto.

– Desculpe – disse ele. – Só estou preocupado com o seu bem-estar. Mas você está certa. Eu prometi. Vou cumprir a minha promessa.

Aimee ainda estava de braços cruzados. Franziu os olhos para ele, de novo como só uma adolescente consegue.

– Jura?

– Juro.

– Sem mais perguntas?

– Nenhuma.

Ela voltou para o carro.

Myron foi atrás. Pagou a gasolina com o cartão de crédito e eles partiram.

Aimee pediu que ele pegasse a Route 17 para o norte. Havia tantos shoppings no caminho que quase parecia uma faixa contínua de comércio. Myron se lembrou de que seu pai, sempre que passavam pelo Livingston Mall, balançava a cabeça, apontava e gemia: "Olhe os carros! Se a economia está tão ruim por que há tantos carros? O estacionamento está cheio! Olhe tudo aquilo!"

A mãe e o pai de Myron agora moravam num condomínio perto de Boca Raton. Finalmente o pai tinha vendido o armazém em Newark e agora passava os dias maravilhado com o que a maioria das pessoas vinha fazendo havia anos: "Myron, você já foi a uma loja Staples? Meu Deus, eles têm todo tipo de canetas e papéis. E a Price Clubs? Comprei dezoito chaves de fenda por menos de 10 dólares. Nós compramos tanta coisa que sempre repito a mesma frase ao homem do caixa: 'Economizei tanto dinheiro que vou falir.'"

Myron olhou para Aimee. Lembrou-se da própria juventude, da guerra que é a adolescência, e pensou em quantas vezes mentira para os pais. Tinha sido um bom filho. Nunca se metia em encrenca, tirava notas boas, tinha talento para o basquete, mas havia escondido algumas coisas dos pais. Todos os filhos fazem isso. Talvez fosse saudável. Os filhos que são observados o tempo todo, constantemente sob vigilância, acabam pirando. A gente precisa de uma válvula de escape. Precisa dar espaço para os filhos se rebelarem. Caso contrário a pressão só vai crescendo até que...

– Pegue aquela saída ali – disse Aimee. – Linwood Avenue West.

Ele obedeceu. Myron não conhecia muito aquela área. Nova Jersey é composto por uma série de povoados pequenos. Você só conhecia bem o seu. Ele era um cara do condado de Essex. Este aqui era Bergen. Myron sentia-se fora de seu elemento. Quando pararam num sinal ele suspirou e se inclinou para trás, e usou o movimento para dar uma boa olhada em Aimee.

Ela parecia desamparada. Myron pensou nessa definição por um momento. Desamparada. Aimee se virou e o encarou, e havia desafio em seus olhos. Será que "desamparada" era uma boa avaliação? Por mais que pensar nisso pudesse parecer idiota, havia um tom de sexismo aqui? Se Aimee fosse um cara, um machão jogador de futebol do ensino médio, por exemplo, ele estaria tão preocupado?

A verdade era que Myron estava mesmo tratando-a de modo diferente porque ela era uma garota.

Será que estava agindo certo? Ou será que ele estava se atolando em algum absurdo paternalista politicamente correto?

– Pegue a próxima à direita, depois à esquerda no fim da rua.

Ele fez isso. Logo estavam enfiados no emaranhado de casas. Ridgewood era um povoado antigo, ainda que grande – ruas ladeadas por árvores, casas de estilo vitoriano, ruas cheias de curvas, morros e vales. Geografia de Jersey. Os subúrbios eram peças de quebra-cabeças, interconectados, partes enfiadas em outras partes, poucas fronteiras regulares ou ângulos retos.

Ela o guiou por uma rua íngreme, descendo por outra, virando à esquerda e depois à direita, em seguida de novo à direita. Myron obedecia no piloto automático, com os pensamentos em outro lugar. Sua mente tentava conjurar as palavras certas para dizer. Aimee estivera chorando – ele tinha certeza. Parecia meio apavorada, mas nessa idade não era tudo apavorante? Ela provavelmente tinha brigado com o namorado, o tal de Randy citado no porão. Talvez Randy a tivesse largado. Os caras faziam isso no ensino médio. Curtiam partir corações. Isso os tornava importantes.

Myron pigarreou e tentou parecer casual:
– Você ainda está namorando o tal de Randy?
A resposta dela:
– Próxima esquerda.
Ele virou.
– A casa é ali, à direita.
– No fim da rua?
– É.
Myron parou na frente. A casa era pequena, totalmente escura. Não havia iluminação pública na rua. Ele piscou os olhos algumas vezes. Ainda estava cansado, com o cérebro mais enevoado do que deveria em razão das festividades. Pensou em Esperanza por um momento, em como ela estava linda e, por mais que isso parecesse egoísta, pensou de novo em como esse casamento mudaria as coisas.
– Parece que não tem ninguém em casa – disse ele.
– Stacy deve estar dormindo. – Aimee pegou uma chave. – A entrada do quarto dela é pelos fundos. Eu sempre entro sozinha.
Myron puxou o freio de mão e desligou o carro.
– Vou até lá com você.
– Não.
– Como vou saber se você conseguiu entrar?
– Eu aviso.
Outro carro parou na rua atrás deles. Os faróis atingiram Myron pelo retrovisor. Ele protegeu os olhos. Estranho, pensou, dois carros na mesma rua deserta a essa hora da noite.
Aimee atraiu a atenção dele.
– Myron?
Ele a encarou.
– Você não pode contar sobre isso aos meus pais. Eles vão pirar, tá?
– Não vou contar.
– As coisas... – Ela parou, olhou pela janela, na direção da casa. – As coisas não vão muito bem com eles.
– Com os seus pais?
Ela assentiu.
– Você sabe que isso é normal, não sabe?
Aimee confirmou de novo.
Myron sabia que precisava ir com cuidado.

– Você pode me dizer mais alguma coisa?
– Só... Isso só vai piorar. Quero dizer, se você contar. Não conte, tá?
– Tá.
– Cumpra a promessa.

E com isso Aimee saiu. Correu para o portão que dava nos fundos do terreno. Desapareceu atrás da casa. Myron esperou. Ela voltou ao portão. Sorriu e acenou indicando que tudo tinha dado certo. Mas havia alguma coisa, algo no aceno, algo que não parecia certo.

Myron já ia sair do carro, mas Aimee o fez parar, balançando a cabeça. Depois voltou para o quintal da casa e foi engolida pela escuridão da noite.

capítulo 8

Nos dias seguintes, quando Myron pensasse naquele momento, no modo como Aimee sorriu, acenou e desapareceu na escuridão, perguntaria a si mesmo o que tinha sentido. Será que fora alguma premonição, uma sensação, algo inconsciente avisando-o de que havia algo estranho?

Achava que não. Mas era difícil ter certeza.

Esperou mais dez minutos na rua. Nada aconteceu.

Então bolou um plano.

Demorou um tempo para encontrar o caminho de volta para a estrada. Aimee o havia guiado por esse labirinto, mas talvez Myron devesse ter deixado migalhas de pão pelo caminho. Depois de uns vinte minutos chegou na Paramus Road, que acabou levando-o até uma artéria principal, a Garden State Parkway.

Mas agora não tinha planos de voltar ao apartamento em Nova York.

Era noite de sábado – bom, agora manhã de domingo – e se ele fosse para casa em Livingston poderia jogar basquete na manhã seguinte antes de ir para o aeroporto e pegar o avião para Miami.

E Myron sabia que Erik, o pai de Aimee, jogava religiosamente todo domingo.

Esse era o seu plano imediato. Imediato e patético.

Assim, de manhã cedo – cedo demais, francamente – Myron se levantou, vestiu o short e a camiseta, espanou a velha joelheira e foi de carro até o ginásio do Colégio Heritage. Antes de entrar, ligou para o celular de Aimee. A ligação caiu na caixa postal, com aquele tom de voz ensolarado e, de novo, adolescente, dizendo "Ah, sei lá, deixe um recado".

Já ia guardar o telefone quando ele vibrou na sua mão. Olhou o identificador de chamadas. Não havia número.

– Alô?

– Você é um sacana. – A voz era grave e estava abafada. Parecia ser de um rapaz, mas era difícil saber. – Ouviu, Myron? Você é um sacana. E vai pagar pelo que fez.

A ligação terminou.

Myron digitou asterisco 69 e esperou para ouvir o número da chamada. Uma voz mecânica disse qual era. Código de área local, mas o número era totalmente desconhecido. Parou o carro e o digitou na memória do aparelho. Verificaria mais tarde.

Quando Myron entrou na escola, demorou um segundo para se acostumar à luz artificial, mas assim que fez isso os fantasmas familiares surgiram. O ginásio tinha o mesmo cheiro rançoso de todos os ginásios das escolas de ensino médio. Alguém quicava uma bola. Alguns caras riam. Todos os sons eram os mesmos – todos manchados por aquele eco vazio.

Fazia meses que Myron não jogava, porque não gostava dessas peladas de colarinho branco. O basquete, o esporte em si, ele ainda adorava. Ainda significava muito. Amava a sensação da bola nas pontas dos dedos, o modo como eles encontravam os sulcos na hora de fazer um arremesso, o arco que a bola fazia enquanto ia em direção ao aro, o efeito no giro, o posicionamento para o rebote, o passe perfeito. Vibrava com a decisão numa fração de segundo – passe, penetração, arremesso –, as aberturas súbitas que duravam décimos de segundo, o modo como o mundo diminuía a velocidade para que você achasse uma brecha.

Adorava tudo isso.

O que ele não adorava era o machismo de meia-idade. O ginásio estava se enchendo com os Senhores do Universo, os pretensos machos alfa que, apesar da casa grande, da carteira gorda e do carro esporte para compensar o tamanho do pênis, ainda precisavam derrotar alguém em alguma coisa. Myron tinha sido competitivo na juventude. Talvez competitivo demais. Era louco por vencer. Aprendera que esta nem sempre era uma qualidade maravilhosa, mas frequentemente separava os muito bons dos ótimos, os quase profissionais dos profissionais: o desejo – não, a *necessidade* – de ser melhor do que outro homem.

Mas tinha superado isso. Alguns desses caras – a minoria, certamente, mas um número suficiente – ainda não tinham.

Quando viam Myron, o ex-jogador da NBA (não importando que por um tempo tão curto), enxergavam uma chance de provar como eram homens de verdade. Até mesmo agora. Até mesmo quando a maioria tinha mais de 40 anos. E quando as habilidades são mais lentas porém o coração ainda sente fama de glória, a coisa pode ficar tremendamente feia.

Myron examinou o ginásio e encontrou seu motivo para estar ali.

Erik estava se aquecendo perto da cesta mais distante. Myron correu até lá e o chamou.

– Ei, Erik, como vai?

O pai de Aimee se virou e sorriu para ele.
– Bom dia, Myron. Que bom que você apareceu.
– Não costumo ser muito matinal.
Erik jogou a bola para ele. Myron fez um arremesso. A bola quicou no aro.
– Ficou acordado até tarde? – perguntou Erik.
– Muito.
– Sua aparência já esteve melhor.
– Puxa, obrigado – respondeu Myron. E depois: – Como vão as coisas?
– Tudo bem. E você?
– Bem.
Alguém gritou e os dez caras correram para o centro da quadra. Era assim. Se você quisesse jogar no primeiro grupo tinha que ser um dos primeiros dez a chegar. David Rainiv, executivo de finanças, sempre organizava os times. Tinha jeito para equilibrar o talento e formar grupos competitivos. Ninguém questionava suas decisões. Eram definitivas e impositivas.

Assim Rainiv dividiu os times. Myron foi posto contra um cara novo que media 2 metros de altura. Isso era bom. A teoria dos homens com complexo de Napoleão pode ser discutível no mundo real, mas não nas quadras de basquete. Os caras pequenos queriam machucar os grandes – acabar com eles numa arena normalmente dominada pelo tamanho.

Mas infelizmente hoje a exceção era a regra. O cara de 2 metros era todo cotovelos e raiva. Era atlético e forte, mas tinha pouco talento para o basquete. Myron fez o máximo para manter distância. A verdade era que, apesar do joelho e da idade, ele era capaz de marcar cestas quando quisesse. Por um tempo foi isso que fez. A coisa era natural. Era difícil pegar leve. Mas ele se conteve: precisava perder. Mais homens tinham chegado. Era uma disputa onde os vencedores ficavam. Queria sair da quadra para conversar com Erik.

Assim, depois de ganharem os três primeiros jogos, Myron entregou um.

Seus colegas de time não ficaram satisfeitos quando Myron começou a jogar mal. Agora teriam que ficar no banco. Reclamaram na hora, mas estavam adorando o fato de terem conseguido três vitórias consecutivas. Como se isso importasse.

Erik tinha uma garrafa d'água, claro. Seu short combinava com a camisa. Os tênis estavam muito bem amarrados. As meias chegavam exatamente à mesma altura nos dois tornozelos, ambas com o mesmo trecho enrolado. Myron usou o bebedouro e se sentou ao lado dele.

– E aí, como vai a Claire? – perguntou.

– Bem. Está fazendo uma mistura de Pilates e ioga.

– Ah, é?

Claire estava sempre experimentando as novidades das academias.

– Sim, ela está lá agora – disse Erik.

– Na aula?

– É. Durante a semana ela faz às seis e meia da manhã.

– Nossa, é cedo.

– A gente acorda cedo.

– É? – Myron viu uma brecha e aproveitou. – E Aimee?

– O que é que tem?

– Também acorda cedo?

Erik franziu a testa.

– Quase nunca.

– Então você está aqui e Claire malhando. Aimee está onde?

– Dormiu na casa de uma amiga.

– Ah.

– Adolescentes – disse ele, como se isso explicasse tudo. Talvez explicasse.

– Encrenca?

– Você não faz ideia.

– Ah?

De novo o *Ah*.

Erik não disse nada.

– De que tipo? – perguntou Myron.

– Tipo?

Myron queria dizer *Ah* de novo, mas estava com medo de parecer suspeito.

– Que tipo de encrenca?

– Não estou entendendo.

– Ela é mal-humorada? – perguntou Myron, de novo tentando parecer despreocupado. – Não escuta? Fica acordada até tarde, mata aula, passa tempo demais na internet, o quê?

– Todas as respostas acima – disse Erik, mas agora suas palavras saíram mais vagarosas e ainda mais medidas. – Por que está perguntando?

Recue, pensou Myron.

– Só estou puxando assunto.

Erik franziu a testa.
– Puxar assunto geralmente consiste em reclamar dos times regionais.
– Não é nada. É só...
– Só o quê?
– A festa na minha casa.
– O que é que tem?
– Não sei. Quando vi Aimee daquele jeito comecei a pensar em como esses anos de adolescência são difíceis.
Os olhos de Erik se estreitaram. Na quadra alguém havia reclamado de falta e alguém estava protestando contra a reclamação.
– Eu não encostei em você! – gritou um cara de bigode e com cotoveleiras. Depois começaram os xingamentos: outra coisa que as pessoas nunca superam numa quadra de basquete.
Os olhos de Erik ainda estavam no jogo.
– Aimee contou alguma coisa a você?
– Tipo o quê?
– Tipo qualquer coisa. Eu lembro que você ficou um tempo no porão com ela e Erin Wilder.
– Sim.
– O que vocês conversaram?
– Nada. Elas só ficaram curtindo com a minha cara, dizendo como o quarto era antiquado.
Erik olhou para Myron. Ele quis afastar o olhar, mas o sustentou.
– Aimee é um pouco... rebelde – disse Erik.
– Como a mãe.
– Claire? – Ele piscou. – Rebelde?
Ah, cara, ele deveria aprender a fechar a boca.
– Em que sentido?
Myron optou pela resposta política.
– Depende do que você quer dizer com rebelde, acho.
Mas Erik não deixou escapar.
– O que você quis dizer com isso?
– Nada. É uma coisa boa. Claire tinha pique.
– Pique?
Cala a boca, Myron.
– Você sabe como é. Pique. Energia. No bom sentido. Quando você viu Claire pela primeira vez, no primeiro segundo, o que o atraiu nela?

– Muitas coisas. Mas o pique não foi uma delas. Eu já tinha conhecido um monte de garotas, Myron. Existem aquelas com quem a gente quer casar, aquelas que a gente só quer... bom, você sabe.

Myron assentiu.

– Claire era do tipo com quem a gente quer casar. Foi a primeira coisa que pensei quando olhei para ela. E sim, sei o que isso parece. Mas você era amigo dela. Sabe o que eu quero dizer.

Myron tentou não parecer muito interessado.

– Eu a amei demais – completou Erik.

Amou, pensou Myron, ficando quieto desta vez. Ele tinha dito "amei", e não "amo".

Como se lesse sua mente, Erik acrescentou:

– Ainda amo. Talvez mais do que nunca.

Myron esperou pelo "mas".

Erik sorriu.

– Imagino que você tenha sabido da novidade, não é?

– Sobre?

– Aimee. Na verdade a gente deve um agradecimento enorme a você.

– Por quê?

– Ela foi aceita na Duke.

– Uau, que fantástico!

– Ficamos sabendo há dois dias.

– Parabéns.

– Sua carta de recomendação. Acho que isso deu o empurrão final.

– Não – disse Myron. Se bem que provavelmente havia mais verdade na declaração do que Erik imaginava. Myron não somente tinha escrito a carta, mas também ligara para um dos seus antigos colegas de time, que agora trabalhava no departamento de admissões.

– É sério – continuou Erik. – A concorrência para entrar nas faculdades mais importantes é grande demais. Sua recomendação teve um peso enorme, tenho certeza. Portanto, obrigado.

– Ela é uma boa garota. O prazer foi meu.

O jogo terminou. Erik ficou de pé.

– Pronto?

– Acho que por hoje chega.

– Está doendo, hein?

– Um pouco.

– Estamos ficando velhos, Myron.
– Eu sei.
– Agora existem outras dores.
Myron confirmou com a cabeça.
– Acho que a gente tem que fazer uma escolha quando as coisas doem – disse Erik. – Podemos sentar no banco ou podemos tentar jogar com dor.
Erik saiu correndo para a quadra, e Myron ficou pensando se ele ainda estava falando sobre basquete.

capítulo 9

DE VOLTA AO CARRO, o telefone de Myron tocou outra vez. Ele verificou o identificador de chamadas. De novo nada.

– Alô?
– Você é um sacana, Myron.
– É, cara, entendi isso da primeira vez. Você tem alguma informação nova para me contar ou vamos continuar com aquela frase original sobre eu pagar pelo que fiz?

Clic.

Myron deu de ombros. Nos tempos em que costumava bancar o super-herói ele tinha boas conexões. Era hora de ver se isso ainda funcionava. Verificou a lista de telefones do celular. O número de Gail Berruti, seu antigo contato na companhia telefônica, ainda estava lá. As pessoas acham que não é realista o modo como os detetives particulares da TV conseguem os registros telefônicos com um estalo de dedos. A verdade é que isso era mais do que fácil. Todo detetive particular que se preze tem uma fonte na companhia telefônica. Pense em quantas pessoas não gostariam de ganhar uma ou duas pratas extras. Na época, o valor era de 500 dólares por lista de ligações, mas Myron imaginava que o preço tivesse subido nos últimos seis anos.

Gail não atendeu – talvez estivesse passando o fim de semana fora –, mas Myron deixou uma mensagem.

– Esta é uma voz do seu passado – começou.

Pediu para ela ligar de volta com o rastreamento do número de telefone. Tentou de novo o celular de Aimee. Caiu na caixa postal outra vez. Quando chegou em casa, ligou o computador e pôs o número no Google. Nada. Tomou um banho rápido e depois verificou os e-mails. Jeremy, seu filho, tinha mandado uma mensagem de fora do país:

Ei, Myron
Só posso dizer que estamos na área do Golfo Pérsico. Estou indo bem. Mamãe parece maluca. Ligue para ela se puder. Ela ainda não entende. Papai também não, mas ele pelo menos finge entender. Obrigado pelo presente. A gente adora receber coisas aqui.

Preciso ir. Mais tarde escrevo mais, mas posso ficar fora de contato durante um tempo. Ligue para a mamãe, certo?
Jeremy

Myron leu de novo e de novo, mas as palavras não mudaram. O e-mail, como a maioria dos de Jeremy, não dizia nada. Não gostou da parte do "fora de contato". Pensou na sua vida como pai, em como havia perdido uma parte tão grande disso, em como seu filho se encaixava na sua vida agora. A coisa estava funcionando, pelo menos para Jeremy. Mas era difícil. Para Myron, o garoto era um grande "o que poderia ter sido", um imenso "se ao menos eu soubesse", e na maior parte do tempo isso simplesmente doía.

Ainda olhando a mensagem, Myron ouviu o celular tocando. Vociferou baixinho, mas desta vez o identificador mostrou que quem ligava era a divina Sra. Ali Wilder.

Sorriu ao atender.
– Serviços de Garanhão – disse.
– Quieto! E se fosse um dos meus filhos ao telefone?
– Eu fingiria que sou vendedor de cavalos.
– Vendedor de cavalos?
– Sei lá como chamam as pessoas que vendem cavalos reprodutores.
– A que horas é o seu voo?
– Às quatro.
– Está ocupado?
– Por quê?
– As crianças vão ficar fora de casa na próxima hora.
– Oba.
– Exatamente o que eu pensei.
– Vou levar um tempo para chegar aí.
– Ahã.
– E teria que ser uma rapidinha.
– Não é a sua especialidade? – perguntou ela.
– Essa agora doeu.
– Brincadeirinha. Garanhão.
Ele relinchou.
– Em cavalês isso significa "Estou indo".

Mas quando Myron bateu à porta, Erin atendeu.

– Oi, Myron.
– Oi – disse ele, tentando não parecer desapontado.
Olhou para trás dela. Ali deu de ombros como se dissesse *desculpe*.
Myron entrou. Erin correu para o andar de cima. Ali chegou mais perto.
– Ela chegou tarde em casa e não quis ir para a aula de teatro.
– Ah.
– Desculpe.
– Sem problema.
– A gente pode pelo menos dar uns beijinhos.
– Posso fazer um pouco mais que isso?
– Faço questão.
Ele sorriu.
– O que foi?
– Só estava pensando.
– No quê?
– Numa coisa que Esperanza disse uma vez. *Men tracht un Gott lacht.*
– É alemão?
– Iídiche.
– O que significa?
– O homem planeja e Deus ri.
Ela repetiu.
– Gosto disso.
– Eu também – disse ele.
Em seguida a abraçou. Por cima do ombro de Ali, viu Erin no topo da escada. Ela não estava sorrindo. Seus olhos se encontraram por um momento e ele pensou em Aimee, em como a noite a havia engolido inteira, e na promessa que tinha jurado cumprir.

capítulo 10

MYRON TINHA TEMPO ANTES do voo.
Pegou um café num Starbucks no centro da cidade. O barista que recebeu seu pedido tinha a cara fechada. Enquanto ele entregava a bebida a Myron, colocando-a no balcão como se pesasse 1 tonelada, a porta atrás deles se abriu com uma pancada. O barista revirou os olhos quando o grupo entrou.

Hoje eram seis, pisando como se estivessem em neve funda, cabeças baixas, tremeliques de diversos tipos. Fungavam e passavam a mão no rosto. Os quatro homens estavam barbados. As duas mulheres cheiravam a mijo de gato.

Eram pacientes psiquiátricos. De verdade. Passavam a maior parte das noites na Essex Pines, uma instituição na cidade vizinha. Seu líder – aonde quer que fossem ele ficava na frente – se chamava Larry Kidwell. Durante o dia, o grupo perambulava pela cidade. O pessoal de Livingston os chamava de Malucos do Pedaço. De modo pouco caridoso, Myron pensava neles como uma banda de rock bizarra: Larry Lítio e os Cinco Medicados.

Hoje pareciam menos letárgicos do que o usual; devia estar bem perto da hora da próxima dose da medicação. Larry estava muito agitado. Aproximou-se de Myron e acenou.

– Ei, Myron – falou alto demais.
– E aí, Larry?
– Eram 1.487 planetas no dia da criação, Myron. Mil, quatrocentos e oitenta e sete. E eu não vi um tostão. Sabe o que quero dizer?

Myron assentiu.

Larry Kidwell veio arrastando os pés. O cabelo comprido e embolado saía de baixo de seu chapéu tipo Indiana Jones. Tinha cicatrizes no rosto. Os jeans gastos estavam escorregando, mostrando um rego suficiente para estacionar uma bicicleta.

Myron começou a se dirigir para a porta.

– Pega leve, Larry.
– Você também.

Ele estendeu a mão para apertar a de Myron. Os outros do grupo se imobilizaram de repente, todos aqueles olhos arregalados, brilhando de medicamentos, voltados para ele. Myron estendeu a mão de volta. Larry a segurou com força e puxou Myron mais para perto. Seu hálito fedia.

– O próximo planeta pode ser seu – sussurrou Larry. – Só seu.

– É ótimo saber, obrigado.

– Não! – Ainda um sussurro, mas agora mais áspero. – O planeta. É a lasca de Lua. Ela vem pegar você, sabe o que estou dizendo?

– Acho que sim.

– Não ignore isso.

Ele soltou Myron, com os olhos arregalados. Myron deu um passo atrás. Era possível ver a agitação do sujeito.

– Tudo bem, Larry.

– Aceite meu aviso, cara. Ele acariciou a lasca de Lua. Sacou? Ele odeia você tanto que acariciou a lasca de Lua.

Os outros do grupo eram completos estranhos, mas Myron conhecia a trágica história do líder. Larry Kidwell tinha sido um estudante dois anos à frente de Myron. Era um guitarrista incrível, levava jeito com as garotas, até namorou Beth Finkelstein, a maior gata da cidade, no último ano da escola. Ele fez o discurso de formatura da sua turma na Livingston High, foi para Yale e, segundo todos os relatos, fez um primeiro semestre fantástico.

Então tudo desmoronou.

O que foi surpreendente, o que tornou a coisa ainda mais horrenda, foi como aconteceu. Não houve nenhum fato aterrorizante na vida de Larry. Não houve nenhuma tragédia familiar. Não houve abuso de drogas, álcool ou problemas com uma garota.

Diagnóstico do médico: desequilíbrio químico.

Quem sabe como a gente desenvolve um câncer? Foi a mesma coisa com Larry. Ele simplesmente tinha uma doença mental. Começou como um leve TOC, depois ficou mais sério. Por mais que tentassem, não puderam impedir a queda. No segundo ano de faculdade Larry estava montando ratoeiras para comer os ratos. Ficou delirante. Largou Yale. Depois houve tentativas de suicídio, fortes alucinações e todo tipo de problemas. Larry invadiu a casa de alguém porque "os clyzets do planeta 326" estavam tentando fazer um ninho lá. Na ocasião a família estava em casa.

Desde então Larry Kidwell vinha entrando e saindo de clínicas psiquiátricas. Havia momentos em que ficava lúcido, e era tão doloroso perceber no que se transformara que ele cortava o próprio rosto – daí as cicatrizes – e chora numa agonia tão grande que os médicos o sedavam imediatamente.

– Certo – disse Myron. – Obrigado pelo aviso.

Myron saiu pela porta e não pensou mais nisso. Entrou na lavanderia Chang's, ao lado. Maxine Chang estava atrás do balcão. Como sempre, parecia exausta e com trabalho demais. Havia duas mulheres mais ou menos da idade de Myron junto ao balcão. Estavam falando sobre filhos e universidades. Só se falava nisso naquele momento. Aquelas semanas – os envelopes que chegariam em suas caixas de correspondência – decidiriam como sua prole seria feliz ou bem-sucedida pelo resto da vida.

– Ted está na lista de espera para a Penn, mas conseguiu entrar na Lehigh – disse uma das mulheres.

– Dá para acreditar que Chip Thompson entrou na Penn?

– Foi por causa do pai dele.

– O quê? Ah, espera, ele é ex-aluno, não é?

– Ele deu uma grana para eles.

– Eu devia ter imaginado. Chip tinha notas terríveis.

– Ouvi dizer que contrataram um profissional para escrever os trabalhos dele.

– Eu devia ter feito isso pelo Cole.

E continuava por aí.

Myron cumprimentou Maxine com a cabeça. Geralmente ela tinha um sorriso enorme para lhe oferecer. Hoje, não. Ela gritou:

– Roger!

Roger Chang veio dos fundos.

– Oi, Myron.

– E aí, Roger?

– Você queria levar as camisas agora, certo?

– Certo.

– Só um minuto.

– Maxine – disse uma das mulheres –, Roger já teve alguma notícia das faculdades?

Maxine mal levantou a cabeça.

– Ele conseguiu a Ritgers – disse ela. – Está na lista de espera das outras.

– Uau, parabéns.

– Obrigada. – Mas ela não aparentava empolgação.

– Maxine, ele não seria o primeiro da sua família a ir para a faculdade? – perguntou a outra mulher. Seu tom só soaria mais paternalista se ela estivesse fazendo carinho num cachorro. – Que maravilha para vocês!

Maxine escreveu na nota.

– Ele está na lista de espera para onde?

– Princeton e Duke.

Ouvir o nome da faculdade onde tinha estudado fez Myron pensar de novo em Aimee. Voltou rapidamente à imagem de Larry e sua conversa sinistra sobre planetas. Ele não costumava se preocupar com maus presságios nem nada disso, mas também não gostava de cutucar o olho do destino. Pensou em tentar de novo o celular de Aimee, mas de que adiantaria? Pensou na noite anterior, repassou-a na cabeça, imaginou o que poderia ter feito de diferente.

Roger – Myron tinha esquecido que o garoto já estava no último ano do ensino médio – voltou e lhe entregou a sacola com as camisas. Myron a pegou, disse para Roger colocar na sua conta e saiu. Ainda tinha um tempo antes de ir para o aeroporto.

Por isso foi até o túmulo de Brenda.

O cemitério ficava acima do pátio de uma escola. Myron não conseguia superar isso. O sol brilhava forte, zombando de sua tristeza, como sempre parecia fazer quando ele ia até lá. Ficou parado um tempo, sozinho. Não havia outros visitantes. Uma escavadeira abria um buraco ali perto. Myron continuou parado. Levantou a cabeça e deixou o sol bater em seu rosto. Ainda podia sentir isso – o sol no rosto. Brenda, claro, não podia. Nunca mais poderia.

Um pensamento simples, mas era isso aí.

Brenda Slaughter tinha somente 26 anos quando morreu. Se tivesse vivido faria 34 dali a duas semanas. Myron se perguntou onde ela estaria se ele tivesse cumprido sua promessa. Imaginou se estaria com ele.

Quando morreu, Brenda estava no meio da residência em medicina pediátrica. Era afro-americana, cerca de 1,92 metro, estonteante, tipo modelo de passarela. Ia jogar basquete profissional, seria a cara que lançaria a próxima liga feminina. A moça sofreu ameaças, por isso Myron foi contratado para protegê-la.

Belo serviço.

Ficou parado, olhando para baixo, e fechou os punhos. Nunca falava com ela quando ia ao cemitério. Não se sentava, não tentava meditar nem nada disso. Não pensava nas coisas boas, no riso dela, na beleza ou na presença extraordinária. Carros passavam rapidamente. O pátio da escola estava silencioso. Não havia crianças brincando. Myron não se mexeu.

Não tinha ido ali porque ainda estava de luto por ela. E sim porque não estava.

Mal se lembrava do rosto de Brenda. O único beijo que trocaram... quando ele pensava nisso sabia que era mais imaginação do que lembrança. Esse era o problema. Brenda Slaughter estava escorregando para longe dele. Logo seria como se nunca tivesse existido. Assim, Myron não ia lá para se consolar nem para prestar homenagens. Ia porque ainda precisava sofrer, precisava que os ferimentos permanecessem abertos. Ainda queria ficar ultrajado, porque seguir em frente – sentir-se em paz com o que tinha acontecido com ela – era obsceno demais.

A vida continua. Isso era bom, não era? O ultraje vai se apagando e se esvai lentamente. As cicatrizes se curam. Mas quando você deixa isso acontecer, sua alma também morre um pouquinho.

Assim, Myron ficou parado apertando os punhos até eles tremerem. Pensou no dia ensolarado quando a enterraram – e na sua vingança horrível. Invocou o ultraje. E ele veio com força. Seus joelhos enfraqueceram. Ele cambaleou mas ficou de pé.

Tinha errado com Brenda. Quisera protegê-la. Tinha pressionado demais – e por isso ela morrera.

Olhou para a sepultura. O sol ainda queimava sua pele, mas Myron sentiu o arrepio percorrer as suas costas. Imaginou por que escolheu o dia de hoje para a visita, depois pensou em Aimee, em pressionar demais, em querer proteger, e com mais um arrepio pensou – pensou não, temeu – que talvez, de algum modo, tivesse deixado tudo aquilo acontecer de novo.

capítulo 11

Claire Biel parou junto à pia da cozinha e olhou para o estranho que ela chamava de marido. Erik estava comendo um sanduíche cuidadosamente. Havia um jornal perfeitamente dobrado em quatro. Ele mastigava devagar. Usava abotoaduras. A camisa estava engomada. Erik gostava de tudo passado a ferro. No armário seus ternos eram pendurados com uma distância de 10 centímetros um do outro. Ele nem precisava medir para conseguir isso. Os sapatos, sempre engraxados, ficavam enfileirados como num desfile militar.

Quem era esse homem?

As filhas mais novas dos dois, Jane e Lizzie, engoliam sanduíches de pão de forma com creme de amendoim e geleia. Conversavam através das bocas pegajosas. Faziam barulho. O leite chacoalhava e respingava. Erik continuava lendo. Jane perguntou se as duas podiam sair da mesa. Claire disse que sim. As garotas foram correndo para a porta.

– Parem – disse Claire.

Elas pararam.

– Pratos na pia.

Elas suspiraram e reviraram os olhos – apesar de só terem 9 e 10 anos tinham aprendido com a melhor: a irmã mais velha. Voltaram como se atravessassem um deserto, levantaram pratos que pareciam pedregulhos enormes e, de algum modo, escalaram a montanha até a pia.

– Obrigada – disse Claire.

Elas saíram. A cozinha ficou silenciosa. Erik mastigava sem fazer barulho.

– Ainda tem café? – perguntou ele.

Ela serviu um pouco. Ele cruzou as pernas, com cuidado para não amarrotar a calça. Fazia dezenove anos que estavam casados, mas a paixão tinha escapado pela janela em menos de dois. Agora andavam sem sair do lugar, vinham fazendo isso por tanto tempo que não parecia mais tão difícil. O clichê mais antigo do mundo era sobre a rapidez com que o tempo passa, mas era verdade. Não parecia que a paixão tinha acabado tão cedo. Às vezes, como agora, Claire podia olhar para ele e se lembrar de um tempo em que simplesmente vê-lo tirava seu fôlego.

Ainda sem levantar os olhos, Erik perguntou:

– Teve notícias da Aimee?
– Não.
Ele estendeu o braço para puxar a manga da camisa, olhou o relógio e levantou uma sobrancelha.
– Duas da tarde.
– Deve estar acordando agora.
– A gente podia ligar.
Ele não se mexeu.
– Quando disse *a gente*, você quis dizer *eu*? – perguntou Claire.
– Eu ligo se você quiser.
Ela pegou o telefone e digitou o número do celular da filha. Tinham dado o aparelho a Aimee no ano anterior. Aimee havia trazido um anúncio mostrando que eles poderiam acrescentar uma terceira linha pagando 10 dólares por mês. Erik não se comoveu. Mas – gemeu Aimee – todos os amigos dela, todos!, tinham celular, um argumento que sempre, *sempre*, levava Erik a dizer: "Nós não somos todo mundo, Aimee."
Mas Aimee estava preparada para isso. Mudou rapidamente de tática e puxou os cordões da proteção paterna:
– Se eu tivesse um celular poderia ficar sempre em contato. Vocês poderiam me encontrar 24 horas por dia, sete dias por semana. E se houver alguma emergência...
Isso resolveu a questão. As mães entendiam essa verdade básica: sexo e pressão dos colegas pode convencer, mas nada convence mais que o medo.
A ligação caiu na caixa postal. A voz entusiasmada de Aimee – ela havia gravado a mensagem quase imediatamente depois de ganhar o telefone – disse a Claire para, sei lá, deixar um recado. Ouvir a voz da filha, por mais familiar que fosse, provocou nela uma pontada de dor, mesmo não sabendo exatamente por quê.
Quando soou o bipe, Claire disse:
– Oi, querida, é a mamãe. Liga pra mim, está bem?
Desligou.
Erik ainda estava lendo o jornal.
– Ela não atendeu?
– Ih, como você percebeu? Foi a parte em que eu pedi para ela me ligar?
Ele franziu a testa diante do sarcasmo.
– Provavelmente a bateria do telefone dela acabou.
– Provavelmente.

– Ela sempre se esquece de carregar – disse ele balançando a cabeça. – Na casa de quem ela dormiu? Na da Steffi?

– Stacy.

– Certo, tanto faz. Talvez a gente devesse ligar para a Stacy.

– Por quê?

– Quero que ela volte para casa. Ela tem aquele trabalho para a quinta-feira.

– É domingo. Aimee acaba de conseguir entrar para a faculdade.

– Então você acha que ela devia relaxar nos estudos agora?

Claire lhe entregou o telefone sem fio.

– Ligue você.

– Ótimo.

Claire lhe deu o número. Ele apertou as teclas e encostou o aparelho no ouvido.

Quando atenderam, Erik pigarreou.

– Boa tarde, aqui é Erik Biel. Sou pai de Aimee. Ela está aí?

Seu rosto não mudou. Sua voz não mudou. Mas Claire o viu apertar o telefone e sentiu algo ceder no fundo do peito.

capítulo 12

MYRON TINHA DUAS IDEIAS meio contraditórias com relação a Miami. Primeira: o clima era tão bom que ele deveria se mudar para lá. Segunda: havia sol demais. Tudo era claro demais. Até no aeroporto Myron se pegou estreitando os olhos.

Isso não era problema para seus pais, os amados Ellen e Al Bolitar, que usavam aqueles óculos escuros enormes, que mais pareciam óculos de soldador. Os dois o esperavam no aeroporto. Myron tinha dito para não irem, que pegaria um táxi, mas o pai insistiu.

– Eu não pego você sempre no aeroporto? Lembra-se de quando você veio de Chicago depois daquela nevasca?

– Isso foi há dezoito anos, pai.

– E daí? Acha que eu esqueci como faz para ir até lá?

– E aquilo foi no aeroporto de Newark.

– Dezoito minutos, Myron.

Os olhos de Myron se fecharam.

– Eu lembro.

– Exatamente dezoito minutos.

– Eu lembro, pai.

– Foi o tempo que eu levei para ir de casa até o terminal A do Aeroporto de Newark. Eu costumava marcar, lembra?

– Lembro, sim.

Portanto ali estavam os dois no aeroporto, bronzeados e com novas marcas senis na pele. Quando Myron desceu a escada rolante, sua mãe veio correndo e o envolveu com os braços como se ele fosse um prisioneiro de guerra voltando para casa em 1974. O pai ficou ao fundo com um sorriso satisfeito. Myron a abraçou de volta. A mãe parecia menor. Era como isso acontecia. Seus pais murchavam, ficavam menores e mais morenos, como enormes cabeças encolhidas.

– Vamos pegar sua bagagem – disse a mãe.

– Está aqui.

– Só isso? Só uma bolsa?

– Só vou ficar uma noite.

– Mesmo assim.

Myron observou o rosto dela, olhou as mãos. Quando viu que o tremor estava mais nítido, sentiu uma pontada no peito.

– O que foi? – perguntou ela.

– Nada.

A mãe balançou a cabeça.

– Você sempre foi o pior dos mentirosos. Lembra aquela vez em que eu encontrei você e Tina Ventura e você disse que não estava acontecendo nada? Acha que eu não sabia?

Aquilo tinha sido no primeiro ano do ensino médio. Se alguém perguntasse aos dois o que tinham feito ontem eles não iriam lembrar. Se perguntasse alguma coisa da sua juventude parecia que eles tinham estudado reprises durante a noite.

Levantou as mãos fingindo rendição.

– Me pegou.

– Não seja tão metido a esperto.

Aproximaram-se do pai. Myron deu um beijo no rosto dele, como sempre. A pele estava frouxa. O cheiro de Old Spice continuava lá, porém mais fraco do que o usual. Havia outra coisa ali, algum outro cheiro, e Myron achou que era cheiro de velhice. Foram para o carro.

– Adivinhe quem eu encontrei – disse a mãe.

– Quem?

– Dotte Derrick. Lembra-se dela?

– Não.

– Claro que lembra. Dotte tinha aquela coisa, como é que a gente chama?, no quintal.

– Ah, certo. Ela. Que tinha aquela coisa.

Myron não fazia ideia do que a mãe estava falando, mas reagir assim era mais fácil.

– Bom, de qualquer modo, eu vi Dotte um dia desses e nós começamos a conversar. Ela e Bob se mudaram para cá há quatro anos. Eles têm uma casa em Fort Lauderdale, mas, Myron, é um horror. Quero dizer, não teve manutenção nenhuma. Al, como é o nome daquele lugar onde a Dotte mora? Sunshine Vista, algo assim, não é?

– Quem se importa? – perguntou o pai.

– Obrigado, Sr. Útil. De qualquer modo, é onde Dotte mora. O lugar é medonho. Todo arruinado. Al, o lugar onde a Dotte mora não é terrível?

– Vá direto ao ponto, El – disse o pai. – Pare de fazer rodeios.

– Estou indo, estou indo. Onde é que eu estava?
– Dotte não sei das quantas – respondeu Myron.
– Derrick. Você se lembra dela, não é?
– Lembro muito bem – disse Myron.
– Certo, bom. De qualquer modo, Dotte ainda tem primos lá no norte. Os Levines. Você se lembra deles? Não tem motivo para lembrar, esquece. Bem, um dos primos mora em Kasselton. Você conhece Kasselton, não é? Você costumava jogar contra eles no ensino médio...
– Conheço Kasselton.
– Não seja grosseiro.
O pai abriu os braços para o céu.
– Não enrola, El.
– Certo, desculpe. Você está certo. Quando você está certo, está certo. Então, para resumir uma história longa...
– Não, El, você nunca resume uma história longa – disse o pai. – Você já alongou um monte de histórias curtas. Mas nunca, jamais, resume uma história longa.
– Posso falar, Al?
– Como se alguém pudesse impedir! Como se um canhão ou um tanque do Exército... como se alguma coisa pudesse impedir você.
Myron não conseguiu evitar um sorriso. Senhoras e senhores, conheçam Ellen e Allan Bolitar.
– Então, eu estava conversando uma coisa e outra com a Dotte. Você sabe, o de sempre. Os Ruskins se mudaram da cidade. Gertie Schwartz teve pedras na vesícula. Antonietta Vitale, aquela coisinha linda, se casou com um milionário de Montclair. Esse tipo de coisa. E aí a Dotte me contou... a Dotte me contou isso, por sinal, e não você... Dotte disse que você está namorando alguém.
Myron fechou os olhos.
– É verdade?
Ele não disse nada.
– Dotte disse que você está namorando uma viúva com seis filhos.
– Dois filhos – corrigiu Myron.
Ellen parou e sorriu.
– O que foi?
– Peguei você.
– Hein?

– Se eu dissesse que eram dois filhos você poderia negar. – A mãe apontou um dedo tipo "arrá" no ar. – Mas eu sabia que, se dissesse que eram seis, você iria reagir. Peguei você.

Myron olhou para o pai. Ele deu de ombros.

– Ela andou vendo muitos filmes de detetive ultimamente.

– Filhos, Myron? Você está namorando uma mulher com filhos?

– Mãe, vou dizer do modo mais gentil que posso: fique fora disso.

– Escute, Sr. Engraçadinho. Quando há crianças envolvidas você não pode ficar só de brincadeira. Precisa pensar nelas. Entende o que estou dizendo?

– Você entende o significado de "fique fora disso"?

– Ótimo, faça o que quiser. – Agora ela é que fingia se render. Tal mãe, tal filho. – Não tenho nada a ver com isso mesmo.

Continuaram andando – Myron no meio, o pai à direita e a mãe à esquerda. Era como sempre andavam. Agora o ritmo era mais lento. Isso não o incomodava muito. Myron estava mais do que disposto a ir mais devagar para que eles andassem juntos.

Foram de carro até o prédio e pararam na vaga deles. A mãe pegou de propósito o caminho mais longo passando pela piscina, para poder apresentar Myron a uma enorme variedade de vizinhos. Ela ficava dizendo: "Você se lembra do meu filho?" E Myron fingia se lembrar deles. Algumas mulheres, várias com 60 e muitos anos, eram completamente plastificadas. Myron não tinha nada contra cirurgias estéticas, mas depois de certa idade isso o deixava arrepiado.

Assim como toda a Miami, o apartamento dos pais também era claro demais. Seria de pensar que à medida que ficavam velhas as pessoas quereriam menos luz, mas não. Ellen e Allan ficaram com os óculos de soldador nos primeiros cinco minutos. Ela perguntou se Myron estava com fome, e ele teve a inteligência de dizer que sim. A mãe já havia pedido um sanduíche *sloppy joe* – sua culinária seria considerada desumana na Baía de Guantánamo – num lugar chamado Tony's, que era igualzinho à velha lanchonete favorita da cidade deles.

Comeram, conversaram. A mãe ficava tentando limpar os pedacinhos de repolho presos nos cantos da boca do marido, mas sua mão tremia muito. Myron encarou o pai. O Parkinson dela estava piorando. Mas o primeiro dever dos dois ainda era proteger o filho de tudo aquilo.

– Quando você precisa sair para seu compromisso? – perguntou a mãe.

Myron olhou o relógio.

– Agora.

Despediram-se, fizeram de novo o ritual dos beijos e abraços. Quando ele se afastou, sentiu como se os estivesse abandonando, como se eles precisassem manter o inimigo longe sozinhos enquanto ele ia de carro para a segurança. Ter pais idosos era uma droga, mas, como Esperanza – que perdera os pais quando era jovem – tinha dito certa vez, era melhor do que a alternativa.

Assim que chegou ao elevador, Myron olhou o celular. Aimee ainda não tinha ligado de volta. Tentou de novo o número dela e não ficou surpreso quando caiu na caixa postal. Chega, pensou. Ligaria para a casa dela. Ver no que iria dar.

A voz de Aimee lhe veio à mente: *"Você prometeu..."*

Digitou o número da casa de Erik e Claire. Claire atendeu.

– Alô?

– Oi, aqui é Myron.

– Oi.

– O que está acontecendo?

– Nada – respondeu Claire.

– Vi Erik hoje cedo. – Uau, sério que era o mesmo dia? – E ele contou que a Aimee foi aceita na Duke. Por isso eu quis dar os parabéns.

– Ah, sim, obrigada.

– Ela está aí?

– Não, agora não.

– Posso ligar para ela mais tarde?

– Pode, claro.

Myron mudou de tática.

– Está tudo bem? Você parece meio distraída.

Ia falar mais, porém as palavras de Aimee – *"Você prometeu que não contaria aos meus pais"* – flutuaram até ele.

– Está tudo bem. Olha, preciso desligar. Obrigada por escrever aquela carta de recomendação.

– Não foi nada.

– Foi, sim, Myron. Os garotos que ficaram em quarto e sétimo lugar na turma dela se candidataram e não entraram. A diferença foi você.

– Duvido. Aimee é uma ótima aluna.

– Talvez, mas de qualquer modo, obrigada.

Houve um som de resmungo ao fundo. Parecia Erik.

Na mente de Myron surgiu a voz de Aimee outra vez: *"As coisas não vão muito bem com eles."* Ele tentou pensar em mais alguma coisa para dizer, mais uma pergunta, mas Claire desligou o telefone.

Loren Muse tinha pegado um novo caso de homicídio – um homicídio duplo, dois homens mortos a tiros em frente a uma boate em East Orange. Segundo boatos, as mortes tinham sido um atentado realizado por John Asselta, "O Fantasma", um pistoleiro famoso, nascido e criado na região. Asselta ficara quieto nos últimos anos. Se tinha voltado, eles teriam um bocado de trabalho a fazer.

Loren estava revendo o relatório de balística quando sua linha particular tocou. Ela atendeu e disse:

– Muse.

– Adivinha quem é?

Ela sorriu.

– Lance Banner, seu cachorro velho. É você?

– É.

Banner era investigador de polícia em Livingston, Nova Jersey, o subúrbio onde os dois tinham crescido.

– A que devo o prazer?

– Ainda está investigando o desaparecimento de Katie Rochester?

– Na verdade, não.

– Por quê?

– Para começo de conversa, não há prova de violência. Além disso, Katie Rochester já tem mais de 18 anos.

– Por pouco.

– Aos olhos da lei, 18 é o mesmo que 80. Por isso, oficialmente nem temos uma investigação acontecendo.

– E extraoficialmente?

– Conheci uma médica chamada Edna Skylar. – Loren contou a história de Edna, repetindo quase as mesmas palavras que tinha empregado para contar ao chefe, o promotor Ed Steinberg. Steinberg ficara sentado por um bom tempo antes de concluir, como já se esperava: "Não temos recursos para ir atrás de um caso duvidoso como esse."

Quando ela terminou, Banner perguntou:

– E como o caso chegou até você, para começo de conversa?

– Como eu disse, não havia caso, realmente. Ela é maior de idade, não há sinais de violência, sabe como é. Assim ninguém foi designado para investigar. Mas o pai, Dominick, fez um estardalhaço na imprensa, você provavelmente viu, e ele conhecia alguém que conhece alguém, e isso levou ao Steinberg...

– O que levou a você.
– Certo. A palavra-chave é *levou*. No passado. Já estou fora.
Lance Banner perguntou:
– Você tem dez minutos?
– Ouviu falar do homicídio duplo em East Orange?
– Ouvi.
– Eu estou chefiando as investigações.
– É por isso que estou pedindo só dez minutos.
– É importante?
– Digamos que é... – ele parou, escolhendo bem a palavra –... muito estranho.
– E envolve o desaparecimento de Katie Rochester?
– Dez minutos no máximo, Loren. Só peço isso. Diabos, aceito cinco.
Ela olhou para o relógio.
– Quando?
– Estou no saguão do seu prédio. Você consegue uma sala para a gente conversar?
– Por cinco minutos. Nossa, sua mulher não estava mentindo quando falou da sua energia...
– Vá sonhando, Muse. Ouviu essa campainha? Estou entrando no elevador. Arranje a sala.

O detetive Lance Banner, da polícia de Livingston, tinha o cabelo cortado à escovinha. Feições brutas e um corpo cheio de ângulos retos. Loren o conhecia desde o ensino fundamental e ainda não conseguia afastar da cabeça a imagem de como ele era naquela época. É assim com as crianças com quem a gente cresce. Sempre são vistas como eram no jardim de infância.
Quando Lance entrou, Loren o viu hesitar, sem saber como cumprimentá-la – um beijo no rosto ou um aperto de mão mais profissional. Ela assumiu a dianteira, puxou-o e lhe deu um beijo no rosto. Estavam numa sala de interrogatório e, num movimento automático, os dois se dirigiram para a cadeira do interrogador. Banner parou, levantou as duas mãos e se sentou à frente dela, na cadeira do suspeito.

– Talvez você devesse ler os meus direitos – disse ele.

– Vou esperar até ter o suficiente para uma prisão. E aí, o que levou você a Katie Rochester?

– Não temos tempo para jogar conversa fora, não é?

Ela apenas o olhou.

– Certo, certo, então vamos lá. Conhece uma mulher chamada Claire Biel? – começou ele.

– Não.

– Ela mora em Livingston. Devia se chamar Claire Garman quando a gente era criança.

– Ainda não lembro.

– Ela era mais velha do que a gente, de qualquer modo. Quatro, cinco anos provavelmente. – Ele deu de ombros. – Só quis verificar.

– Ahã – disse Loren. – Faça um favor, Lance. Finja que sou sua mulher e pule as preliminares.

– Ótimo, o negócio é o seguinte. Ela me ligou hoje de manhã. Claire Biel. A filha dela saiu ontem à noite e ainda não voltou.

– Quantos anos ela tem?

– Acabou de fazer 18.

– Algum sinal de violência?

Ele fez uma expressão que sugeria dúvida.

– Ainda não.

– E?

– E normalmente a gente espera um pouco. Como você disse ao telefone, tem mais de 18 anos, sem sinais de violência.

– Como aconteceu com Katie Rochester.

– Certo.

– Mas...?

– Eu conheço um pouco os pais. Claire estudou com meu irmão mais velho. Eles moram no bairro. Estão preocupados. É claro que a garota pode só estar fazendo alguma bobagem por aí. Foi aceita na Duke por esses dias. Era sua primeira opção. Saiu para festejar com os amigos. Você sabe o que quero dizer.

– Sei.

– Mas fiquei pensando: que mal há em dar uma verificada? Por isso fiz o mais fácil. Só para garantir aos pais que a garota está bem. Aliás, é Aimee o nome dela.

– E o que você fez?
– Chequei o cartão de crédito dela. Ela sacou mil dólares, o máximo possível, num caixa eletrônico às duas da madrugada.
– Você pegou o vídeo do banco?
– Peguei.

Loren sabia que agora isso era feito em segundos. Não existia mais uma fita antiquada. Os vídeos são digitais e podem ser mandados por e-mail quase instantaneamente.

– Era Aimee – disse ele. – Sem dúvida. Ela não tentou esconder o rosto nem nada.
– Então?
– Então a gente pensa que ela fugiu, certo?
– Certo.
– Moleza – continuou ele. – Ela pegou o dinheiro e está curtindo por aí, sei lá. Aproveitando o fim do último ano de escola. – Banner desviou o olhar.
– Anda, Lance. Qual é problema?
– Katie Rochester.
– Porque Katie fez a mesma coisa? Usou o caixa eletrônico antes de desaparecer?

Ele inclinou a cabeça para trás num gesto como se dissesse "talvez sim, talvez não". Seu olhar ainda estava distante.

– Não é só porque ela fez a mesma coisa que a Katie – disse. – É porque ela fez *exatamente* a mesma coisa.
– Não estou entendendo.
– O caixa eletrônico que Aimee Biel usou ficava em Manhattan. Mais especificamente... – ele diminuiu o ritmo das palavras –... num Citibank na esquina da Rua 52 com a Sexta Avenida.

Loren sentiu um arrepio na base do crânio.

Banner disse:
– Foi o mesmo que Katie Rochester usou, não foi?

Ela assentiu, depois disse uma coisa realmente idiota:
– Pode ser coincidência.
– Pode ser – concordou ele.
– Só estamos começando, mas fizemos um levantamento das ligações do celular dela.
– E?

– Ela deu um telefonema logo depois de pegar o dinheiro.
– Para quem?

Lance Banner se recostou e cruzou as pernas.

– Você se lembra de um cara alguns anos à nossa frente, um astro do basquete chamado Myron Bolitar?

capítulo 13

Em MIAMI, MYRON JANTOU com Rex Storton, um novo cliente, num restaurante gigantesco que Rex tinha escolhido porque muita gente ia lá. O restaurante era de uma daquelas cadeias universais e medonhas.

Storton era um ator um tanto idoso. Um antigo superastro procurando o papel num filme independente que iria fazer com que ele voltasse a brilhar em Hollywood. Estava resplandecente numa camisa polo cor-de-rosa com a gola levantada, uma calça branca com a qual um homem da sua idade não deveria se envolver e um topete grisalho brilhante que parecia bom quando você não estava sentado à mesa bem na frente dele.

Durante anos Myron representou apenas atletas profissionais. Quando um de seus jogadores de basquete quis mudar de ramo e fazer filmes, ele começou a conhecer atores, o negócio se firmou e agora ele cuidava quase exclusivamente de astros de cinema; a administração esportiva ficava por conta de Esperanza.

Era estranho. Como atleta, seria de pensar que ele se relacionaria melhor com as pessoas de uma profissão semelhante. Mas isso não acontecia. Gostava mais dos atores. A maioria dos atletas se destaca imediatamente, muito jovem, e é elevada a um status divino desde o início. Os atletas são os populares na escola. São convidados para todas as festas. Pegam todas as gatas. Os adultos puxam seu saco. Os professores pegam leve com eles.

Os atores são diferentes. Muitos começam no lado oposto do espectro. Costumam ser os jovens que não têm habilidades esportivas e que acabam procurando outra atividade. Na maioria são baixinhos – já conheceu algum ator na vida real e percebeu como ele era pequeno? – ou estranhos. Por isso eles vão para a área teatral. Mais tarde, quando alcançam o estrelato, não estão acostumados com esse tratamento. Ficam surpresos. Ficam mais gratos. Em muitos casos – não em todos – isso os torna mais humildes do que os atletas.

Havia outros fatores, claro. Dizem que os atores sobem ao palco para preencher um vazio que só o aplauso pode preencher. Mesmo se for verdade, isso os torna um pouco mais ansiosos para agradar. Enquanto os atletas estão acostumados às pessoas realizando seus desejos e passam a acreditar que isso é seu direito, os atores vêm de uma posição de insegurança.

Os atletas precisam vencer. Precisam derrotar você. Os atores só precisam do seu aplauso e, portanto, da sua aprovação.

Isso torna mais fácil trabalhar com eles.

Claro que essa era uma generalização absoluta – afinal de contas, Myron era atleta e não se considerava uma pessoa difícil –, mas, como a maioria das generalizações, havia um fundo de verdade.

Myron contou a Rex que o papel no filme independente, citando o roteiro, era de "um travesti geriátrico ladrão de carro, mas com bom coração". Rex assentiu. Seus olhos examinavam o salão continuamente, como se estivessem numa festa e esperasse a chegada de alguém mais importante. Rex sempre mantinha um olho virado para a entrada. Com os atores era assim. Myron agenciava um cara que tinha fama de detestar a imprensa. Havia brigado com fotógrafos. Tinha processado tabloides. Exigia privacidade. Mas sempre que Myron jantava com ele o ator escolhia um lugar no centro do salão, virado para a porta, e sempre que alguém entrava ele levantava a cabeça, só por um segundo, para garantir que seria reconhecido.

Com os olhos ainda se movendo, Rex disse:

– É, é, saquei. Vou ter que usar vestido?

– Em algumas cenas, sim.

– Já fiz isso.

Myron arqueou uma sobrancelha.

– Quero dizer, profissionalmente. Não banque o engraçadinho. E foi feito com bom gosto. O vestido precisa ser elegante.

– Como o quê, nada muito decotado?

– Você é uma piada, Myron. Por falar nisso, vou ter que passar por teste?

– Vai.

– Pelo amor de Deus, já fiz oitenta filmes.

– Eu sei, Rex.

– Ele não pode olhar um deles?

Myron deu de ombros.

– Foi o que ele disse.

– Você gostou do roteiro?

– Gostei, Rex.

– Quantos anos tem esse diretor?

– Vinte e dois.

– Meu Deus. Eu já era passado quando ele nasceu.

– Eles vão pagar a sua viagem a Los Angeles.
– Primeira classe?
– Econômica, mas acho que consigo trocar para executiva.
– Ah, a quem eu quero enganar? Eu me sentaria na asa usando fio-dental se o papel fosse bom.
– Esse é o espírito.

Uma mãe com a filha se aproximaram e pediram autógrafo a Rex. Ele deu um sorriso grandioso e estufou o peito. Olhou para a que obviamente era a mãe e disse:

– Vocês são irmãs?

Ela deu um risinho enquanto se afastavam.

– Adoro agradar.

Uma loura peituda veio pedir autógrafo. Rex a beijou com um pouco de intensidade demais. Depois de ela se afastar rebolando, Rex levantou um pedaço de papel.

– Olha só.
– O que é isso?
– O número do telefone dela.
– Fantástico.
– O que posso dizer, Myron? Eu amo as mulheres.

Myron revirou os olhos.

Comeram frango frito. Ou talvez fosse bife ou camarão. Depois de passar pela fritadeira tudo tinha o mesmo gosto. Myron viu que Rex o observava.

– O que foi? – perguntou.
– É meio difícil admitir – disse Rex –, mas só me sinto vivo quando fico sob os holofotes. Tive três mulheres e quatro filhos. Amo todos eles. Gostava de estar com eles. Mas o único momento em que me sinto eu de verdade é sob os refletores.

Myron não disse nada.

– Parece patético?

Myron deu de ombros.

– Sabe de mais uma coisa?
– O quê?
– No fundo acho que a maioria das pessoas é assim. Todos anseiam pela fama. Querem ser reconhecidos e ser parados na rua. Dizem que isso é uma coisa nova, que tem a ver com a merda dos *reality shows* na TV. Mas acho que sempre foi assim.

Myron examinou sua comida lamentável.

– Você concorda?

– Não sei, Rex.

– No meu caso os refletores foram se apagando aos poucos. Tive sorte. Mas conheci alguns atores que tiveram um único sucesso. Cara, eles nunca mais foram felizes. Nunca mais. Mas eu, com a decadência gradual, acabei me acostumando. E as pessoas ainda me reconhecem. É por isso que eu como fora toda noite. É medonho dizer, mas é verdade. E mesmo agora, com 70 e tantos anos, ainda sonho em voltar para aqueles refletores mais luminosos. Entende o que estou dizendo?

– Sei. É por isso que amo você.

– Por quê?

– Você é honesto com relação a isso. A maioria dos atores costuma dizer que é só pelo trabalho.

Rex fez um ruído de desprezo.

– Que monte de merda. Mas não é culpa deles, Myron. A fama é uma droga. Das mais poderosas. Você fica viciado, mas não quer admitir isso. – Rex lhe deu um sorriso brilhante que antigamente devia derreter o coração das mulheres. – E você, Myron?

– O que é que tem?

– Como eu disse, existem os refletores, certo? Para mim foram se apagando devagar. Mas para você, o maior jogador de basquete universitário do país, a caminho de uma grande carreira...

Myron esperou.

–... de repente, *clic*. – Rex estalou os dedos. – As luzes se apagaram. Quando você tinha apenas... o quê, 21, 22 anos?

– Vinte e dois.

– E como você aguentou? E eu também te amo, doçura. Portanto diga a verdade.

Myron cruzou as pernas. Sentiu o rosto ficar vermelho.

– Está gostando da peça nova?

– É uma bosta. É pior do que fazer striptease na Route 17.

– E você sabe disso por experiência própria?

– Pare de tentar mudar de assunto. Como você aguentou?

Myron suspirou.

– A maioria das pessoas diria que eu aguentei espantosamente bem.

Rex fez um movimento com a mão como se dissesse "Qual é!".

– O que você quer saber exatamente?
Rex pensou.
– O que você fez primeiro?
– Depois da lesão?
– É.
– Fisioterapia. Muita fisioterapia.
– E quando percebeu que seus dias no basquete haviam acabado...?
– Voltei para a faculdade de direito.
– Onde?
– Harvard.
– Muito impressionante. Então você foi estudar direito. E depois?
– Você sabe, Rex. Eu me formei, abri uma agência de representação esportiva, a empresa cresceu e agora também representa atores e escritores. Fim da história.
– Myron?
– O quê?
– Eu pedi a verdade.
Myron pegou seu garfo, espetou um pedaço de sei lá o quê, deu uma mordida e mastigou devagar.
– As luzes não se apagaram simplesmente, Rex. Eu tive um apagão de energia completo. Um blecaute de toda uma vida.
– Sei disso.
– Por isso precisei superar.
– E?
– E é isso aí.
Rex balançou a cabeça e sorriu.
– O quê?
– Da próxima vez – disse Rex, pegando seu garfo. – Da próxima vez você vai me contar.
– Você é um pé no saco.
– Mas você me ama, lembra?
Quando terminaram de jantar e beber, já era tarde. Bebendo pela segunda noite seguida! Myron Bolitar, biriteiro das estrelas. Certificou-se de que Rex chegara em casa em segurança antes de ir para o apartamento dos pais. Tinha uma chave. Entrou silenciosamente para não acordar a mãe e o pai. Sabia que não iria adiantar.
A TV estava ligada. Seu pai estava sentado na sala. Quando Myron en-

trou ele fingiu que tinha acabado de acordar. Mentira. O pai sempre ficava acordado até Myron voltar para casa. Não importava a hora. Não importava que agora o filho estivesse na quinta década de vida.

Myron chegou por trás, o pai se virou e lhe deu o sorriso, aquele que guardava só para ele, o que dizia que Myron era sua maior criação.

– Foi divertido?

– Rex é um cara maneiro – disse Myron.

– Eu gostava dos filmes dele. – O pai assentiu algumas vezes a mais do que o necessário. – Sente-se um segundo.

– O que há?

– Sente-se, está bem?

Myron obedeceu. Cruzou as mãos no colo. Como se tivesse 8 anos.

– É sobre a mamãe?

– Não.

– O Parkinson dela está piorando.

– Com o Parkinson é assim, Myron. Ele piora.

– Há alguma coisa que eu possa fazer?

– Não.

– Acho que eu deveria conversar com ela, pelo menos.

– Não. É melhor assim. E o que você diria que sua mãe já não soubesse?

Foi a vez de Myron assentir algumas vezes a mais do que o necessário.

– E sobre o que você queria falar?

– Nada. Quero dizer, sua mãe quer que a gente tenha um papo... de homem, sabe?

– Sobre o quê?

– O *New York Times* de hoje.

– Não entendi.

– Saiu uma coisa nele. Sua mãe acha que você vai ficar chateado e que a gente deveria conversar. Mas não vou fazer isso. O que vou fazer é entregar o jornal e deixar você sozinho um tempo. Se quiser conversar, venha falar comigo, certo? Se não, eu lhe dou seu espaço.

Myron franziu a testa.

– Alguma coisa no *New York Times*?

– Seção Estilos de Domingo. – O pai se levantou e apontou com o queixo para a pilha de jornais. – Página 16. Boa noite, Myron.

– Boa noite, pai.

O pai saiu pelo corredor, sem precisar andar nas pontas dos pés: a mãe era capaz de dormir durante um show do Judas Priest. Ele era o vigia noturno; ela, a princesa adormecida. Myron se levantou. Pegou o caderno Estilos de Domingo, foi à página 16, viu a foto e sentiu um estilete cortar seu coração.

Aquela seção do *New York Times* trazia fofocas de alto nível. A página mais lida era a dos anúncios de casamentos da alta sociedade. E ali, na página 16, no canto superior esquerdo, estava a foto de um homem com a aparência de um boneco Ken e dentes absurdamente perfeitos. Tinha uma covinha no queixo digna de senador republicano e seu nome era Stone Norman. A matéria dizia que Stone comandava o Grupo de Investimentos BMV, um empreendimento financeiro bem-sucedido especializado em grandes negócios institucionais.

Tédio.

O anúncio de noivado dizia que Stone Norman e sua futura esposa iriam se casar no sábado seguinte no Tavern on the Green, em Manhattan. Um reverendo realizaria a cerimônia. Depois os recém-casados começariam a vida nova em Scarsdale, Nova York.

Mais tédio. Tédio de matar.

Mas não era nada disso que tinha cortado seu coração. Não, o que provocou isso, o que realmente fez seus joelhos amolecerem, foi a mulher com quem o velho Stone ia se casar, a que sorria ao lado dele na foto, um sorriso que Myron conhecia bem demais.

Por um momento simplesmente ficou olhando. Estendeu a mão e roçou com o dedo o rosto da noiva. A biografia declarava que ela era uma escritora de best-sellers indicada para o PEN/Faulkner e para o National Book Award. Seu nome era Jessica Culver e, ainda que a matéria não dissesse isso, durante mais de uma década fora o amor da vida de Myron Bolitar.

Ele ficou sentado, apenas olhando.

Jessica, a mulher que ele tivera certeza de que era sua alma gêmea, ia se casar com outro.

Myron não a via desde que tinham rompido, sete anos antes. A vida continuou para ele. Claro, continuou para ela também. Por que deveria estar surpreso?

Pousou o jornal, depois o pegou de novo. Uma vida atrás, Myron pedira Jessica em casamento. Ela tinha recusado. Os dois ficaram juntos uma vez ou outra durante a década seguinte. Mas no fim das contas Myron queria se casar, e Jessica não. Ela praticamente zombava da ideia burguesa do casamento: o subúrbio, a casa de cerca branca, os filhos, o churrasco de domingo, os jogos da Liga Infantil, a vida que os pais de Myron tinham tido.

Só que agora Jessica ia se casar com Stone Norman e se mudar para o bairro chiquérrimo de Scarsdale, Nova York.

Myron dobrou o jornal com cuidado e o colocou na mesinha de centro. Levantou-se com um suspiro e seguiu pelo corredor, apagando as luzes pelo caminho. Passou pelo quarto dos pais. O abajur de leitura ainda estava aceso. Seu pai fingiu uma tosse para Myron saber que ele estava ali.

– Está tudo bem – disse Myron em voz alta.

O pai não respondeu e Myron sentiu-se grato por isso. O sujeito era como um mestre na corda bamba, conseguindo o feito quase impossível de mostrar que se importava sem se intrometer nem interferir.

Jessica Culver ia se casar.

Myron queria dormir para absorver isso. Mas o sono não vinha.

capítulo 14

Hora de conversar com os pais de Aimee Biel.
Eram seis da manhã. Loren Muse, a investigadora do condado, estava sentada no chão com as pernas cruzadas. Usava short, e o tapete felpudo pinicava suas pernas. Havia fichas e relatórios da polícia espalhados por toda parte. No centro estava a cronologia que ela havia montado.
Um ronco áspero veio do outro cômodo. Loren morava sozinha naquele apartamento vagabundo havia mais de uma década. A arquitetura era monótona, dominada por tijolos vermelhos. Eram estruturas fortes com cara de cela de prisão.
O ronco não vinha de um namorado. Loren até tinha um – um fracassado completo chamado Pete –, mas sua mãe, a ex-desejável e agora pelancuda Carmen Valos Muse Brewster Não Sei das Quantas estava no intervalo entre dois homens e por isso morava com ela. Seu ronco era o resultado de uma vida inteira de cigarro, vinho barato e músicas melosas.
Migalhas de biscoito dominavam a bancada. Um vidro aberto de creme de amendoim, com a faca se projetando como Excalibur, estava no meio, parecendo uma torre de vigia. Loren estudou os registros telefônicos, as faturas de cartão de crédito, os informes do E-Zpass, que garantia passe livre nos pedágios. Tudo isso pintava um quadro interessante.
Certo, pensou Loren. Vamos mapear a coisa toda.

- 1h56: Aimee Biel usa o caixa eletrônico do Citibank da Rua 52 – o mesmo usado por Katie Rochester três meses antes. Esquisito.
- 2h16: Aimee Biel telefona para a residência de Myron Bolitar em Livingston. O telefonema dura apenas alguns segundos.
- 2h17: Aimee Biel telefona para um celular registrado no nome de Myron Bolitar. O telefonema dura três minutos.

Loren assentiu para si mesma. Parecia lógico que Aimee Biel tivesse tentado primeiro o número da casa de Bolitar, e quando ele não atendeu – isso explicaria o pouco tempo do primeiro telefonema – ligou para o celular.
Voltando:

- 2h21: Myron Bolitar liga para Aimee Biel. Esse telefonema dura um minuto.

Pelo que tinham conseguido descobrir, Bolitar costumava passar a noite em Nova York no apartamento de um amigo chamado Windsor Horne Lockwood III no edifício Dakota. Lockwood era conhecido da polícia; apesar da origem rica, era suspeito de várias agressões e até de uns dois homicídios. O sujeito tinha a reputação mais louca que Loren já vira. Mas, de novo, isso não parecia relevante para o caso atual.

O ponto aqui era que Bolitar provavelmente estava no apartamento de Lockwood em Manhattan. Ele guardava o carro num estacionamento próximo. Segundo o funcionário noturno, Bolitar pegou o carro em algum momento por volta das 2h30.

Ainda não havia prova, mas Loren estava quase certa de que Bolitar tinha ido para o centro e pegado Aimee Biel. Estava trabalhando para conseguir os vídeos de segurança do comércio das redondezas. Talvez o carro de Bolitar aparecesse num deles. Mas por enquanto essa parecia uma conclusão bastante provável.

Continuando a cronologia:

- 3h11: Houve uma movimentação no cartão de crédito Visa de Bolitar num posto de gasolina Exxon na Route 4 em Fort Lee, Nova Jersey, perto da ponte George Washington.
- 3h55: O E-ZPass do carro de Bolitar mostrou que ele foi para o sul pela Garden State Parkway, atravessando os pedágios do condado de Bergen.
- 4h08: O E-Zpass mostra que Bolitar continuava indo para o sul, passando pelo condado de Essex.

Os pedágios só diziam isso. Bolitar podia ter pegado a Saída 145, que o levaria à sua residência em Livingston. Loren desenhou a rota. Não fazia sentido. Você não pegaria a ponte George Washington e depois a Garden State Parkway. Não fazia sentido. E mesmo que pegasse, não demoraria quarenta minutos para chegar ao pedágio de Bergen. Naquela hora da noite demoraria no máximo vinte minutos.

Então aonde ele tinha ido?

Voltou à cronologia. Havia um hiato de mais de três horas, mas às 7h18

Myron Bolitar ligou para o celular de Aimee Biel. Não foi atendido. Tentou mais duas vezes naquela manhã. Não foi atendido. Ontem ele havia ligado para a casa de Biel. Foi o único telefonema que demorou mais de alguns segundos. Loren se perguntou se ele teria falado com os pais dela.

Pegou o telefone e ligou para Lance Banner.

– E aí? – perguntou ele.

– Você falou com os pais de Aimee sobre o Bolitar?

– Ainda não.

– Acho que pode estar na hora.

Myron tinha uma nova rotina matinal. A primeira coisa que fazia era pegar o jornal e verificar as baixas da guerra no Afeganistão. Olhava os nomes. Todos. Certificava-se de que Jeremy Downing, seu filho, não estivesse na lista. Depois voltava e se demorava lendo cada nome outra vez, devagar. Lia o posto, a cidade natal e a idade. Era só isso que eles colocavam. Mas Myron imaginava que cada jovem morto na lista era outro Jeremy, era igual àquele garoto fantástico de 19 anos que morava na sua rua, porque, por mais simples que parecesse, eles eram. Durante apenas alguns minutos imaginava o que aquela morte significaria, que essa vida jovem, esperançosa, cheia de sonhos, tinha acabado para sempre; imaginava o que os pais deviam estar sentindo.

Esperava que os líderes do país fizessem algo semelhante. Mas duvidava.

Seu celular tocou. Verificou o identificador de chamadas. Dizia BOCHECHAS DOCES. Era o número não listado de Win. Clicou e disse alô.

Sem preâmbulos, Win falou:

– Seu voo chega à uma da tarde.

– Você trabalha na companhia aérea agora?

– "Trabalha na companhia aérea" – repetiu Win. – Essa é boa. Hilário.

– Acabou?

– Espere aí, deixe eu pegar uma caneta e anotar essa. Trabalha. Na. Companhia. Aérea.

Win.

– Acabou agora?

– Deixe eu tentar de novo: seu voo chega à uma da tarde. Vou pegar você no aeroporto. Tenho dois ingressos para o jogo dos Knicks. Vamos sentar na beira da quadra, provavelmente perto de Paris Hilton ou Kevin Bacon. Pessoalmente estou torcendo para que seja o Kevin.

– Você não gosta dos Knicks.
– É mesmo.
– Na verdade você não gosta nem de basquete. Então por quê...? – Myron percebeu o que era. – Droga.
Silêncio.
– Desde quando você lê a seção Estilos de Domingo, Win?
– Uma hora. Aeroporto de Newark. Tchau.
Clic.
Myron desligou o telefone e não pôde deixar de sorrir. Win. Que figura!
Entrou na cozinha. Seu pai estava acordado, fazendo o café da manhã. Ele não disse nada sobre o futuro casamento de Jessica. Mas a mãe pulou da cadeira, correu até ele, lançou-lhe um olhar que sugeria uma doença terminal e perguntou se ele estava bem. Myron garantiu que sim.
– Não vejo Jessica há sete anos – disse. – Não é grande coisa.
Os pais assentiram de modo condescendente.
Algumas horas depois ele foi para o aeroporto. Tinha se revirado na cama, mas no fim das contas estava mesmo tranquilo com relação a isso. Ele e Jessica haviam terminado mais de sete anos antes. E ainda que Jessica tivesse dominado a relação na maior parte do tempo, foi Myron quem colocou um ponto final.
Jessica era passado. Ele pegou o celular e ligou para Ali: ela era o presente.
– Estou no aeroporto de Miami – disse.
– Como foi a viagem?
A voz de Ali o encheu de calor.
– Boa.
– Mas?
– Mas nada. Quero ver você.
– Que tal lá pelas duas horas? As crianças vão sair, prometo.
– O que você tem em mente?
– O termo técnico seria... espere aí, me deixe verificar no dicionário... transa vespertina.
– Não dá para chegar às duas. Win vai me levar para assistir ao jogo dos Knicks.
– Que tal logo depois do jogo?
– Cara, odeio quando você banca a difícil.
– Vou aceitar isso como um sim.
– Pode crer.

– Você está bem?
– Estou.
– Está parecendo um pouquinho engraçado.
– Estou tentando parecer muito engraçado.
– Então não se esforce tanto.

Houve um momento incômodo. Ele queria dizer que a amava. Mas era cedo demais. Ou talvez, com o que tinha descoberto sobre Jessica, não fosse o momento certo. Você não vai querer dizer algo assim pela primeira vez pelo motivo errado.

Por isso falou:
– Estão chamando o meu voo.
– Vejo você em breve, lindão.
– Espere aí, se eu chegar no fim da tarde ainda vai ser uma transa "vespertina"? Não seria "crepusculina"?
– Demoraria muito para falar essa palavra. Não quero perder tempo.
– Ah, e por falar nisso...
– Tenha cuidado, bonitão.

Erik Biel estava sentado sozinho no sofá, e sua esposa, Claire, optou por uma poltrona. Loren notou isso. O normal seria que um casal nessa situação se sentasse junto, procurando conforto no companheiro. A linguagem corporal deles sugeria que os dois queriam estar o mais longe possível um do outro. Isso poderia significar uma fenda no relacionamento. Ou poderia significar que essa experiência era tão dolorosa que até mesmo a ternura – especialmente a ternura – arderia feito o diabo.

Claire Biel tinha servido chá. Loren não queria chá, mas tinha aprendido que a maioria das pessoas relaxava se você deixasse que elas controlassem alguma coisa. Por isso tinha aceitado. Lance Banner, que permanecia parado atrás dela, recusou.

Lance deixou que ela assumisse a dianteira. Ele conhecia os Biels. Isso poderia ajudar em algumas perguntas, mas ela é que daria o pontapé inicial. Loren tomou um gole de chá. Deixou o silêncio pesar um pouco: queria que eles fossem os primeiros a falar. Algumas pessoas poderiam considerar isso cruel. Não era, se ajudasse a achar Aimee. Se a garota fosse encontrada bem, isso seria esquecido rapidamente. Se não fosse, o desconforto do silêncio não seria nada em comparação com o que eles teriam que suportar.

– Aqui – disse Erik Biel. – Nós fizemos uma lista dos amigos mais próximos e os números de telefone. Já ligamos para todos. E para o namorado, Randy Wolf. Falamos com ele também.

Loren se demorou olhando os nomes.

– Surgiu alguma novidade? – perguntou Erik.

Erik Biel era o retrato da tensão. Já a mãe, Claire, bom, dava para ver a filha desaparecida gravada no rosto dela. Não tinha dormido. Estava péssima. Mas Erik, com a camisa social engomada, a gravata bem ajustada e a barba recém-feita, de algum modo parecia mais abalado. Estava se esforçando tanto para manter o controle que dava para ver que para ele não haveria um processo gradual. Quando a coisa desmoronasse, seria feia e talvez permanente.

Loren entregou o papel a Lance Banner. Virou-se e empertigou o corpo. Manteve o olhar no rosto de Erik enquanto jogava a bomba.

– Algum de vocês conhece um homem chamado Myron Bolitar?

Erik franziu a testa. Loren olhou para Claire. Pela sua expressão, parecia que Loren tinha pedido que ela lambesse o vaso sanitário.

– Ele é amigo da família – disse Claire. – Eu o conheço desde o ensino médio.

– Ele conhecia sua filha?

– Claro. Mas o que isso tem...

– Que tipo de relacionamento eles tinham?

– Relacionamento?

– Sim. Sua filha e Myron Bolitar. Que tipo de relacionamento eles tinham?

Pela primeira vez desde que os investigadores tinham entrado em sua casa, Claire se virou para o marido, procurando orientação. Erik também olhou para ela. Os dois tinham uma expressão de assombro.

Finalmente Erik falou:

– O que a senhora está sugerindo?

– Não estou sugerindo nada, Sr. Biel. Estou fazendo uma pergunta. Até que ponto sua filha conhecia Myron Bolitar?

Claire:

– Myron é um amigo da família.

Erik:

– Ele escreveu uma carta de recomendação para Aimee conseguir entrar na faculdade.

Claire assentiu com vigor.

– Isso. Assim.

– Assim, como?

Eles não responderam.

Loren manteve a voz calma:

– Eles costumam se ver?

– Se ver?

– É. Ou falar pelo telefone. Ou talvez trocar e-mails. – Depois Loren acrescentou: – Sem vocês dois estarem presentes.

Não parecia possível, mas a coluna de Erik Biel ficou ainda mais ereta.

– Que diabo a senhora está dizendo?

Certo, pensou Loren. Eles não sabiam. Isso não era fingimento. Era hora de trocar de marcha, verificar a honestidade deles.

– Quando foi a última vez que algum de vocês falou com o Sr. Bolitar?

– Ontem – respondeu Claire.

– A que horas?

– Não sei bem. No início da tarde, eu acho.

– A senhora ligou para ele ou ele ligou pra cá?

– Ele ligou – disse Claire.

Loren olhou para Lance Banner. Um ponto para a mãe. Isso batia com os registros telefônicos.

– O que ele queria?

– Dar os parabéns.

– Por quê?

– Aimee foi aceita na Duke.

– Mais alguma coisa?

– Ele perguntou se podia falar com ela.

– Com Aimee?

– É. Queria dar os parabéns.

– O que a senhora disse?

– Que ela não estava em casa. Depois agradeci por ele ter escrito a recomendação.

– O que ele disse?

– Que ia ligar para ela depois.

– Mais alguma coisa?

– Não.

Loren pensou sobre isso.

Claire Biel disse:

– A senhora não pode achar que Myron tenha alguma coisa a ver com isso, não é?

Loren apenas a encarou, prolongando o silêncio, dando-lhe a chance de continuar falando. Claire caiu no truque.

– A senhora deveria conhecê-lo – continuou. – Ele é um homem bom. Eu confiaria minha vida a ele.

Loren assentiu e depois olhou para Erik.

– E o senhor, Sr. Biel?

Os olhos dele fitavam o nada.

Claire disse:

– Erik?

– Eu vi o Myron ontem – respondeu ele.

Loren se empertigou.

– Onde?

– No ginásio da escola. – Sua voz estava impregnada de dor. – Aos domingos nós jogamos basquete lá.

– A que horas foi isso?

– Sete e meia. Talvez oito.

– Da manhã?

– É.

Loren olhou para Lance. Ele assentiu devagar. Tinha captado também. Bolitar não podia ter chegado em casa muito antes das cinco, seis da manhã. Algumas horas depois ele vai jogar basquete com o pai da garota desaparecida?

– O senhor joga com o Sr. Bolitar todo domingo?

– Não. Quero dizer, jogava. Mas fazia meses que ele não ia.

– O senhor falou com ele?

Erik assentiu devagar.

– Espere um segundo – disse Claire. – Quero saber por que a senhora está fazendo tantas perguntas sobre o Myron. O que ele tem a ver com isso?

Loren a ignorou.

– Sobre o que vocês conversaram?

– Sobre Aimee, basicamente.

– O que ele disse?

– Ele tentou ser sutil.

Erik explicou que Myron Bolitar tinha se aproximado dele e que os dois

96

começaram a conversar sobre exercícios, sobre acordar cedo, e que depois ele começou a perguntar sobre Aimee, sobre onde ela estava, sobre como os adolescentes podiam ser problemáticos.

– O tom dele era estranho.
– Como assim?
– Ele queria saber *de que modo* ela era problemática. Lembro que ele perguntou se Aimee andava mal-humorada, se passava tempo demais na internet, coisas assim. Lembro que achei meio estranho.
– Qual era a aparência dele?
– Horrível.
– Cansado? Barbado?
– As duas coisas.
– Certo, já basta – disse Claire Biel. – Temos o direito de saber por que a senhora está fazendo todas essas perguntas.

Loren olhou para ela.

– A senhora é advogada, não é, Sra. Biel?
– Sou.
– Então ajude-me aqui: em que ponto da lei diz que eu preciso lhe contar alguma coisa?

Claire abriu a boca e depois fechou. Loren pensou que tinha sido grosseira demais, mas a brincadeira de policial bonzinho e policial mau não é só para ser feita diante dos criminosos. Funcionava com as testemunhas também. Ela não gostava, mas era tremendamente eficaz.

Loren olhou de volta para Lance, que pegou a deixa.

– Temos algumas informações que ligam Aimee a Myron Bolitar.

Os olhos de Claire se estreitaram.

– Que tipo de informações?
– Anteontem à noite, às duas da madrugada, Aimee ligou para ele. Primeiro para a casa. Depois para o celular. Sabemos que em seguida o Sr. Bolitar pegou o carro dele numa garagem na cidade. – Lance continuou explicando a cronologia. O rosto de Claire perdeu a cor. Os punhos de Erik se fecharam.

Quando Lance terminou, os dois ainda atordoados demais para fazer perguntas, Loren foi adiante:

– Será que Myron e Aimee podem ter sido mais do que amigos?
– Claro que não – respondeu Claire.

Erik fechou os olhos.

97

– Claire...
– O quê? – disse ela rispidamente. – Você não pode acreditar que Myron se envolveria...
– Ela ligou para ele logo antes... – Ele deu de ombros. – Por que Aimee ligaria para ele? Por que ele não disse nada sobre isso quando nós nos encontramos no ginásio?
– Não sei, mas a ideia... – Ela parou, estalou os dedos. – Espere aí, Myron está namorando uma amiga minha. Ali Wilder. É uma mulher adulta, muito obrigada. Uma viúva linda com dois filhos. A ideia de que Myron poderia...
Erik fechou os olhos com força.
– O que foi, Sr. Biel? – perguntou Loren.
A voz dele estava baixa.
– Aimee estava diferente nos últimos tempos.
– Como assim?
Os olhos de Erik continuavam fechados.
– Nós não demos muita bola, achando que era coisa normal de adolescente. Mas nos últimos meses ela andava cheia de segredos.
– Isso é normal, Erik – disse Claire.
– Mas ficou pior.
Claire balançou a cabeça.
– Você ainda pensa nela como sua menininha. Só isso.
– Você sabe que é mais do que isso, Claire.
– Não, Erik, não sei.
Ele fechou os olhos novamente.
– Por favor, diga o que está pensando, Sr. Biel – insistiu Loren.
– Há duas semanas tentei invadir o computador dela.
– Por quê?
– Porque queria ler os e-mails dela.
Sua esposa o olhou irritada, mas ele não viu isso – ou talvez não tenha se importado. Loren foi em frente:
– E o que aconteceu?
– Ela mudou a senha. Não consegui entrar.
– Porque ela queria privacidade – disse Claire. – Você acha isso estranho? Eu tive um diário quando era garota. Mantinha trancado com uma chave e ainda por cima escondia. E daí?
Erik continuou:
– Liguei para o nosso provedor de internet. Eu é que pago a conta princi-

pal. Por isso eles me informaram a nova senha. Então eu me conectei para olhar os e-mails dela.

— E?

Ele deu de ombros.

— Tinham sumido. Todos. Ela deletou absolutamente todos.

— Ela sabia que você iria xeretar — explicou Claire. Seu tom era uma mistura de raiva e defensividade. — Ela só estava se resguardando contra isso.

Erik girou para ela.

— Você acredita mesmo nisso, Claire?

— Você acredita mesmo que ela estava tendo um caso com o Myron?

Erik não respondeu.

Claire voltou-se para Loren e Lance.

— Vocês perguntaram ao Myron sobre os telefonemas?

— Ainda não.

— Então o que estão esperando? — Ela estendeu a mão para sua bolsa. — Vamos ligar agora. Ele vai esclarecer tudo.

— Ele não está em Livingston — disse Loren. — Na verdade ele foi para Miami pouco depois de jogar basquete com seu marido.

Claire ia perguntar outra coisa, mas parou. Pela primeira vez Loren pôde ver uma sombra de dúvida atravessar o rosto dela. Loren decidiu usar isso. Levantou-se.

— Vamos manter contato — disse.

capítulo 15

Myron estava no avião pensando em seu antigo amor, Jessica.
Não deveria estar feliz por ela?
Jessica sempre havia sido feroz a ponto de se tornar irritante. Sua mãe e Esperanza não gostavam dela. Seu pai mantinha-se neutro. Win bocejava. Aos olhos de Win, as mulheres eram comíveis ou não. Jessica era definitivamente comível, mas depois disso... e daí?
As mulheres achavam que Myron tinha sido ofuscado pela beleza de Jessica. Ela escrevia maravilhosamente. Era passional. Ele queria viver como os pais. Ela zombava disso. Essas diferenças criavam uma tensão constante que os separava e os atraía um para o outro.
Agora Jessica ia se casar com um cara de Wall Street chamado Stone. Big Stone, pensou Myron. Rolling Stone. O próprio Homem Pedra.
Myron o odiava.
O que tinha acontecido com Jessica?
Sete anos mudam uma pessoa, Myron.
Mas tanto assim?
O avião pousou. Ele verificou o telefone enquanto a aeronave taxiava em direção ao terminal. Havia uma mensagem de texto de Win.

SEU AVIÃO ACABA DE POUSAR.
POR FAVOR PREENCHA SUA FRASE ENGRAÇADINHA SOBRE EU TRABALHAR NA COMPANHIA AÉREA. ESTOU ESPERANDO PERTO DA ESCADA DO PRIMEIRO ANDAR.

O avião diminuiu a velocidade enquanto se aproximava do portão. O piloto pediu que todo mundo ficasse nos seus lugares com os cintos afivelados. Quase todos ignoraram o pedido. Dava para ouvir os cintos se abrindo com estalos. Por quê? O que as pessoas ganhavam com aquele segundo extra? Seria porque simplesmente gostavam de desafiar as regras?
Pensou em ligar de novo para o celular de Aimee. Podia ser exagero. Quantos telefonemas ele poderia dar, afinal? A promessa também tinha sido bastante clara. Ele a levaria a qualquer lugar. Não faria perguntas. Não

contaria aos pais. Não seria surpresa se, depois de uma aventura daquelas, Aimee não quisesse falar com ele por alguns dias.

Desceu do avião e se dirigia para a saída quando ouviu alguém chamar:

– Myron Bolitar?

Virou-se. Eram dois, um homem e uma mulher. A mulher é que o tinha chamado. Era pequena, não teria muito mais de 1,50 metro. Myron tinha 1,92 metro, altíssimo comparado a ela. Mas a mulher não pareceu intimidada. O homem que a acompanhava tinha o cabelo cortado à escovinha. Além disso parecia vagamente familiar.

O homem estava segurando um distintivo. A mulher, não.

– Sou Loren Muse, investigadora do condado de Essex – apresentou-se. – Este é Lance Banner, detetive da polícia de Livingston.

– Banner – reagiu Myron automaticamente. – É irmão do Buster?

Lance Banner quase sorriu.

– Sou.

– Bom sujeito, o Buster. Treinei lançamentos com ele.

– Eu lembro.

– Como ele está?

– Bem, obrigado.

Myron não sabia o que estava acontecendo, mas tinha experiência com policiais. Mais por hábito do que por qualquer coisa pegou o celular e apertou um botão. Era sua discagem rápida. O aparelho iria ligar para Win, que ouvia toda a conversa. Era um antigo truque dos dois, que Myron não usava havia anos, e no entanto ali estava, com policiais, caindo nas velhas rotinas.

Devido aos entreveros passados com a lei, Myron tinha aprendido algumas verdades básicas que poderiam ser resumidas assim: só porque você não fez nada errado não significa que não esteja encrencado. É melhor jogar sabendo disso.

– Gostaríamos que viesse conosco – disse Loren Muse.

– Posso perguntar do que se trata?

– Não vamos tomar muito do seu tempo.

– Tenho ingressos para o jogo dos Knicks.

– Tentaremos não interferir nos seus planos.

– Beira da quadra. – Ele olhou para Lance Banner. – Área VIP.

– Está se recusando a vir conosco?

– Vocês estão me prendendo?

– Não.

– Então, antes de eu concordar em ir com vocês, gostaria que me dissessem de que se trata.

Desta vez Loren Muse não hesitou.

– É sobre Aimee Biel.

Opa. Ele deveria ter previsto, mas não previu. Myron cambaleou um passo.

– Ela está bem?

– Por que não vem conosco?

– Eu perguntei...

– Eu ouvi, Sr. Bolitar. – Ela lhe deu as costas e começou a se encaminhar para a saída. – Por que não vem conosco para podermos conversar mais?

Lance Banner dirigia. Loren Muse ia no banco do carona. Myron atrás.

– Ela está bem? – perguntou Myron.

Eles não queriam responder. Estavam jogando. Myron sabia disso, mas não se importou muito. Queria saber de Aimee. O resto era irrelevante.

– Falem comigo, pelo amor de Deus.

Nada.

– Eu a vi no sábado à noite. Vocês já sabem disso, certo?

Eles não responderam. Myron sabia por quê. A corrida foi misericordiosamente curta. Isso explicava o silêncio. Queriam suas declarações gravadas. Eles deviam estar se segurando muito para não falar nada, mas logo estariam numa sala de interrogatório e gravariam tudo.

Entraram numa garagem e o conduziram a um elevador. Saíram no oitavo andar. Estavam em Newark, no tribunal do condado. Myron já estivera ali. Conduziram-no a uma sala de interrogatório. Não havia espelho, portanto não havia um vidro unidirecional. Isso significava que uma câmera estava fazendo a vigilância.

– Estou sendo preso? – perguntou.

Loren Muse inclinou a cabeça.

– Por que pergunta isso?

– Não faça esse tipo de jogo comigo, Muse.

– Por favor, sente-se.

– Vocês já me checaram? Liguem para Jake Courter, o xerife de Reston. Ele vai dar referências sobre mim. Há outros, também.

– Daqui a pouco veremos isso.

– O que aconteceu com Aimee Biel?

– Você se importa se filmarmos isso? – perguntou Loren Muse.
– Não.
– Importa-se em assinar uma renúncia de direito?
Era uma renúncia de direito da Quinta Emenda. Myron sabia que era melhor não assinar – ele era advogado, pelo amor de Deus –, mas desconsiderou isso. Seu coração martelava no peito. Alguma coisa tinha acontecido com a garota. Eles deviam achar que ele sabia de algo ou estava envolvido. Quanto mais rápido acabassem com isso e o eliminassem como suspeito, melhor para Aimee.
– Certo – disse Myron. – Agora o que aconteceu com Aimee?
Loren Muse abriu as mãos.
– Quem disse que alguma coisa aconteceu com ela?
– Você, Muse. Quando me pegou no aeroporto, você disse: "É sobre Aimee Biel." E como, mesmo não gostando de me gabar, eu tenho poderes de dedução espantosos, deduzi que dois policiais não me pararam e disseram que era sobre Aimee Biel porque às vezes ela faz bagunça na sala de aula. Não, deduzi que alguma coisa deve ter acontecido com ela. Por favor, não se esquivem de mim porque eu tenho esse dom.
– Terminou?
Ele tinha terminado. Quando ficava nervoso começava a falar.
Loren Muse pegou uma caneta. Já havia um caderno em sua mesa. Lance Banner se levantou e permaneceu em silêncio.
– Quando você viu Aimee Biel pela última vez?
Ele sabia que era melhor não perguntar de novo o que tinha acontecido. Muse iria conduzir a coisa do jeito dela.
– Na noite de sábado.
– A que horas?
– Acho que entre duas e três da madrugada.
– Então seria na madrugada de domingo, e não na noite de sábado, não é?
Myron engoliu a resposta sarcástica.
– É.
– Sei. Onde a viu pela última vez?
– Em Ridgewood, Nova Jersey.
Ela anotou em seu bloco.
– Endereço?
– Não sei.
A caneta dela parou.

– Não sabe?

– Isso mesmo. Era tarde. Ela me deu instruções. Eu só fui seguindo.

– Sei. – Ela se recostou e largou a caneta. – Por que não começa do início?

De repente a porta da sala se abriu com um estrondo. Todas as cabeças se viraram. A advogada criminalista Hester Crimstein entrou como se a própria sala tivesse sussurrado um insulto e ela quisesse reagir. Por um momento ninguém se mexeu nem disse nada.

Hester esperou um instante, abriu os braços, pôs o pé direito à frente e gritou:

– Tchã-rããã!

Loren Muse levantou uma sobrancelha.

– Hester Crimstein?

– Nós nos conhecemos, queridinha?

– Reconheço você da TV.

– Eu ficaria feliz em dar autógrafos mais tarde. Nesse momento quero a câmera desligada e quero vocês dois – Hester apontou para Lance Banner e Loren Muse – fora daqui para eu poder falar com meu cliente.

A investigadora se levantou. Ficaram cara a cara, ambas mais ou menos da mesma altura. Loren a encarou e tentou fazer com que a advogada baixasse os olhos. Myron quase gargalhou. Certas pessoas diriam que Hester Crimstein era má feito uma cobra, mas a maior parte consideraria isso uma ofensa às cobras.

– Ei, o que você acha que...

Myron interveio:

– Hester...

– E você, quieto. – Hester lançou-lhe um olhar maligno e fez *tsc tsc*. – Assinando uma renúncia de direito e falando sem a presença da sua advogada. Que tipo de imbecil você é?

– Você não é minha advogada.

– Quieto, Myron.

– Eu mesmo me defendo.

– Você conhece a expressão "Quem advoga em causa própria tem um idiota como cliente"? Mude "idiota" para "completo imbecil sem cérebro".

Ele se perguntou como Hester havia chegado ali tão depressa, mas a resposta era óbvia. Win. Quando Myron apertou o botão do celular, assim que Win escutou as vozes dos policiais, devia ter encontrado Hester e a trazido para cá.

Hester Crimstein era uma das advogadas mais famosas do país. Tinha seu próprio programa na TV a cabo chamado *Crimstein contra o crime*. Tinham ficado amigos quando Hester ajudou Esperanza a se safar de uma acusação de assassinato alguns anos antes.

– Espere aí. – Hester olhou de novo para Loren e Lance. – Por que vocês dois ainda estão aqui?

Lance Banner deu um passo à frente.

– Ele acabou de dizer que você não é advogada dele.

– Qual é o seu nome mesmo, bonitão?

– Lance Banner, detetive da polícia de Livingston.

– Lance – disse ela. – O lance é o seguinte: o seu passo à frente foi um belo movimento, muito impositivo, mas você precisa projetar o peito mais um pouco. Tornar a voz um pouquinho mais profunda e acrescentar uma cara de desprezo. Assim: "Ei, franguinha, ele acabou de dizer que você não é advogada dele." Experimente.

Myron sabia que Hester não iria embora. Também sabia que, no fundo, não desejava que ela fosse. Queria cooperar, claro, queria acabar com aquilo, mas também queria saber o que havia acontecido com Aimee.

– Ela é minha advogada – falei. – Por favor, nos deem um minuto.

Hester deu um risinho de satisfação que os policiais certamente sentiram vontade de arrancar de seu rosto a tapas. Eles se viraram para a porta e Hester acenou como uma criancinha. Quando os dois saíram, ela fechou a porta e olhou para a câmera.

– Desliguem agora.

– Deve estar desligada – disse ele.

– É, claro. Os policiais nunca brincam com isso.

Ela pegou o celular.

– Para quem você está ligando? – perguntou Myron.

– Você sabe por que eles o trouxeram para cá?

– Tem alguma coisa a ver com uma garota chamada Aimee Biel.

– Isso eu já sei. Mas você não sabe o que aconteceu com ela?

– Não.

– É o que estou tentando descobrir. Coloquei minha investigadora local trabalhando nisso. Ela é a melhor que existe, conhece todo mundo nesse departamento. – Hester encostou o telefone no ouvido. – É, aqui é a Hester. O que há? Ahã. Ahã. – Hester ouviu sem tomar notas. Um minuto depois disse: – Obrigada, Cingle. Continue fuçando e veja o que eles sabem.

Hester desligou. Myron encolheu ombros interrogativamente.

– Essa garota...

– O que é que tem?

– Ela está desaparecida.

Myron sentiu a pancada de novo.

– Parece que ela não voltou para casa na noite de sábado. Deveria dormir na casa de uma amiga, mas nem chegou lá. Ninguém sabe o que aconteceu com ela. Parece que há registros telefônicos ligando você à garota. E outras coisas também. Minha investigadora está tentando descobrir exatamente o quê.

Hester sentou-se. Olhou para ele por cima da mesa.

– De modo que você precisa contar tudinho à tia Hester.

– Não – respondeu Myron.

– O quê?

– Olha, eu tenho duas opções. Você pode ficar enquanto eu falo com eles agora mesmo ou eu posso demitir você.

– Você deveria falar primeiro comigo.

– Não podemos perder tempo. Você precisa deixar que eu conte tudo a eles.

– Porque você é inocente?

– Claro que sou inocente.

– E a polícia nunca, *jamais*, prende a pessoa errada.

– Vou me arriscar. Se Aimee está com problemas, não posso deixar que percam tempo comigo.

– Discordo.

– Então você está demitida.

– Não banque o Trump comigo. Só estou aconselhando. Você é o cliente.

Hester se levantou e abriu a porta, chamou-os de volta. Loren Muse passou por ela e se sentou de novo. Lance ocupou seu posto no canto. Muse estava com o rosto vermelho, provavelmente chateada consigo mesma por não ter interrogado Myron no carro antes da chegada de Hester.

Loren Muse já ia dizer alguma coisa mas Myron a impediu levantando a palma da mão.

– Vamos ao ponto – disse ele aos dois. – Aimee Biel está desaparecida. Agora sei disso. Vocês provavelmente pegaram nossos registros telefônicos, então devem saber que ela me ligou por volta das duas da madrugada. Não sei direito o que sabem até agora, portanto deixem que eu os ajude. Ela pediu uma carona. Eu dei.

– Onde? – perguntou Loren.
– Em Midtown Manhattan. Esquina da Rua 52 com a Quinta Avenida, acho. Peguei a Henry Hudson para a ponte George Washington. Vocês têm a cobrança de cartão de crédito no posto de gasolina?
– Temos.
– Então sabem que nós paramos lá. Continuamos pela Route 4 até a Route 17, depois fomos para Ridgewood. – Myron viu uma mudança na postura deles. Tinha deixado passar alguma coisa, mas foi em frente. – Eu a deixei numa casa no final de uma rua sem saída. Depois fui para casa.
– E não se lembra do endereço, correto?
– Correto.
– Mais alguma coisa?
– Tipo?
– Tipo por que Aimee Biel ligou para você, para começo de conversa?
– Sou amigo da família.
– Deve ser amigo íntimo.
– Sou.
– E por que você? Quero dizer, primeiro ela ligou para sua casa em Livingston. Depois para o seu celular. Por que ela ligou para você e não para os pais, uma tia, um tio ou até uma amiga da escola? – Loren levantou as palmas das mãos para o céu. – Por que você?

A voz de Myron saiu suave.
– Eu fiz uma promessa a ela.
– Promessa?
– É.

Explicou o que havia acontecido no porão, que ouvira as garotas falando que tinham andado de carro com um cara bêbado, e fizera com que elas prometessem ligar para ele se estivessem em encrenca – e enquanto fazia isso viu o rosto dos outros mudar. Até o de Hester. As palavras, a razão, tudo agora parecia vazio até a seus próprios ouvidos, mas não conseguia identificar por quê. Sua explicação foi um pouco longa demais. Podia ouvir o tom defensivo na própria voz.

Quando terminou, Loren perguntou:
– Você já fez esse tipo de promessa antes?
– Não.
– Nunca?
– Nunca.

– Nunca se ofereceu para ser chofer de nenhuma garota desamparada ou embriagada?

– Ei! – Hester não deixaria isso passar. – Isso é uma descaracterização completa do que ele disse. E a pergunta já foi feita e respondida. Vá em frente.

Loren se remexeu na cadeira.

– E rapazes? Alguma vez já fez algum rapaz prometer ligar para você?

– Não.

– Então só garotas?

– Só *essas* garotas. Não foi uma coisa planejada.

– Sei. – Loren coçou o queixo. – E Katie Rochester?

– Quem é essa? – perguntou Hester.

Myron ignorou isso.

– O que é que tem?

– Algum dia você fez Katie Rochester prometer ligar para você quando estivesse bêbada?

– De novo isso é uma total deturpação do que ele falou – interveio Hester. – Ele estava tentando impedir que elas bebessem e andassem de carro com um bêbado ao volante.

– Certo, claro, ele é um herói – disse Loren. – Algum dia você fez isso com Katie Rochester?

– Eu nem conheço Katie Rochester – respondeu Myron.

– Mas ouviu o nome.

– Ouvi.

– Em que contexto?

– No noticiário. Portanto qual é a história, Muse? Sou suspeito de todos os casos de pessoas desaparecidas?

Loren sorriu.

– De todos, não.

Hester se inclinou para Myron e sussurrou no ouvido dele:

– Não estou gostando disso, Myron.

Ele também não.

Loren continuou:

– Então você nunca se encontrou com Katie Rochester?

Ele não pôde evitar sua formação de advogado.

– Não que eu saiba.

– Não que você saiba. Então quem saberia?

– Protesto.

— Você sabe o que eu quero dizer — retrucou Myron.
— E o pai dela, Dominick Rochester?
— Não.
— Ou a mãe dela, Joan? Já se encontrou com ela?
— Não.
— Não — repetiu Loren — ou não que você saiba?
— Eu me encontro com muita gente. Não me lembro de todas. Mas os nomes não são familiares.

Loren Muse olhou para o tampo da mesa.
— Você disse que deixou Aimee em Ridgewood?
— Sim. Na casa da amiga dela, Stacy.
— Na casa da amiga dela? — Isso atraiu a atenção de Loren. — Você não mencionou isso antes.
— Estou mencionando agora.
— Qual é o sobrenome de Stacy?
— Aimee não disse.
— Sei. Você encontrou essa tal de Stacy?
— Não.
— Levou Aimee até a porta da frente?
— Não, fiquei no carro.

Loren Muse fingiu uma expressão perplexa.
— Você fez uma promessa de protegê-la e não saiu do carro para levá-la até a porta da frente?
— Aimee pediu para eu ficar no carro.
— Quem abriu a porta da casa, então?
— Ninguém.
— E como Aimee entrou?
— Ela disse que Stacy provavelmente estava dormindo e que ela sempre entra sozinha pela porta dos fundos.
— Sei. — Loren se levantou. — Então vamos.
— Aonde vocês vão levá-lo? — perguntou Hester.
— A Ridgewood. Vamos ver se encontramos essa rua sem saída.

Myron se levantou junto com ela.
— Vocês não podem simplesmente descobrir o endereço de Stacy com os pais de Aimee?
— Já descobrimos — respondeu Loren. — O problema é que Stacy não mora em Ridgewood. Mora em Livingston.

capítulo 16

Quando Myron saiu da sala de interrogatório viu Claire e Erik Biel num cômodo mais adiante no corredor. Mesmo a distância e através do reflexo no vidro, pôde ver a tensão estampada no rosto deles. Parou.

– Qual é o problema? – perguntou Loren Muse.

Ele indicou com o queixo.

– Quero falar com eles.

– E dizer o quê, exatamente?

Myron hesitou.

– Quer perder tempo se explicando? – perguntou Loren Muse. – Ou quer nos ajudar a encontrar Aimee?

Ela estava certa. O que ele diria nesse momento? "Não fiz mal à sua filha. Só a levei até uma casa em Ridgewood porque não queria que ela andasse de carro com um garoto bêbado"? De que isso adiantaria?

Hester lhe jogou um beijo de despedida.

– Fique de boca fechada.

Ele a encarou.

– Ótimo, tudo bem. Só me ligue se eles prenderem você, está bem?

– Certo.

Myron pegou o elevador até a garagem com Lance Banner e Loren Muse. Banner pegou um carro e partiu. Myron olhou interrogativamente para Loren.

– Ele vai na frente, para pedir que um policial da área nos acompanhe.

– Ah.

Loren Muse foi até uma radiopatrulha que tinha uma jaula para criminosos na traseira. Abriu a porta de trás para Myron. Ele suspirou e entrou. Ela ocupou o banco do motorista. Havia um laptop preso no painel. Ela começou a digitar.

– E agora? – perguntou Myron.

– Pode me dar seu celular?

– Por quê?

– Só me dê.

Ele o entregou. Ela examinou a lista de ligações e depois largou o aparelho no banco da frente.

– Quando, exatamente, você ligou para Hester Crimstein?
– Não liguei.
– Então como...
– É uma longa história.
Win não iria querer que seu nome fosse mencionado.
– Isso não parece bom. Ligar para uma advogada tão cedo.
– Não me importo com o que parece.
– É, acho que não.
– E o que acontece agora?
– Vamos a Ridgewood tentar descobrir onde você diz que deixou Aimee Biel.
Ela deu a partida no carro.
– Conheço você de algum lugar – disse Myron.
– Eu cresci em Livingston. Quando era criança fui a alguns dos seus jogos de basquete.
– Não é isso. – Myron se empertigou no banco. – Espere, você cuidou do caso Hunter?
– Eu estive... – ela fez uma pausa – envolvida.
– É isso. O caso Matt Hunter.
– Você o conhece?
– Estudei com o irmão dele, Bernie. Fui ao enterro dele. – Myron se recostou. – E qual é o próximo passo? Você vai pedir um mandado para minha casa, meu carro, o quê?
– As duas coisas. – Ela olhou o relógio. – Estão sendo cumpridos agora.
– Provavelmente vocês vão encontrar provas de que Aimee esteve nos dois lugares. Eu contei sobre a festa, que nós estivemos no porão. E contei que dei carona a ela anteontem à noite.
– Tudo muito arrumadinho e conveniente, não é?
Myron fechou os olhos.
– Vão pegar meu computador também?
– Claro.
– Tenho muitas correspondências particulares nele. Informações sobre clientes.
– Eles terão cuidado.
– Não, não terão. Faça-me um favor, Muse. Inspecione o computador você mesma, está bem?
– Você confia em mim? Estou quase lisonjeada.

– Certo, olha, vamos colocar as cartas na mesa. Sei que sou um bom suspeito.

– Verdade? Por quê? Porque foi a última pessoa que esteve com ela? Porque é um ex-atleta solteiro que mora sozinho na casa onde nasceu e pega garotas adolescentes às duas da madrugada? – Ela deu de ombros. – Por que você seria suspeito?

– Eu não fiz isso, Muse.

Ela manteve os olhos concentrados na rua.

– O que foi? – perguntou Myron.

– Fale sobre o posto de gasolina.

– O... – E então ele entendeu. – Ah.

– "Ah" o quê?

– O que vocês têm? Um vídeo de câmera de segurança ou o testemunho do frentista?

Ela não disse nada.

– Aimee ficou furiosa comigo porque achou que eu contaria aos pais dela.

– Por que ela pensou isso?

– Porque fiquei fazendo perguntas: onde ela tinha estado, com quem, o que tinha acontecido.

– Mas havia prometido levá-la aonde ela quisesse sem fazer perguntas.

– Certo.

– E por que mudou de ideia?

– Eu não mudei de ideia.

– Mas...?

– Ela não parecia bem.

– Como assim?

– Ela não estava numa parte da cidade onde os jovens costumam ir para beber àquela hora. Não parecia bêbada. Não senti cheiro de bebida. Ela parecia mais perturbada do que qualquer coisa. Por isso pensei em tentar descobrir o motivo.

– E ela não gostou disso?

– É. E no posto de gasolina Aimee saiu do carro. Não queria voltar até que eu prometi que não faria mais nenhuma pergunta nem contaria aos pais dela. Ela disse – Myron franziu a testa, odiando trair essa confiança –, ela disse que estavam com problemas em casa.

– A mãe e o pai?

– É.
– O que você disse?
– Que isso era normal.
– Cara, você é bom. Que outra pérola de sabedoria você ofereceu? "O tempo cura todas as feridas"?
– Dá um tempo, Muse.
– Você ainda é meu principal suspeito, Myron.
– Não, não sou.
Ela levantou as sobrancelhas.
– Como assim?
– Você não é tão idiota. Nem eu.
– O que quer dizer?
– Você sabe sobre mim desde ontem à noite. Por isso deu alguns telefonemas. Com quem você falou?
– Você mencionou Jake Courter.
– Você o conhece?
Loren Muse confirmou com a cabeça.
– E o que o xerife Courter falou sobre mim?
– Que você já provocou mais desconforto no rabo do que hemorroidas.
– Mas ele disse que eu não sou culpado disso, não é?
Ela não respondeu.
– Qual é, Muse. Você sabe que eu não seria tão imbecil. Registros telefônicos, gastos no cartão de crédito, cobrança de pedágio, uma testemunha no posto de gasolina... é passar do ponto. Além disso você sabe que minha história vai ser confirmada. Os registros telefônicos mostram que Aimee ligou primeiro para mim. Isso se encaixa com o que estou dizendo.
Seguiram em silêncio por um tempo. O rádio do carro zumbiu. Loren atendeu. Lance Banner disse:
– Estou com um cara da área. Podemos ir.
– Estou quase chegando – disse ela. E depois para Myron: – Que saída vocês pegaram: Avenida Ridgewood ou Linwood?
– Linwood.
Ela repetiu ao microfone. Em seguida apontou para a placa verde pelo para-brisa.
– Avenida Linwood oeste ou leste?
– A que disser Ridgewood.
– Deve ser oeste.

Ele se recostou no banco. Ela pegou a rampa.
– Você se lembra da distância a partir daqui?
– Não sei bem. Seguimos direto por um tempo. Depois começamos a fazer um monte de curvas. Não lembro.
Loren franziu a testa.
– Você não me parece do tipo que esquece, Myron.
– Então enganei você.
– Onde você estava antes de ela telefonar?
– Num casamento.
– Bebeu muito?
– Mais do que deveria.
– Estava bêbado quando ela ligou?
– Provavelmente teria passado no teste do bafômetro.
– Mas você estava, digamos, um pouco alto?
– Estava.
– Irônico, não acha?
– Igual a uma música da Alanis Morissette. Tenho uma pergunta para você.
– Não estou a fim de responder às suas perguntas.
– Você perguntou se eu conhecia Katie Rochester. Isso foi somente rotina, duas garotas desaparecidas, ou você tem motivo para achar que os desaparecimentos estão relacionados?
– Está brincando, certo?
– Só preciso...
– Saber. Você só precisa saber. Agora repita tudo. Tudinho. O que Aimee disse, o que você disse, os telefonemas, o momento em que a deixou, tudo.
Ele repetiu. Na esquina da Avenida Linwood Myron notou um carro da polícia de Ridgewood surgir atrás deles. Lance Banner estava no banco do carona.
– Eles vêm junto por causa da jurisdição? – perguntou.
– É mais pelo protocolo. Você lembra para onde seguiu a partir daqui?
– Acho que viramos à direita perto daquele lago.
– Certo. Tenho um mapa no computador. Vamos tentar encontrar as ruas sem saída e ver o que acontece.
A cidade natal de Myron, Livingston, tinha o estilo moderno e rico dos judeus, ex-área agrícola convertida em construções parecidas, de casas de dois andares e um grande shopping center. Ridgewood era repleta de

antigos casarões vitorianos, paisagens luxuriantes e um centro cheio de lojas e restaurantes. Havia árvores dos dois lados das ruas, com a idade inclinando-as para o centro até formar uma cúpula protetora. Aqui havia menos mesmice.

Essa rua era familiar?

Myron franziu a testa. Não sabia. Não havia muita mesmice durante o dia, mas à noite tudo parecia florestal. Loren seguiu por uma rua sem saída. Myron balançou a cabeça. Depois outra e mais outra. As ruas serpenteavam aparentemente sem motivo ou planejamento, como uma pintura abstrata.

Mais ruas sem saída.

– Você disse antes que Aimee não parecia bêbada – disse Loren.

– Isso mesmo.

– Parecia como?

– Atormentada. – Ele se empertigou. – Achei que ela tinha terminado com o namorado ou algo assim. Acho que o nome dele é Randy. Já falaram com ele?

– Não.

– Por quê?

– Preciso me explicar a você?

– Não é isso, mas quando uma garota some a gente investiga...

– Não havia uma investigação. Ela é maior de idade, não houve sinais de violência, só estava sumida havia algumas horas...

– Até eu entrar na história.

– Exato. Claire e Erik ligaram para os amigos dela, claro. Randy Wolf, o namorado, não se encontrou com ela naquela noite. Estava em casa com os pais.

Myron franziu a testa. Loren Muse viu isso pelo retrovisor.

– O que foi? – perguntou.

– É sábado à noite no final do último ano de escola, e Randy fica em casa com mamãe e papai?

– Faça-me um favor, Bolitar. Só procure a casa, está bem?

Assim que ela fez a curva, Myron sentiu a pontada do déjà-vu.

– À direita. No fim da rua.

– É aqui?

– Ainda não tenho certeza. – E depois: – É. É aqui.

Ela parou distante da casa. O carro da polícia de Ridgewood parou atrás deles. Myron olhou pela janela.

– Avance uns metros.

Loren obedeceu. Myron manteve o olhar na casa.

– E então?

Ele assentiu.

– É essa aí. Ela abriu aquele portão na lateral. – E quase acrescentou: *Foi a última vez que a vi*, mas se conteve.

– Espere no carro.

Ela saiu. Myron ficou olhando. Ela foi até o outro carro e falou com Banner e um policial com a logo da polícia de Ridgewood no uniforme. Os dois conversaram e gesticularam. Então Loren Muse aproximou-se da casa. Tocou a campainha. Uma mulher atendeu. A princípio Myron não pôde vê-la. Então ela saiu. Não, não era familiar. Era magra. O cabelo louro se projetava para fora de um boné. Ela parecia ter acabado de malhar.

As duas conversaram por uns dez minutos. Loren ficava olhando para Myron como se tivesse medo de ele tentar escapar. Mais um ou dois minutos passaram. Loren e a mulher trocaram um aperto de mãos. A mulher voltou para dentro e fechou a porta. Loren voltou ao carro e abriu a porta de trás.

– Mostre por onde Aimee andou.

– O que ela disse?

– O que você acha que ela disse?

– Que nunca ouviu falar de Aimee Biel.

Loren Muse encostou o dedo indicador no nariz e depois apontou para ele.

– Este é o lugar – disse Myron. – Tenho certeza.

Myron refez o caminho de Aimee. Parou junto ao portão. Lembrava-se de como a garota tinha ficado ali. Lembrava-se do aceno, de que havia alguma coisa que o incomodava.

– Eu deveria ter... – E parou. Não adiantava. – Ela entrou aqui. Sumiu de vista. Depois voltou e acenou indicando que eu deveria ir embora.

– E você foi?

– Fui.

Loren Muse olhou o quintal dos fundos antes de voltar com ele para o outro carro da polícia.

– Eles vão levar você para casa.

– Posso ficar com meu telefone?

Ela o jogou para ele. Myron entrou no banco de trás do carro. Banner o ligou. Myron segurou a maçaneta.

– Muse?
– O quê?
– Houve um motivo para ela escolher essa casa.

Myron fechou a porta. Partiram em silêncio. Myron olhou o portão, viu-o ficar cada vez menor até sumir. Como Aimee Biel.

capítulo 17

Dominick Rochester, pai de Katie, estava sentado à cabeceira da mesa da sala de jantar. Seus três garotos também estavam ali. Sua mulher, Joan, se encontrava na cozinha. Com isso restavam duas cadeiras vazias: a dela e a de Katie. Ele mastigou a carne e olhou para a cadeira, como se quisesse fazer Katie surgir.

Joan saiu da cozinha trazendo um prato de rosbife fatiado. Ele fez um gesto para seu prato quase vazio, mas ela já tinha se adiantado, servindo-lhe mais. A mulher de Dominick Rochester ficava em casa e cuidava de tudo ali. Nada daquela besteira de trabalhar fora. Dominick não aceitaria.

Ele grunhiu um obrigado. Joan voltou à sua cadeira. Os garotos mastigavam em silêncio. Joan alisou a saia e pegou o garfo. Dominick ficou observando-a. Antigamente ela era linda de morrer. Agora tinha olhos vítreos e era mansa. Ficava encurvada numa submissão permanente. Bebia demais durante o dia, mas achava que ele não sabia disso. Não importava. Ainda era a mãe dos seus filhos e se mantinha na linha. Por isso ele deixava para lá.

O telefone tocou. Joan Rochester saltou de pé, mas Dominick sinalizou para ela ficar sentada. Ele enxugou o suor do rosto como se fosse um para-brisa e se levantou. Dominick era um homem grosso. Não gordo. Grosso. Pescoço grosso, ombros grossos, peito grosso, braços grossos e coxas grossas.

Odiava o sobrenome Rochester. Seu pai o havia mudado porque queria que soasse menos étnico. Mas o velho era um fraco, um fracassado. Dominick pensava em mudar o sobrenome de volta, mas isso também pareceria fraqueza. Como se talvez ele se preocupasse demais com o que os outros pensariam. Haviam humilhado seu pai. Tinham feito com que ele fechasse a barbearia. Zombavam dele. Seu pai achava que podia passar por cima disso. Dominick sabia que não.

Para ele, ou você arrebenta cabeças ou sua cabeça é arrebentada. Não faz perguntas. Primeiro arrebenta cabeças e leva porrada até que respeitem você. Então você argumenta. Mostra que está disposto a levar um soco. Deixa que eles vejam que você não tem medo de sangue, nem mesmo do seu. Você quer vencer, sorri através do sangue. Isso atrai a atenção deles.

O telefone tocou de novo. Ele verificou o identificador de chamadas. O número era bloqueado, mas a maioria das pessoas que ligava para ele preferia manter seus negócios em sigilo. Ele ainda estava mastigando quando levantou o aparelho.

A voz do outro lado disse:

– Tenho uma coisa para você.

Era seu contato na promotoria. Ele engoliu a carne.

– Manda ver.

– Tem outra garota sumida.

Isso atraiu a atenção dele.

– Ela também é de Livingston. A mesma idade, a mesma série.

– Nome?

– Aimee Biel.

O nome não significava nada, mas ele realmente não conhecia muito bem os amigos de Katie. Pôs a mão em cima do fone e perguntou para a família:

– Alguém de vocês conhece uma garota chamada Aimee Biel?

Ninguém disse nada.

– Ei, eu fiz uma pergunta. Ela é da série de Katie.

Os garotos balançaram a cabeça. Joan não se mexeu. O olhar dele encontrou o dela. Ela balançou a cabeça devagar.

– Tem mais – disse o contato ao telefone.

– O quê?

– Encontraram uma ligação dela com sua filha.

– Que tipo de ligação?

– Não sei. Eu só estava xeretando. Mas acho que tem a ver com o lugar onde elas sumiram. Você conhece um cara chamado Myron Bolitar?

– O antigo astro do basquete?

– É.

Rochester o vira algumas vezes. Também sabia que Bolitar tinha se encontrado com alguns de seus colegas mais sujos.

– O que é que tem?

– Parece que está envolvido.

– Como?

– Ele pegou a garota sumida no centro de Manhattan. Foi a última vez que ela foi vista. Ela usou o mesmo caixa eletrônico de Katie.

Ele sentiu um choque.

– Ele o quê?

O contato de Dominick explicou um pouco mais, que o tal de Bolitar tinha levado Aimee Biel de volta a Jersey, que um frentista de posto de gasolina viu os dois discutindo e que ela simplesmente desapareceu.

– A polícia falou com ele?

– Falou.

– O que ele disse?

– Acho que não muita coisa. Apareceu uma advogada.

– Ele... – Dominick sentiu um redemoinho vermelho crescer em sua cabeça. – Filho da puta. Prenderam ele?

– Não.

– Por quê?

– Ainda não têm o suficiente.

– E então o quê? Simplesmente deixaram ele ir embora?

– É.

Dominick Rochester não disse mais nada. Ficou muito quieto. Sua família notou. Todos ficaram imóveis, com medo de se mexer. Quando ele finalmente falou de novo ao telefone, sua voz estava tão calma que os familiares prenderam o fôlego.

– Mais alguma coisa?

– Por enquanto só isso.

– Continue cavando.

Dominick desligou o telefone. Virou-se para a mesa. Toda a família olhava para ele.

– Dom? – perguntou Joan.

– Não foi nada.

Ele não sentia necessidade de explicar. Isso não tinha a ver com eles. Era trabalho dele cuidar desses assuntos. O pai era o soldado, quem mantinha vigília para que a família pudesse dormir sem ser perturbada.

Foi para a garagem. Fechou os olhos e tentou abafar a raiva. Isso não iria acontecer.

Katie...

Olhou o bastão de beisebol metálico. Lembrou-se de ter ouvido falar do joelho machucado de Bolitar. Se ele achava que aquilo doía, se achava que um mero joelho machucado era dor...

Deu alguns telefonemas, fez um pouco de pesquisa. No passado Bolitar tinha tido problema com os irmãos Aches, que comandavam Nova York.

Diziam que Bolitar era durão, bom com os punhos, e andava com um psicopata chamado Windsor Não Sei das Quantas.

Não seria fácil pegá-lo.

Mas também não seria muito difícil. Não se Dominick contratasse os melhores.

Usava celulares descartáveis, do tipo que você pode comprar com dinheiro vivo usando um nome falso e jogar fora depois que acabassem os créditos. Não havia como relacioná-lo àquele número. Pegou um novo na prateleira. Por um momento simplesmente o segurou e pensou no próximo passo. Sua respiração estava ofegante.

Dominick tinha arrebentado um bom número de cabeças na vida, mas se digitasse esse número, se chamasse mesmo os Gêmeos, estaria atravessando uma linha da qual nunca havia se aproximado.

Pensou no sorriso da filha. Lembrou-se de quando ela teve que usar aparelho nos dentes quando tinha 12 anos, de como ela prendia o cabelo e de como costumava olhar para ele, muito tempo atrás, quando era uma menininha e ele era o homem mais poderoso do mundo.

Apertou os dígitos. Depois dessa ligação teria que se livrar do aparelho. Essa era uma das regras dos Gêmeos, e quando se tratava daqueles dois, não importava quem você era, não importava quanto você fosse forte nem como tinha se esforçado para comprar essa casa chique em Livingston.

O telefone foi atendido ao segundo toque. Sem alô. Sem cumprimento. Apenas silêncio.

Dominick disse:

– Vou precisar de vocês dois.

– Quando?

Pegou o bastão de metal. Gostava do peso daquilo. Pensou no tal de Bolitar, que andou de carro com uma garota desaparecida e depois se escondeu atrás de uma advogada. Que estava livre e provavelmente assistindo à TV e curtindo uma bela refeição.

De jeito nenhum deixaria isso de lado.

– Agora – disse Dominick Rochester. – Preciso de vocês dois agora.

capítulo 18

QUANDO MYRON CHEGOU EM casa em Livingston, Win já estava lá.

Esparramado numa espreguiçadeira no gramado da frente da casa, de pernas cruzadas, Win usava calça cáqui sem meias, camisa azul e uma gravata de um verde ofuscante. Certas pessoas podiam usar qualquer coisa e lhes cairia bem. Ele era uma delas.

Estava com a cabeça voltada para o sol, olhos fechados. Não os abriu enquanto Myron se aproximava.

– Ainda quer ir ao jogo dos Knicks? – perguntou.

– Acho que vou passar.

– Você se importa se eu levar outra pessoa, então?

– Não.

– Conheci uma garota no Scores ontem à noite.

– É stripper?

– Por favor. – Win levantou um dedo. – Dançarina erótica.

– Mulher de carreira. Bom.

– O nome dela é Bambi, eu acho.

– É o nome de verdade?

– Nada nela é de verdade. Por sinal, a polícia esteve aqui.

– Para revistar?

– É.

– Levaram meu computador?

– Levaram.

– Droga.

– Não se abale. Eu cheguei antes e fiz backup dos seus arquivos pessoais. Depois apaguei o disco rígido.

– Você é bom, cara.

– O melhor.

– Onde você fez backup?

– No pen-drive do meu chaveiro – respondeu ele, balançando-o com os olhos ainda fechados. – Agora faça o favor de chegar um pouco para a direita. Está bloqueando o meu sol.

– Hester descobriu alguma coisa nova?

– Houve um saque no cartão da Srta. Biel.

– Aimee pegou dinheiro?
– Não, um livro na biblioteca. É, dinheiro. Parece que Aimee Biel pegou mil dólares num caixa eletrônico alguns minutos antes de ligar para você.
– Mais alguma coisa?
– Tipo o quê?
– Eles estão associando isso a outro desaparecimento. Uma garota chamada Katie Rochester.
– Duas garotas da mesma área desaparecidas. Claro que vão associá-las.
Myron franziu a testa.
– Acho que tem mais alguma coisa aí.
Win abriu os olhos.
– Encrenca.
– O quê?
Win não disse nada, só ficou olhando. Myron acompanhou o olhar dele e sentiu o estômago se encolher.
Eram Erik e Claire, parados no gramado da casa, a alguns metros deles.
Por um momento ninguém se mexeu.
– Você está bloqueando meu sol de novo – disse Win.
Myron viu a fúria no rosto de Erik. Myron começou a caminhar até eles, mas algo o fez parar. Claire pôs a mão no braço do marido e sussurrou alguma coisa no ouvido dele. Erik fechou os olhos e ela tomou a dianteira.
Claire passou direto por Myron e se encaminhou para a porta da frente.
– Você sabe que eu não... – começou Myron.
– Lá dentro. – Claire continuou andando. – Quero que você conte tudo quando estivermos lá dentro.

O promotor Ed Steinberg, chefe de Loren, estava esperando quando ela voltou para o escritório.
– E então?
A investigadora o colocou a par do que sabia. Steinberg era um homem grande, mas tinha aquela coisa de urso de pelúcia, que dava vontade de apertar. Era casado. Fazia muito tempo que Loren não conhecia um homem desejável que não fosse casado.
Quando ela terminou, Steinberg disse:
– Verifiquei mais um pouco sobre o Bolitar. Sabe que ele e o amigo dele, Win, fizeram uns trabalhos para os federais?
– Ouvi boatos.

– Falei com Joan Thurston. – Thurston era a promotora federal do estado de Nova Jersey. – Muita coisa é sigilosa, mas, resumindo, todo mundo acha que o Win é doido de pedra, mas que o Bolitar é um cara bem decente.

– Foi a impressão que eu tive também.

– Você acreditou na história dele?

– No geral, sim, acho que acreditei. É simplesmente maluca demais. Além disso ele meio que se entregou. Um cara com a experiência dele seria idiota a ponto de deixar tantas pistas pelo caminho?

– Acha que estão armando para ele?

Loren fez uma careta.

– Isso também não faz muito sentido. A própria Aimee Biel ligou para ele. Ela teria que estar envolvida.

Steinberg cruzou as mãos na mesa. As mangas da camisa estavam enroladas. Os antebraços eram grandes e cobertos com pelo suficiente para ser considerada uma pelagem.

– Então é mais provável que ela tenha fugido de casa?

– Sim – disse Loren.

– E o fato de ter usado o mesmo caixa eletrônico de Katie Rochester?

Ela deu de ombros.

– Não acho que seja coincidência – comentou ele.

– Talvez elas se conhecessem.

– Não segundo os pais das duas.

– Isso não quer dizer nada. Os pais não sabem nada sobre os filhos. Acredite em mim. Tive filhas adolescentes. As mães e os pais que dizem saber tudo sobre os filhos geralmente são os que menos sabem. – Ele se remexeu na cadeira. – Não foi encontrado nada quando revistaram o carro e a casa do Bolitar?

– Ainda estão examinando. Mas o que podem achar? Sabemos que ela esteve na casa e no carro dele.

– O pessoal local cuidou da busca?

Ela confirmou com a cabeça.

– Então vamos deixar que eles cuidem do resto. Realmente ainda não temos um caso. A garota é maior de idade, certo?

– Certo.

– Bom, então está resolvido. Entregue ao pessoal da cidade. Quero que você se concentre naqueles homicídios de East Orange.

Steinberg contou mais sobre o caso. Ela ouviu e tentou se concentrar.

Era um caso grande, sem dúvida. Um assassinato duplo. Era o tipo de caso que ela adorava. Ocuparia todo o seu tempo. Ela sabia. E sabia quais eram as chances. Aimee Biel havia retirado dinheiro antes de ligar para Myron. Isso queria dizer que provavelmente não tinha sido sequestrada, que provavelmente estava bem – e que de qualquer modo Loren Musen não devia se envolver mais.

Dizem que a preocupação e o sofrimento fazem a pessoa envelhecer, mas com Claire Biel foi quase o oposto. Sua pele havia esticado – estava tão retesada que o sangue pareceu parar de correr. Não havia rugas em seu rosto. Ela estava pálida e quase esquelética.

Myron teve uma lembrança dela no passado. Sala de aula, último ano da escola. Os dois se sentavam e conversavam, e ele a fazia rir. Normalmente Claire era quieta, tímida, falava baixo. Mas quando ele a animava, quando brincava com ela, fazia piadas idiotas, Claire ria a ponto de chorar. Myron adorava o riso dela. Adorava ver a alegria pura quando ela ficava assim.

Claire o encarou. De vez em quando tentamos voltar a esses momentos, quando tudo era tão bom. Tentamos descobrir como tudo começou, o caminho que tomamos até chegar aqui, se é que há um ponto ao qual se pode voltar e desfazer tudo.

– Conte – disse Claire.

Ele contou. Começou com a festa em sua casa, quando tinha escutado Aimee e Erin no porão, a promessa, o telefonema tarde da noite. Repassou tudo. Contou sobre a parada no posto de gasolina. Contou até que Aimee disse que as coisas não estavam bem com os pais.

A postura de Claire permaneceu rígida. Ela não disse nada. Havia um ligeiro tremor nos lábios. De vez em quando fechava os olhos. Ou franzia a testa, como se visse um soco chegando mas não estivesse disposta a se defender.

Quando ele terminou o relato, ambos ficaram em silêncio. Claire não fez nenhuma pergunta. Só ficou parada, parecendo muito frágil. Myron deu um passo na sua direção, mas na mesma hora viu que era o movimento errado.

– Você sabe que eu nunca faria mal a ela – falei.

Claire não respondeu.

– Claire?

– Você se lembra daquela vez em que a gente se encontrou em Little Park, perto da rotatória? – perguntou ela.

Myron esperou um instante.

– A gente se encontrou lá um monte de vezes, Claire.

– No playground. Aimee tinha 3 anos. Você comprou um sorvete com cobertura de amêndoas para ela.

– E ela odiou.

Claire sorriu.

– Você lembra?

– Lembro.

– Lembra como eu estava naquele dia?

Ele pensou.

– Não sei aonde você quer chegar.

– Aimee não conhecia os próprios limites. Experimentava tudo. Queria subir naquele escorrega alto. Havia uma escada grande, e ela era muito pequena para ele. Ou pelo menos era o que eu pensava. Era minha primeira filha. Eu ficava com medo o tempo todo. Mas não podia impedir. Por isso deixei que ela subisse a escada, mas fiquei logo atrás, lembra? Você fez uma piada sobre isso.

Ele confirmou.

– Antes de ela nascer eu jurei que nunca seria uma daquelas mães superprotetoras. Jurei. Mas Aimee estava subindo a escada e eu fiquei atrás dela, as mãos posicionadas atrás da bundinha. Só para garantir. Só para o caso de ela escorregar porque, onde quer que a gente esteja, mesmo num lugar inocente como um playground, todos os pais imaginam o pior. Eu ficava visualizando os pezinhos errando um degrau. Ficava vendo os dedinhos escorregando e o corpinho se inclinando para trás, e aí ela iria cair de cabeça e o pescoço estaria num ângulo ruim...

Sua voz sumiu.

– Por isso fiquei atrás dela. E estava preparada para qualquer coisa.

Claire parou e o encarou.

– Eu jamais faria mal a ela – repetiu Myorn.

– Eu sei – concordou ela baixinho.

Myron deveria ter sentido alívio. Não sentiu. Havia algo no tom de Claire, algo que o manteve ligado.

– Você não faria mal a ela. Eu sei. – Os olhos dela cintilaram. – Mas não deixa de ter culpa.

Myron não fazia ideia do que dizer.

– Por que você não se casou? – perguntou ela.

– Que diabo isso tem a ver?

– Você é um dos homens mais incríveis e mais doces que eu conheço. Adora crianças. É hétero. Então por que nunca se casou?

Myron se conteve. Claire estava em choque, disse a si mesmo. A filha dela tinha desaparecido. Ela só estava desabafando.

– Acho que é porque você provoca destruição, Myron. Aonde quer que você vá, as pessoas se machucam. Acho que é por isso que você nunca se casou.

– Você acha... o quê?... Que eu sou amaldiçoado?

– Não, nada disso. Mas minha menininha sumiu. – Agora sua voz estava lenta, uma palavra se arrastando de cada vez. – Você foi o último a estar com ela. Prometeu que iria protegê-la.

Ele ficou calado.

– Você poderia ter me contado – disse ela.

– Eu prometi...

– Não – interrompeu ela, levantando a mão. – Isso não é desculpa. Aimee jamais saberia. Você poderia ter me puxado de lado e dito: "Olha, eu prometi a Aimee que ela poderia me ligar se tivesse algum problema." Eu teria entendido. Teria até gostado, porque ainda estaria pronta para segurá-la, como aconteceu com a escada. Poderia protegê-la porque é isso que os pais fazem. Um pai, Myron, e não um amigo da família.

Ele queria se defender, mas os argumentos não vinham.

– Mas você não fez isso – continuou ela, com as palavras agora jorrando sobre ele. – Em vez disso prometeu que não contaria aos pais dela. Depois a levou a algum lugar e a deixou sozinha, sem ficar vigiando como eu faria. Entende? Não cuidou da minha garotinha. E agora ela sumiu.

Ele não disse nada.

– O que você vai fazer a respeito? – perguntou ela.

– O quê?

– Eu perguntei o que você vai fazer a respeito.

Ele abriu a boca, fechou, tentou de novo.

– Não sei.

– Sabe, sim. – De repente os olhos de Claire pareceram focalizados e límpidos. – A polícia está recuando. Eu consigo ver. Aimee pegou dinheiro num caixa eletrônico antes de ligar para você. Por isso simplesmente vão considerar que ela fugiu de casa ou vão achar que você está envolvido. Ou as duas coisas. Talvez você a tenha ajudado a fugir. Talvez você seja namorado dela. De qualquer modo, ela tem 18 anos. Não vão procurar muito. Não vão encontrá-la. Eles têm outras prioridades.

– O que você quer que eu faça?

– Encontre Aimee.

– Eu não salvo pessoas. Você mesma disse isso.

– Então é melhor começar agora. Minha filha sumiu por sua causa. Considero você responsável.

Myron tentou negar com a cabeça, mas ela não aceitou.

– Você fez com que ela prometesse. Agora faça o mesmo! Prometa que vai encontrar minha filha. Prometa que vai trazê-la para casa.

E um instante depois – o "e se" realmente final – Myron prometeu.

capítulo 19

A_LI WILDER ACABOU CONSEGUINDO parar de pensar na próxima visita de Myron por tempo suficiente para ligar para seu editor, um homem que ela chamava de Calígula.

– Simplesmente não entendo esse parágrafo, Ali.

Ela conteve um suspiro.

– Qual é o problema, Craig? – Craig era o nome que o editor usava ao se apresentar, mas Ali tinha certeza de que o nome verdadeiro era Calígula.

Antes dos atentados de Onze de Setembro Ali tinha um emprego sólido numa revista local importante. Depois da morte de Kevin, ela não conseguiu mantê-lo de jeito nenhum. Erin e Jack precisavam dela em casa. Tirou um ano de folga e depois virou jornalista freelancer, escrevendo principalmente para revistas. No início todo mundo oferecia trabalho. Ela recusava vários; odiava pegar os serviços dados por "pena". Sentia-se acima disso. Agora estava arrependida. Aquilo não passava de orgulho idiota.

Calígula pigarreou exageradamente e leu o parágrafo em voz alta:

– "A cidade mais próxima é Pahrump. Visualize Pahrump como o que restaria na estrada se um urubu comesse Las Vegas e cuspisse as partes ruins. Cafonice como forma de arte. Um bordel parecido com uma rede de fast-food, o que sugere uma piada de mau gosto. Letreiros com caubóis gigantes competem com placas de lojas de fogos de artifício, cassinos e estacionamentos de trailers. Todos os queijos são tipo *cheddar*."

Depois de uma pausa significativa, Calígula disse:

– Vamos começar pela última frase.

– Ahã.

– Você está dizendo que o único queijo que existe na cidade é o *cheddar*?

– É.

– Tem certeza?

– Como assim?

– Quero dizer, você foi ao supermercado?

– Não. – Ali começou a roer uma unha. – Não é a declaração de um fato. Só estou tentando dar uma sensação de como é a cidade.

– Escrevendo inverdades?

Ali sabia onde isso iria parar. Esperou. Calígula não desapontou.

– Como você sabe que eles não têm outro tipo de queijo na cidade? Você verificou todas as prateleiras dos supermercados? E, mesmo se tiver verificado, considerou o fato de que alguém faz compras numa cidade vizinha e traz outros tipos de queijo para Pahrump? Ou talvez compre pela internet? Entende o que estou dizendo?

Ali fechou os olhos.

– Se publicarmos isso, que na cidade só existe queijo *cheddar*, de repente vamos receber um telefonema do prefeito dizendo: "Ei, não é verdade. Nós temos toneladas de variedades aqui. Temos gouda, suíço, provolone..."

– Já entendi, Craig.

– "E Roquefort, gorgonzola, muçarela..."

– Craig...

– "... e, diabos, até *cream cheese*." Até um lugar no quinto dos infernos teria *cream cheese*. Entende?

– Totalmente. – Não havia mais unhas para roer. – Sei.

– Então essa frase tem que sair. – Ela podia ouvir a caneta dele riscando seu texto. – Agora vamos falar da frase anterior, sobre os estacionamentos de trailers.

Calígula era baixo. Ali odiava os editores baixos. Costumava brincar sobre isso com Kevin. A tarefa dele era dizer que qualquer coisa que ela escrevesse era brilhante. Ali, como a maioria dos escritores, era insegura. Precisava ouvir os elogios dele. Qualquer crítica enquanto escrevia a deixava paralisada. Kevin entendia. Por isso fazia elogios rasgados. E quando ela discutia com os editores, especialmente os míopes e baixinhos como Calígula, Kevin sempre ficava do seu lado.

Imaginou se Myron gostaria do seu texto.

Ele tinha pedido para ver algumas matérias, mas ela vinha empurrando com a barriga. O sujeito tinha namorado Jessica Culver, uma das principais romancistas do país. Jessica tinha sido resenhada na primeira página da *New York Times Book Review*. Seus livros foram indicados para os principais prêmios literários. E, como se isso não bastasse, como se não fosse profissionalmente tão superior a Ali Wilder, ainda era ridiculamente linda.

Como Ali poderia competir com isso?

A campainha da porta soou. Ela olhou o relógio. Cedo demais para Myron.

– Craig, posso ligar para você depois?

Calígula suspirou.

– Pode, certo. Enquanto isso só vou mexer aqui um pouquinho.

Ela se encolheu quando ele disse isso. Havia uma velha piada sobre ser deixado numa ilha deserta com um editor. Você está morrendo de fome. Só resta um copo de suco de laranja. Os dias passam. Você está quase morrendo. Já vai beber o suco quando o editor pega o copo da sua mão e mija dentro. Você olha para ele, pasmo. "Pronto", diz o editor, entregando o copo. "Só precisava de uma revisãozinha."

A campainha tocou de novo. Erin desceu a escada galopando e gritou:

– Eu atendo.

Ali desligou o telefone. Erin abriu a porta e ficou imóvel quando viu dois homens junto à porta, com distintivos da polícia.

– Em que posso ajudá-los? – perguntou Ali, apertando o passo.

– Vocês são Ali e Erin Wilder?

As pernas de Ali ficaram bambas. Não, isso não era um flashback de como tinha sabido sobre Kevin. Mas ainda assim era um tipo de déjà-vu. Virou-se para a filha. O rosto de Erin estava branco.

– Sou o detetive Lance Banner, da polícia de Livingston. Este é o detetive John Greenhal, de Kasselton.

– É sobre o quê?

– Gostaríamos de fazer algumas perguntas a vocês duas, se possível.

– Sobre o quê?

– Podemos entrar?

– Primeiro gostaríamos de saber por que os senhores estão aqui.

Banner disse:

– Gostaríamos de fazer algumas perguntas sobre Myron Bolitar.

Ali assentiu, tentando deduzir o que poderia ser. Virou-se para a filha.

– Erin, vá lá para cima um pouquinho e me deixe falar com os policiais, está bem?

– Na verdade, ah... senhora... – disse Banner.

– O quê?

– As perguntas que queremos fazer – continuou ele, passando pela porta e fazendo um gesto de cabeça na direção de Erin – são para a sua filha, e não para a senhora.

Myron estava no quarto de Aimee.

Dava para ir a pé da sua casa até a dos Biels. Claire e Erik tinham ido antes, de carro. Myron falou alguns minutos com Win, perguntou se ele poderia ajudar a descobrir o que a polícia sabia sobre Katie Rochester e Aimee. Depois foi andando.

Quando entrou na casa, Erik já havia saído.

– Ele está rodando de carro por aí – explicou Claire, levando-o pelo corredor. – Erik acha que, se for aonde ela costumava ir, pode encontrá-la.

Pararam diante da porta de Aimee. Claire a abriu.

– O que você está procurando? – perguntou ela.

– Não faço a mínima ideia. Aimee conhecia uma garota chamada Katie Rochester?

– É a outra que desapareceu, não é?

– É.

– Acho que não. Na verdade perguntei isso a ela quando a garota apareceu no noticiário.

– Certo.

– Aimee disse que tinha visto Katie na escola, mas não a conhecia.

– Quer que eu dê uns telefonemas para as amigas dela?

– Poderia ser útil.

Nenhum dos dois se mexeu por um momento.

Claire perguntou:

– Quer ficar sozinho aqui?

– Por enquanto sim.

Ela saiu e fechou a porta. Myron olhou em volta. Ele estava falando a verdade – não fazia ideia do que estava procurando –, mas achou que seria um bom primeiro passo. Aimee era adolescente. Devia guardar segredos no quarto, não devia?

Além disso parecia certo estar ali. Desde o momento em que tinha prometido ajudar Claire, toda a sua perspectiva começou a mudar. Seus sentidos pareciam estranhamente afinados. Fazia um tempo que não investigava, mas a memória muscular saltou e assumiu o comando. Estar no quarto da garota trouxe tudo de volta. No basquete você precisa estar na zona para fazer o melhor possível. Nesse tipo de coisa havia uma sensação semelhante. Estar aqui, no quarto da vítima, provocava isso. Colocava-o na zona.

Havia dois instrumentos no quarto. Myron não sabia grande coisa sobre música, mas um era obviamente uma guitarra elétrica e o outro, um violão. Havia um pôster de Jimi Hendrix na parede. Palhetas de guitarra engastadas em blocos de acrílico. Myron leu o que estava escrito. Eram peças de colecionador. Uma tinha pertencido a Keith Richards, outras a Nils Lofgren, Eric Clapton, Buck Dharma.

Myron quase sorriu. A garota tinha bom gosto.

O computador estava ligado, com um protetor de tela mostrando um aquário cheio de peixes. Myron não era especialista em informática, mas sabia o suficiente para começar. Claire tinha lhe dado a senha de Aimee e contado que Erik havia examinado os e-mails. Resolveu verificar também, de qualquer modo. Entrou no AOL e se logou.

É, todos os e-mails tinham sido deletados.

Clicou no Windows Explorer e colocou os arquivos em ordem por data, para ver em que ela havia trabalhado mais recentemente. Aimee estivera escrevendo canções. Sentiu a dor disso. Onde essa garota criativa estaria agora? Examinou os documentos de texto. Nada de especial. Tentou verificar os downloads. Havia algumas fotos recentes. Abriu-as. Aimee com um punhado de colegas de escola, supôs. Nada de mais também, mas talvez pedisse para Claire dar uma olhada.

Sabia que os adolescentes adoravam trocar mensagens instantâneas pela internet. A partir da calma relativa dos computadores tinham conversas com dezenas de pessoas, às vezes ao mesmo tempo. Myron conhecia um bocado de pais que reclamavam disso, mas em seu tempo eles passavam horas grudados no telefone fofocando uns com os outros. Trocar mensagens era pior?

Puxou a lista de amigos dela. Havia pelo menos cinquenta apelidos como SpazaManiacJack11, MSGWatkins e YoungThangBlaine742. Myron os imprimiu. Deixaria Claire e Erik examiná-los com algum amigo de Aimee para ver se havia algum nome que não fazia parte do grupo, que nenhum deles conhecia. Era uma possibilidade remota, mas iria mantê--los ocupados.

Largou o mouse do computador e começou a procurar do jeito antigo. Primeiro a mesa. Examinou as gavetas. Canetas, papéis, blocos de anotação, pilhas de rascunho, CDs com programas de computador. Nada pessoal. Havia vários recibos de uma loja chamada Planet Music. Myron verificou o violão e a guitarra. Tinham adesivos da Planet Music atrás.

Grande uau.

Foi para a próxima gaveta. Nada.

Na terceira viu algo que o fez parar. Pegou gentilmente e sorriu. Protegido num saquinho de plástico estava o cartão de basquete com a foto de Myron quando tinha entrado para a NBC. Olhou para seu eu mais jovem. Myron se lembrava da sessão de fotos. Tinha feito várias poses idiotas – saltando num arremesso, fingindo fazer um passe, a antiquada posição de tríplice ameaça – mas eles tinham escolhido uma em que ele estava se curvando e fazendo um drible. O fundo da imagem era uma arena vazia. Na foto ele usava a camisa verde do Boston Celtics – uma das cerca de cinco vezes em que a usou durante toda a vida. A empresa de cartões tinha imprimido milhares deles antes de sua lesão. Agora eram itens de colecionador.

Era bom saber que Aimee tinha um, mas ele se perguntou o que a polícia acharia disso.

Colocou-o de volta na gaveta. Suas digitais estariam nele agora, mas, afinal de contas, elas estariam em todo o quarto. Não importava. Foi em frente. Queria encontrar um diário. Era o que a gente sempre via nos filmes. A garota escreve um diário que fala sobre seu namorado secreto, sua vida dupla e coisa e tal. Isso funcionava na ficção. Mas não estava acontecendo na realidade.

Chegou a uma gaveta de roupas íntimas. Sentiu-se mal, mas continuou. Se ela fosse esconder alguma coisa, esse poderia ser o lugar. Mas não havia nada. O gosto dela parecia o de uma adolescente comum. Lá no fundo encontrou uma coisa particularmente sensual. Puxou-a. Havia uma etiqueta de uma loja de lingerie chamada Encontros no Quarto. Era branca, transparente e parecia uma peça de uma fantasia de enfermeira. Ele franziu a testa e se perguntou o que pensar daquilo.

Havia alguns bonecos daqueles que balançam a cabeça. Um iPod com fones de ouvido brancos estava jogado na cama. Verificou as músicas. Havia canções de Aimee Mann – o que Myron considerou uma pequena vitória. Tinha dado a ela o álbum *Lost in Space*, de Aimee Mann, alguns anos antes, achando que o primeiro nome poderia atrair o interesse dela. Agora podia ver que ela tinha cinco CDs da cantora. Gostou disso.

Havia fotos presas num espelho. Todas retratavam grupos – Aimee com várias amigas. Havia duas do time de vôlei, uma pose clássica de time, outra de uma comemoração depois de vencerem o campeonato. Havia várias fotos de sua banda de rock da escola, com Aimee tocando guitarra. Olhou para o rosto dela enquanto ela tocava. O sorriso era de partir o coração, mas que garota dessa idade não tem um sorriso de partir o coração?

Encontrou o anuário escolar. Começou a folheá-lo. Os anuários tinham mudado bastante desde a formatura dele. Para começo de conversa, agora incluíam um DVD. Myron achou que iria assistir a ele se tivesse tempo. Procurou Katie Rochester. Tinha visto a foto dela antes, no noticiário. Leu sua biografia. Katie gostava de sair com Betsy e Craig e das noites de sábado no Ritz Diner. Nada significativo. Virou para a página de Aimee Biel. Aimee falava de um grande número de amigos; dos professores prediletos, a Srta. Korty e o Sr. D; do seu treinador de vôlei, o Sr. Grady, e de todas as garotas do time. Terminava com "Randy, você fez com que os últimos dois anos fossem muito especiais. Sei que sempre estaremos juntos".

O bom e velho Randy.

Verificou a página dele. Era um garoto bonito, com caracóis loucos, quase rastafáris. Tinha um minicavanhaque e um grande sorriso branco. Seu texto falava basicamente sobre esportes. Mencionava Aimee também, quanto ela havia "enriquecido" seu tempo no ensino médio.

Hmm.

Myron pensou nisso e olhou de novo para o espelho, e pela primeira vez se perguntou se teria tropeçado numa pista.

Claire abriu a porta.

– Alguma coisa?

Myron apontou para o espelho.

– Isso.

– Não entendi.

– Com que frequência você entra nesse quarto?

Ela franziu a testa.

– Uma adolescente mora aqui.

– Isso quer dizer raramente?

– Praticamente nunca.

– Ela lava as próprias roupas?

– Ela é adolescente, Myron. Não faz nada.

– E quem lava?

– Temos uma empregada. O nome dela é Rosa. Por quê?

– As fotos.

– O que é que tem?

– Ela tem um namorado chamado Randy, não é?

– Randy Wolf. É um doce de garoto.

– E eles estão juntos há um tempo, não é?

– Desde o segundo ano. Por quê?

De novo ele indicou o espelho.

– Não há fotos dele aqui. Olhei o quarto todo. Não há fotos dele em lugar nenhum. Foi por isso que perguntei quando você entrou no quarto pela última vez. – Ele olhou de novo para ela. – Antes tinha?

– Tinha.

Ele apontou para vários pontos vazios na parte de baixo do espelho.

– Não parece haver uma sequência lógica nas fotos, mas tenho a sensação de que ela tirou algumas daqui.

– Mas eles estiveram no baile de formatura juntos há... o quê? Há três noites – comentou Claire.

– Talvez tenham brigado lá – disse Myron, dando de ombros.

– Você falou que Aimee parecia agitada quando você a pegou, não foi?

– Foi.

– Talvez eles tivessem acabado de romper.

– Pode ser – disse Myron. – Só que ela não esteve em casa desde então, e as fotos no espelho sumiram. Isso sugere que eles romperam pelo menos um ou dois dias antes de eu me encontrar com ela. – Ele fez uma pausa. – Mais uma coisa.

Claire esperou. Myron mostrou a lingerie da Encontros no Quarto.

– Você tinha visto isso?

– Não. Você achou aqui?

Myron confirmou com a cabeça.

– No fundo da gaveta. Parece que não foi usada. Ainda está com a etiqueta.

Claire ficou muda.

– O que foi?

– Erik contou à polícia que Aimee vinha agindo de modo estranho ultimamente. Eu fui contra ele, mas a verdade é que ela estava estranha mesmo. Andava cheia de segredos.

– Sabe o que mais me impressiona neste quarto?

– O quê?

– Deixando de lado essa lingerie, que pode ser relevante ou pode não ser nada, o oposto do que você acabou de dizer: não há praticamente nada secreto aqui. Quero dizer, ela está quase se formando. Deveria haver alguma coisa, não é?

Claire pensou por um momento.

– Por que você acha isso?

– É como se ela estivesse se esforçando demais para esconder alguma coisa. Precisamos verificar outros lugares onde ela pode ter guardado suas coisas pessoais, algum lugar em que você e Erik não pensariam em olhar. Como o armário da escola, talvez.

– Devemos fazer isso agora?
– Acho melhor falar primeiro com o Randy.
Ela franziu a testa.
– O problema é o pai dele.
– Por quê?
– Todo mundo o chama de Big Jake. É maior do que você. E a mulher dele flerta com todo mundo. Ano passado Big Jake arranjou uma briga num dos jogos de futebol do Randy. Espancou um cara na frente dos filhos até o coitado ficar sem sentidos. É um maluco total.
– Total?
– Total.
– Nossa. – Myron fez mímica de enxugar o suor da testa. – Com um maluco parcial eu me preocuparia. Mas um maluco total... eu encaro.

capítulo 20

Randy Wolf morava no trecho novo da Laurel Road. As propriedades novas em folha, de tijolos escovados, tinham mais metros quadrados do que o aeroporto JFK. Havia um portão de falso ferro fundido. Estava aberto o suficiente para Myron passar. O terreno tinha um paisagismo exagerado, a grama tão verde que parecia que alguém havia pintado com tinta spray. Havia três SUVs parados na entrada de veículos. Perto deles, reluzindo com o encerado recente e o posicionamento aparentemente perfeito do sol, estava um pequeno Corvette vermelho. Myron começou a cantarolar a música do Prince que combinava com a cena. Não pôde evitar.

O som familiar de uma bola de tênis veio dos fundos. Havia quatro mulheres esguias jogando. Todas usavam rabo de cavalo e uniformes brancos e justos de tenistas. Myron adorava mulheres usando aquelas roupas. Uma delas já ia sacar quando o notou. Tinha pernas fantásticas, observou Myron. Verificou de novo. É, fantásticas.

Pernas bronzeadas provavelmente não eram pistas, mas por que correr o risco de não avaliar direito?

Myron acenou e deu seu melhor sorriso para a mulher que sacava. Ela o devolveu e sinalizou pedindo licença às outras por um momento. Correu até ele. O rabo de cavalo escuro balançava. Ela parou muito perto. Sua respiração era profunda. O suor fazia a roupa grudar no corpo. Também a tornava meio transparente – de novo Myron só estava sendo observador –, mas ela não parecia se importar.

– Quer falar comigo?

Ela tinha uma das mãos no quadril.

– Oi, meu nome é Myron Bolitar.

Quarto Mandamento do Livro de Bolitar sobre o Charme: Fascine as mulheres com uma frase de abertura brilhante.

– O seu nome não me é estranho – disse ela.

Sua língua se movia um bocado enquanto ela falava.

– A senhora é a Sra. Wolf?

– Pode me chamar de Lorraine.

Lorraine Wolf tinha aquele modo de falar em que tudo parecia ter duplo sentido.

– Estou procurando seu filho, Randy.

– Resposta errada.

– Desculpe.

– Você deveria comentar que pareço jovem demais para ser mãe do Randy.

– Isso é muito óbvio – disse Myron. – Uma mulher inteligente como você teria enxergado além disso.

– Bela recuperação.

– Obrigado.

As outras mulheres se reuniram perto da rede. Tinham toalhas penduradas no pescoço e bebiam alguma coisa verde.

– Por que está procurando o Randy? – perguntou ela.

– Preciso falar com ele.

– Bom, eu entendi isso. Mas será que pode me dizer sobre o que é?

A porta dos fundos se abriu com uma pancada audível. Um homem grande – Myron era alto e pesava 97 quilos e esse cara tinha pelo menos 5 centímetros e 15 quilos a mais – passou por ali.

Big Jake Wolf estava em casa, deduziu Myron.

Seu cabelo preto estava esticado para trás. Ele tinha cara de mau.

– Espere aí, aquele não é o Steven Seagal? – perguntou Myron baixinho.

Lorraine Wolf conteve uma risada.

Big Jake se aproximou pisando forte. Continuou olhando com cara de raiva. Myron esperou alguns segundos; depois piscou e deu um tchauzinho. Big Jake não pareceu satisfeito. Marchou até o lado de Lorraine, passou o braço em volta do corpo dela e a puxou contra o quadril.

– Oi, querida – falou com o olhar ainda fixo em Myron.

– Ah, oi! – disse Myron.

– Eu não falei com você.

– Então por que estava me olhando?

Big Jake franziu a testa e puxou a mulher ainda mais para perto. Lorraine fez uma leve careta, mas permaneceu ali. Myron tinha visto esse tipo de coisa antes. Jake abandonou o olhar feroz por um segundo para beijar o rosto da mulher, depois voltou a fuzilar Myron espremendo Lorraine contra si.

Myron se perguntou se Big Jake iria mijar nela para marcar o território.

– Volte para o seu jogo, querida. Eu cuido disso.

– Já estávamos terminando mesmo.

– Então por que vocês não entram para tomar uma bebida, hein?

Ele a soltou. Ela pareceu aliviada. As mulheres foram andando pelo caminho. Myron verificou de novo as pernas delas. Só para garantir. Todas sorriram para ele.

– Ei, o que você está olhando? – perguntou Big Jake rispidamente.

– Procurando pistas.

– O quê?

Myron se virou para ele.

– Deixa para lá.

– O que você quer aqui?

– Meu nome é Myron Bolitar.

– E daí?

– Boa resposta.

– O quê?

– Deixa para lá.

– Você é algum tipo de comediante?

– Prefiro a expressão "ator cômico". Os comediantes fazem sempre o mesmo personagem.

– Que porr... – Big Jake parou e se conteve. – Você sempre faz isso?

– O quê?

– Entra sem ser convidado?

– É o único modo de as pessoas me receberem.

Big Jake franziu a testa mais um pouco. Usava jeans apertados e uma camisa de seda que tinha botões demais abertos. Havia um cordão de ouro no peito. "Stayin' Alive" não estava tocando ao fundo, mas deveria estar.

– Vou chutar – disse Myron. – O Corvette vermelho é seu, certo?

– O que você quer? – perguntou Jake com cara de poucos amigos.

– Gostaria de falar com o seu filho, Randy.

– Por quê?

– Vim em nome da família Biel.

Isso o fez piscar.

– E daí?

– Você sabe que a filha deles desapareceu?

– E daí?

– Essa frase "E daí?" nunca envelhece, não é? Aimee Biel está desaparecida e eu gostaria de perguntar ao seu filho sobre isso.

– Ele não tem nada a ver com essa história. Estava em casa à noite.

– Sozinho?

— Não. Eu estava com ele.
— E Lorraine? Também estava? Ou tinha saído à noite?
Big Jake não gostou de Myron usar o primeiro nome de sua mulher.
— Não é da sua conta.
— De qualquer modo eu gostaria de falar com o Randy.
— Não.
— Por quê?
— Não quero Randy metido nisso.
— Com o quê?
— Ei, cara, não estou gostando da sua atitude.
— Não? – Myron lhe deu seu largo sorriso de apresentador de programa de TV e esperou. Big Jake pareceu confuso. – Assim está melhor. Estou mais bonitinho, não estou?
— Vá embora.
— Eu diria "Quem vai me obrigar?", mas realmente isso soaria óbvio demaaaais.
Big Jake sorriu e deu um passo na direção de Myron.
— Quer saber quem vai obrigar?
— Espere, aguenta aí, deixe eu olhar o roteiro. – Myron fez mímica de virar páginas. – Certo, aqui está. Eu digo: "Não, quem?" Aí você diz: "Eu."
— Exatamente.
— Jake?
— O quê?
— Algum dos seus filhos está em casa? – perguntou Myron.
— Por quê? O que isso tem a ver?
— A Lorraine... Bom, ela já sabe que você é um cara pequenininho – disse Myron, sem se mexer um centímetro. – Mas eu odiaria chutar o seu rabo na frente dos seus filhos.
A respiração de Jake ficou pesada. Ele não recuou, mas tinha dificuldade para manter o contato visual.
— Ah, você não vale o trabalho.
Myron revirou os olhos, mas conteve o "Essa é a próxima fala do roteiro". A maturidade ensina muito.
— De qualquer modo, meu filho terminou com aquela vagabunda.
— Quando diz "vagabunda", você está falando de...
— Aimee. Ele a largou.
— Quando?

– Há uns três, quatro meses. Estava de saco cheio.
– Os dois foram juntos ao baile na semana passada.
– Só para manter as aparências.
– Para manter as aparências?

Ele deu de ombros.

– Não fico surpreso que isso tenha acontecido.
– Por quê, Jake?
– Porque Aimee não prestava. Era uma puta.

Myron sentiu o sangue ferver.

– E por que diz isso?
– Eu a conheço, certo? Conheço a família inteira. Meu filho tem um futuro brilhante. Vai para Dartmouth no outono e eu não quero que nada atrapalhe isso. Portanto, escute, Sr. Astro do Basquete. É, eu sei quem você é. Você se acha um figurão. O grande garanhão do basquete que nunca chegou à liga profissional. O grande herói nacional que no fim acabou fazendo merda. Que não conseguiu nada na hora do "vamos ver".

Big Jake riu.

– Espere, essa é a parte em que eu desmorono e choro? – perguntou Myron.

Big Jake pôs o dedo no peito de Myron.

– Fique longe do meu filho, entendeu? Ele não tem nada a ver com o sumiço daquela vagabunda.

A mão de Myron saltou para a frente. Agarrou Jake pelos bagos e apertou. Os olhos de Jake se arregalaram. Myron posicionou o corpo de modo que ninguém pudesse ver o que ele estava fazendo. Depois se inclinou para sussurrar no ouvido dele.

– Não vamos mais ofender Aimee, vamos, Jake? Sinta-se livre para confirmar com a cabeça.

Big Jake confirmou. Seu rosto estava ficando roxo. Myron fechou os olhos, respirou fundo e soltou. Jake sugou o ar com força, cambaleou e tombou sobre os joelhos. Myron sentiu-se um pateta, perdendo o controle assim.

– Ei, olhe, eu só estou tentando...
– Vá embora – sibilou Jake. – Só... só me deixe em paz.

E dessa vez Myron obedeceu.

No banco da frente de um Buick Skylar os Gêmeos viram Myron descer pela entrada de veículos dos Wolfs.

– Lá está o nosso garoto.

– É.

Os dois não eram gêmeos de verdade. Nem eram irmãos. Não se pareciam. Compartilhavam apenas o dia de aniversário, 24 de setembro, mas Jeb era oito anos mais velho do que Orville. Isso tinha sido parte do motivo para ganharem seu apelido: ter nascido no mesmo dia. O outro era o modo como se conheceram: num jogo de beisebol dos Minnesota Twins, "gêmeos de Minnesota".

Algumas pessoas diriam que o que os uniu foi uma virada sádica do destino ou um alinhamento ridiculamente ruim das estrelas. Outras diriam que existia uma ligação, duas almas perdidas que reconheciam um espírito irmão, como se o seu tipo de crueldade e psicose fosse uma espécie de ímã que os atraísse um para outro.

Jeb e Orville se conheceram nas arquibancadas do Dome em Minneapolis quando Jeb, o mais velho, começou a brigar com cinco malucos marinados em cerveja. Orville entrou na confusão e juntos eles colocaram os cinco no hospital. Isso acontecera oito anos atrás. Três dos caras ainda estavam em coma.

Jeb e Orville ficaram juntos.

Aqueles dois homens, ambos solitários, jamais tendo se casado, jamais tendo um relacionamento de longo prazo, tornaram-se inseparáveis. Iam de cidade em cidade, sempre deixando destroços para trás. Para se divertir entravam em bares e puxavam briga para ver quanto chegariam perto de matar um homem sem matá-lo de verdade. Quando destruíram uma quadrilha de motoqueiros traficantes de drogas em Montana, sua reputação foi cimentada.

Jeb e Orville não pareciam perigosos. Jeb usava gravata e smoking. Orville tinha aquele visual de Woodstock: rabo de cavalo, barba crespa, óculos com lente cor-de-rosa e camiseta tingida tipo *tie-dye*. Ficaram sentados no carro vigiando Myron.

Jeb começou a cantar, como sempre, misturando músicas em inglês com sua própria interpretação hispânica. Nesse momento cantava "Message in a Bottle", do The Police.

– I hope that someone gets my, I hope that someone gets my, I hope that someone gets my, *mensaje en una botella...*

– Gosto dessa aí, malandro – disse Orville.

– Obrigado, *mi amigo*.

– Malandro, se você fosse mais novo devia tentar aquele *American Idol*.

Esse negócio de misturar o espanhol eles iam adorar. Até aquele jurado, o Simon, que odeia tudo.

– Eu adoro o Simon.

– Eu também. O cara é doidaço.

Observaram Myron entrar no carro.

– E aí, o que você acha que ele foi fazer nessa casa? – perguntou Orville.

Jeb continuava cantando:

– You're asking me will my love grow, *yo no se, yo no se.*

– Beatles, certo?

– Bingo.

– E *yo no se.* Eu não sei.

– Certo de novo.

– Maneiro. – Orville verificou o relógio do carro. – Vamos ligar pro Rochester e contar o que tá rolando?

Jeb deu de ombros.

– Pode ser.

Myron Bolitar saiu com o carro. Eles foram atrás. Rochester atendeu ao segundo toque.

– Ele saiu daquela casa – disse Orville.

– Continuem seguindo – ordenou Rochester.

– O dinheiro é seu, cara – retrucou Orville dando de ombros. – Mas ainda assim acho um desperdício.

– Ele pode dar uma pista de onde colocou as garotas.

– Se a gente apertar o sujeito direitinho, ele vai dar todas as pistas que sabe.

Houve um momento de hesitação. Orville sorriu e fez um sinal de positivo para Jeb.

– Estou na casa dele – disse Rochester ao telefone. – Levem o cara para lá.

– Está perto ou dentro da casa?

– Fora. No meu carro.

– Então você não sabe se ele tem uma TV grande.

– O quê? Não, não sei.

– Se a gente vai trabalhar nele um tempo, seria legal se ele tivesse uma boa TV. Para o caso de ficar chato, saca? O Yankees vai jogar contra Boston. É por isso que perguntei.

Houve outro momento de hesitação.

– Talvez ele tenha – disse Rochester.

– Seria maneiro. Por sinal... você tem um plano ou algo assim?
– Vou esperar até ele voltar para casa – disse Dominick Rochester. – Vou dizer que quero conversar com ele. A gente entra. Vocês entram.
– Radical.
– Para onde ele está indo agora?
Orville verificou o GPS do carro.
– A menos que eu esteja errado, está voltando para casa.

capítulo 21

Myron estava a dois quarteirões de casa quando o telefone tocou. Win perguntou:
— Já contei a você sobre Cingle Shaker?
— Não.
— É detetive particular. Se ela fosse mais gata você morreria todo arranhado.
— Isso é ótimo.
— Já comi — disse Win.
— Bom para você.
— Voltei para uma segunda vez. E a gente ainda conversa.
— Uau.

Win ainda conversando com uma mulher com quem tinha dormido mais de uma vez. Em termos humanos seria como um casamento completando bodas de prata.

— Há algum motivo para você estar compartilhando esse momento caloroso comigo? — Então Myron se lembrou de uma coisa. — Espere aí, uma detetive particular chamada Cingle. Hester Crimstein ligou para ela quando eu estava sendo interrogado, certo?

— Exatamente. Cingle conseguiu mais informações sobre os desaparecimentos.

— Você marcou um encontro?
— Ela está esperando você no Baumgart's.

O Baumgart's, um dos restaurantes prediletos de Myron, que servia pratos chineses e americanos, tinha aberto recentemente uma filial em Livingston.

— Como vou reconhecê-la?
— É gata a ponto de matar a gente com arranhões. Quantas mulheres no Baumgart's combinam com essa descrição?

Win desligou. Cinco minutos depois Myron entrou no restaurante. Cingle não desapontou. Era toda curvilínea, parecendo uma heroína da Marvel que tinha ganhado vida. Myron foi até Peter Chin, o dono, para cumprimentá-lo. Peter franziu a testa para ele.

— O que foi?

— Ela não é Jessica — disse Peter.

Myron e Jessica costumavam ir ao Baumgart's, Peter não tinha superado o rompimento. Assim, a regra era que Myron não tinha permissão de levar outras mulheres ali. Ele havia obedecido durante sete anos, mais por si mesmo do que por Peter.

— Não é um encontro.

Peter olhou para Cingle e depois para Myron, fez uma careta que dizia "Quem você está querendo enganar?".

— Não é. — E então: — Você sabe que eu não vejo Jessica há anos.

Peter levantou um dedo.

— Os anos passam voando, mas o coração fica no mesmo lugar.

— Droga.

— O quê?

— Você andou lendo biscoitos da sorte de novo, não foi?

— Há muita sabedoria neles.

— Vou lhe dizer uma coisa. Leia o *New York Times* de domingo. Seção Estilos de Domingo.

— Já li.

— E?

Peter levantou o dedo outra vez.

— Você não pode montar dois cavalos se um está na frente e outro atrás.

— Ei, fui eu que lhe disse isso. É um ditado iídiche.

— Eu sei.

— E não se aplica.

— Vá se sentar. — Peter o descartou com um aceno. — E faça o pedido sozinho. Não vou ajudar.

Quando Cingle se levantou para cumprimentá-lo, os pescoços dos outros clientes quase se quebraram ao se virarem na direção dela. Os dois trocaram olás e se sentaram.

— Então você é amigo do Win — disse Cingle.

— Sou.

Ela o examinou um momento.

— Você não parece psicótico.

— Gosto de pensar em mim como um contraponto.

Não havia papéis à frente dela.

— Você tem o dossiê da polícia? — perguntou ele.

— Não existe nenhum. Por enquanto nem existe uma investigação oficial.

– Então o que você tem?

– Katie Rochester começou a tirar dinheiro em caixas eletrônicos, depois fugiu. Não existem provas, além dos protestos dos pais, sugerindo qualquer coisa além disso.

– A investigadora que me pegou no aeroporto... – começou Myron.

– Loren Muse. Ela é boa, por sinal.

– Isso, Muse. Ela me perguntou um bocado de coisas sobre Katie Rochester. Acho que eles têm alguma coisa sólida me ligando a ela.

– Sim e não. Eles têm alguma coisa sólida ligando Katie a Aimee. Não sei se liga direto a você.

– E o que é?

– As últimas retiradas no caixa eletrônico.

– O que é que tem?

– As duas usaram o mesmo Citibank em Manhattan.

Myron parou, tentando absorver isso.

O garçom chegou. Era novo. Myron não o conhecia. Em geral Peter mandava o garçom lhe servir uma entrada grátis. Hoje, não.

– Estou acostumada aos homens ficarem me olhando – disse Cingle. – Mas o dono me encara como se eu tivesse urinado no chão.

– Ele sente saudade da minha antiga namorada.

– Que doçura.

– Adorável.

Cingle encarou Peter, balançou os dedos mostrando uma aliança e gritou na direção dele:

– Ele está seguro. Já sou casada.

Peter se virou.

Cingle deu de ombros, explicou sobre a retirada no caixa eletrônico, que o rosto de Aimee parecia nítido na câmera de segurança. Myron tentou pensar nisso. Nada lhe veio à cabeça.

– Há mais uma coisa que talvez você queira saber.

Myron esperou.

– Há uma mulher chamada Edna Skylar. É médica do St. Barnabas. A polícia está mantendo isso em sigilo porque o pai de Katie é maluco, mas parece que a Dra. Skylar viu Katie Rochester na rua em Chelsea.

Ela contou a história, que Edna Skylar tinha seguido a garota até o metrô, que Katie estava com um homem, o que Katie disse, sobre não contar a ninguém.

– A polícia investigou isso?
– O quê?
– Eles tentaram descobrir onde Katie estava, quem era o sujeito, alguma coisa?
– Por quê? Katie Rochester tem 18 anos. Pegou dinheiro antes de fugir. Tem um pai ligado ao crime organizado, que provavelmente cometia algum tipo de abuso. A polícia tem outras coisas com que se preocupar. Crimes de verdade. Muse está cuidando de um homicídio duplo em East Orange. Há pouca gente disponível. E o que Edna Skylar viu confirma o que eles já sabiam.
– Que Katie Rochester fugiu de casa.
– É.
Myron se recostou na cadeira.
– E o fato de que as duas usaram o mesmo caixa eletrônico?
– Ou é uma coincidência espantosa...
Myron balançou a cabeça.
– De jeito nenhum.
– Concordo. De jeito nenhum. Então é isso ou as duas planejaram fugir. Havia um motivo para elas escolherem aquele caixa, só ainda não sei qual é. Mas talvez tenham planejado isso juntas. Katie e Aimee estudavam na mesma escola, certo?
– Certo, mas não encontrei nenhuma outra conexão entre elas.
– As duas com 18 anos, as duas se formando no ensino médio, as duas da mesma cidade. – Cingle deu de ombros. – Tem que haver alguma coisa em comum.
Ela estava certa. Myron precisaria falar com os Rochesters, ver o que eles sabiam. Precisaria ter cuidado. Além disso, queria conversar com a médica, Edna Skylar, ter uma boa descrição do homem que acompanhava Katie, ver exatamente onde ela estava, em que vagão do metrô tinha entrado, em qual direção ia.
– A questão – disse Cingle – é que, se Katie e Aimee fugiram, pode haver um motivo para terem fugido.
– Eu estava pensando a mesma coisa.
– Talvez elas não queiram ser encontradas.
– Verdade.
– O que você vai fazer?
– Encontrá-las de qualquer modo.

– E se elas quiserem continuar escondidas?

Myron pensou em Aimee Biel. Pensou em Erik e Claire. Pessoas boas. Confiáveis, sólidas. Imaginou o que poderia fazer Aimee querer fugir deles, o que poderia ser tão ruim a ponto de ela aprontar algo como aquilo.

– Acho que vou me preocupar com isso quando chegar a hora – disse ele.

Win estava sentado no canto da boate de striptease mal iluminada. Ninguém o incomodava. Sabiam que era melhor não fazer isso. Se ele quisesse alguém perto, deixaria isso claro.

A jukebox tocava uma das canções mais terríveis dos anos 1980, "Broken Wings", de Mr. Mister, segundo Myron. Win contrapunha dizendo que "We Built This City on Rock 'n' Roll", do Starship, era pior. A discussão demorava horas, sem solução. Assim como faziam frequentemente nessas situações, pediam que Esperanza resolvesse o empate. Mas, neste caso, ela optou por "Too Shy", do Kajagoogoo.

Win gostava de ficar nesse reservado, olhar para fora e pensar.

Havia um importante time de beisebol da liga principal na cidade. Vários jogadores tinham ido ao "clube de cavalheiros" – um eufemismo realmente inspirado para um antro de striptease – para relaxar. Win olhou uma stripper de idade supostamente legal atacar um dos principais arremessadores do time.

– Quantos anos você disse que tem? – perguntou ela.

– Vinte e nove – respondeu o arremessador.

– Uau. – Ela balançou a cabeça. – Você não parece *tão* velho assim.

Um sorriso maroto brincou nos lábios de Win. Ela era tão nova.

Windsor Horne Lockwood III nascera em berço de ouro. Não negava isso. Detestava os multibilionários que alardeavam sua esperteza empresarial mas tinham começado com os bilhões do papai. De qualquer modo, a genialidade é quase irrelevante na busca de grandes fortunas. Na verdade ela pode ser um estorvo. Se você é inteligente o bastante para enxergar os riscos, talvez tente evitá-los. Esse tipo de pensamento – a segurança – jamais levou à riqueza.

Win começou a vida na luxuosa Main Line de Filadélfia. Sua família pertencia à diretoria da Bolsa de Valores desde o início. Ele tinha um ancestral direto que fora o primeiro secretário do Tesouro do Estado. Para ser exato, Win nascera não apenas em berço de ouro, mas em um quarto inteiro de ouro.

E sua aparência demonstrava isso com perfeição.

Esse era o seu problema. Desde os primeiros anos, com o cabelo louro-claro, pele corada e feições delicadas, o rosto naturalmente numa expressão que parecia presunçosa, as pessoas o detestavam à primeira vista. Olhavam para Windsor Horne Lockwood III e viam elitismo, riqueza imerecida, alguém que sempre olhava os outros de cima, por sobre o nariz esculpido em porcelana. Todos os defeitos das pessoas cresciam numa onda de ressentimento e inveja só de olhar para aquele garoto cheio de pompa e privilégio.

E isso levou a um incidente sério.

Aos 10 anos, Win se separou da mãe num zoológico. Um grupo de estudantes da cidade o encontrou usando seu blazer azul com brasão no bolso e o espancou. Bateram tanto que o pequeno Win foi hospitalizado e quase perdeu um rim. A dor física foi péssima. A vergonha de se sentir um menininho apavorado foi pior ainda.

Win nunca mais quis passar por aquilo.

Sabia que as pessoas faziam julgamentos rápidos baseados nas aparências. Essa não era uma grande dedução. Havia os preconceitos óbvios contra afro-americanos, judeus ou sei lá o quê. Mas Win estava mais preocupado com os preconceitos menos escancarados. Se, por exemplo, você vê uma mulher gorda comendo um doce, sente repulsa. Faz julgamentos rápidos: ela é indisciplinada, preguiçosa, relaxada, provavelmente idiota, com certeza carente de autoestima.

De um modo estranho, a mesma coisa acontecia quando as pessoas viam Win.

Ele tinha uma escolha. Ficar atrás das cercas, seguro no casulo do privilégio, levar uma vida protegida ainda que temerosa. Ou fazer algo a respeito.

Escolheu a segunda opção.

O dinheiro torna tudo mais fácil. Estranhamente, Win sempre considerou Myron um Batman da vida real, mas o Homem-Morcego era o modelo de comportamento do próprio Win. O único superpoder de Bruce Wayne era a riqueza tremenda. Ele a usou para treinar e virar um lutador contra o crime. Win fez algo semelhante. Contratou ex-líderes de esquadrão da Força Delta e dos Boinas Verdes para treiná-lo como se ele fizesse parte da elite dessas organizações. Além disso, encontrou os principais instrutores do mundo no uso de armas de fogo, facas e combate corpo a corpo. Contratou os serviços de guerreiros de uma grande variedade de países e os trouxe de avião à propriedade da família em Bryn Mawr ou viajou até eles. Passou um ano inteiro com um recluso mestre de artes marciais na Coreia, no alto das montanhas da parte sul do país. Aprendeu sobre dor, sobre como infligi-la sem deixar marcas. Aprendeu táticas de intimidação. Aprendeu sobre eletrônica, fechaduras, submundo, procedimentos de segurança.

Tudo se juntou. Win era uma esponja quando se tratava de aprender novas técnicas. Trabalhava duro, ridiculamente duro, treinando pelo menos cinco horas todos os dias. Tinha as mãos ágeis, a fome, o desejo, a ética profissional, a frieza. Todos os ingredientes.

O medo foi embora.

Assim que suficientemente treinado, começou a frequentar os cantos mais infestados de drogas e assolados por crimes na cidade. Ia usando blazers azuis com brasões, camisas polo cor-de-rosa ou mocassins sem meias. Havia ódio nos olhos dos outros. Eles atacavam. E Win reagia.

Podia haver lutadores melhores por aí, presumia Win, especialmente agora que estava ficando mais velho.

Mas não muitos.

Seu celular tocou. Ele atendeu e disse:

– Articule.

– Temos a gravação de um grampo de um cara chamado Dominick Rochester.

O telefonema era de um velho colega de quem Win não tinha notícias havia três anos. Não importava. Era assim que a coisa funcionava no mundo deles. O grampo não o surpreendeu. Rochester supostamente fazia parte do crime organizado.

– Continue.

– Alguém vazou para Rochester a conexão do seu amigo Bolitar com a filha dele.

Win esperou.

– Rochester tem um telefone seguro. Não temos certeza, mas achamos que ele chamou os Gêmeos.

Silêncio.

– Você conhece os dois?

– Só de reputação – respondeu Win.

– Pegue o que você ouviu e alimente com esteroides. Um deles tem uma condição estranha. Ele não sente dor. Mas, cara, o sujeito gosta de fazer as pessoas sentirem e muito. O outro, Jeb, gosta de morder.

– Que lindo.
– Uma vez encontramos um cara em quem os Gêmeos trabalharam só com os dentes do Jeb. O corpo... cara, o corpo era uma massa vermelha. Ele arrancou os olhos do sujeito com os dentes, Win. Não consigo dormir quando penso nisso.
– Talvez você devesse comprar uma luz noturna.
– Não imagine que não pensei nisso. Eles me dão medo – disse a voz ao telefone. – Assim como *você* me dá medo.

Win sabia que, no mundo daquele homem, esse era provavelmente o maior elogio que ele poderia dar aos Gêmeos.

– E você acha que Rochester ligou para eles logo depois de ficar sabendo sobre Myron?
– Minutos depois, sim.
– Obrigado pela informação.
– Win, escute o que estou dizendo. Eles são completamente malucos. Nós sabemos de um cara, um velho chefão da máfia de Kansas City, que contratou os Gêmeos. Por algum motivo o negócio não deu certo. O chefão deixou os dois putos. Não sei como. Por isso o chefão tentou comprar os dois, fazer as pazes. Não adiantou nada. Os Gêmeos pegaram o neto dele, de 4 anos... 4 anos, Win... Mandaram de volta em pedaços mastigados. Depois... saca só, *depois* de fazerem isso eles aceitaram o dinheiro do mafioso. A *mesma* quantidade de dinheiro que ele já tinha oferecido. Não pediram um tostão a mais. Entende o que estou dizendo?

Win desligou. Não precisava responder. Entendia perfeitamente.

capítulo 22

MYRON ESTAVA SEGURANDO o celular, preparando-se para ligar para Ali, para um olá muito necessário, quando notou um carro parado na frente da sua casa. Enfiou o celular no bolso e parou na entrada de veículos.

Um homem corpulento estava sentado no meio-fio diante do quintal de Myron. Ele se levantou quando Myron chegou perto.

– Myron Bolitar?
– É.
– Gostaria de falar com você.

Myron assentiu.

– Por que não entramos?
– Sabe quem eu sou?
– Sei quem você é.

Era Dominick Rochester. Myron o reconheceu pelos noticiários na TV. O sujeito tinha um rosto feroz com poros grandes o suficiente para prender o pé de uma pessoa. O cheiro de loção barata vinha dele em ondas sinuosas. Myron prendeu o fôlego. Imaginou como Rochester saberia de sua ligação com o caso do desaparecimento de sua filha, mas não importava. Afinal, ele também queria falar com Rochester.

Myron não saberia dizer exatamente quando a sensação familiar o dominou. Podia ter sido quando o outro carro fez a curva. Podia ter sido quando notou alguma coisa no caminhar de Dominick Rochester. Myron percebeu rápido que Rochester era um bandido com quem você não gostaria de mexer, o oposto daquele sujeito cheio de pose, Big Jake Wolf.

De novo a coisa era um pouco como no basquete. Havia momentos em que Myron estava totalmente dentro do jogo, em que subia em seu arremesso, os dedos encontrando os sulcos exatos na bola, a mão dobrada à frente da testa, os olhos cravados no aro, quando o tempo ficava mais lento, como se ele pudesse parar no ar, reajustar-se e ver o resto do campo.

Havia algo errado.

Myron parou junto à porta com as chaves na mão. Virou-se e olhou de volta para Rochester. O homem tinha olhos pretos, daquele tipo que via tudo com a mesma falta de emoção: um ser humano, um cachorro, um armário, uma cordilheira. Nunca mudavam, não importando o que vissem, não importando que horror ou deleite estivesse à frente.

– Por que não conversamos aqui fora? – perguntou Myron.

Rochester deu de ombros.

– Como você quiser.

O carro, um Buick Skylark, diminuiu a velocidade.

Myron sentiu o celular vibrando. Olhou para ele. Era Win. Ele levou o telefone ao ouvido.

– Tem dois *hombres* muito maus... – começou Win.

Foi então que Myron foi atingido pelo golpe.

Rochester tinha lhe dado um soco.

O punho roçou no topo da cabeça de Myron. Os instintos estavam enferrujados, mas Myron ainda possuía a visão periférica. Tinha visto o cara cerrar o punho no último segundo. Abaixou-se a tempo de se desviar. O soco acabou pegando de raspão no topo do seu crânio. Ele sentiu dor, mas os nós dos dedos de Rochester provavelmente sentiram mais.

O telefone caiu no chão.

Myron estava de joelhos, e aproveitou para agarrar o pulso do braço estendido de Rochester. Dobrou os dedos de sua mão livre. A maioria das pessoas acertava com os punhos. Às vezes isso era necessário, mas na realidade você deveria evitar isso. Se acertar alguma coisa com os punhos usando muita força, você vai quebrar a mão.

O golpe com a palma, especialmente em áreas vulneráveis, era mais eficaz. Com um soco você precisa bater de leve ou rapidamente. Não pode aplicar toda a sua força porque os ossos pequenos da mão não suportam a tensão. Mas se o golpe de palma for dado do jeito certo, com os dedos dobrados e protegidos, o pulso inclinado para trás, o golpe batendo na parte carnuda da palma, você coloca a pressão no rádio, na ulna, no úmero – resumindo, nos ossos maiores do braço.

Foi o que Myron fez. O lugar óbvio para acertar era a virilha, mas Rochester já devia ter entrado em brigas suficientes, logo estaria preparado para isso.

E estava. Rochester levantou um joelho para se proteger.

Então Myron foi para o diafragma. Quando o golpe acertou logo abaixo do esterno, o ar foi expulso do grandalhão. Myron puxou o braço de Rochester e o jogou num desajeitado golpe de judô. A verdade é que, nas brigas da vida real, todos os golpes parecem bem desajeitados.

A zona. Agora ele estava nela. Como na quadra de basquete. Tudo ficou lento.

Rochester ainda estava no ar quando Myron viu o carro parando. Dois homens saíram. Rochester pousou feito um saco de pedras. Myron se levantou. Agora dois homens vinham na sua direção.

Os dois estavam sorrindo.

Rochester rolou depois da queda. Estaria de pé num instante. Então seriam três. Os dois no carro se aproximavam devagar. Não pareciam cautelosos nem preocupados.

Dois hombres *muito maus...*

Outro segundo se passou.

O homem que estivera no banco do carona usava rabo de cavalo e parecia aquele professor de artes da escola, que era maneiro e sempre cheirava a maconha. Myron examinou as opções. Fez isso em décimos de segundo. Quando se está em perigo, o tempo diminui a velocidade ou a mente acelera. Só não dá para dizer exatamente qual dos dois acontece.

Myron pensou em Rochester caído no chão, nos dois homens atacando, no alerta de Win, no que Rochester queria com ele, em Cingle dizendo que o cara era maluco.

A resposta era óbvia: Dominick Rochester achava que Myron tinha alguma coisa a ver com o desaparecimento da filha.

Provavelmente Rochester sabia que Myron tinha sido interrogado pela polícia e que não tinha dado em nada. Um cara como ele não aceitaria isso. Portanto faria o máximo, absolutamente o máximo, para ver se conseguiria descobrir alguma coisa por conta própria.

Agora os dois homens estavam a uns três passos de distância.

Outro ponto: eles pareciam dispostos a atacá-lo ali mesmo, na rua, onde todo mundo poderia ver. Isso sugeria um certo nível de desespero, imprudência e, sim, confiança – um nível do qual Myron não queria fazer parte.

Por isso fez sua escolha: correu.

Os dois homens tinham vantagem, pois já estavam acelerando. Myron começava parado.

Era aí que o atletismo ajudaria.

A lesão no joelho não tinha afetado muito sua velocidade. Atrapalhava mais na movimentação lateral. Assim, Myron fingiu dar um passo à direita, só para fazer com que eles se inclinassem. Eles fizeram isso. Então se virou à esquerda na direção da entrada de veículos. Um dos homens – o outro, não o professor de artes maneiro – escorregou, mas só por uma fração de segundo. Estava de novo em pé. Assim como Dominick Rochester.

Mas era o professor de artes hippie que estava causando mais problema. O sujeito era rápido. Estava quase suficientemente perto para agarrá-lo.

Myron pensou em enfrentá-lo.

Melhor não. Win tinha dado um aviso. Se Win chegou a alertar sobre isso, o sujeito deveria ser mesmo um *hombre* muito mau. Não cairia com um golpe. E, mesmo se caísse, o atraso daria aos outros dois a chance de alcançá-lo. Não havia como eliminar o professor de artes e continuar em movimento.

Tentou acelerar. Queria ganhar distância suficiente para que Win atendesse ao telefone e...

O celular. Droga, não estava com ele. Largara-o quando Rochester o acertou.

Os homens continuaram a persegui-lo. Quatro homens adultos estavam correndo a toda velocidade numa rua que era sempre tranquila. Será que alguém estaria olhando? O que as pessoas pensariam?

Myron tinha mais uma vantagem: conhecia a vizinhança.

Não olhou por cima do ombro, mas podia ouvir o professor ofegando atrás dele. Você não vira atleta profissional – mesmo que com uma carreira breve – sem que um milhão de coisas contribuam para isso. Myron tinha crescido em Livingston, junto com zilhões de outros jovens atletas. Mas nenhum chegara ao nível profissional. Todo garoto sonha com isso, mas a verdade é que nenhum consegue. As chances são muito remotas.

O ponto aqui era que Myron tinha trabalhado duro, feito arremessos na cesta sozinho durante quatro a cinco horas por dia, era assustadoramente competitivo, tinha a estrutura mental correta, mas nada disso iria ajudá-lo a chegar aonde chegou se não fosse abençoado por dons físicos extraordinários.

Um desses dons era a velocidade. E era nisso que ele pensava enquanto abria distância entre os homens.

O som ofegante foi ficando para trás.

Alguém, talvez Rochester, gritou:

– Atirem na perna dele!

Myron continuou acelerando. Tinha um destino em mente. Seu conhecimento da geografia do bairro ajudaria. Subiu a ladeira de Coddington Terrace. Enquanto seguia para o topo se preparou. Sabia que se chegasse bem à frente dos outros haveria um ponto cego na curva de descida.

Quando chegou a essa curva de descida não olhou para trás. Existia um caminho meio oculto entre duas casas à esquerda. Myron o havia usado para ir à Escola Elementar Burnet Hill. Todas as crianças o usavam. Era uma coisa meio estranha, um caminho pavimentado entre duas casas, mas sabia que ele continuava lá.

Os *hombres* muito maus não saberiam.

O caminho pavimentado era público, mas Myron tinha outra ideia. Os Horowitzes moravam na casa à esquerda. Myron tinha construído um forte ali na floresta, com um deles, alguns séculos atrás. Na época a Sra. Horowitz ficou furiosa. Ele se desviou para aquela área. Havia um caminho onde era possível entrar se arrastando pelo mato, que levava até a casa dos Seidens na Ridge Road.

Afastou os galhos do caminho e viu que a passagem continuava ali. Ficou de quatro e passou pela abertura. Quando saiu do outro lado, no antigo quintal dos Seidens, imaginou se a família ainda morava ali. A resposta veio depressa.

A Sra. Seiden estava no quintal dos fundos. Usava lenço na cabeça e luvas de jardinagem.

– Myron? – Não houve hesitação nem muita surpresa em sua voz. – Myron Bolitar, é você?

Ele havia estudado com o filho dela, Doug, mas não se arrastava por esse caminho nem passava por esse quintal desde que tinha uns 10 anos. Em cidades assim, porém, isso não importava. Se vocês foram amigos na escola, sempre haveria algum tipo de ligação.

A Sra. Seiden soprou os fios de cabelo de cima do rosto. Foi na direção dele. Droga. Ele não queria envolver mais ninguém. Ela abriu a boca para dizer alguma coisa, porém Myron a silenciou com o dedo junto aos lábios.

Ela viu a expressão dele e parou. Myron sinalizou para que ela entrasse na casa. A mulher assentiu ligeiramente e obedeceu, abrindo a porta dos fundos.

Alguém gritou:

– Para onde ele foi?

Myron esperou a Sra. Seiden desaparecer. Mas ela não entrou.

Os olhares dos dois se encontraram. Foi a vez de a Sra. Seiden fazer um gesto. Indicou que ele entrasse também. Ele balançou a cabeça. Era perigoso demais.

A Sra. Seiden ficou parada. Não iria se mover.

Um som veio do mato. Myron virou a cabeça rapidamente para lá. O som parou. Podia ter sido um esquilo. Não podiam tê-lo descoberto tão rápido. Mas Win dissera que eles eram "muito maus", querendo dizer que, claro, eram muito bons no que faziam. Win nunca era de exagerar. Se dizia que os caras eram muito maus...

Myron prestou atenção e não ouviu mais nada. Isso o amedrontou mais do que o barulho.

Não queria colocar a Sra. Seiden em risco. Balançou a cabeça de novo. Ela continuou parada, com a porta aberta.

Não havia sentido em discutir. Poucas criaturas eram mais teimosas do que as mães de Livingston.

Ele correu abaixado pelo quintal e passou pela porta aberta, puxando a mulher.

Ela fechou a porta atrás de si.

– Fique abaixada.

– O telefone está ali – mostrou a Sra. Seiden.

Era um aparelho na parede da cozinha. Ele ligou para Win.

– Estou na Ridge Road – disse, olhando para a Sra. Seiden buscando mais informações.

– Setenta e oito – respondeu ela. – E é Ridge Drive, e não Road.

Myron repetiu o que ela disse e contou a Win sobre seus três perseguidores, que incluíam Dominick Rochester.

– Você está armado? – perguntou Win.

– Não.

Win não fez sermão, mas Myron soube que ele sentiu vontade.

– Os outros dois são bons e sádicos – disse Win. – Fique escondido até eu chegar.

– Não vamos nos mexer.

E nesse momento a porta dos fundos foi arrombada.

Myron se virou a tempo de ver o professor de artes hippie voando através dela.

– Corra! – gritou para a Sra. Seiden. Mas não quis ver se ela obedeceu. O cara ainda estava desequilibrado. Myron saltou para ele.

Mas Professor de Artes era rápido e se desviou.

Myron viu que ia errar. Então estendeu o braço esquerdo, esperando acertar embaixo do queixo do sujeito. O soco acertou a nuca dele, protegida pelo rabo de cavalo. Professor de Artes cambaleou, mas virou-se e deu um soco nas costelas de Myron.

O sujeito era muito rápido.

Tudo diminuiu de velocidade outra vez. A distância Myron ouvia passos: a Sra. Seiden correndo. Professor de Artes sorriu para Myron, ofegante. A velocidade do soco disse que Myron não devia ficar parado trocando socos. Myron tinha a vantagem do tamanho. E isso significava que deveria jogá-lo no chão.

Professor de Artes se preparou para dar outro soco. Myron se encolheu. Era mais difícil acertar alguém quando a pessoa se encolhia. Myron agarrou a camisa de Professor de Artes pelos ombros. Girou para derrubá-lo, levantando um antebraço ao mesmo tempo.

Esperava acertar o antebraço no nariz do sujeito. Com seu tamanho, se Myron mandasse seu antebraço com toda a força no nariz de alguém, iria fazê-lo se quebrar feito um ovo de passarinho.

Mas, de novo, Professor de Artes era bom. Percebeu o que Myron pretendia e abaixou-se só um pouquinho. O antebraço bateu nos óculos de lentes cor-de-rosa. Professor de Artes fechou os olhos e puxou Myron para baixo. Ao mesmo tempo levantou um joelho na direção da cintura dele. Myron precisou curvar a barriga para se proteger. Isso tirou boa parte da força de seu golpe de antebraço.

Quando os dois caíram, os óculos de aro de metal se dobraram. Professor de Artes mudou o peso do corpo. Seu joelho também não havia acertado com muita força, devido ao modo como Myron tinha girado as costas. Mas o joelho ainda estava lá. Ele jogou Myron por cima da cabeça. Myron caiu e rolou. Em menos de um segundo os dois estavam de pé.

Encararam-se.

O que jamais nos contam sobre as brigas é o seguinte: você sempre sente um medo paralisante. Nas primeiras vezes em que Myron sentiu nas pernas esse pinicar induzido pelo estresse, do tipo que você se pergunta se poderá permanecer de pé, ele se sentiu o pior dos covardes. Os homens que só se metem em uma ou duas encrencas, que sentem essa dormência na perna quando discutem com um bêbado num bar, sentem vergonha. Não deveriam. Não é covardia. É uma reação biológica natural. Todo mundo sente.

A questão é: o que você faz com ela? O que você aprende com a experiência é que isso pode ser controlado, até mesmo aproveitado. Você precisa respirar. Precisa relaxar. Se leva um soco quando está tenso, ele causa mais danos.

O homem jogou longe os óculos amassados. Encarou Myron. Isso fazia parte do jogo. Encarar. O sujeito era bom. Win tinha dito.

Mas Myron também era.

A Sra. Seiden gritou.

Para crédito dos dois homens, nenhum se virou ao escutar o som. Mas Myron sabia que precisava chegar até ela. Fingiu que ia atacar, só para fazer Professor de Artes recuar, então correu para a parte da frente, de onde o grito viera.

A porta estava aberta. A Sra. Seiden estava parada ali. E, ao lado dela, com os dedos cravados em seu braço, o outro homem que o tinha perseguido desde o carro. O sujeito era alguns anos mais velho do que Professor de Artes e usava um plastrão. Aquela gravata estranha, pelo amor de Deus! Parecia Roger Healey no antigo seriado *Jeannie é um gênio*.

Não havia tempo.

Professor de Artes estava atrás dele. Myron tinha saltado de lado e deu um soco giratório com a mão direita. Professor de Artes se desviou, mas Myron estava preparado. Parou no meio do soco e passou o braço em volta do pescoço do sujeito, apertando-o numa gravata.

Mas então, com um grito grotesco, o Cara da Gravata Estranha saltou na direção de Myron.

Apertando mais o pescoço de Professor, Myron preparou um coice. O Cara da Gravata Estranha deixou que atingisse seu peito. Afrouxou o corpo e rolou, segurando a perna de Myron.

Myron perdeu o equilíbrio.

Então Professor de Artes conseguiu se soltar. Deu uma cutelada, mirando a garganta de Myron. Myron se abaixou e o golpe acertou seu queixo, fazendo os dentes chacoalharem.

Gravata Estranha continuou agarrando a perna de Myron, que tentava chutá-lo. Agora Professor de Artes estava gargalhando. A porta da frente se abriu com um grande estrondo outra vez. Myron rezou com todas as forças para que fosse Win.

Não era.

Dominick Rochester chegou. Estava sem fôlego.

Myron queria gritar um aviso para a Sra. Seiden, mas então uma dor diferente de qualquer outra que ele já havia sentido o rasgou. Soltou um uivo de coagular o sangue. Olhou para a perna. O homem da gravata estava de cabeça baixa, mordendo a perna dele.

Myron gritou de novo, o som se misturando com as gargalhadas que vinham de Professor de Artes.

– Anda, Jeb! Iu-huuu!

Myron continuou chutando, mas o cara mordeu ainda mais fundo, agarrado, rosnando feito um cachorro.

A dor era insuportável.

O pânico dominou Myron. Ele chutou com a perna livre. Os dentes continuavam trincados. Myron chutou mais forte, finalmente acertando o topo da cabeça do sujeito. Empurrou com força. Sua carne rasgou quando ele finalmente ficou livre. O sujeito sentou-se e cuspiu alguma coisa. Myron percebeu horrorizado que era um pedaço carnudo da sua perna.

Agora todos os três estavam empilhados sobre ele.

Myron baixou a cabeça e começou a dar socos. Acertou o queixo de alguém. Houve um grunhido e um palavrão. Outra pessoa o acertou na barriga.

Sentiu os dentes na perna outra vez, no mesmo lugar, abrindo o ferimento.

Onde diabos estava Win...?

Dobrou-se ao meio, gemendo de dor, imaginando o que fazer em seguida, quando ouviu uma voz melodiosa dizer:

– Ah, Sr. Bolitar...?

Era Professor de Artes. Tinha uma arma numa das mãos. Na outra, segurava a Sra. Seiden pelos cabelos.

capítulo 23

Levaram Myron até um grande closet no segundo andar e o deixaram caído no chão. Suas mãos estavam presas às costas com fita adesiva, os pés também atados. Dominick Rochester estava parado diante dele, empunhando uma arma.

– Você ligou para o seu amigo Win?
– Quem? – perguntou Myron.
Rochester franziu a testa.
– Acha que somos idiotas?
– Se vocês sabem sobre o Win – disse Myron, encarando-o –, se sabem o que ele pode fazer, então a resposta é sim. Acho que são idiotas.
– Veremos – desafiou Rochester.

Myron avaliou rapidamente a situação. No closet não havia janelas, apenas uma entrada. Por isso o tinham levado para lá. Desse modo Win não poderia atacar de fora ou espiá-los de longe. Eles tinham percebido isso, pensado nisso, sido suficientemente espertos para amarrá-lo e levá-lo para cima.

Não era bom.

Dominick Rochester estava armado. Professor de Artes também. Seria quase impossível entrar ali. Mas ele conhecia Win. Só precisava lhe dar tempo.

À direita, Gravata Estranha ainda estava sorrindo. Havia sangue, sangue de Myron, nos dentes dele. Professor de Artes estava à esquerda.

Rochester se abaixou até ficar com o rosto perto do de Myron. O cheiro de perfume barato continuava nele, pior do que nunca.

– Vou dizer o que eu quero – falou – e depois vou deixar você sozinho com Orville e Jeb. Escute aqui, sei que você tem alguma coisa a ver com o desaparecimento daquela garota. E se teve alguma coisa a ver com ela, teve alguma coisa a ver com Katie. Faz sentido, não faz?
– Onde está a Sra. Seiden?
– Ninguém está interessado em machucar sua amiga.
– Eu não tenho nada a ver com a sua filha. E a única coisa que fiz foi dar uma carona a Aimee. Só isso. A polícia vai lhe dizer.
– Você levou uma advogada.

– Não levei. Ela apareceu lá. Eu respondi a todas as perguntas. Contei que Aimee ligou para mim pedindo carona. Eu mostrei a eles onde a deixei.

– E minha filha?

– Não conheço sua filha. Nunca me encontrei com ela.

Rochester olhou para Orville e Jeb. Myron não sabia quem era quem. Sua perna estava latejando por causa da mordida.

Professor de Artes estava refazendo o rabo de cavalo, apertando-o e enrolando com o elástico.

– Eu acredito nele.

– Mas – acrescentou Gravata Estranha – precisamos ter certeza; *tengo que estar seguro.*

Professor de Artes franziu a testa.

– Quem foi esse?

– Kylie Minogue.

– Puxa, tremendamente obscuro, malandro.

Rochester se empertigou.

– Façam o trabalho de vocês. Vou vigiar lá embaixo.

– Espere – disse Myron. – Eu não sei de nada.

Rochester olhou para ele por um momento.

– É a minha filha. Não posso arriscar. Então o que vai acontecer aqui é: os Gêmeos vão trabalhar em você. Se você ainda estiver contando a mesma história depois disso, vou saber que não teve nada a ver com isso. Mas, se teve, talvez eu salve a minha filha.

Rochester andou em direção à porta.

Os Gêmeos chegaram mais perto. Professor de Artes empurrou Myron para trás. Depois sentou-se sobre as pernas dele. Gravata Estranha montou no peito. Olhou para baixo e mostrou os dentes. Myron engoliu em seco. Tentou jogá-lo longe, mas com as mãos presas atrás do corpo era impossível. Seu estômago deu cambalhotas de medo.

– Espere – repetiu Myron.

– Não – disse Rochester. – Você vai embromar. Vai cantar, vai dançar, vai inventar histórias.

– Não, não é isso...

– Você precisa entender. É a minha filha. Você precisa sofrer antes que eu acredite. Os Gêmeos são bons em fazer isso.

– Só me escute, certo? Eu estou tentando encontrar Aimee Biel... – tentou Myron.

– Não.

–... e se eu a encontrar, há uma chance excelente de achar sua filha também. Estou dizendo. Olhe, você me investigou, não foi? Foi assim que soube do Win.

Rochester parou, esperou.

– Você deve ter ouvido dizer que é isso que eu faço. Ajudo pessoas que estão em encrenca. Deixei aquela garota num lugar e ela sumiu. Agora preciso encontrá-la. Eu devo isso aos pais dela.

Rochester olhou para os Gêmeos. A distância Myron ouviu o rádio de um carro, a música chegando e sumindo. Era "We Built This City on Rock 'n' Roll", do Starship.

A *segunda* pior música do mundo, pensou.

Gravata Estranha começou a cantar:

– We built *esta ciudad*, we built *esta ciudad*, we built *esta ciudad*...

O professor de artes hippie, ainda montado nas pernas de Myron, começou a balançar a cabeça, obviamente adorando o canto do colega.

– Estou contando a verdade – insistiu Myron.

– De qualquer modo – disse Rochester –, os Gêmeos vão descobrir se você está dizendo a verdade ou não. Está vendo? Você não pode mentir para eles. Quando eles machucarem você um pouco, você vai contar tudo que a gente precisa saber.

– Mas aí vai ser tarde demais – reagiu Myron.

– Eles não vão demorar. – Rochester olhou para Professor de Artes.

Professor de Artes disse:

– Meia hora, uma hora no máximo.

– Não é isso que eu quero dizer. Eu vou estar machucado demais. Talvez não consiga falar.

– Ele tem certa razão – disse Professor.

– Nós deixamos marcas – acrescentou Gravata Estranha, mostrando os dentes.

Rochester pensou.

– Orville, onde você disse que ele estava antes de vir para casa?

Orville, o Professor de Artes, lhe deu o endereço de Randy Wolf e falou sobre a lanchonete. Eles o vinham seguindo e Myron não tinha notado. Ou eram muito bons ou Myron estava tremendamente enferrujado. Ou as duas coisas. Rochester perguntou por que Myron tinha visitado os dois lugares.

– A casa é onde o namorado de Aimee mora. Mas ele não estava lá.

– Você acha que ele tem alguma coisa a ver com isso?

Myron sabia que era melhor não responder em tom positivo.

– Eu só queria conversar com os amigos dela, ver o que estava acontecendo com ela. Quem seria melhor do que o namorado?

– E a lanchonete?

– Fui me encontrar com uma informante. Estou tentando ligar sua filha a Aimee.

– E o que descobriu até agora?

– Só estou no começo.

Rochester pensou mais um pouco. Depois balançou a cabeça devagar.

– Pelo que ouvi dizer, você pegou a tal de Aimee às duas da madrugada.

– Isso mesmo.

– Às duas da madrugada – repetiu ele.

– Ela me ligou.

– Por quê? – O rosto dele ficou vermelho. – Porque você gosta de pegar garotas adolescentes?

– Não é isso.

– Ah, acho que você vai me dizer que foi uma coisa inocente.

– Foi.

Myron viu a raiva dele crescendo. Estava perdendo o sujeito.

– Você assistiu ao julgamento daquele pervertido do Michael Jackson?

A pergunta confundiu Myron.

– Um pouco, acho.

– Ele dormia com menininhos, não é? Ele admitiu. Mas depois disse: "Ah, mas é uma coisa inocente."

Myron percebeu aonde aquilo ia parar.

– E aqui está você, contando que pega garotas bonitas tarde da noite. Às duas da madrugada. E depois diz: "Ah, mas é uma coisa inocente."

– Escute...

– Não, acho que já escutei demais.

Rochester assentiu para os Gêmeos irem em frente.

Um tempo suficiente havia se passado. Myron esperava que Win estivesse no lugar certo. Provavelmente estava aguardando uma última distração. Myron não conseguia se mexer, por isso tentou outra coisa.

Sem aviso, soltou um berro.

Gritou pelo máximo de tempo e no máximo de volume que pôde, mesmo depois de Orville dar um soco em seus dentes.

Mesmo interrompido, o grito teve o efeito desejado. Por um segundo todo mundo olhou para ele. Só por um segundo. Não mais.

Porém bastou.

Um braço passou em volta do pescoço de Rochester enquanto uma arma aparecia junto da sua testa. O rosto de Win se materializou ao lado do dele.

– Da próxima vez – disse Win, franzindo o nariz –, por favor, não compre seu perfume no supermercado.

Os Gêmeos agiram como raios. Em menos de um segundo largaram Myron. Professor de Artes partiu para o canto mais distante. Gravata Estranha foi para trás de Myron e o levantou, usando-o como escudo. Agora também segurava uma arma. Encostou-a no pescoço de Myron.

Impasse.

Win continuou com o braço em volta do pescoço de Rochester. Apertou a traqueia. O rosto de Rochester ficou vermelho-escuro enquanto o oxigênio se esvaía. Seus olhos rolaram para trás. Alguns segundos depois Win fez uma coisa meio surpreendente: soltou a garganta. Rochester teve ânsia de vômito e inspirou fundo. Usando-o também como escudo, Win manteve a arma na nuca do sujeito mas se virou para Professor de Artes.

– Cortar o suprimento de ar dele com aquela colônia medonha – explicou Win – era misericórdia demais.

Os Gêmeos examinaram Win como se ele fosse uma coisa frágil e bonitinha em que tinham esbarrado na floresta. Assim que Win apareceu eles coordenaram os movimentos como se já tivessem feito isso antes.

– Aparecer de mansinho assim – disse Professor de Artes hippie, sorrindo para Win. – Malandro, isso foi radical.

– Da pesada – respondeu Win. – Tipo, bacana.

Professor de Artes franziu a testa.

– Está curtindo com a minha cara, malandro?

– Xuxu beleza. Paz e amor, irmão.

Professor de Artes olhou para Gravata Estranha como se dissesse: *Você acredita nesse cara?*

– Meu chapa, você não sabe com quem está mexendo.

– Baixem as armas ou eu mato os dois – disse Win.

Os Gêmeos sorriram mais um pouco, adorando aquilo.

– Malandro, você já estudou... tipo, matemática?

Win deu um olhar chapado para Professor de Artes.

– Tipo, já.

– Olha só, a gente tem duas armas. Você tem uma.

Gravata Estranha apoiou a cabeça no ombro de Myron.

– Você – disse ele a Win, excitado, lambendo os lábios. – Você não deveria ameaçar a gente.

– Está certo – respondeu Win.

Todos os olhares estavam na arma comprimida perto da têmpora de Rochester. Isso era um erro. Era como um truque clássico de mágica. Os Gêmeos não se perguntaram por que Win havia soltado o pescoço de Rochester. Mas o motivo era simples: para que ele – usando o corpo de Rochester para bloquear a visão – preparasse sua segunda arma.

Myron inclinou a cabeça um pouco para a esquerda. A bala da segunda arma, a que estava escondida atrás do quadril de Rochester, acertou Gravata Estranha bem na testa. Ele morreu instantaneamente. Myron sentiu uma coisa molhada espirrar em seu rosto.

Ao mesmo tempo Win disparou a primeira arma, a que estivera apontada para Rochester. A bala acertou o pescoço de Professor de Artes. Ele caiu com as mãos apertando o que tinha sido sua laringe. Se não estivesse morto, sangraria até a morte. Win não correu riscos.

A segunda bala o acertou bem entre os olhos.

Win se virou de volta para Rochester.

– Se respirar esquisito, você acaba igual a eles.

Rochester se obrigou a ficar impossivelmente imóvel. Win se abaixou ao lado de Myron e começou a tirar as fitas adesivas. Olhou para o cadáver de Gravata Estranha.

– Engole isso – disse para o cadáver. Em seguida se virou para Myron: – Sacou? Essa coisa de morder, engole isso?

– Hilário. Cadê a Sra. Seiden?

– Em segurança, fora da casa, mas você vai ter que inventar uma história para ela.

Myron pensou nisso.

– Você ligou para a polícia?

– Ainda não. Para o caso de você querer fazer algumas perguntas.

Myron olhou para Rochester.

– Fale com ele lá embaixo – disse Win, entregando uma arma a Myron. – Vou colocar o carro na garagem e começar a limpeza.

capítulo 24

A LIMPEZA.

Myron tinha alguma ideia do que Win queria dizer, mas não falariam abertamente sobre isso. Win tinha propriedades em todo canto, inclusive um terreno numa parte isolada do condado de Sussex, Nova Jersey. A propriedade tinha mais de 3 hectares. A maior parte era de floresta virgem. Se você tentasse descobrir quem era o dono, encontraria uma empresa das Ilhas Cayman. Não havia nomes.

Houve um tempo em que Myron ficaria incomodado com o que Win tinha feito. Houve um tempo em que ele faria discursos longos e complicados ao amigo sobre a santidade da vida e os perigos de fazer justiça com as próprias mãos. Win olharia para ele e diria três palavras:

– Nós ou eles.

Win provavelmente poderia ter dado mais um ou dois minutos ao "impasse". Ele e os Gêmeos poderiam ter chegado a algum entendimento. Você vai embora, nós vamos embora, ninguém se machuca. Esse tipo de coisa. Mas não era para ser.

Os Gêmeos já podiam se considerar mortos quando Win entrou em cena.

A pior parte era que Myron não se sentia mal com isso. Não ligava mais. E quando começou a se sentir assim, quando soube que matá-los seria a coisa prudente e que os olhos deles não assombrariam seu sono... foi quando soube que era hora de parar com isso. Resgatar pessoas, brincar naquela linha frágil entre o bem e o mal, roubava uma pequena lasca da sua alma.

Só que talvez não.

Talvez brincar ao longo dessa linha – vendo o outro lado dela – só fixasse você na realidade medonha. O fato é o seguinte: um milhão de Orvilles Professores de Artes ou Jebs Gravatas Estranhas não valem a vida de nem mesmo um inocente, de uma Brenda Slaughter, uma Aimee Biel, uma Katie Rochester ou a vida de seu filho soldado, Jeremy Downing.

Podia parecer imoral sentir-se assim. Mas era isso aí. Ele aplicava esse pensamento à guerra, também. Em seus momentos de maior honestidade, aqueles dos quais não ousava falar em voz alta, Myron não se importava muito com os civis que tentavam levar a vida em algum deserto imundo. Não se importava se eles viviam em uma democracia ou não, se experimentavam a liberdade, o modo como viviam. O que importava eram os rapazes como Jeremy. Mate cem, mil, do outro lado, se necessário. Mas não deixe ninguém machucar meu garoto.

Myron sentou-se à frente de Rochester.

– Eu não menti. Estou tentando achar Aimee Biel.

Rochester apenas o encarou.

– Você sabe que as duas garotas usaram o mesmo caixa eletrônico?

Rochester assentiu.

– Tem que haver algum motivo. Não é coincidência. Os pais de Aimee não conhecem sua filha. Acham que Aimee também não a conhecia.

Finalmente Rochester falou:

– Eu perguntei à minha mulher e meus filhos – disse em voz baixa. – Nenhum deles achava que Katie conhecia Aimee.

– Mas as duas estudavam na mesma escola.

– É uma escola grande.

– Existe uma conexão. Tem que haver. Só não estamos vendo. Por isso preciso que sua família comece a procurar essa conexão. Pergunte aos amigos de Katie. Procure nas coisas dela. Alguma coisa liga sua filha a Aimee. Se nós descobrirmos o que é podemos chegar muito mais perto.

– Você não vai me matar – disse Rochester.

– Não.

O olhar dele viajou escada acima.

– O seu cara fez a coisa certa. Quero dizer, matando os Gêmeos. Se você deixasse que eles fossem embora eles torturariam sua mãe até ela se arrepender do dia em que colocou você no mundo.

Myron preferiu não comentar.

– Foi idiotice contratar os dois – disse Rochester. – Mas eu estava desesperado.

– Se está procurando perdão, vá para o inferno.

– Só estou tentando fazer você entender.

– Não quero entender. Quero achar Aimee Biel.

Myron precisou ir à emergência do hospital. O médico olhou a mordida na perna e balançou a cabeça.

– Foi atacado por um tubarão?

– Cachorro – mentiu Myron.

– Você devia sacrificá-lo.

Foi Win que respondeu:

– Isso já foi feito.

O médico usou suturas e depois fez um curativo. Doeu feito o diabo. Deu antibióticos e comprimidos para a dor. Quando os dois saíram, Win certificou-se de que Myron ainda estava com a arma.

– Quer que eu fique por perto? – perguntou.

– Estou bem. – O carro acelerou pela Avenida Livingston. – Cuidou dos dois caras?

– Partiram para sempre.

Myron assentiu. Win olhou o rosto dele.

– Eles eram chamados de Gêmeos – disse Win. – O mais velho, aquele com a gravata bizarra, teria primeiro arrancado seus mamilos com os dentes. É como eles fazem aquecimento. Um mamilo, depois o outro.

– Sei.

– Nada de sermão nem reação exagerada?

Os dedos de Myron tocaram o peito.

– Eu gosto dos meus mamilos.

Era tarde quando Win o deixou em casa. Perto da porta, Myron encontrou seu celular no chão, onde o havia largado. Verificou o identificador de chamadas. Havia várias ligações perdidas, na maioria assuntos profissionais. Com Esperanza em lua de mel em Antigua, ele deveria ter ficado em contato. Agora era tarde demais para se preocupar.

Ali também tinha telefonado.

Uma eternidade antes ele tinha dito que passaria lá esta noite. Tinham feito piada sobre uma transa "crepusculina". Cara, isso tinha sido hoje?

Pensou em esperar até de manhã, mas Ali podia estar preocupada. Além disso seria legal, legal *mesmo*, ouvir o calor da voz dela. Precisava disso nesse dia maluco, exaustivo, dolorido. Estava machucado. Sua perna latejava.

Ali atendeu ao primeiro toque.

– Myron?

– Ei, espero não ter acordado você.

– A polícia esteve aqui.

Não havia calor na voz dela.

– Quando?

– Há algumas horas. Queriam falar com a Erin. Sobre uma promessa que as garotas fizeram no seu porão.

Myron fechou os olhos.

– Droga. Eu não queria envolvê-la.
– Ela apoiou sua história, por sinal.
– Sinto muito.
– Liguei para Claire. Ela me contou sobre Aimee. Mas não entendo. Por que você fez as garotas prometerem uma coisa dessas?
– O quê, me ligar?
– É.
– Eu ouvi as duas falando sobre andar de carro com um motorista bêbado. Só não queria que isso acontecesse com elas.
– Mas por que você?
Ele abriu a boca, mas não saiu nada.
– Quero dizer, você conheceu Erin naquele dia. Foi a primeira vez que falou com ela.
– Eu não planejei isso, Ali.
Houve silêncio. Myron não gostou.
– Nós estamos bem? – perguntou.
– Preciso de um tempo para pensar.
Ele sentiu o estômago apertando.
– Myron?
– Entãããão – disse ele, esticando a palavra. – Acho que aquela transa vespertina vai ser adiada.
– Não é hora para piadas.
– Eu sei.
– Aimee está desaparecida. A polícia veio aqui e interrogou a minha filha. Isso pode ser rotina para você, mas não é o meu mundo. Não estou culpando você, mas...
– Mas?
– Só... só preciso de um tempo.
– "Preciso de um tempo" – repetiu Myron. – Isso se parece um bocado com "Preciso de espaço".
– Você está fazendo piada de novo.
– Não, Ali, não estou.

capítulo 25

Havia um motivo para Aimee Biel querer ser deixada naquela rua.

Myron tomou uma chuveirada e vestiu um suéter. A calça tinha sangue. Sangue seu. Lembrou-se daquela antiga piada do Seinfeld sobre comerciais de sabão em pó que falam em tirar manchas de sangue; que, se você tem manchas de sangue na roupa, talvez sua preocupação maior não deveria ser lavá-las.

A casa estava silenciosa, a não ser pelos sons costumeiros. Quando ele era criança, sozinho à noite, esses ruídos o amedrontavam. Agora estavam simplesmente ali – nem tranquilizadores nem assustadores. Podia ouvir o leve eco enquanto andava pelo piso da cozinha. O eco só acontecia quando a pessoa estava sozinha. Pensou nisso. Pensou no que Claire tinha dito, que ele atraía violência e destruição, que não era casado.

Sentou-se sozinho na cozinha de sua casa vazia. Esta não era a vida que tinha planejado.

O homem planeja e Deus ri.

Balançou a cabeça. Palavras verdadeiras.

Chega de melodrama, pensou. A palavra "planeja" recolocou sua mente nos trilhos. Pensou: *O que Aimee Biel planejara?*

Havia um motivo para ela escolher aquele caixa eletrônico. E havia um motivo para ter escolhido aquela rua sem saída.

Era quase meia-noite quando Myron entrou no carro e partiu para Ridgewood. Agora conhecia o caminho. Parou onde a havia deixado. Desligou o carro. A casa estava escura, como duas noites antes.

Certo, e agora?

Examinou as possibilidades. Uma: Aimee entrara mesmo naquela casa no fim da rua. A mulher que atendera à porta antes, a loura magra com boné de beisebol, tinha mentido para Loren Muse. Ou talvez a mulher não soubesse de nada mesmo. Talvez Aimee estivesse tendo um caso com o filho dela ou fosse amiga da filha, e a mulher não sabia.

Pouco provável.

Loren Muse não era idiota. Ficara parada diante daquela porta por um bom tempo. Devia ter verificado hipóteses relacionadas à casa. Se existissem, teria ido atrás.

Portanto Myron descartou isso.

O que significava que a casa tinha sido uma distração.

Abriu a porta do carro e saiu. Tudo estava silencioso. Havia um gol de hóquei na rua sem saída. Provavelmente havia crianças na vizinhança. Eram somente oito casas e quase não havia tráfego. As crianças deviam brincar por ali. Myron viu um daqueles aros de basquete móveis numa entrada de veículos.

Um carro virou a esquina, como quando ele havia deixado Aimee.

Myron franziu os olhos na direção dos faróis. Era meia-noite. Apenas oito casas na rua, todas com as luzes apagadas, todas acomodadas para a noite.

O carro parou atrás do dele. Myron reconheceu o Benz prateado antes mesmo de Erik Biel, o pai de Aimee, sair. A luz estava fraca, mas Myron ainda podia ver a fúria no rosto dele. Isso o fazia parecer um garotinho chateado.

– Que diabo você está fazendo aqui? – gritou Erik.

– A mesma coisa que você, acho.

Erik chegou mais perto.

– Claire pode engolir sua história, do motivo para trazer Aimee até aqui, mas...

– Mas o quê, Erik?

Ele não respondeu imediatamente. Ainda estava usando a camisa e a calça feitas sob medida, mas não parecia tão alinhado.

– Eu só quero encontrar a minha filha.

Myron não disse nada, deixando que ele falasse quanto quisesse.

– Claire acha que você pode ajudar. Diz que você é bom nessas coisas.

– E sou.

– Você é como o cavaleiro de armadura brilhante de Claire – disse ele, com um traço de amargura. – Não sei por que vocês dois não terminaram juntos.

– Eu sei. Porque não nos amamos desse jeito. Na verdade, em todo o tempo que conheço Claire, você é o único homem que ela amou de verdade.

Erik se remexeu, fingindo que as palavras não o atingiam, mas não conseguindo totalmente.

– Quando fiz a curva, você estava saindo do carro. O que ia fazer?

– Tentar refazer os passos de Aimee. Ver se consigo descobrir para onde ela foi de verdade.

– Como assim, "foi de verdade"?

– Houve um motivo para ela escolher este lugar. Ela usou esta casa como uma distração. Não era o destino final dela.

– Você acha que ela fugiu, não foi?

– Não acho que foi um sequestro aleatório nem nada assim. Ela me conduziu a este lugar específico. A questão é: por quê?

Erik assentiu. Seus olhos estavam molhados.

– Você se importa se eu for junto?

Myron se importava, mas deu de ombros e começou a caminhar até a casa. Os ocupantes poderiam acordar e chamar a polícia. Myron estava disposto a arriscar. Abriu o portão. Era ali que Aimee tinha entrado. Virou do mesmo jeito que ela, foi para trás da casa. Erik ficou em silêncio atrás dele.

Myron tentou abrir a porta de vidro. Trancada. Abaixou-se e passou os dedos pela base. Algum tipo de sujeira havia se acumulado ali. O mesmo acontecia no batente, subindo.

Fazia um tempo que a porta não era aberta.

Erik sussurrou:

– O quê?

Myron sinalizou para ele ficar quieto. As cortinas estavam fechadas. Myron ficou abaixado e pôs as mãos em concha ao redor dos olhos. Olhou o cômodo. Não conseguia ver muita coisa, mas parecia uma sala comum. Não era o quarto de uma adolescente. Foi para a porta dos fundos. Que levava à cozinha.

De novo, não era um quarto de adolescente.

Claro que Aimee podia ter se expressado mal. Podia querer dizer que ia passar por uma porta dos fundos para ir ao quarto de Stacy, não que o quarto ficava lá. Mas, ora, Stacy nem morava aqui. Portanto, de qualquer modo, obviamente Aimee tinha mentido. Essa outra coisa – o fato de que a porta não tinha sido aberta e não dava num quarto – era só a cereja do bolo.

Então para onde ela teria ido?

Myron ficou de quatro e pegou uma pequena lanterna. Apontou para o chão. Nada. Esperava encontrar pegadas, mas não tinha chovido muito ultimamente. Encostou a bochecha na grama, tentando encontrar ao menos algum tipo de reentrância no chão. Nada outra vez.

Erik também começou a procurar. Não tinha lanterna. Praticamente não havia nenhuma outra iluminação ali. Mas ele procurou de qualquer modo e Myron não o impediu.

Alguns segundos depois Myron se levantou. Manteve a lanterna abaixada. O quintal dos fundos teria uns 2 mil metros quadrados, talvez mais. Havia uma piscina com outra cerca ao redor. Esse portão tinha 2 metros de altura e estava trancado. Seria difícil, mas não impossível, escalar a cerca. Mas Myron duvidava que Aimee tivesse ido até ali para nadar.

O quintal desaparecia na floresta. Myron seguiu pela divisa da propriedade até chegar às árvores. A bela cerca de ripas acompanhava a lateral da casa, mas quando você chegava à área de bosque a barreira virava tela de arame. Era mais barato e menos estético, mas aqui atrás, misturada com galhos e arbustos, o que importava?

Myron teve quase certeza do que encontraria.

Pôs a mão em cima da cerca e continuou andando junto aos arbustos, acompanhando o arame. Erik veio atrás. Myron usava tênis Nike; Erik calçava mocassins, sem meias.

A mão de Myron baixou perto de um pinheiro.

Bingo, esse era o ponto. A cerca tinha sido amassada. Apontou a lanterna. Pela aparência enferrujada, a cerca havia se dobrado anos atrás. Myron empurrou a tela um pouco para baixo e passou por cima. Erik fez o mesmo.

A trilha foi mais fácil de achar. Não tinha mais que 5, 6 metros. Provavelmente havia sido um caminho mais longo anos antes, mas, com o aumento do valor das terras, apenas um trecho minúsculo da floresta era usado para passagem particular. Se sua terra fosse utilizável, você se certificaria de usá-la.

Ele e Erik foram parar entre dois quintais dos fundos de duas casas, em outra rua sem saída.

– Acha que Aimee passou por aqui?

Myron assentiu.

– Acho.

– E agora?

– Vamos descobrir quem mora nesta rua. Vamos tentar descobrir se existe uma conexão com Aimee.

– Vou ligar para a polícia.

– Pode tentar. Eles podem se importar ou não. Se alguém que ela conhece mora aqui, isso talvez só confirme a teoria de que ela fugiu de casa.

– Vou tentar assim mesmo.

Myron assentiu. Se estivesse no lugar de Erik faria isso também. Eles atravessaram o quintal e pararam na outra rua. Myron examinou as casas como se elas pudessem dar respostas.

– Myron?

Ele olhou para Erik.

– Acho que Aimee fugiu – disse. – E acho que a culpa é minha.

Havia lágrimas no rosto dele.

– Ela mudou. Claire e eu vimos isso. Aconteceu alguma coisa com o Randy. Eu gosto mesmo daquele garoto. Ele era muito bom com ela. Tentei conversar sobre isso. Mas ela não quis me contar nada. Eu... Isso vai parecer idiota. Achei que talvez o Randy tenha tentando fazer pressão. Você sabe. Sexualmente.

Myron assentiu.

– Mas em que década eu acho que estamos vivendo? Já fazia dois anos que eles estavam juntos.

– Então você não acha que era isso?

– Não.

– Então o quê?

– Não sei. – Ele ficou em silêncio.

– Você disse que a culpa era sua.

Erik assentiu.

– Quando eu trouxe Aimee para cá – disse Myron –, ela implorou que eu não contasse nada a você e a Claire. Disse que as coisas não iam bem com vocês dois.

– Eu comecei a espioná-la.

Não era uma resposta direta à questão, mas Myron ignorou isso. Erik estava se preparando para dizer alguma coisa. Myron precisava lhe dar espaço.

– Mas Aimee... é uma adolescente. Você se lembra dessa época? A gente aprende a esconder coisas. Por isso ela teve cuidado. Acho que ela era mais treinada do que eu fui. Não que eu não confiasse nela. Mas parte do trabalho dos pais é ficar atentos aos filhos. Não adianta muito porque eles sabem disso.

Os dois ficaram parados no escuro, olhando as casas.

– Mas o que a gente não percebe é que, mesmo enquanto está espionando os filhos, talvez de vez em quando eles apontem o binóculo para a gente. Talvez eles suspeitem de alguma coisa errada e queiram ajudar. E talvez o filho acabe mantendo o binóculo voltado para o pai.

– Aimee espionou você?

Ele confirmou com a cabeça.

– O que ela descobriu, Erik?
– Que estou tendo um caso.

Erik quase desmoronou de alívio ao dizer isso. Myron sentiu-se oco por um segundo, totalmente vazio. Depois pensou em Claire, em como ela era na escola, como ela mordia o lábio inferior nos fundos da sala quando estava nervosa. Um jorro de raiva o atravessou.

– Claire sabe?
– Não sei. Se sabe, nunca disse nada.
– Esse caso. É sério?
– É.
– Como Aimee descobriu?
– Não sei. Nem tenho certeza se ela descobriu.
– Aimee nunca disse nada a você?
– Não. Mas... como eu disse. Ela mudou. Eu ia beijar o rosto dela e ela se afastava. Quase involuntariamente. Como se eu provocasse repulsa.
– Isso pode ser coisa normal de adolescente.

Erik baixou a cabeça, balançou-a.

– Então quando você a estava espionando, tentando verificar os e-mails dela, além de querer saber o que ela estava fazendo...
– Eu queria ver se ela sabia, sim.

De novo Myron pensou em Claire, desta vez no rosto dela no dia do casamento, começando uma vida nova com esse cara, sorrindo como Esperanza havia sorrido no sábado, sem nenhuma dúvida em relação a Erik, apesar de Myron nunca ter gostado especialmente dele.

Como se lesse sua mente, Erik disse:

– Você nunca foi casado. Não sabe como é.

Myron quis lhe dar um soco na cara.

– Você é quem diz.
– A coisa não acontece de repente.
– Ahã.
– Simplesmente tudo começa a se desgastar. Acontece com todo mundo. As pessoas se afastam. Você gosta, mas de um modo diferente. Você se preocupa com o trabalho, com a família, com a casa. Com tudo, menos com o outro. E um dia você acorda e quer aquele sentimento de volta. Esqueça o sexo. Não é isso. Você quer a paixão. E sabe que nunca vai ter de volta a paixão da mulher que você ama.
– Erik?

– O quê?
– Não quero ouvir isso.
Ele assentiu.
– Você é a única pessoa para quem eu contei.
– É, bem, então eu devo ser um homem de sorte.
– Eu só queria... quero dizer, eu só precisava...
Myron levantou a mão.
– Você e Claire não são da minha conta. Estou aqui para encontrar Aimee, e não para bancar o conselheiro matrimonial. Mas me deixe esclarecer uma coisa, porque quero que você saiba exatamente qual é a minha: se você magoar Claire eu...
Ele parou. Era idiotice ir tão longe assim.
– Você o quê?
– Nada.
Erik quase sorriu.
– Ainda é o cavaleiro de armadura brilhante, hein, Myron?
Cara, Myron queria *mesmo* dar um soco na cara dele. Em vez disso deu meia-volta, virou-se para uma casa amarela com dois carros na entrada. E foi então que ele viu.
Parou.
– O que foi? – perguntou Erik.
Myron evitou o olhar dele.
– Preciso da sua ajuda.
– É só dizer – disse Erik, empolgado.
Myron começou a voltar para a trilha, xingando a si mesmo. Sim, estava mesmo enferrujado. Nunca deveria ter deixado isso transparecer. A última coisa que precisava era de Erik nervoso. Precisava resolver isso sozinho.
– Você é bom com computadores?
Erik franziu a testa.
– Acho que sim.
– Preciso que você entre na internet. Preciso que você coloque todos os endereços desta rua num mecanismo de busca. Precisamos de uma lista de quem mora aqui. Preciso que você vá para casa e faça isso para mim.
– Mas não deveríamos fazer alguma coisa agora?
– Tipo o quê?
– Bater às portas.
– E dizer o quê? Fazer o quê?

– Talvez alguém esteja com ela sequestrada bem aqui, neste quarteirão.

– É muito pouco provável. Mesmo assim, bater às portas deixaria as pessoas em pânico. E, assim que batermos na casa de alguém a essa hora, a pessoa vai ligar para polícia. Os vizinhos vão ser alertados. Escute, Erik, primeiro precisamos descobrir o que é o quê. Tudo isso pode ser um beco sem saída. Aimee pode não ter ido por esta trilha.

– Você disse que achava que ela foi.

– Achava. Isso não quer dizer muita coisa. Além do mais, ela pode ter andado cinco quarteirões depois disso. Não podemos ficar tropeçando por aí. Se quer ajudar, vá para casa. Pesquise esses endereços. Consiga alguns nomes.

Agora estavam saindo da trilha. Passaram pelo portão e voltaram aos carros.

– O que você vai fazer? – perguntou Erik.

– Tenho algumas outras pistas que quero seguir.

Erik queria perguntar mais, porém o tom e a linguagem corporal de Myron o fizeram parar.

– Ligo para você assim que terminar a busca – disse Erik.

Os dois entraram nos carros. Myron viu Erik se afastar. Depois pegou o celular e ligou para Win.

– Articule.

– Preciso que você invada uma casa.

– Beleza. Por favor, explique.

– Encontrei uma trilha no lugar onde deixei Aimee. Leva a outra rua sem saída.

– Ah. Então temos alguma ideia de onde ela foi parar?

– Fernkale Court, número 16.

– Você parece ter bastante certeza.

– Há um carro na entrada. Tem um adesivo no vidro traseiro. É de uma vaga de estacionamento de professor na Escola Livingston.

– Estou indo.

capítulo 26

MYRON E WIN SE encontraram a três quarteirões dali, perto de uma escola de ensino fundamental. Um carro estacionado nesse ponto chamaria menos atenção. Win estava vestido de preto, inclusive com um gorro preto que escondia o cabelo louro.

– Não estou vendo nenhum sistema de alarme – disse Myron.

Win confirmou. De qualquer modo os alarmes eram pequenos incômodos, e não impeditivos.

– Volto em trinta minutos.

E voltou. Pontualmente.

– A garota não está dentro da casa. Dois professores moram aqui. O nome dele é Harry Davis. Ensina inglês na Escola Livingston. A mulher é Lois. Ensina no colégio de Glen Rock. Eles têm duas filhas, idade universitária, a julgar pelas fotos e pelo fato de que não estavam em casa.

– Não pode ser coincidência.

– Pus um rastreador de GPS nos dois carros. Davis tem uma pasta bem gasta, cheia de trabalhos de fim de ano e planos de aula. Coloquei um rastreador nela também. Vá para casa, durma um pouco. Aviso quando ele acordar e sair. Eu vou segui-lo. E depois vamos pra cima dele.

Myron se arrastou para a cama. Achou que o sono não chegaria nunca. Mas chegou. Dormiu até ouvir um estalo metálico vindo do andar de baixo.

Seu pai tinha sono leve. Quando era mais novo, Myron acordava à noite e tentava passar pelo corredor sem despertar o pai. Jamais conseguiu. Além disso, o pai não acordava devagar; era com um susto, como se alguém tivesse derramado água gelada dentro de sua cueca.

E foi assim que ele próprio fez, quando ouviu o estalo. Deu um pulo da cama. A arma estava na mesinha de cabeceira. Pegou-a. O celular também estava lá. Apertou o número de Win, a linha em que ele podia ouvir o que se passava com Myron.

Ficou sentado imóvel, prestando atenção.

A porta da frente se abriu.

Quem quer que fosse tentava não fazer barulho. Myron se esgueirou até a parede perto da porta do quarto. Esperou, tentou ouvir mais um pouco. O intruso tinha passado pela porta da frente. Isso era estranho. A fechadura era antiga. Podia ser arrombada. Mas para fazer isso em silêncio – só um estalo rápido – significava que a pessoa, ou pessoas, era boa nisso.

Esperou.

Passos.

Eram leves. Myron comprimiu as costas contra a parede. Apertou a arma na mão. Sua perna doía por causa da mordida. O coração martelava. Tentou manter o foco apesar de tudo isso.

Calculou o melhor local para ficar parado. Comprimir-se contra a parede perto da porta, onde estava agora, era bom para ouvir, mas não ideal, apesar do que a gente vê nos filmes, se alguém entrasse no quarto. Em primeiro lugar, se o cara fosse bom, estaria atento a isso. Em segundo, se fosse mais de um, ficar atrás da porta para atacar alguém seria a pior localização possível. Você seria obrigado a atacar imediatamente e com isso iria expor sua localização. Poderia derrubar o primeiro, mas o segundo acabaria com você.

Foi em direção à porta do banheiro. Ficou atrás dela, abaixado, a porta quase fechada. Tinha um ângulo perfeito. Poderia ver o intruso entrar. Poderia atirar ou gritar; e, se atirasse, ainda estaria em boa posição caso outra pessoa invadisse o quarto ou recuasse.

Os passos pararam do lado de fora da porta.

Ele esperou. Sua respiração ressoava nos ouvidos. Win era bom nisso, na parte da paciência, mas esse nunca fora o ponto forte de Myron. Manteve a respiração profunda e acabou se acalmando. Seu olhar permaneceu na porta aberta.

Viu uma sombra.

Apontou a arma para o meio dela. Win miraria na cabeça, mas Myron se fixou no centro do peito, o alvo mais fácil.

Quando o intruso passou pela porta e pegou um pouco de luz, Myron quase arfou alto. Saiu de trás da porta, ainda segurando a arma.

– Ora, ora – disse a intrusa. – Depois de sete anos, isso aí na sua mão é uma arma ou você está feliz em me ver?

Myron não se mexeu.

Sete anos. Passaram-se sete anos. E em segundos era como se esse tempo não tivesse existido.

Jessica Culver, sua ex-alma gêmea, tinha voltado.

capítulo 27

Estavam no andar de baixo, na cozinha.

Jessica abriu a geladeira.

– Não tem achocolatado?

Myron balançou a cabeça. Achocolatado fora sua bebida predileta por muito tempo. Quando eles moravam juntos havia um estoque em casa.

– Você não bebe mais aquilo?

– Não muito.

– Acho que um de nós deveria dizer que tudo muda.

– Como você entrou?

– Você ainda deixa a chave no ralo. Como seu pai fazia. Nós a usamos uma vez. Lembra?

Ele lembrava. Tinham se esgueirado até o porão, rindo. Tinham feito amor.

Jessica sorriu. Os anos davam seus sinais. Havia rugas em volta dos olhos. O cabelo estava mais curto e mais estiloso. Mas o efeito ainda era o mesmo.

Ela era linda de morrer.

– Você está me encarando – disse Jessica.

Myron não respondeu.

– É bom saber que ainda consigo deixar você sem fala.

– O tal de Stone Norman é um cara de sorte.

– Imaginei que você veria o anúncio.

Myron ficou quieto.

– Você iria gostar dele – disse ela.

– Ah, aposto que sim.

– Todo mundo gosta. Ele tem um monte de amigos.

– Claro, imagino.

Jessica o examinou por um momento. O olhar dela esquentava seu rosto.

– Você está com uma aparência horrível, por sinal.

– Levei uma surra hoje.

– Certas coisas não mudam, então. Como vai o Win?

– Falando de coisas que não mudam...

– Lamento saber.

– Vamos continuar assim ou você vai contar por que veio aqui?
– Podemos continuar assim por mais alguns minutos?
Myron deu de ombros, tipo *como quiser*.
– Como vão os seus pais?
– Bem.
– Eles nunca gostaram de mim.
– Não, acho que gostavam.
– E Esperanza? Ainda me chama de vaca?
– Ela nem ao menos mencionou seu nome em sete anos.
Isso a fez sorrir.
– Como se eu fosse o Voldemort. Dos livros do Harry Potter.
– É, você é aquela cujo nome não deve ser dito.
Myron se remexeu na cadeira. Virou-se para outro lado por alguns segundos. Ela era linda demais. Era como olhar um eclipse. Precisava desviar os olhos de vez em quando.
– Você sabe por que vim aqui.
– Uma saideira antes de se casar com o Stone?
– Você estaria disposto?
– Não.
– Mentiroso.
Myron se perguntou se ela estaria certa. E de repente percebeu que seus olhos estavam vermelhos.
– Você está bêbada?
– Um pouco, talvez. Bebi só o bastante para criar coragem.
Ele não disse nada.
– Eu finjo que nós terminamos, você finge que nós terminamos. Mas nós dois sabemos a verdade. – Jessica se virou de lado e engoliu em seco. Ele olhou para o pescoço dela. Viu dor nos olhos dela. – Qual foi a primeira coisa que passou pela sua cabeça quando leu que eu ia me casar?
– Desejei apenas o melhor para você e o Stone.
Ela esperou.
– Não sei o que pensei – disse ele.
– Doeu?
– O que você quer que eu diga, Jess? Ficamos juntos por um bom tempo. Claro que doeu.
– É como... – Ela fez uma pausa, pensou. – Eu sinto como se, apesar de não ter falado com você durante sete anos, fosse apenas uma questão de

tempo até a gente voltar. Como se tudo isso fizesse parte do processo. Sabe como é?

Ele não disse nada, mas sentiu algo bem no fundo começando a se esgarçar.

– E hoje vi o anúncio do casamento, o anúncio que eu escrevi, e de repente a ficha caiu: "Espere aí, isso é de verdade. Myron e eu não terminamos juntos." – Ela balançou a cabeça. – Não estou falando isso direito.

– Não há o que dizer, Jessica.

– Como assim?

– Você vir aqui... – disse ele. – É só medo pré-nupcial.

– Não seja condescendente comigo.

– O que você quer que eu diga?

– Não sei.

Ficaram sentados um tempo. Myron estendeu a mão e ela a pegou. Ele sentiu algo atravessá-lo.

– Sei por que você veio aqui. Não estou muito surpreso.

– Ainda existe alguma coisa entre nós, não é?

– Não sei...

– Eu ouvi um "mas"...

– Quando a gente passa pelo que a gente passou: o amor, os rompimentos, minhas feridas, toda aquela dor, todo aquele tempo juntos, o fato de que eu queria me casar com você...

– Deixe-me explicar essa parte, certo?

– Daqui a um segundo. Agora eu me empolguei.

Jessica sorriu.

– Desculpe.

– Quando a gente passa por tudo isso, a vida de um fica entrelaçada demais com a do outro. E um dia a gente simplesmente se separa. Corta a relação como se usasse uma machadinha. Mas o entrelaçamento é tão grande que a machadinha não destrói tudo; ainda existem coisas ali.

– Nossas vidas estão enredadas.

– Enredadas – repetiu ele. – Parece precioso demais.

– Mas parece exato.

Ele assentiu.

– E o que a gente faz? – perguntou Jessica.

– Nada. Isso é parte da vida.

– Sabe por que não me casei com você?

– É irrelevante, Jess.

– Acho que não. Acho que precisamos falar sobre isso.

Myron soltou a mão dela e sinalizou: *ótimo, vá em frente.*

– A maioria das pessoas odeia a vida dos pais. Elas se rebelam. Mas você queria ser exatamente como eles. Queria a casa, os filhos...

– E você não – interrompeu ele. – Já sabemos de tudo isso.

– Não é isso. Eu poderia querer aquela vida, também.

– Só que não comigo.

– Você sabe que não é isso. Eu só não tinha certeza... – Ela inclinou a cabeça. – Você queria aquela vida. Mas eu não sabia se você queria mais aquela vida do que *me* queria.

– Essa é a maior besteira que eu já ouvi na vida.

– Talvez, mas era como eu me sentia.

– Fantástico, eu não amava você o suficiente.

Ela o olhou e balançou a cabeça.

– Nenhum homem jamais me amou como você.

Silêncio. Myron se conteve para não dizer: *E o Stone?*

– Quando você machucou o joelho...

– Isso de novo, não. Por favor.

Jessica foi em frente.

– Quando machucou o joelho, você mudou. E se esforçou demais para superar aquilo.

– Você teria preferido que eu me afundasse na autopiedade – disse Myron.

– Poderia ter funcionado melhor. Porque o que você fez, em vez disso, foi fugir de medo. Você se agarrou a tudo que tinha com tanta força que foi sufocante. De repente você se tornou um simples mortal. Não queria perder mais nada, e de repente...

– Genial, Jess. Quem foi mesmo seu professor de introdução à psicologia na faculdade? Porque ele estaria tremendamente orgulhoso agora.

Jessica somente balançou a cabeça para ele.

– Você ainda não se casou, não é, Myron?

– Nem você.

– *Touché.* Mas você teve um monte de relacionamentos sérios nos últimos sete anos.

Ele deu de ombros.

– No momento estou envolvido com alguém.

– Verdade?
– É uma surpresa tão grande assim?
– Não, mas pense bem. Você, o Sr. Compromisso, o Sr. Relacionamento de Longo Prazo, por que está demorando tanto para encontrar outra pessoa?
– Já sei o que está pensando. – Ele levantou a mão. – Você me estragou para todas as outras mulheres?
– Bom, seria compreensível. – Jessica levantou uma sobrancelha. – Mas não, não creio que tenha feito isso.
– Bom, sou todo ouvidos. Por quê? Por que não estou casado e feliz?
Jessica deu de ombros.
– Ainda estou tentando descobrir.
– Não tente. Isso não tem a ver com você.
Ela deu de ombros outra vez.
Os dois ficaram sentados em silêncio. Era engraçado como ele se sentia confortável com tudo isso.
– Você se lembra da minha amiga Claire? – perguntou Myron.
– Ela se casou com aquele almofadinha, não foi? Nós fomos ao casamento.
– O nome dele é Erik. – Myron não queria entrar em detalhes, por isso só falou por alto. – Erik me contou que ele e Claire estão com problemas. Disse que é inevitável, que com o tempo tudo esfria e vira outra coisa. Disse que sente falta da paixão.
– Ele está pulando a cerca?
– Por que pergunta?
– Porque parece que ele está tentando justificar os próprios atos.
– Então você não acha que existe essa coisa de esfriar a paixão?
– Claro que existe. A paixão não pode permanecer naquele nível febril.
Myron pensou nisso.
– Para nós, permaneceu.
– É.
– Não esfriou.
– Nem um pouco. Mas nós éramos jovens. E talvez tenha sido por isso que terminamos.
Ele pensou nisso. Ela segurou sua mão outra vez. Houve uma corrente elétrica. Então Jessica lhe lançou um olhar. *O* olhar, para ser mais específico. Myron congelou.
Epa.
– Você e essa nova mulher – disse Jessica – são exclusivos?

– Você e o Stone – contrapôs ele – são exclusivos?
– Em fogo baixo. Mas isso não tem a ver com ele. Não tem a ver com sua nova namorada. Tem a ver com a gente.
– E você acha... o quê, que uma transa rápida vai ajudar a clarear as coisas?
– Ainda é o artesão das palavras com as damas, dá para ver.
– Aqui vai outra palavra do artesão: não.

Jessica brincou com o botão de cima da blusa. Myron sentiu a boca ficar seca. Mas ela parou.

– Está certo – disse ela.

Myron se perguntou se estava desapontado por ela não ter ido em frente. Imaginou o que teria feito nesse caso.

Então começaram a conversar, só colocando os anos em dia. Myron contou sobre Jeremy, que estava servindo o Exército. Jessica falou sobre seus livros, sua família, seu tempo trabalhando na Costa Oeste. Não falou do noivo. Ele não falou de Ali.

A manhã chegou. Ainda estavam na cozinha. Falaram durante horas, mas não pareceu. Foi uma sensação boa. Às sete o telefone tocou. Myron atendeu.

Win disse:
– Nosso professor predileto está indo trabalhar.

capítulo 28

Myron e Jessica deram um abraço de despedida. O abraço demorou um longo tempo. Myron sentiu o cheiro do cabelo dela. Não se lembrava do nome do xampu que ela usava, mas tinha aroma de lilases e flores silvestres, e era o mesmo de quando os dois estavam juntos.

Ligou para Claire.

– Tenho uma pergunta rápida – disse.

– Erik contou que esteve com você ontem à noite.

– É.

– Ele passou a noite toda no computador.

– Bom. Olha, você conhece um professor chamado Harry Davis?

– Claro. Aimee estudou inglês com ele no ano passado. Além disso, agora ele é orientador, acho.

– Ela gostava dele?

– Muito. – E depois: – Por quê? Ele tem alguma coisa a ver com isso?

– Sei que você quer ajudar, Claire. E sei que Erik também. Mas você precisa confiar em mim, está bem?

– Sim, eu confio.

– Erik falou da trilha que nós encontramos?

– Falou.

– Harry Davis mora do outro lado.

– Ah, meu Deus.

– Aimee não está na casa dele. Já verificamos.

– Como assim, verificaram? Como verificaram, Myron?

– Por favor, Claire, só escute. Estou trabalhando nisso, mas preciso trabalhar sem interferência. Você precisa manter o Erik longe do meu pé, está bem? Diga que eu mandei fazer mais buscas na internet, de todas as ruas ao redor. Diga para ele percorrer a área de carro, mas não naquela rua. Ou, melhor ainda, peça para ele ligar para Dominick Rochester. É o pai de Katie.

– Ele ligou para nós.

– Dominick Rochester?

– Sim.

– Quando?

– Ontem à noite. Disse que se encontrou com você.

Belo eufemismo, pensou Myron.

– Vamos nos reunir hoje de manhã, os Rochesters e nós. Vamos ver se podemos encontrar alguma conexão entre Katie e Aimee.

– Bom. Isso vai ajudar. Escute, preciso ir.

– Você vai ligar?

– Assim que souber de alguma coisa.

Myron a ouviu soluçando.

– Claire?

– Faz dois dias, Myron.

– Eu sei. Estou trabalhando nisso. Talvez seja bom você pressionar a polícia mais um pouco, agora que cruzamos a marca das 48 horas.

– Certo.

Ele queria dizer algo como *Seja forte*, mas pareceu tão idiota que deixou para lá. Disse adeus e desligou. Depois ligou para Win.

– Articule – disse Win.

– Não acredito que você ainda atende ao telefone assim, "Articule".

Silêncio.

– Harry Davis ainda está indo para a escola?

– Está.

– Vou lá.

A Escola Livingston, onde ele havia estudado. Myron ligou o carro. A distância total seria de uns 3 quilômetros, mas quem o estava seguindo não era muito bom ou não se importava. Ou talvez, depois do erro com os Gêmeos, Myron estivesse mais cauteloso. De qualquer modo, um Chevy cinza, talvez um Caprice, estava atrás dele desde a primeira esquina.

Ligou para Win e recebeu o costumeiro "Articule".

– Estou sendo seguido.

– Rochester de novo?

– Pode ser.

– Marca e placa?

Myron deu.

Win disse:

– Ainda estamos na Route 280, portanto enrole um pouco. Faça o carro passar pela Avenida Mount Pleasant. Vou entrar atrás dele, encontro você de volta na rotatória.

Myron fez o que Win sugeriu. Entrou na Escola Harrison para fazer o retorno. O Chevy que ia atrás continuou reto. Myron voltou pelo outro lado na Avenida Livingston. Quando chegou ao próximo sinal, o Chevy cinza estava de novo atrás dele.

Chegou à grande rotatória na frente da escola, parou e saiu do carro. Ali não havia lojas, mas esse era o centro nervoso de Livingston – uma enorme quantidade de construções de tijolos idênticos. Havia a delegacia, o tribunal, a biblioteca municipal e a escola.

Os praticantes de corrida e caminhadas matinais estavam na rotatória. A maioria era de idosos se movimentando devagar. Mas nem todos. Um grupo de quatro garotas, todas com o corpo durinho e talvez com 20 e pouco anos, corria na direção dele.

Myron sorriu para elas e arqueou uma sobrancelha.

– Olá, senhoras – disse quando elas passaram.

Duas deram risinhos de desprezo. As outras o olharam como se ele tivesse acabado de anunciar que estava com as calças cagadas.

Win chegou ao seu lado.

– Você deu seu sorriso irresistível para elas?

– Eu acho que sim.

Win examinou as jovens antes de fazer uma declaração:

– Lésbicas.

– Devem ser.

– O carro que estava seguindo você – disse Win, mantendo o olhar nas jovens corredoras – é um veículo da polícia não caracterizado, com dois patrulheiros uniformizados dentro. Pararam no estacionamento da biblioteca e estão vigiando a gente com teleobjetivas.

– Quer dizer que estão tirando nossa foto agora?

– Provavelmente.

– Como está o meu cabelo?

Win fez um gesto de nojo.

Myron pensou no que isso significava.

– Provavelmente ainda me consideram suspeito.

– Eu consideraria. – Win tinha uma espécie de Palm Pilot na mão. O aparelho estava rastreando o GPS do carro. – Nosso professor predileto deve estar chegando.

O estacionamento dos professores ficava no lado oeste da escola. Myron e Win foram para lá. Acharam que seria melhor confrontá-lo ali, do lado de fora, antes do início das aulas.

Enquanto seguiam, Myron disse:

— Adivinhe quem apareceu na minha casa às três da madrugada?
— Mister Bean?
— Não.
— Eu adoro aquele cara.
— Quem não adora? Jessica.
— Eu sei.
— Como... — Então ele lembrou. Tinha ligado para o celular de Win ao ouvir o barulho na porta. E desligou quando os dois desceram para a cozinha.
— E aí, comeu? — perguntou Win.
— Sim. Muitas vezes. Mas não nos últimos sete anos.
— Essa foi boa. Por favor, diga: ela apareceu lá para uma furunfada em nome dos velhos tempos?
— Furunfada?
— É a minha ancestralidade rural. E então?
— Um cavalheiro jamais conta essas coisas. Mas sim.
— E você recusou?
— Permaneço casto.
— Seu cavalheirismo... certas pessoas chamariam de admirável.
— Mas não você.
— Não, eu chamaria de estupidez, pura e simples.
— Estou envolvido com outra pessoa.
— Sei. Então você e a Miss Seis Vírgula Oito prometeram só furunfar um com o outro?
— Não é isso. Você não vira para a sua namorada de repente e diz: "Ei, não vamos dormir com mais ninguém."
— Então você não prometeu com todas as letras?
— Não.
Win levantou as duas mãos, totalmente perplexo.
— Então não entendo. Jessica estava com mau hálito?
— Win. Esquece.
— Feito.
— Dormir com ela só iria complicar as coisas, está bem?
Win apenas o encarou.
— O que foi?
— Você é uma garota muito madura — zombou Win.
Caminharam mais um pouco.
— Ainda precisa de mim? — perguntou ele.

– Acho que não.
– Então vou para o escritório. Se tiver problema, use o celular.
Myron confirmou com a cabeça enquanto Win se afastava. Harry Davis saiu de seu carro. Havia grupinhos de estudantes no estacionamento. Myron balançou a cabeça. Nada mudava. Os góticos só usavam preto com tachas prateadas. Os CDFs tinham mochilas pesadas e vestiam camisa de botão e mangas curtas, como gerentes numa convenção de farmácias. Os atletas ocupavam a maior parte do espaço, sentados em capôs de carros, usando jaquetas com nomes de universidades, mesmo estando calor demais para isso.
Harry Davis tinha o caminhar tranquilo e o sorriso despreocupado dos que eram amados. Sua aparência o colocava no centro da categoria mediana e ele se vestia como um professor do ensino médio, o que queria dizer que se vestia mal. Todas as tribos o cumprimentaram, o que queria dizer alguma coisa. Primeiro os CDFs apertaram a mão dele e disseram:
– Ei, Sr. D!
Sr. D.
Myron parou. Pensou no anuário de Aimee, em seus professores prediletos: a Srta. Korty...
... e o Sr. D.
Davis continuou andando. Os góticos foram os próximos. Acenaram de leve para ele, descolados demais para fazer mais do que isso. Quando ele se aproximou dos atletas, vários bateram na sua mão e disseram:
– E aí, Sr. D?
Harry Davis parou e começou a conversar com um dos atletas. Os dois se afastaram um pouco do grupo. A conversa pareceu animada. O atleta tinha uma jaqueta de universidade com uma bola de futebol americano bordada nas costas e as letras QB, de *quarterback*, na manga. Alguns caras gritaram, chamando-o.
– Ei, Farm!
Mas o *quarterback* estava concentrado no professor. Myron chegou perto para ver melhor.
Ora, ora, disse Myron consigo mesmo.
O rapaz que conversava com Harry Davis – agora Myron podia ver claramente o minicavanhaque, o cabelo rastafári – era ninguém menos do que Randy Wolf.

capítulo 29

Myron pensou no próximo passo: deixá-los continuar conversando ou confrontá-los agora? Olhou o relógio. A aula ia começar. Harry Davis e Randy Wolf provavelmente entrariam e estariam perdidos para ele durante o resto do dia.

Hora do show.

Quando Myron estava a uns 3 metros de distância, Randy o viu. Os olhos do garoto se arregalaram, demonstrando algo parecido com reconhecimento. Randy se afastou do professor Harry Davis. Davis se virou para ver o que estava acontecendo.

Myron acenou.

– Oi, pessoal.

Os dois se imobilizaram como se tivessem sido apanhados por faróis de carro.

– Meu pai disse que eu não deveria falar com você – disse Randy.

– Seu pai não me conheceu de verdade. Eu sou um doce. – Myron acenou para o professor confuso. – Oi, Sr. D.

Estava quase junto deles quando escutou uma voz atrás de si.

– Já basta.

Myron se virou. Dois policiais totalmente uniformizados estavam diante deles. Um era alto e magro. O outro baixo, com cabelos compridos, escuros e encaracolados e um bigode farto. O mais baixo parecia ter saído de um seriado de TV dos anos 1980.

O alto disse:

– Aonde você pensa que vai?

– Esta é uma área pública. Só estou de passagem.

– Está querendo bancar o espertinho?

– Você acha isso esperto?

– Vou perguntar de novo. Aonde você pensa que vai?

– À sala de aula – respondeu Myron. – Tem uma prova final de álgebra chegando.

O alto olhou para o baixo. Randy Wolf e Harry Davis ficaram espiando sem dizer uma palavra. Alguns alunos começaram a apontar e se juntar. O sinal tocou. O policial mais alto disse:

– Certo, não há nada para ver aqui. Dispersando, todos para a aula.

Myron apontou para Wolf e Davis.

– Preciso falar com eles.

O policial mais alto o ignorou.

– Vão para a sala de aula. – Depois, olhando para Randy, acrescentou: – Todos vocês.

Os alunos foram andando e sumiram. Randy Wolf e Harry Davis também foram embora. Myron ficou sozinho com os dois policiais.

O alto chegou perto de Myron. Eram mais ou menos da mesma altura, mas Myron tinha pelo menos 10 ou 15 quilos a mais.

– Fique longe desta escola – disse o sujeito, devagar. – Não fale com eles. Não faça perguntas.

Myron pensou nisso. Não faça perguntas? Não era o tipo de coisa que se dizia a um suspeito.

– Não faça perguntas a quem?

– Não pergunte nada a ninguém.

– Isso é bem vago.

– Acha que eu deveria ser mais específico?

– Isso ajudaria, sim.

– Está bancando o espertinho de novo?

– Só quero um esclarecimento.

– Ei, babaca. – Era o mais baixo com aparência de seriado dos anos 1980. Ele pegou seu cassetete e levantou. – Isso é esclarecimento o bastante para você?

Os dois policiais sorriram para Myron.

– Qual é o problema? – O policial mais baixo, com bigode farto, batia com o cassetete na palma da mão. – O gato comeu sua língua?

Myron olhou primeiro para o policial alto, depois de volta para o baixo e bigodudo. Depois disse:

– Darryl Hall ligou. Quer saber se a turnê de reunião da dupla ainda está de pé.

Isso fez os sorrisos sumirem.

O policial mais alto disse:

– Mãos nas costas.

– O quê? Vai me dizer que ele não se parece com o John Oates?

– Mãos nas costas, agora!

– Hall e Oates? "Sarah Smile"? "She's Gone"?

195

– Agora!

– Isso não é insulto. Muitas mulheres gostam do John Oates, tenho certeza.

– Vire-se agora!

– Por quê?

– Vou algemar você. Vamos levá-lo.

– Sob que acusação?

– Agressão.

– Contra quem?

– Jake Wolf. Ele disse que você invadiu a residência dele e o atacou.

Bingo.

Suas provocações tinham dado certo. Agora sabia o que esses caras tinham contra ele. Não era por ser suspeito do desaparecimento de Aimee. Era pela pressão que Big Jake, pai de Randy, tinha feito sobre eles.

Mas seu plano não tinha sido perfeito. Agora o estavam prendendo.

O policial parecido com John Oates trancou as algemas, com o movimento óbvio para fazer com que elas beliscassem sua pele. Myron olhou para o mais alto. Ele parecia um pouco nervoso, o olhar variando de um lado para outro. Isso era bom.

O mais baixo o arrastou pelas algemas de volta ao mesmo Chevy cinza que o estivera seguindo desde que ele havia saído de casa. Empurrou Myron no banco de trás, tentando fazer com que sua cabeça batesse na lataria, mas Myron estava preparado para mais esse clichê e se desviou. No banco da frente viu uma máquina fotográfica com teleobjetiva, como Win tinha dito.

Hmm. Dois policiais tirando fotos, seguindo-o desde sua casa, impedindo-o de falar com Randy, algemando-o. Big Jake tinha pistolão.

O mais alto ficou fora do carro, andando de um lado para outro. A coisa estava indo um pouco depressa demais para ele. Myron decidiu aproveitar. O baixinho bigodudo de cabelos encaracolados entrou no banco ao lado de Myron e riu.

– Gosto muito de "Rich Girl" – disse Myron. – Mas "Private Eyes"... quero dizer, que música era aquela? "Os detetives particulares estão de olho em você", puxa. Todo mundo fica de olho na gente, não é?

O pavio do baixinho queimou antes do previsto. Ele deu um soco na barriga de Myron. Myron ainda estava preparado. Uma das lições que tinha aprendido ao longo dos anos era como levar um soco. Numa luta de verdade você quase sempre é acertado, não importando quanto seja bom. O modo como reage psicologicamente costuma decidir o resultado. Se você não sabe o que esperar, se encolhe. Fica na defensiva. Deixa o medo dominar.

Se o soco for na cabeça, você precisa usar os ângulos. Não deixe o soco acertar direto, especialmente no nariz. Até mesmo uma leve inclinação ajuda. Em vez de os quatro dedos acertarem, talvez seja só um ou dois. Faz uma diferença enorme. Além disso, você precisa relaxar o corpo, deixá-lo solto. Deve se afastar do golpe, literalmente rolar junto. Quando um soco é dado no abdômen, especialmente quando você está com as mãos algemadas às costas, precisa contrair os músculos da barriga, mudar de posição e dobrar a cintura, de modo a não acertar direto o estômago. Foi o que Myron fez.

Não doeu muito. Mas, notando o nervosismo do sujeito, Myron teve um desempenho capaz de causar inveja a De Niro.

– Aarrrrgggggghhh!

– Que droga, Joe! – disse o alto. – Que diabo você está fazendo?

– Ele estava curtindo com a minha cara!

Myron continuou dobrado e fingiu perder o fôlego. Chiou, teve ânsias de vômito, começou a tossir incontrolavelmente.

– Você machucou o cara, Joe!

– Só tirei o fôlego dele. Ele vai ficar bem.

Myron tossiu mais. Fingiu que não conseguia respirar. Depois acrescentou convulsões. Revirou os olhos para trás e começou a se sacudir como um peixe no anzol.

– Calma aí, cara!

Myron pôs a língua para fora, engasgou mais um pouco. Em algum lugar um agente de atores estava ligando para Martin Scorsese.

– Ele está sufocando!

– Remédio! – conseguiu dizer Myron.

– O quê?

– Não consigo respirar!

– Porra, tire as algemas dele!

– Não consigo respirar! – Myron ofegou e sacudiu o corpo. – Remédio do coração! No meu carro!

O mais alto abriu a porta. Pegou as chaves com o parceiro e destrancou as algemas. Myron continuou com as convulsões e a revirar os olhos.

– Ar!

197

O alto estava com os olhos arregalados. Myron podia ver o que ele pensava: a coisa fugiu do controle.

– Ar!

Myron rolou para fora do veículo. Levantou-se e apontou para seu carro.

– Remédio!

– Vá – disse o mais alto.

Myron correu para o carro. Os dois policiais, perplexos, ficaram olhando. Myron esperava isso. Eles só estavam ali para lhe dar um susto. Não achavam que ele reagiria. Eram policiais do município. Os cidadãos daquela cidadezinha feliz sempre obedeciam a eles sem questionar. Mas esse cara não tinha baixado a cabeça. Eles tinham perdido a calma e agredido o sujeito. Isso podia significar uma encrenca enorme. Os dois só queriam que a coisa acabasse. Myron também. Ele tinha descoberto o que desejava: Big Jake Wolf estava com medo e tentava esconder alguma coisa.

Assim, quando chegou ao carro, Myron entrou atrás do volante, pôs a chave na ignição, ligou o motor e simplesmente foi embora. Olhou pelo retrovisor. Achou que a sorte estava do seu lado, que os dois policiais não iriam persegui-lo.

Não perseguiram. Só ficaram parados.

Na verdade pareceram aliviados em deixá-lo ir embora.

Precisou sorrir. É, agora não restava dúvida.

Myron Bolitar estava de vooooolta ao jogo.

capítulo 30

M**YRON ESTAVA TENTANDO PENSAR** no que fazer em seguida quando seu celular tocou. Era Esperanza.
- Onde você se meteu?
- Oi, como vai a lua de mel?
- Uma bosta. Quer saber por quê?
- Tom não está dando conta do recado?
- É, vocês, homens, são difíceis demais de seduzir. Não, meu problema é que meu sócio não está atendendo aos telefonemas dos nossos clientes. Meu sócio também não está no escritório para cobrir minha ausência.
- Desculpe.
- Ah, bom, isso resolve tudo.
- Vou mandar Big Cyndi transferir os telefonemas direto para o meu celular. Vou para lá assim que puder.
- O que está acontecendo, Myron?
Ele não queria atrapalhar ainda mais a lua de mel dela, por isso disse:
- Nada.
- Mentiroso.
- Estou dizendo. Não é nada.
- Ótimo. Vou perguntar ao Win.
- Espere, vou contar.
Ele a colocou rapidamente a par de tudo.
- Então - disse Esperanza - você se sente culpado porque fez uma boa ação?
- Fui o último a estar com ela. Deixei Aimee sair do carro e ir embora.
- Deixou ela ir embora? Que merda é essa? Ela tem 18 anos, Myron. É adulta. Ela pediu uma carona. E você, numa atitude galante e idiota, deu. Só isso.
- Não é só isso.
- Olhe, se você desse uma carona, digamos, ao Win, iria se certificar de que ele entrou em casa em segurança?
- Boa analogia.
Esperanza deu um riso de desprezo.
- É, bom. Vou voltar para casa.

– Não vai, não.

– Você está certo, não vou. Mas você não pode cuidar das duas coisas sozinho. Vou pedir a Big Cyndi para transferir as ligações para cá. Eu atendo. Vá brincar de super-herói.

– Mas você está em lua de mel. E o Tom?

– Ele é homem, Myron.

– O que quer dizer que...

– Desde que os homens deem umazinha, ficam felizes.

– Que estereótipo cruel!

– É, sei que sou medonha. Eu poderia estar falando ao telefone ao mesmo tempo ou amamentando o Hector, e Tom nem iria piscar. Ainda por cima isso vai dar mais tempo para ele jogar golfe. Golfe e sexo, Myron. Vai ser a lua de mel dos sonhos dele.

– Vou compensar você.

Houve um momento de silêncio.

– Esperanza?

– Sei que tem um tempo que você não faz esse tipo de coisa. E sei que fiz você prometer que não faria de novo. Mas talvez... talvez seja uma coisa boa.

– Como você sabe?

– Não faço a mínima ideia. Meu Deus, tenho coisas mais importantes com que me preocupar. Tipo as estrias que ficam à mostra quando uso biquíni. Não acredito que tenho estrias. Culpa do garoto, você sabe.

Desligaram um minuto depois. Myron continuou andando de carro, sentindo-se vulnerável demais. Se a polícia decidisse ficar de olho nele ou se Rochester quisesse arranjar outra perseguição, esse carro seria um inconveniente. Pensou nisso e ligou para Claire. Ela atendeu ao primeiro toque.

– Descobriu alguma coisa?

– Na verdade, não, mas você se importaria de trocar de carro comigo?

– Claro que não. Eu já ia ligar para você de qualquer modo. Os Rochesters acabaram de sair.

– E?

– Conversamos um tempo para tentar encontrar uma ligação entre Aimee e Katie. Mas surgiu outra coisa. Uma coisa que preciso contar a você.

– Estou a dois minutos da sua casa.

– Espero você na porta.

* * *

Assim que Myron saiu do carro, Claire jogou as chaves do dela.
– Acho que Katie Rochester fugiu de casa.
– Por quê?
– Você conheceu o pai dela?
– Conheci.
– Isso diz tudo, não diz?
– Talvez.
– Mais do que isso, você conheceu a mãe?
– Não.
– O nome dela é Joan. Está sempre encolhida, como se esperasse um tapa dele.
– Encontraram alguma ligação entre as garotas?
– As duas gostavam de ir ao shopping.
– Só isso?

Claire deu de ombros. Estava com uma aparência péssima. A pele mais repuxada ainda. Parecia ter perdido 5 quilos no último dia. O corpo cambaleava ao andar, como se um vento forte pudesse jogá-la no chão.

– Elas almoçavam no mesmo horário na escola. Fizeram uma matéria juntas nos últimos quatro anos: educação física com o Sr. Valentine. Só isso.

Myron balançou a cabeça.

– Você disse que surgiu outra coisa.
– A mãe. Joan Rochester.
– O que é que tem?
– Você poderia não perceber porque, como eu disse, ela se encolhe e parece apavorada o tempo todo.
– Não perceber o quê?
– Ela tem medo dele. Do marido.
– E daí? Eu conheci o cara. Eu tenho medo dele.
– Certo, tudo bem, mas tem o seguinte. Ela sente medo dele, claro, mas não está com medo com relação à filha. Não tenho provas, mas foi a sensação que tive. Olhe, você se lembra de quando minha mãe teve câncer?
– Segundo ano do ensino médio. A coitada morreu seis meses depois.
– Claro.
– Eu conheci outras garotas que passavam pela mesma coisa. Participei de um grupo de apoio para famílias de pessoas com câncer. Uma vez fizemos um piquenique onde a gente podia levar outros amigos. Mas foi esquisito: dava para saber exatamente quem estava passando de verdade pelo

tormento e quem era só amigo. Você encontrava outra pessoa sofredora e simplesmente sabia. Havia uma sensação.

— E Joan Rochester não passava essa sensação?

— Passava, mas não do tipo "Minha filha sumiu". Tentei ficar sozinha com ela, pedi que me ajudasse a fazer café. Mas não consegui nada. Estou dizendo: ela sabe de alguma coisa. A mulher está apavorada, mas não como eu.

Myron pensou nisso. Havia um milhão de explicações, especialmente a mais óbvia: as pessoas reagem de modo diferente ao estresse. Mas queria confiar na intuição de Claire. A questão era: o que ela significava? E o que ele podia fazer a respeito?

— Deixe-me pensar um pouco — disse Myron, finalmente.

— Você falou com o Sr. Davis?

— Ainda não.

— E o Randy?

— Estou tentando. É por isso que preciso do seu carro. A polícia me expulsou de perto da escola hoje cedo.

— Por quê?

Ele não queria falar do pai de Randy, por isso disse:

— Ainda não tenho certeza. Agora, preciso ir, está bem?

Claire confirmou com a cabeça, fechou os olhos.

— Aimee vai ficar bem — disse Myron, aproximando-se dela.

— Por favor. — Claire levantou a mão para impedi-lo. — Não perca tempo tentando me tranquilizar, certo?

Ele assentiu e entrou no SUV de Claire. Pensou em qual seria seu próximo destino. Talvez retornasse à escola, para falar com o diretor. Talvez o diretor pudesse chamar Randy ou Harry Davis à sala dele. Mas e depois?

O celular tocou. De novo o identificador de chamadas não deu nenhuma informação. A tecnologia de identificação de chamadas era praticamente inútil: as pessoas que você queria evitar simplesmente bloqueavam o serviço.

— Alô?

— Ei, bonitão, acabei de receber seu recado.

Era Gail Berruti, seu contato na companhia telefônica. Myron havia se esquecido dos telefonemas esquisitos que andava recebendo, com alguém chamando-o de "sacana". Agora isso não parecia importante, só algum tipo de brincadeira infantil. A não ser que, talvez, houvesse uma conexão com todo o resto. Claire tinha observado que Myron trazia a destruição para os outros. Talvez alguém de seu passado estivesse tentando prejudicá-lo. E talvez, de algum modo, Aimee tivesse se envolvido nisso.

Era a hipótese mais remota de todas.

– Não tenho notícias suas há séculos – disse Gail.

– É, andei ocupado.

– Como vai, Myron?

– Bastante bem. Você conseguiu rastrear o número?

– Não é um rastreamento. Você disse isso no seu recado. "Rastreie o número." Mas não é um rastreamento. Só precisei olhar.

– Tanto faz.

– Não é "tanto faz". Você sabe. É como nos filmes. Os investigadores sempre dizem para você manter o cara na linha para rastrear a ligação. Isso é bobagem. A gente rastreia no mesmo instante. É imediato. Não demora. Por que eles fazem isso?

– Para dar mais suspense.

– É idiotice. Eles fazem tudo errado. Uma noite dessas eu estava assistindo a um seriado policial e demoraram cinco minutos para fazer um teste de DNA. Meu marido trabalha no laboratório de criminologia Eles têm sorte quando conseguem uma confirmação de DNA em um mês. Enquanto isso, para o negócio do telefone, que pode ser feito em minutos digitando num computador, eles demoram uma eternidade. E o bandido sempre desliga antes de eles conseguirem a localização. Você já viu um rastreamento dar certo? Nunca. Isso me deixa puta da vida, sabia?

Myron tentou recolocar Gail nos trilhos.

– Então você olhou o número?

– Estou com ele aqui. Mas fiquei curiosa: por que você precisa disso?

– Desde quando você se importa?

– Bom argumento. Certo, então vamos lá. Em primeiro lugar, a pessoa queria ficar anônima. A ligação foi feita de um telefone público.

– Onde?

– A localização fica perto da Avenida Livingston, 110.

Centro da cidade. Perto da Starbucks e da sua lavanderia. Myron pensou nisso. Beco sem saída? Talvez. Mas tinha uma ideia.

– Preciso de mais dois favores seus, Gail.

– Favor significa que não vai ter pagamento.

– Isso é semântica. Você sabe que eu cuido de você.

– É, sei. Do que você precisa?

* * *

Harry Davis estava dando uma aula sobre *A Separate Peace*, de John Knowles. Tentou se concentrar mas as palavras saíam como se ele estivesse lendo um teleprompter numa língua que ele não entendia. Os alunos tomavam notas. Imaginou se eles percebiam que ele não estava de fato ali, que agia no piloto automático. A parte triste era que ele suspeitava de que não percebiam.

Por que Myron Bolitar queria falar com ele?

Não o conhecia pessoalmente, mas era impossível andar pelos corredores dessa escola durante mais de duas décadas sem saber quem ele era. O sujeito era uma lenda ali. Detinha todos os recordes de basquete que a escola já havia conseguido.

E por que desejava falar com ele?

Randy Wolf tinha sido alertado pelo pai para não falar com Myron. Por quê?

– Sr. D? Ei, Sr. D?

A voz lutou para atravessar a névoa na sua cabeça.

– Sim, Sam.

– Posso... tipo, ir ao banheiro?

– Vá.

Então Harry Davis parou. Pousou o giz e olhou os rostos à sua frente. Eles não estavam sorrindo. A maioria estava com os olhos voltados para os cadernos. Vladimir Khomenko, um novo aluno de intercâmbio, tinha a cabeça apoiada na mesa, provavelmente dormindo. Alguns olhavam pela janela. Outros estavam sentados tão baixo nas cadeiras, com as colunas arqueadas como se fossem feitos de gelatina, que Davis ficou surpreso que não escorregassem para o chão.

Mas ele gostava dos seus alunos. Mais de alguns do que de outros. Porém gostava de todos. Eram sua vida. E, pela primeira vez, depois de todos esses anos, estava começando a sentir tudo isso se esvaindo.

capítulo 31

Myron estava com dor de cabeça e percebeu rapidamente por quê. Ainda não tinha tomado café. Por isso foi até a Starbucks com dois pensamentos: cafeína e telefone público. A cafeína foi fornecida por um barista grunge com minicavanhaque e uma franja lateral que parecia um cílio gigantesco. O problema do telefone público exigiria um pouco mais de trabalho.

Sentou-se a uma mesa do lado de fora e olhou o telefone. Era tremendamente público. Foi até lá. Havia adesivos anunciando "Ligações noturnas grátis" e tinha a imagem de uma lua minguante, para o caso de você não saber o que era "noturno".

Myron franziu a testa. Queria perguntar ao aparelho quem havia ligado para seu número e o chamado de sacana, dizendo que ele pagaria pelo que tinha feito. Mas o telefone não queria falar com ele. Tinha sido um dia assim.

Sentou-se e pensou no que precisava fazer. Ainda queria falar com Randy Wolf e Harry Davis. Eles provavelmente não diriam grande coisa – provavelmente nem falariam com ele –, mas pensaria num modo de abordá-los. Também precisava conversar com a tal médica que trabalhava no St. Barnabas, Edna Skylar. Ela supostamente tinha visto Katie Rochester em Nova York. Ele queria detalhes sobre isso.

Ligou para o St. Barnabas, e depois de duas breves explicações Edna Skylar atendeu. Myron expôs o que desejava.

Ela pareceu chateada.

– Pedi aos investigadores que mantivessem meu nome fora disso.

– Eles mantiveram.

– Então como o senhor chegou a mim?

– Tenho meus contatos.

Edna pensou nisso.

– Qual é o seu interesse nisso, Sr. Bolitar?

– Outra garota desapareceu.

Não houve resposta.

– Acho que pode haver uma ligação entre essa garota e Katie Rochester.

– Como?

– Será que poderíamos nos encontrar? Então eu posso explicar tudo.
– Realmente não sei de nada.
– Por favor. – Houve uma pausa. – Dra. Skylar?
– Quando vi a tal de Katie, ela indicou que não queria ser encontrada.
– Sei disso. Só preciso de alguns minutos.
– Tenho pacientes na próxima hora. Posso vê-lo ao meio-dia.
– Obrigado – disse ele, mas Edna Skylar já havia desligado.

Larry Kidwell Lítio e os Cinco Medicados entraram arrastando os pés na Starbucks. Larry foi direto para a mesa de Myron.

– Havia 1.488 planetas no dia da criação, Myron. Mil, quatrocentos e oitenta e oito. E eu não vi um tostão. Sabe o que estou dizendo?

Larry parecia péssimo como sempre. Geograficamente eles estavam muito perto da escola onde tinham estudado, mas o que é que seu dono de restaurante predileto, Peter Chin, tinha dito sobre os anos passarem voando mas o coração permanecer no mesmo lugar? Bom, então era só o coração.

– Bom saber – disse Myron. Olhou de volta para o telefone público e um pensamento lhe ocorreu, intenso e rápido:

– Espere.
– Hein?
– Na última vez em que vi você eram 1.487 planetas, certo?

Larry pareceu confuso.

– Tem certeza?
– Tenho. – A mente de Myron começou a disparar. – E se não estou enganado, você disse que o próximo planeta era o meu. Disse que ele estava atrás de mim e falou algo sobre acariciar a lua.

Os olhos de Larry se iluminaram.

– Acariciando a lasca de lua. Ele odeia você de montão.
– Onde fica a tal lasca de lua?
– No sistema solar de Aerolis. Perto de Guanchomitis.
– Tem certeza, Larry? Tem certeza de que não é... – Myron se levantou e o levou até o telefone público. Larry se encolheu. Myron apontou para o adesivo, para a imagem da lua minguante no anúncio das ligações gratuitas. Larry ofegou.

– Isso é a lasca de lua?
– Ah, por favor, ah, meu Deus, ah, por favor...
– Calma, Larry. Quem mais quer aquele planeta? Quem me odeia a ponto de acariciar a lasca de lua?

* * *

Vinte minutos depois Myron entrou na lavanderia Chang's. Maxine Chang estava lá, claro. Havia três pessoas aguardando atendimento. Myron não entrou na fila. Ficou de lado e cruzou os braços. Maxine lançou olhares para ele. Myron esperou até que os clientes tivessem ido embora. Depois se aproximou.

– Cadê o Roger? – perguntou.
– Na escola.

Myron a encarou.

– Você sabia que ele anda ligando para mim?
– Por que ele faria isso?
– Diga você.
– Não sei do que você está falando.
– Eu tenho uma amiga na companhia telefônica. Roger me ligou daquela cabine ali. Tenho testemunhas confiáveis que o viram ali na hora certa. – Isso era mais do que um exagero, mas Myron foi em frente. – Ele me ameaçou. Me chamou de sacana.
– Roger não faria isso.
– Não quero encrencá-lo, Maxine. O que está acontecendo?

Outro cliente entrou. Maxine gritou alguma coisa em mandarim. Uma mulher idosa veio dos fundos e assumiu o balcão. Maxine indicou com a cabeça para Myron acompanhá-la. Ele fez isso. Os dois passaram pelos trilhos de cabides móveis. Quando ele era garoto, o chiado metálico dos trilhos sempre o deixava assombrado, como algo saído de um filme maneiro de ficção científica. Maxine continuou andando até chegarem ao beco dos fundos.

– Roger é um bom garoto – disse ela. – Trabalha demais.
– O que está acontecendo, Maxine? Quando estive aqui no outro dia você agiu de modo esquisito.
– Você não entende como isso é difícil. Viver numa cidade assim.

Ele entendia – tinha morado ali a vida toda –, mas segurou a língua.

– Roger trabalhava demais. Tinha boas notas. Era o quarto aluno da turma. Aqueles outros garotos... são mimados. Todos têm professores particulares. Não trabalham num emprego de verdade. Roger trabalha duro todo dia depois da escola. Estuda na sala dos fundos. Não vai a festas. Não tem namorada.

– O que isso tem a ver comigo?

– Outros pais contratam pessoas para escrever os trabalhos dos filhos. Pagam aulas para melhorar as notas deles. Doam dinheiro para as grandes universidades. Fazem outras coisas. Nem sei o quê. É importante demais a faculdade para onde a pessoa vai. Isso pode decidir toda a vida dela. Todo mundo fica com tanto medo que é capaz de fazer qualquer coisa, *qualquer coisa*, para colocar o filho na faculdade certa. Nesta cidade você vê isso o tempo todo. Talvez até sejam pessoas boas, mas acham que podem justificar qualquer maldade, desde que se possa dizer: "É pelo meu filho." Entende?

– Entendo, mas ainda não vejo o que isso tem a ver comigo.

– Preciso que você entenda. É com isso que precisamos competir. Com todo esse dinheiro e esse poder. Com pessoas que trapaceiam, roubam e são capazes de qualquer coisa.

– Se você está dizendo que a aceitação numa faculdade é competitiva nesta cidade, eu sei disso. Era competitivo quando eu me formei.

– Mas você tinha o basquete.

– É.

– Roger é um ótimo aluno. Ele se esforça muito. E o sonho dele é ir para a Duke. Ele disse isso a você. Você provavelmente não lembra.

– Lembro que ele disse algo sobre ter se candidatado para lá. Não me lembro de ele ter dito que era o sonho dele nem nada. Só falou de um monte de faculdades.

– Foi a primeira opção dele – disse Maxine Chang com firmeza. – E se o Roger conseguisse, haveria uma bolsa esperando por ele. A anuidade estaria paga. Isso era importante demais para a gente. Mas ele não conseguiu. Apesar de ser o quarto aluno da turma. Apesar de ter notas muito boas. Melhores do que as de Aimee Biel.

Maxine Chang encarou Myron com os olhos pesados.

– Espere um segundo. Você está me culpando porque o Roger não entrou na Duke?

– Não sei muita coisa, Myron. Só trabalho numa lavanderia. Mas uma universidade como a Duke quase nunca pega mais de um aluno de cada escola de Nova Jersey. Aimee Biel entrou. Roger tinha notas melhores. Tinha ótimas recomendações dos professores. Nenhum dos dois é atleta. Roger toca violino, Aimee toca guitarra. – Maxine Chang deu de ombros. – Então me diga: por que ela entrou e o Roger não?

Myron quis protestar, mas a verdade o impediu. Tinha escrito uma carta.

Chegou a ligar para o seu amigo do departamento de admissão. As pessoas fazem esse tipo de coisa o tempo todo. Não significava que Roger Chang tivesse a admissão negada. Mas a matemática era simples: quando uma pessoa consegue uma vaga, outra não consegue.

A voz de Maxine parecia implorar.

– Roger ficou com raiva.

– Isso não é desculpa.

– Não, não é. Vou conversar com ele. Ele vai pedir desculpas, prometo.

Mas outro pensamento ocorreu a Myron.

– Roger ficou com raiva só de mim?

– Não entendo.

– Ele ficou com raiva de Aimee também?

Maxine Chang franziu a testa.

– Por que você pergunta?

– Porque a ligação seguinte daquele telefone público foi para o celular de Aimee Biel. Roger estava com raiva dela? Ressentido, talvez?

– Ah, não. Ele não é assim.

– Certo, ele só ligou para mim fazendo ameaças.

– Ele não queria nada. Só reagiu mal.

– Preciso falar com ele.

– Não, eu proíbo.

– Ótimo, então vou procurar a polícia. Vou contar sobre os telefonemas ameaçadores.

Os olhos dela se arregalaram.

– Você não faria isso.

Myron faria. Talvez devesse fazer. Mas não por enquanto.

– Quero falar com ele.

– Ele vai estar aqui depois da aula.

– Então eu volto às três horas. Se ele não estiver aqui vou procurar a polícia.

capítulo 32

A DRA. EDNA SKYLAR RECEBEU Myron no saguão do Centro Médico St. Barnabas. Estava com todos os adereços esperados: jaleco branco, crachá com o logotipo do hospital, um estetoscópio pendurado no pescoço, uma prancheta na mão. Além disso tinha aquela aura impressionante de médica, com a postura invejável, o pequeno sorriso, o aperto de mão firme mas não firme demais.

Myron se apresentou. Ela o olhou nos olhos e disse:
– Fale sobre a garota desaparecida.

A voz não deixava espaço para questionamentos. Myron precisava que ela confiasse nele, por isso partiu para a história, evitando mencionar o sobrenome de Aimee. Os dois estavam no meio do saguão. Pacientes e visitantes passavam dos dois lados, alguns chegando muito perto.

Myron disse:
– Será que a gente não poderia ir a algum lugar mais reservado?

Edna Skylar sorriu, mas não havia alegria no gesto.
– Essas pessoas estão preocupadas com coisas muito mais importantes para elas do que nós.

Myron assentiu. Viu um velho numa cadeira de rodas e com máscara de oxigênio. Viu uma mulher pálida, com uma peruca mal colocada, com expressão resignada e perplexa, como se estivesse imaginando se algum dia receberia alta e se isso ao menos ainda importava.

Edna Skylar o observou.
– Há muita morte aqui – disse ela.
– Como vocês conseguem?
– Quer o clichê padrão sobre separar a vida pessoal da profissional?
– Não.
– A verdade é que não sei. Meu trabalho é interessante. Nunca envelhece. Vejo muita morte. Isso também nunca envelhece. Não me ajudou a aceitar minha própria mortalidade nem nada assim. Pelo contrário. A morte é um ultraje constante. A vida é mais valiosa do que a gente pode imaginar. Já vi isso, o verdadeiro valor da vida, e não os lugares-comuns que sempre ouvimos. A morte é o inimigo. Eu não a aceito. Luto contra ela.
– E isso não cansa nunca?

– Claro que cansa. Mas o que vou fazer? Assar biscoitos? Trabalhar em Wall Street? – Ela olhou em volta. – Venha, você está certo, isso aqui distrai. Venha comigo, mas estou com pouco tempo, por isso continue falando.

Myron contou o resto da história do desaparecimento de Aimee. Resumiu o máximo possível – deixando seu próprio nome de fora –, mas certificou-se de enfatizar que as duas usaram o mesmo caixa eletrônico. Edna fez algumas perguntas, na maioria pequenos esclarecimentos. Os dois chegaram à sala dela e se sentaram.

– Parece que ela fugiu – disse Edna Skylar.

– Sei disso.

– Alguém passou meu nome para você, correto?

– Mais ou menos.

– Então você tem alguma ideia do que eu vi?

– Só o básico. O que a senhora viu convenceu os investigadores de que Katie é uma fugitiva. Só fico imaginando se a senhora viu alguma coisa que a faça pensar de outra forma.

– Não. E já repassei isso umas cem vezes na cabeça.

– A senhora sabe que as vítimas de sequestro frequentemente se identificam com os sequestradores, não sabe?

– Sei de tudo isso. A síndrome de Estocolmo e todas as suas ramificações bizarras. Mas não foi o que pareceu. Katie não estava particularmente abatida. A linguagem corporal era correta. Não havia pânico nos olhos dela nem nenhum tipo de fanatismo. Na verdade seus olhos estavam límpidos. Não vi sinais de drogas, se bem que, claro, só dei uma olhada rápida.

– Onde a senhora a viu pela primeira vez?

– Na Oitava Avenida perto da Rua 25.

– E ela estava indo para o metrô?

– Sim.

– Alguns trens passam naquela estação.

– Ela estava pegando o metrô da linha C.

A linha C basicamente corre na direção norte-sul através de Manhattan. Isso não ajudaria.

– Fale sobre o homem com quem ela estava.

– Tinha entre 30 e 35 anos. Estatura mediana. Bonito. Cabelo comprido, escuro. Barba de dois dias.

– Cicatrizes, tatuagens, alguma coisa assim?

Edna Skylar balançou a cabeça e contou que estava andando pela rua com o marido, que Katie parecia diferente, mais velha, mais sofisticada, com cabelo diferente, que nem teve certeza de que era Katie até que a garota pronunciou aquelas últimas palavras: "A senhora não pode contar a ninguém que me viu."

– E a senhora disse que ela pareceu amedrontada?
– Isso.
– Mas não com medo do homem com quem ela estava?
– Isso mesmo. Posso perguntar uma coisa?
– Claro.
– Eu sei alguma coisa a seu respeito. Não sou fã de basquete, mas o Google faz maravilhas. Uso o tempo todo. Com os pacientes também. Se vejo alguém novo, verifico na internet.
– Certo.
– Então minha pergunta é: por que você está tentando encontrar a garota?
– Sou amigo da família.
– Mas por que você?
– É difícil explicar.

Edna Skylar deu um segundo para absorver isso, aparentemente sem saber se deveria aceitar a resposta vaga.

– Como estão os pais dela?
– Nada bem.
– Provavelmente a filha deles está em segurança. Como Katie.
– Pode ser.
– Você deveria falar isso. Oferecer algum conforto. Dizer que ela vai ficar bem.
– Acho que não vai adiantar.

Ela desviou os olhos. Alguma coisa cruzou seu rosto.

– Dra. Skylar?
– Um dos meus filhos fugiu de casa. Tinha 17 anos. Sabe a questão da natureza versus criação? Bom, eu fui uma péssima mãe. Sei disso. Mas meu filho dava problema desde cedo. Arranjava brigas. Roubava lojas. Foi preso aos 16 anos porque roubou um carro. Usava muitas drogas, mas acho que na época eu não sabia. Isso foi antes de falarmos em TDAH, de dar Ritalina às crianças e essa coisa toda. Se essa fosse uma opção séria eu provavelmente colocaria em prática. Em vez disso reagi me afastando e esperando que ele superasse. Não me envolvia na vida dele. Não dava orientação.

Ela disse tudo isso em tom casual.

– De qualquer modo, quando ele fugiu eu não fiz nada. Quase esperava por isso. Uma semana se passou. Duas semanas. Ele não ligou. Eu não sabia por onde ele andava. Os filhos são uma bênção. Mas também são capazes de rasgar o coração da gente de um modo inimaginável.

Edna Skylar parou.

– O que aconteceu com ele? – perguntou Myron.

– Nada muito dramático. Acabou telefonando. Estava na Costa Oeste, tentando virar um grande astro do cinema. Precisava de dinheiro. Ficou lá durante dois anos. Fracassou em tudo que fez. Depois voltou. Continua péssimo. Eu tento amá-lo, cuidar dele, mas... – ela deu de ombros – ser médica é natural para mim. Ser mãe não.

Edna Skylar olhou para Myron. Dava para ver que ela não tinha terminado, por isso Myron esperou.

– Eu gostaria... – A voz dela embargou. – É um clichê horrível, mas acima de tudo eu gostaria de poder recomeçar. Eu amo meu filho, de verdade, mas não sei o que fazer por ele. Pode não existir esperança para ele. Sei como isso parece frio, mas quando a gente faz diagnósticos médicos o dia inteiro tende a fazê-los na vida pessoal também. O que quero dizer é que aprendi que não posso controlar as pessoas que eu amo. Por isso controlo as que não amo.

– Não estou entendendo.

– Meus pacientes. São desconhecidos, mas eu me importo com eles. Não porque sou uma pessoa generosa ou maravilhosa, mas porque na minha mente eles ainda são inocentes. E eu os julgo. Sei que é errado. Sei que deveria tratar todos os pacientes do mesmo modo, e em termos de tratamento acho que faço isso. Mas o fato é que, se eu pesquiso a pessoa no Google e vejo que ela esteve na cadeia ou parece não ser boa gente, tento encaminhá-la para outro médico.

– A senhora prefere os inocentes.

– Exato. Os que... sei o que isso vai parecer. Os que considero puros. Ou pelo menos mais puros.

Myron pensou em seu raciocínio recente, de que a vida dos Gêmeos não tinha valor para ele, em quantos civis sacrificaria para salvar seu filho. Será que este raciocínio era tão diferente assim?

– O que estou tentando dizer é: eu penso nos pais dessa garota, os pais que você disse que não estão bem, e me preocupo com eles. Quero ajudar.

Antes que Myron pudesse responder, houve uma batida fraca à porta. Ela se abriu e uma cabeça grisalha apareceu. Myron se levantou. O homem grisalho entrou e disse:

– Desculpe, não sabia que você estava com alguém.

– Tudo bem, querido – disse Edna Skylar. – Mas será que você poderia voltar mais tarde?

– Claro.

O homem grisalho também usava jaleco branco. Ele viu Myron e sorriu. Myron sabia que tipo de sorriso era aquele. Edna Skylar não era fã de basquete, mas esse cara era.

– Myron Bolitar – apresentou-se, estendendo a mão.

– Ah, sei quem você é. Sou Stanley Rickenback. Mais conhecido como Sr. Edna Skylar.

Os dois trocaram um aperto de mão.

– Vi você jogar na Duke – disse Stanley Rickenback. – Você era incrível.

– Obrigado.

– Não queria interromper. Só ver se minha jovem noiva queria me acompanhar no deleite culinário que é o refeitório do nosso hospital.

– Eu já estava de saída – disse Myron. E depois, sem aviso: – O senhor estava com sua esposa quando ela viu Katie Rochester, não estava?

– É por isso que você está aqui?

– É.

– Você é policial?

– Não.

Edna Skylar já estava de pé. Beijou o rosto do futuro marido.

– Vamos logo. Tenho pacientes em vinte minutos.

– Sim, eu estava lá – disse Stanley a Myron. – Por quê? Qual é o seu interesse?

– Estou investigando o desaparecimento de outra garota.

– Espere, outra garota fugiu?

– Pode ser. Gostaria de ouvir suas impressões, Dr. Rickenback.

– Sobre o quê?

– Katie Rochester pareceu uma fugitiva para o senhor também?

– Sim.

– O senhor parece ter bastante certeza.

– Ela estava com um homem. Não fez menção de escapar. Pediu que Edna não contasse a ninguém e... – Rickenback se virou para a mulher. – Você contou a ele?

Edna fez uma careta.

– Vamos logo.

– Contou o quê?

– Meu querido Stanley está ficando velho e senil – explicou Edna. – Imagina coisas.

– Rá, rá, muito engraçado. Você tem sua especialização. Eu tenho a minha.

– Sua especialização? – perguntou Myron.

– Não é nada – disse Edna.

– Como, não é nada? – insistiu Stanley.

– Ótimo – concordou Edna. – Diga o que você pensou que viu.

Stanley se virou para Myron.

– Minha mulher lhe contou que ela estuda rostos. Foi assim que reconheceu a garota. Ela olha para as pessoas e tenta fazer um diagnóstico. Só por diversão. Eu não faço isso. Deixo meu trabalho no consultório.

– Qual é a sua especialidade, Dr. Rickenback?

Ele sorriu.

– Ginecologia e obstetrícia. Na hora não pensei nisso. Mas quando chegamos em casa olhei as fotos de Katie Rochester na internet. Sabe, as que foram divulgadas para a mídia. Queria ver se era a mesma garota que nós vimos no metrô. E foi por isso que tive quase certeza do que vi.

– E o que foi? – perguntou Myron, ansioso.

De repente Stanley ficou inseguro.

– Está vendo? – Edna balançou a cabeça. – Isso é um absurdo completo.

– Pode ser – concordou Stanley Rickenback.

– Mas...? – perguntou Myron.

– Mas... ou Katie Rochester engordou – disse Stanley Rickenback – ou talvez ela esteja grávida.

capítulo 33

Harry Davis passou uma tarefa qualquer, do tipo "leiam esse capítulo" e saiu. Os alunos ficaram surpresos. Outros professores usavam essa tática o tempo todo, mas o Sr. D, Professor do Ano por quatro anos seguidos, nunca fazia isso.

Os corredores da Escola Livingston eram ridiculamente compridos. Quando ficava sozinho num deles, como agora, olhar para o final o deixava tonto. Assim era Harry Davis: não gostava de silêncio. Gostava de animação, de quando essa artéria estava lotada de barulho, jovens, mochilas e angústia adolescente.

Encontrou a sala de aula que procurava, bateu rapidamente à porta e enfiou a cabeça. Drew Van Dyne dava aula principalmente para os delinquentes da escola. A sala refletia isso. Metade dos jovens tinha fones enfiados nos ouvidos. Alguns estavam sentados em cima das carteiras. Outros se encostavam na janela. Um cara musculoso beijava uma garota no canto, as bocas escancaradas. Dava para ver a saliva.

Drew Van Dyne estava com os pés na mesa, as mãos cruzadas no colo.

– Sr. Van Dyne? Podemos falar um momento?

O professor deu a ele um sorriso petulante. Van Dyne teria uns 35 anos, era dez anos mais novo do que Davis. Havia chegado à escola como professor de música, oito anos antes. Tinha a aparência certa para o papel, o ex-roqueiro destinado a chegar ao topo, só que as gravadoras jamais podiam entender seu gênio. Por isso agora dava aulas de guitarra e trabalhava numa loja de música, onde zombava do gosto dos clientes.

Cortes recentes na verba do departamento de música tinham obrigado Van Dyne a aceitar qualquer aula mais parecida com um trabalho de babá.

– Ora, claro, Sr. D.

Os dois professores foram para o corredor. Quando a pesada porta se fechou, o corredor ficou silencioso de novo.

Van Dyne ainda estava com o sorriso petulante.

– Já vou começar minha aula, Sr. D. O que posso fazer pelo senhor?

Davis preferiu sussurrar, pois os sons ecoavam ali:

– Você soube sobre Aimee Biel?

– Quem?
– Aimee Biel. Uma aluna daqui.
– Acho que não é uma das minhas.
– Ela está desaparecida.
Van Dyne não disse nada.
– Ouviu?
– Eu disse que não a conheço.
– Drew...
– E – interrompeu Van Dyne – acho que seríamos notificados se uma aluna tivesse desaparecido, não é?
– A polícia acha que ela fugiu de casa.
– E o senhor não acha? – Van Dyne sustentou o sorriso, talvez até o tenha alargado um pouco. – A polícia vai querer saber por que o senhor acha isso, Sr. D. Talvez o senhor devesse ir até eles e contar tudo o que sabe.
– Talvez eu faça isso.
– Bom. – Van Dyne se inclinou mais para perto e sussurrou: – Acho que a polícia gostaria mesmo de saber quando o senhor viu Aimee pela última vez, não é?
Van Dyne se afastou novamente e esperou a reação de Davis.
– Veja bem, Sr. D. Eles vão precisar saber de tudo. Vão precisar saber para onde ela foi, com quem falou, sobre o que falaram. Provavelmente vão investigar tudo isso, não acha? Talvez precisem abrir uma investigação completa sobre as obras maravilhosas do nosso Professor do Ano.
– Como é que você...? – Davis começou a sentir um tremor nas pernas.
– Você tem mais a perder do que eu.
– Tem certeza? – Drew Van Dyne estava tão perto agora que Davis pôde sentir o cuspe no rosto. – Diga, Sr. D, o que, exatamente, eu tenho a perder? Minha linda casa na pitoresca Ridgewood? Minha fantástica reputação como professor amado? Minha esposa vistosa que compartilha minha paixão por ensinar aos jovens? Ou talvez minhas filhas adoráveis que me admiram tanto?
Ficaram parados um momento, ainda se encarando. Davis não conseguia falar. Em algum lugar, a distância, talvez em outro mundo, ele ouviu um sinal tocar. Portas se abriram. Alunos jorraram das salas. As artérias se encheram com suas gargalhadas e angústia. Tudo isso tomou conta de Harry Davis. Ele fechou os olhos e deixou-se levar pelo fluxo para algum lugar longe de Drew Van Dyne, para algum lugar onde se sentiria melhor.

* * *

O Shopping Livingston estava ficando velho e tentava não parecer ultrapassado, mas as melhorias vinham mais como uma plástica malfeita do que como uma verdadeira renovação.

A Encontros no Quarto ficava no térreo. Para algumas pessoas a loja de lingerie era como a prima pobre da Victoria's Secret, mas a verdade era que as primas se pareciam um bocado. As modelos sensuais nos grandes pôsteres eram mais parecidas com estrelas pornôs, com línguas para fora e posicionamento sugestivo das mãos. O slogan da Encontros no Quarto, que ficava centralizado sobre os seios fartos das modelos, era: QUE TIPO DE MULHER VOCÊ QUER LEVAR PARA A CAMA?

– Uma gostosa – disse Myron em voz alta. De novo, não era muito diferente dos comerciais da Victoria's Secret, aquele em que Tyra e Frederique estão todos cheios de óleo e perguntam: "O que é sexy?" Resposta: mulheres gostosas de verdade. A roupa parece não fazer parte da coisa.

A vendedora usava uma blusa justa com estampa de tigre. Tinha cabelo comprido e mascava chiclete, mas havia uma confiança que, de algum modo, fazia a coisa funcionar. Seu crachá dizia SALLY ANN.

– Procurando algo para comprar? – perguntou ela.

– Duvido que você tenha alguma coisa do meu tamanho.

– Você ficaria surpreso. Então, o que está procurando? – Ela indicou o pôster. – Ou só gosta de olhar para os peitos?

– Bom, sim. Mas não é por isso que estou aqui. – Myron pegou uma foto de Aimee. – Você reconhece essa garota?

– Você é policial?

– Posso ser.

– Não.

– Por que diz isso?

Sally Ann deu de ombros.

– O que você quer?

– A garota sumiu. Estou tentando encontrá-la.

– Deixe eu dar uma olhada.

Myron entregou a foto. Sally Ann a examinou.

– Parece familiar.

– Cliente, talvez?

– Não. Eu me lembro das clientes.

Myron enfiou a mão numa sacola plástica e pegou a calcinha branca que tinha achado na gaveta de Aimee.
– Isso também parece familiar?
– Claro. É da nossa linha Beicinho.
– Você vendeu esta peça?
– Pode ser. Vendi algumas.
– A etiqueta ainda está aí. Você acha que poderia descobrir quem comprou?
Sally Ann franziu a testa e apontou para a foto de Aimee.
– Você acha que a garota sumida comprou?
– Encontrei na gaveta dela.
– É, mas mesmo assim.
– Mesmo assim o quê?
– É muito estilo vagaba e desconfortável.
– E o quê? Ela parece classuda?
– Não, não é isso. Raramente as mulheres compram essa. Os homens é que compram. O pano pinica. Entra na bunda. Isso é fantasia de homem, não de mulher. É estilo de filme pornô. – Sally Ann inclinou a cabeça e mascou o chiclete. – Já assistiu a algum filme pornô?
Myron manteve o rosto impassível.
– Não, nunca, jamais.
Sally Ann gargalhou.
– Certo. De qualquer modo, quando uma mulher escolhe o filme é totalmente diferente. Em geral tem uma história ou um título com a palavra "sensual" ou "romance". Pode ser cafona, mas geralmente não se chama alguma coisa tipo *Puta Suja nº 5*. Sabe como é?
– Vamos presumir que eu saiba. E essa calcinha?
– É o equivalente.
– De *Puta Suja Não Sei das Quantas*?
– Isso. Nenhuma mulher escolheria.
– Então como posso descobrir quem comprou para ela?
– Não guardamos registros nem nada assim. Eu poderia perguntar às outras garotas, mas... – Sally Ann encolheu os ombros.
Myron agradeceu e saiu. Quando era garoto, costumava ir àquele shopping com o pai. Na época eles frequentavam a loja de material esportivo Herman's. Agora a loja não existia mais. Mas, mesmo assim, quando saiu da Encontros no Quarto Myron olhou pelo corredor, para onde ficava a Herman's. E duas portas depois viu uma loja com nome familiar.

PLANET MUSIC.

Sua mente voltou ao quarto de Aimee. Planet Music. As guitarras eram da Planet Music. Na gaveta de Aimee havia notas de compras dali. E aqui estava, a loja de música predileta dela, localizada pertinho da Encontros no Quarto.

Outra coincidência?

Quando Myron era jovem a loja que ficava naquele lugar vendia pianos e órgãos. Ele sempre pensava nisso. Você vai ao shopping comprar roupas, um CD, um brinquedo, talvez um aparelho de som. Quem vai ao shopping comprar um piano?

Obviamente não eram muitas pessoas.

Os pianos e órgãos tinham sumido. A Planet Music vendia CDs e instrumentos menores. Tinha placas anunciando aluguel de trompetes, clarinetes, violinos – provavelmente faziam grandes negócios com as escolas.

O rapaz atrás do balcão teria uns 23 anos, usava um poncho de cânhamo e parecia uma versão mais pobre de um barista da Starbucks. Tinha um gorro de tricô sujo na cabeça raspada. Usava o minicavanhaque, que agora parecia uma exigência do código de aparência da juventude.

– Você a conhece?

O garoto hesitou um segundo a mais do que o necessário. Myron partiu para cima:

– Se responder às minhas perguntas não vai ser preso.

– Preso por quê?

– Você a conhece? – Myron repetiu a pergunta.

Ele assentiu.

– É a Aimee.

– Ela faz compras aqui?

– Sim, o tempo todo – respondeu ele, o olhar saltando para todo canto, menos para Myron. – E ela saca de música. A maioria das pessoas entra aqui e pede CDs de *boy bands*. – Ele disse *boy bands* como a maioria das pessoas diz *estupidez*. – Mas Aimee gosta de umas coisas iradas.

– Você a conhece bem?

– Não muito. Quero dizer, ela não vem aqui por minha causa – disse o garoto do poncho, calando-se de repente.

– Por causa de quem ela vem aqui?

– Por que você quer saber?

– Porque não quero mandar você esvaziar os bolsos.

Ele levantou as mãos.

– Ei, eu estou totalmente limpo.

– Então vou colocar alguma coisa em você.

– Que diab... Tá falando sério?

– Seriíssimo. – Myron lançou-lhe seu olhar severo. Não era muito bom nesse olhar severo. O esforço lhe causava dor de cabeça. – Quem ela vem ver aqui?

– O subgerente.

– Ele tem nome?

– Drew. Drew Van Dyne.

– Ele está aqui?

– Não. Vem hoje à tarde.

– Você tem o endereço dele? O telefone?

– Ei – disse o rapaz, subitamente ficando esperto. – Deixe eu ver o seu distintivo.

– Tchau.

Myron saiu da loja. Encontrou Sally Ann de novo.

Ela estalou o chiclete.

– Voltou tão cedo?

– Não consegui ficar longe. Você conhece um cara que trabalha na Planet Music chamado Drew Van Dyne?

– Ah – disse ela, assentindo como se agora tudo fizesse sentido. – Ah, conheço.

capítulo 34

Claire deu um pulo quando ouviu o telefone.

Não dormia desde o desaparecimento de Aimee. Nos últimos dois dias tinha ingerido café suficiente para ficar desperta. Pensava repetidamente na visita dos Rochesters, na raiva do pai, na submissão da mãe. Joan Rochester. Havia definitivamente alguma coisa errada com aquela mulher.

Passou a manhã examinando o quarto de Aimee e pensando em como fazer Joan Rochester falar. Uma abordagem de mãe para mãe, talvez. O quarto de Aimee não trazia novas surpresas. Claire começou a revistar caixas antigas, coisas que tinha guardado a vida inteira, mas que pareciam ser de apenas duas semanas atrás. O suporte para lápis que Aimee fizera para Erik no jardim de infância. O boletim da primeira série – todo com notas máximas, além do comentário da Sra. Rohrbach, de que Aimee era uma aluna inteligente e divertida e que tinha um futuro brilhante. Olhou as palavras *futuro brilhante*, deixando que zombassem dela.

O telefone sacudiu seus nervos. Ela mergulhou para o aparelho, esperando de novo que fosse Aimee, que tudo aquilo não passasse de um equívoco idiota, que houvesse uma explicação perfeitamente razoável para o sumiço dela.

– Alô?
– Ela está bem.

A voz era robótica. Nem masculina nem feminina. Como uma versão mais tensa daquela gravação que diz que seu telefonema é importante e que você será transferido para um atendente.

– Quem é?
– Ela está bem. Deixe isso para lá. Você tem a minha palavra.
– Quem está falando? Deixe-me falar com Aimee.

Mas a única resposta foi o som do telefone desligando.

Joan Rochester disse:
– Dominick não está em casa.
– Eu sei – respondeu Myron. – Quero falar com a senhora.
– Comigo? – Como se a simples ideia de alguém querendo falar com ela fosse um choque equivalente a um pouso em Marte. – Mas por quê?

– Por favor, Sra. Rochester, é muito importante.
– Acho que deveríamos esperar o Dominick.
Myron passou por ela.
– Eu não acho.
A casa era muito bem arrumada. Toda feita de linhas retas e ângulos retos. Sem curvas, sem cores, tudo no lugar certo, como se a própria sala não quisesse atrair atenção.
– Posso lhe trazer um café?
– Onde está sua filha, Sra. Rochester?
Ela piscou umas doze vezes rapidamente. Myron conhecia homens que piscavam assim. Eram sempre os caras que sofriam bullying na escola quando crianças e jamais superavam isso. Ela conseguiu gaguejar:
– O quê?
– Onde está Katie?
– Eu... eu não sei.
– É mentira.
Mais piscadelas. Myron não se permitiu sentir pena.
– Por que... Não estou mentindo.
– A senhora sabe onde Katie está. Presumo que tenha um motivo para ficar quieta com relação a isso. Acho que tem a ver com o seu marido. Mas isso não é da minha conta.
Joan Rochester tentou empertigar as costas.
– Gostaria que o senhor fosse embora.
– Não.
– Então vou ligar para o meu marido.
– Eu tenho registros telefônicos – disse Myron.
Mais piscadelas. Ela levantou a mão como se estivesse se defendendo de um soco.
– Do seu celular. O seu marido não verificaria isso. E, mesmo se verificasse, uma ligação de um telefone público em Nova York provavelmente não chamaria atenção. Mas eu sei sobre uma mulher chamada Edna Skylar.
A confusão substituiu o medo.
– Quem?
– É uma médica do St. Barnabas. Ela viu sua filha em Manhattan. Mais especificamente perto da Rua 23. A senhora recebeu vários telefonemas às sete da noite, de uma cabine telefônica a dois quarteirões de lá, o que é bastante perto.

– Não eram telefonemas da minha filha.
– Não?
– Eram de uma amiga.
– Ahã.
– Minha amiga faz compras na cidade. Gosta de ligar quando encontra alguma coisa interessante. Para pedir minha opinião.
– De um telefone público?
– Sim.
– Qual é o nome dela?
– Não vou dizer. E insisto que saia agora mesmo.

Myron deu de ombros e levantou as mãos.
– Acho então que estamos num beco sem saída.

Joan Rochester estava piscando de novo. Ia começar a piscar mais um pouco.
– Mas talvez o seu marido tenha mais sorte.

Toda a cor sumiu do rosto dela.
– Eu poderia contar a ele o que sei. A senhora pode explicar sobre sua amiga que gosta de fazer compras. Ele vai acreditar, não acha?

O terror arregalou os olhos dela.
– O senhor não faz ideia de como ele é.
– Acho que faço. Ele mandou dois capangas para me torturar.
– Foi porque achou que o senhor tinha informações sobre o que aconteceu com Katie.
– E a senhora deixou, Sra. Rochester. A senhora deixou que ele me torturasse e talvez me matasse, mesmo sabendo que eu não tinha nada a ver com isso.

Ela parou de piscar.
– O senhor não pode contar a ele. Por favor.
– Não tenho interesse em fazer mal à sua filha. Só estou interessado em encontrar Aimee Biel.
– Não sei nada sobre ela.
– Mas sua filha pode saber.

Joan Rochester balançou a cabeça.
– O senhor não entende.
– Não entendo o quê?

Joan Rochester se afastou, deixando-o ali. Atravessou a sala. Quando se virou de novo para ele estava com os olhos cheios de lágrimas.

– Se ele descobrir. Se ele a encontrar...
– Ele não vai descobrir.
Ela balançou a cabeça de novo.
– Eu prometo – disse Myron.
Suas palavras – mais uma promessa aparentemente vazia – ecoaram na sala silenciosa.
– Onde ela está, Sra. Rochester? Só preciso falar com ela.
O olhar da mulher começou a se mover pela sala como se suspeitasse de que o aparador poderia ouvi-la. Foi até a porta dos fundos e a abriu. Sinalizou para ele sair.
– Onde está Katie? – perguntou Myron.
– Não sei. É a verdade.
– Sra. Rochester, realmente não tenho tempo...
– Os telefonemas.
– O que é que tem?
– O senhor disse que eram de Nova York?
– Sim, eram.
Ela desviou o olhar.
– O que foi?
– Talvez ela esteja lá.
– A senhora não sabe mesmo?
– Katie não me contaria. E também não perguntei.
– Por quê?
Os olhos de Joan eram círculos perfeitos.
– Se eu não souber – disse ela, finalmente encarando-o –, ele não pode me obrigar a contar.
No quintal vizinho um cortador de grama foi ligado, despedaçando o silêncio. Myron esperou um momento.
– Mas a senhora teve notícias de Katie?
– Tive.
– E sabe que ela está em segurança.
– Não com relação a ele.
– Mas em termos gerais, quero dizer. Katie não foi sequestrada nem nada assim.
Ela assentiu lentamente.
– Edna Skylar a viu com um homem de cabelos escuros. Quem é?
– O senhor está subestimando o Dominick. Por favor, não faça isso.

Deixe-nos em paz. O senhor está tentando encontrar outra garota. Katie não tem nada a ver com ela.

– As duas usaram o mesmo caixa eletrônico.

– É coincidência.

Myron não se convenceu.

– Quando Katie vai ligar de novo?

– Não sei.

– Então a senhora não tem muita utilidade para mim.

– O que isso quer dizer?

– Preciso falar com sua filha. Se a senhora não pode me ajudar, terei que me arriscar a falar com seu marido.

Ela apenas balançou a cabeça.

– Eu sei que ela está grávida – disse Myron.

Joan Rochester gemeu.

– O senhor não entende – repetiu ela.

– Então me ajude a entender.

– O homem de cabelos escuros... O nome dele é Rufus. Se Dom descobrir vai matá-lo. É simples assim. E não sei o que ele faria com Katie.

– E qual é o plano deles? Ficar escondidos para sempre?

– Duvido que eles tenham um plano.

– E Dominick não sabe de nada?

– Ele não é idiota. Acha que Katie fugiu.

Myron pensou nisso.

– Então não entendo uma coisa. Se ele suspeita que Katie fugiu, por que procurou a imprensa?

Joan Rochester sorriu, mas foi o sorriso mais triste que Myron tinha visto na vida.

– O senhor não entende?

– Não.

– Ele gosta de ganhar. Não importa o custo.

– Ainda não...

– Ele fez isso para colocar pressão nos dois. Quer encontrar Katie. Não se importa com mais nada. Esse é o ponto forte do Dom. Ele não se importa em brigar. Não sente medo. Nunca sente vergonha. Está disposto a perder ou sofrer para fazer a outra pessoa sentir dor e sofrer mais ainda. Esse é o tipo de homem que ele é.

Os dois ficaram em silêncio. Myron queria perguntar por que ela continuava casada com ele, mas não era da sua conta. Havia muitos casos de mulheres que suportavam abusos desse tipo. Gostaria de ajudar, mas Joan Rochester não aceitaria – e ele tinha questões mais urgentes. Pensou nos Gêmeos, no fato de não se incomodar com a morte dos dois, lembrou-se de Edna Skylar e do modo como ela cuidava daqueles que considerava seus pacientes mais inocentes.

Joan Rochester tinha feito sua escolha. Ou talvez fosse apenas um pouquinho menos inocente do que os outros.

– A senhora deveria contar à polícia.
– Contar o quê?
– Que sua filha fugiu de casa.

Ela fungou.

– Dom descobriria. Ele tem fontes na polícia. Como o senhor acha que ele descobriu tão rápido a seu respeito?

Mas ele não sabia de Edna Skylar. Pelo menos ainda não. Então suas fontes não eram assim tão infalíveis. Myron se perguntou se poderia usar isso a seu favor, mas não sabia como. Chegou mais perto de Joan Rochester, segurou as mãos dela e a obrigou a encará-lo.

– Sua filha vai ficar em segurança. Eu garanto. Mas preciso conversar com ela. Só isso. Apenas conversar. A senhora entende?

Ela engoliu em seco.

– Não tenho muita escolha, não é?

Myron ficou quieto.

– Se eu não cooperar você vai falar com o Dom.
– Vou.
– Katie deve me ligar hoje às sete da noite. Aí deixo o senhor falar com ela.

capítulo 35

Myron estava voltando para pegar Claire quando Win ligou para seu celular.

– Drew Van Dyne, o subgerente da Planet Music, também é professor da Escola Livingston.

– Ora, ora – disse Myron.

– É mesmo.

Claire tinha contado sobre o telefonema do "Ela está bem". Myron ligara imediatamente para Gail Berruti, mas não conseguiu falar. Então deixou recado explicando do que precisava.

Myron e Claire estavam indo para a Escola Livingston verificar o armário de Aimee. Além disso, Myron esperava encontrar o ex dela, Randy Wolf, e o Sr. D, Harry Davis. E agora, acima de tudo, Drew Van Dyne, "professor de música e comprador de lingerie".

– Você descobriu mais alguma coisa sobre ele?

– Van Dyne é casado, sem filhos – explicou Win. – Foi apanhado duas vezes dirigindo bêbado nos últimos anos e teve uma prisão por drogas. Tem ficha juvenil, mas está arquivada sob sigilo. Até agora só tenho isso.

– E o que ele estava fazendo, comprando lingerie para uma aluna como Aimee Biel?

– Eu diria que é bem óbvio.

– Acabei de falar com a Sra. Rochester. Katie engravidou e fugiu com o namorado.

– Uma história nada incomum.

– Não. Mas... será que Aimee fez a mesma coisa?

– Fugiu com o namorado? Não é provável. Ninguém informou que Van Dyne está desaparecido.

– Ele não precisa ter desaparecido. O namorado de Katie provavelmente tem medo de Dominick Rochester. Por isso está com ela. Mas se ninguém soubesse sobre Aimee e Van Dyne...

– O Sr. Van Dyne teria pouca coisa a temer.

– Exato.

– Então diga, por favor: por que Aimee fugiria?

– Porque está grávida.

– Certo, mas do quê, exatamente, Aimee Biel estaria com medo? Erik não faz o tipo Dominick Rochester.
– Talvez Aimee não tenha fugido. Talvez tenha engravidado e quisesse o filho. Talvez tenha contado ao namorado, Drew Van Dyne...
– Que – Win pegou o fio da meada –, como professor, ficaria arruinado caso a notícia se espalhasse.
– É.
Fazia um sentido medonho.
– Ainda há algum detalhe que estamos deixando passar – disse Myron.
– Por quê?
– Ora, duas garotas ficando grávidas numa escola onde há quase mil adolescentes? É estatisticamente insignificante. Mesmo se você acrescentar duas garotas fugindo por causa disso, as chances de conexão aumentam, mas ainda assim é mais plausível que elas não sejam relacionadas, não acha?
– Acho – concordou Win.
– Mas aí você acrescenta as duas usando o mesmo caixa eletrônico no dia em que desaparecem. Como explicamos isso?
– Sua pequena análise estatística vai para o espaço.
– Então estamos deixando de ver alguma coisa.
– Estamos deixando de ver tudo. E a coisa toda é muito frágil até para ser considerada suposição.
Win tinha razão. Eles podiam estar teorizando cedo demais, mas estavam chegando perto. Havia outros fatores também, como os telefonemas ameaçadores de Roger Chang chamando-o de "sacana". Eles podiam estar conectados, mas podiam não estar. Além disso, Myron não sabia como Harry Davis se encaixava na história. Talvez ele fosse um elemento de ligação entre Van Dyne e Aimee, mas isso parecia forçar a barra. E o que Myron deveria pensar do telefonema para Claire dizendo que Aimee estava bem? Myron se perguntou sobre o motivo por trás daquilo – consolar ou aterrorizar? –, mas não chegou a nenhuma conclusão.
– Certo – disse Myron a Win. – Estamos combinados para esta noite?
– Estamos.
– Então falo com você mais tarde.
Win desligou enquanto Myron chegava à entrada de veículos de Claire e Erik. Claire saiu pela porta da frente antes de Myron parar por completo.
– Você está bem? – perguntou ele.
Claire não se incomodou em responder o óbvio.

– Teve notícias do seu contato na companhia telefônica?
– Ainda não. Você conhece um professor da Livingston chamado Drew Van Dyne?
– Não.
– O nome não diz nada?
– Acho que não. Por quê?
– Você se lembra da lingerie que encontrei no quarto de Aimee? Acho que ele pode ter comprado para ela.
O rosto de Claire ficou vermelho.
– Um professor?
– Ele trabalha naquela loja de música do shopping.
– Planet Music.
– É.
Claire balançou a cabeça.
– Não entendo nada disso.
Myron pôs a mão em seu braço.
– Você precisa ficar comigo, Claire, está bem? Preciso que você fique calma e mantenha o foco.
– Não seja condescendente, Myron.
– Não quero ser, mas, veja bem, se você partir para cima quando chegarmos à escola...
– Vamos perdê-lo. Sei disso. O que mais está acontecendo?
– Você estava totalmente certa com relação a Joan Rochester. – Myron a colocou a par da visita à mãe de Katie. Claire ficou sentada olhando pela janela. Assentia de vez em quando, mas o gesto não parecia ligado a qualquer coisa que ele dissesse.
– Então você acha que Aimee pode estar grávida?
Agora a voz dela estava mesmo calma, casual demais. Tentava pensar de modo distanciado. Isso podia ser bom.
– Sim.
Claire levou a mão ao lábio inferior e começou a beliscá-lo. Como na época de escola. Isso era estranho demais, fazer essa rota que os dois tinham percorrido mil vezes na juventude, Claire beliscando o lábio como se a prova final de álgebra estivesse próxima.
– Certo, vamos tentar ver isso de maneira racional por um momento – disse ela.
– Certo.

– Aimee rompeu com o namorado da escola. Não contou nada para a gente. Andava cheia de segredos. Apagou os e-mails. Estava diferente. Tinha uma lingerie sexy escondida na gaveta, provavelmente comprada por um professor que trabalha numa loja de música que ela costumava frequentar.

As palavras soavam pesadas.

– Tenho outra ideia – disse Claire.

– Continue.

– Se Aimee estava grávida... Meu Deus, nem acredito que estou falando isso. Ela teria ido a algum médico.

– Pode ser. Mas talvez ela tenha comprado um teste de gravidez de farmácia.

– Não. – A voz de Claire estava firme. – Acho que não. Conversávamos sobre coisas assim. Uma amiga dela teve um falso positivo num daqueles exames. Aimee verificaria. Provavelmente procuraria um médico.

– Certo.

– E a única clínica por aqui é a St. Barnabas. Quero dizer, é aonde todo mundo vai. Por isso ela pode ter ido lá. Deveríamos ligar e ver se alguém poderia verificar os registros. Eu sou a mãe. Isso deve ter alguma importância, não é?

– Não sei como são as leis atuais sobre isso.

– Elas vivem mudando.

– Espere aí. – Myron pegou seu celular. Ligou para a central telefônica do hospital. Perguntou pelo Dr. Stanley Rickenback. Deu seu nome à secretária. Entrou na rotatória diante da escola e parou. Rickenback atendeu, parecendo um tanto empolgado com o telefonema. Myron explicou o que desejava. A empolgação sumiu.

– Não posso fazer isso – disse Rickenback.

– Estou com a mãe dela aqui.

– Você me disse que ela tem 18 anos. É contra as regras.

– Escute, o senhor estava certo com relação a Katie Rochester. Ela está grávida. Estamos tentando descobrir se Aimee também está.

– Entendo, mas não posso ajudar. As fichas médicas dela são confidenciais. Com todas as regras novas, o sistema de informática rastreia tudo, até quem abre a ficha de um paciente e quando. Mesmo se isso não fosse antiético, seria um risco pessoal grande demais. Sinto muito.

Ele desligou. Myron olhou pela janela. Depois ligou de novo para a central telefônica do hospital.

– Dra. Edna Skylar, por favor.

Dois minutos depois Edna disse:

– Myron?

– A senhora pode acessar fichas dos pacientes do seu computador, não pode?

– Posso.

– De todos os pacientes do hospital?

– O que você quer?

– Lembra-se da nossa conversa sobre inocentes?

– Lembro.

– Quero que a senhora ajude uma inocente, Dra. Skylar. – Depois, pensando nisso, ele disse: – Nesse caso, talvez dois inocentes.

– Dois?

– Uma garota de 18 anos chamada Aimee Biel. E, se estivermos certos, o bebê que ela tem na barriga.

– Meu Deus. Está dizendo que o Stanley estava certo?

– Por favor, Dra. Skylar.

– É antiético.

Myron apenas deixou o silêncio pesar sobre ela. Tinha apresentado seus argumentos. Acrescentar mais coisas seria supérfluo. Melhor deixar que ela pensasse sozinha.

Não demorou. Dois minutos depois ouviu as teclas do computador.

– Myron? – disse Edna Skylar.

– Sim.

– Aimee Biel está grávida de três meses.

capítulo 36

O DIRETOR DA ESCOLA LIVINGSTON, Amory Reid, vestia calça social, camisa branca de mangas curtas feita de um tecido tão fino que deixaca aparecer a camiseta sem mangas por baixo e sapatos pretos de solado grosso que podia ser de vinil. Mesmo quando a gravata estava afrouxada parecia estrangulá-lo.

– A escola obviamente está muito preocupada.

As mãos de Reid estavam cruzadas sobre a mesa. Numa ele usava um anel de faculdade com uma insígnia de futebol. Tinha pronunciado a frase como se a tivesse ensaiado diante do espelho.

Myron sentou-se à direita, Claire à esquerda. Ela ainda estava atônita com a confirmação de que sua filha, que ela conhecia, amava e em quem confiava, estava grávida havia três meses. Ao mesmo tempo sentia algo parecido com alívio. Fazia sentido. Explicava o comportamento recente. Podia fornecer uma explicação para o que até agora fora inexplicável.

– Claro que vocês podem verificar o armário dela – informou o diretor. – Tenho uma chave mestra que abre todos os armários.

– Além disso, queremos falar com dois dos seus professores – disse Claire. – E com um aluno.

Os olhos dele se estreitaram. O diretor olhou para Myron, depois de volta para Claire.

– Que professores?

– Harry Davis e Drew Van Dyne – respondeu Myron.

– O Sr. Van Dyne já saiu. Nas segundas-feiras ele sai às duas da tarde.

– E o Sr. Davis?

Reid verificou um horário.

– Está na sala B-202.

Myron sabia exatamente onde era. Lembrava-se bem, mesmo depois de todos esses anos. Os corredores ainda tinham as letras de A a E. As salas que começavam com 1 ficavam no primeiro andar; as com 2, no segundo.

– Vou ver se posso tirar o Sr. D da sala. Posso perguntar por que desejam falar com esses professores?

Claire e Myron trocaram um olhar. Claire disse:

– No momento preferimos não contar.

O diretor aceitou isso. Seu trabalho era político. Se soubesse de alguma coisa precisaria informar. A ignorância, pelo menos por enquanto, podia ser uma bênção. Myron ainda não sabia de nada concreto sobre nenhum dos dois professores; eram apenas insinuações. Até saber mais, não havia motivo para informar ao diretor.

— Também gostaríamos de falar com Randy Wolf — disse Claire.

— Infelizmente não posso permitir.

— Por quê?

— Fora da escola vocês podem fazer o que quiserem. Mas aqui eu precisaria de autorização dos pais.

— Por quê?

— São as regras.

— Se um aluno for apanhado matando aula o senhor pode falar com ele.

— Posso, sim. Mas vocês não. E esse não é um caso de matar aula. — Reid desviou o olhar. — Além disso, estou meio confuso quanto ao motivo de o senhor estar aqui, Sr. Bolitar.

— Ele é meu representante — disse Claire.

— Entendo. Mas isso não dá a ele o direito de falar com um aluno. Aliás, nem com um professor. Não posso obrigar o Sr. Davis a falar com a senhora também, mas posso pelo menos trazê-lo a esta sala. Ele é adulto. Não posso fazer isso com Randy Wolf.

Foram pelo corredor até o armário de Aimee.

— Há mais uma coisa — disse Amory Reid.

— O quê?

— Não sei se tem algo a ver, mas Aimee andou se metendo em encrenca ultimamente.

Eles pararam. Claire perguntou:

— Como?

— Foi apanhada na sala da coordenação usando um computador.

— Não estou entendendo.

— Também não entendemos. Um coordenador a encontrou lá. Ela estava imprimindo um boletim escolar. Por acaso era dela mesma.

Myron pensou nisso.

— Esses computadores não são protegidos por senhas?

— São.

— E como ela acessou?

Reid falou com um pouco de cuidado demais:

– Não sabemos direito. Mas a teoria é que alguém da administração tenha cometido um erro.

– Um erro, como?

– Alguém pode ter se esquecido de sair do programa.

– Em outras palavras, deixaram o programa aberto e ela obteve acesso?

– Em teoria, sim.

Bem idiota, pensou Myron.

– Por que não fui informada sobre isso? – perguntou Claire.

– Não era muito importante.

– Invadir os boletins da escola não é muito importante?

– Ela estava acessando o próprio boletim. Aimee, como vocês sabem, era uma aluna excelente. Nunca teve problemas antes. Decidimos fazer apenas uma advertência.

E poupar algum embaraço para vocês mesmos, pensou Myron. Não seria bom revelar que uma aluna tinha conseguido invadir o sistema de informática da escola. Mais coisas varridas para debaixo do tapete.

Chegaram ao armário. Amory Reid usou sua chave mestra para destrancá-lo. Quando ele abriu a porta, todos ficaram imóveis por um momento. Myron foi o primeiro a avançar. O armário de Aimee era assustadoramente pessoal. Fotos parecidas com as que ele tinha visto no quarto dela adornavam a superfície metálica. De novo nada de Randy. Havia imagens de seus guitarristas prediletos. Num cabide estava pendurada uma camisa da turnê American Idiot, do Green Day; em outro, um suéter da New York Liberty. Os livros de Aimee estavam empilhados na parte de baixo, encapados. Havia prendedores de cabelo na prateleira de cima, uma escova, um espelho. Claire tocou-os com ternura.

Aparentemente não havia nada que pudesse ajudar. Nenhuma arma soltando fumaça, nenhuma placa gigante dizendo CAMINHO PARA ENCONTRAR AIMEE.

Myron sentiu-se perdido e vazio, e olhar para aquele armário tornava a ausência dela muito mais obscena.

O clima foi quebrado quando o celular de Reid vibrou. Ele atendeu, ouviu por um momento e depois desligou.

– Encontrei alguém para ficar no lugar do Sr. Davis na aula. Ele está esperando vocês na minha sala.

capítulo 37

Enquanto ia para a Planet Music, Drew Van Dyne pensava em Aimee e em qual seria seu próximo passo. Sempre que acontecia isso, sempre que ficava confuso demais em relação à vida e às escolhas erradas que costumava fazer, ele tomava remédios ou – como estava fazendo agora – voltava-se para a música.

Os fones do iPod estavam enfiados fundo nos canais auditivos. Escutava "Gravity", de Alejandro Escovedo, curtindo o som, tentando deduzir como Escovedo tinha escrito a música. Era o que Van Dyne gostava de fazer. Destrinchava uma canção o máximo que podia. Bolava uma teoria sobre a origem, sobre como a ideia havia chegado, a inspiração inicial. Será que a primeira semente fora um *riff* de guitarra, o refrão, uma estrofe ou uma frase específica? Será que o compositor estava angustiado, triste ou cheio de alegria? E por que, especificamente, estaria se sentindo assim? E para onde, depois desse primeiro passo, ele fora com a música? Van Dyne podia ver o compositor ao piano ou tocando violão, tomando notas, alterando, ajeitando, essas coisas.

Era uma viagem. Uma grande e divertida viagem. Mesmo que uma voz no fundo de sua mente ficasse sempre repetindo "Deveria ter sido você, Drew".

Você esquece a esposa que olha para você como se fosse o cocô do cavalo do bandido e agora quer o divórcio. Esquece o pai que o abandonou quando você ainda era criança. Esquece a mãe que agora tenta compensar o fato de que não ligou a mínima para você durante anos. Esquece o insuportável trabalho de professor que você odeia. Esquece que o emprego não é mais uma coisa que você faz enquanto espera o grande sucesso. Esquece que seu grande sucesso nunca vai chegar. Esquece que tem 36 anos e que, não importa quanto você tente, sua porcaria de sonho não vai morrer – não, isso seria fácil demais. Em vez disso o sonho permanece, assombra e diz que nunca, nunca vai se realizar.

Então, por isso, você foge para a música.

Que diabo deveria fazer agora?

Era nisso que Drew Van Dyne estava pensando quando passou pela Encontros no Quarto. Viu uma vendedora sussurrando com outra. Talvez estivessem falando dele, mas não se importava. Entrou na Planet Music, um lugar que ele amava e odiava. Amava estar cercado por música. Odiava lembrar que nenhuma delas era sua.

Jordy Deck, uma versão mais jovem e menos talentosa dele próprio, estava atrás do balcão. Pelo rosto do sujeito Van Dyne percebeu que havia alguma coisa errada.

– O que foi?
– Um cara grandalhão – disse o garoto – veio aqui procurando você.
– Qual era o nome dele?

O garoto deu de ombros.

– O que ele queria?
– Estava perguntando pela Aimee.

Um calombo de medo endureceu no peito de Drew.

– O que você contou?
– Que ela vem sempre aqui, mas acho que ele já sabia. Não foi grande coisa.

Drew Van Dyne chegou mais perto.

– Descreva o cara.

Ele descreveu. Van Dyne pensou no telefonema de alerta que tinha recebido mais cedo. Parecia Myron Bolitar.

– Ah, mais uma coisa – disse o garoto.
– O quê?
– Quando ele saiu, foi até a Encontros no Quarto.

Claire e Myron decidiram que era melhor ele falar com o Sr. Davis sozinho.

– Aimee Biel era uma das minhas melhores alunas – disse Harry Davis.

Davis estava pálido e trêmulo, e não tinha o mesmo passo confiante que Myron tinha visto de manhã.

– Era? – perguntou Myron.
– Perdão?
– O senhor disse "era". "Era uma das minhas melhores alunas."

Os olhos dele se arregalaram.

– Ela não está mais na minha turma.
– Sei.
– Foi só isso que eu quis dizer.
– Certo – disse Myron, tentando mantê-lo na defensiva. – Quando, exatamente, ela foi sua aluna?

– No ano passado.

– Fantástico. – Chega de preliminares. Vamos direto ao soco do nocaute:
– Então, se Aimee não era mais sua aluna, o que ela estava fazendo na sua casa no sábado à noite?

Gotas de suor brotaram na testa dele como roedores de plástico num daqueles jogos de fliperama.

– Por que você acha que ela esteve lá?

– Eu a deixei lá.

– Não é possível.

Myron suspirou e cruzou as pernas.

– Há dois modos de fazermos isso, Sr. D. Posso chamar o diretor aqui ou o senhor pode me dizer o que sabe.

Silêncio.

– Por que o senhor estava conversando com Randy Wolf hoje cedo?

– Ele também é meu aluno.

– É ou era?

– É. Eu dou aula para o primeiro, o segundo e o terceiro ano.

– Sei que os alunos o elegeram Professor do Ano nos últimos quatro anos.

Ele não reagiu.

– Eu estudei aqui – disse Myron.

– É, eu sei. – Havia um pequeno sorriso nos lábios dele. – Seria difícil não perceber a onipresença do lendário Myron Bolitar.

– O que quero dizer é que sei como é um grande feito ganhar esse prêmio. Ser tão popular assim com os alunos.

Davis gostou do elogio.

– Você tinha um professor predileto? – perguntou.

– A Sra. Friedman. História europeia moderna.

– Ela estava aqui quando comecei. – Ele sorriu. – Eu gostava muito dela.

– Que coisa doce, Sr. D. Mas há uma garota desaparecida.

– Não sei nada sobre isso.

– Sabe, sim.

Harry Davis baixou os olhos.

– Sr. D?

Ele não levantou a cabeça.

– Não sei o que está acontecendo, mas tudo está desmoronando. Acho que o senhor sabe disso. Sua vida era uma coisa antes de termos essa conversa. Agora ela é outra. Não quero parecer melodramático, mas não vou desistir enquanto não descobrir tudo. Não importa o tamanho da sujeira. Não importa quantas pessoas se machuquem.

– Não sei de nada – disse ele. – Aimee nunca esteve na minha casa.

Se lhe perguntassem nesse momento, Myron diria que não estava muito irritado. Olhando em retrospecto, esse era o problema: a fúria não deu sinais de alerta. Estivera falando em voz comedida. A ameaça estava lá, claro, mas não era óbvia. Só que a raiva simplesmente jorrou de repente, lançando-o à ação.

Movendo-se depressa, Myron agarrou Davis pela nuca, comprimiu os pontos de pressão perto da base dos ombros e o puxou para a janela. Davis soltou um gritinho enquanto seu rosto era imprensado com força contra o vidro.

– Olhe lá fora, Sr. D.

Na sala de espera Claire estava sentada com as costas eretas. Seus olhos estavam fechados. Ela devia achar que não havia ninguém olhando. Lágrimas escorriam pelo seu rosto.

Myron empurrou com mais força.

– Ai!

– Está vendo aquilo, Sr. D?

– Me solta!

A fúria se espalhou, difusa. A razão foi retornando. Como havia acontecido com Jake Wolf, Myron reprovou sua perda de controle e afrouxou o aperto. Davis se levantou e esfregou a nuca. Agora seu rosto estava vermelho.

– Se chegar perto de mim de novo eu processo você – disse Davis. – Entendeu?

Myron balançou a cabeça.

– O senhor está acabado, Sr. D. Só que ainda não sabe.

capítulo 38

Drew Van Dyne voltou para a Escola Livingston. Que diabos! Como Myron Bolitar havia conseguido conectá-lo a essa confusão?

Ele estava em pânico. Tinha presumido que o Sr. Davis, o Sr. Professor Exemplar, não diria nada. Teria sido melhor deixar que ele mesmo cuidasse de tudo. Mas agora, de algum modo, Bolitar tinha ido parar na Planet Music. Perguntando sobre Aimee.

Alguém tinha aberto o bico.

Enquanto se aproximava da escola, viu Harry Davis sair intempestivamente pela porta. Drew Van Dyne não era lá um perito em linguagem corporal, mas, cara, Davis não parecia ele próprio. Tinha os punhos fechados, os ombros caídos, os pés se arrastando depressa. Em geral ele caminhava com um sorriso, às vezes até assobiando. Hoje, não.

Van Dyne dirigiu o carro pelo estacionamento e parou no caminho de Davis, que percebeu e desviou.

– Sr. D?

– Me deixe em paz.

– Precisamos bater um papinho.

Van Dyne saiu do carro. Davis continuou andando.

– Sabe o que vai acontecer se falar com o Bolitar, não sabe?

– Não falei – respondeu Davis com os dentes trincados.

– E vai falar?

– Entre no seu carro, Drew. Me deixe em paz.

Drew Van Dyne balançou a cabeça.

– Lembre-se, Sr. D. O senhor tem muito a perder aqui.

– Como você vive me lembrando.

– Mais do que qualquer um de nós.

– Não. – Davis tinha chegado ao seu carro. Entrou no banco da frente e, antes de fechar a porta, disse: – Aimee é que tem mais a perder, não acha?

Isso fez Van Dyne parar. Inclinou a cabeça.

– Como assim?

– Pense bem.

Davis fechou a porta e foi embora. Drew Van Dyne respirou fundo e voltou para o seu carro. Aimee tinha mais a perder... Ligou o motor e já ia sair quando notou a porta lateral da escola se abrir de novo.

A mãe de Aimee passou pela mesma porta por onde o amado educador Harry Davis tinha saído intempestivamente minutos antes. E atrás dela vinha Myron Bolitar.

A voz ao telefone, a que o havia alertado antes, dissera: *Não faça nada idiota. Está tudo sob controle.*

Nada parecia sob controle. Nem um pouco.

Drew Van Dyne estendeu a mão para o som do carro como se estivesse embaixo d'água e o aparelho pudesse lhe fornecer oxigênio. O CD era o último do Coldplay. Foi embora, deixando a voz suave de Chris Martin agir sobre ele.

O pânico não queria deixá-lo.

Sabia que era aí que geralmente tomava a decisão errada. Era aí que geralmente fazia a besteira. Sabia que deveria recuar, pensar direito. Mas era assim que levava a vida. Era como um acidente de carro em câmera lenta. Você vê para onde está indo. Sabe que vai haver uma colisão feia. Mas não pode parar nem sair do caminho.

Estava impotente.

No fim, Drew Van Dyne telefonou.

– Alô?

– Acho que temos um problema – disse.

Do outro lado da linha, Drew Van Dyne ouviu um suspiro.

– Conte – pediu Big Jake Wolf.

Myron deixou Claire em casa antes de ir para o Shopping Livingston. Esperava encontrar Drew Van Dyne na Planet Music. Não teve sorte. Desta vez o garoto do poncho não quis falar, mas Sally Ann disse que tinha visto Drew Van Dyne chegar, conversar rapidamente com o garoto do poncho e depois sair correndo. Myron tinha o número do telefone da casa de Van Dyne. Ligou, mas ninguém atendeu.

Telefonou para Win.

– Precisamos encontrar esse cara – disse Myron. – Quem podemos conseguir para vigiar a casa de Van Dyne?

– Que tal Zorra?

Zorra era ex-espião do Mossad, assassino contratado pelos israelenses e travesti que usava saltos agulha. Muitos travestis são adoráveis. Zorra não era um deles.

– Não sei bem se ela vai passar despercebida no subúrbio, e você?
– Zorra sabe passar despercebida.
– Ótimo, como você quiser.
– Para onde você vai?
– Para a Lavanderia Chang's. Preciso falar com o Roger.
– Vou ligar para Zorra.

O movimento estava bom na Chang's. Maxine viu Myron entrando e fez um gesto com a cabeça para ele se aproximar. Myron passou à frente da fila e a acompanhou até os fundos. O cheiro de produtos químicos e de tecido era sufocante. Parecia que partículas de poeira grudavam nos pulmões. Ficou aliviado quando ela abriu a porta dos fundos.

Roger estava sentado num caixote no beco, de cabeça baixa. Maxine cruzou os braços e disse:

– Roger, tem alguma coisa a dizer ao Sr. Bolitar?

Roger era um garoto magro. Seus braços pareciam dois gavetos sem absolutamente nenhuma definição. Ele não levantou os olhos enquanto falava.

– Desculpe ter dado aqueles telefonemas – disse.

Era como se ele fosse um menino que tivesse quebrado a janela de um vizinho e sua mãe o arrastasse pela rua para pedir desculpas. Myron não precisava disso. Virou-se para Maxine.

– Quero falar com ele sozinho.
– Não posso deixar.
– Então vou à polícia.

Primeiro Joan Rochester, agora Maxine Chang – Myron estava ficando tremendamente bom em ameaçar mães aterrorizadas. Talvez começasse a dar uns tapas nelas também, e quem sabe passasse a se sentir de fato um grande homem.

Mas Myron não piscou. Maxine Chang, sim.

– Vou estar lá dentro.
– Obrigado.

O beco fedia, como todos os becos, a lixo antigo e urina seca. Myron esperou que Roger olhasse para ele. Roger não olhou.

– Você não ligou só para mim – disse Myron. – Ligou para Aimee Biel também, não foi?

Ele assentiu, ainda sem levantar os olhos.

– Por quê?
– Eu estava ligando de volta para ela.

Myron fez cara de ceticismo. Como a cabeça do garoto estava abaixada, o esforço era um certo desperdício.

– Olhe para mim, Roger.

Ele levantou os olhos devagar.

– Está dizendo que Aimee Biel ligou para você?

– Não, eu a encontrei na escola. Ela disse que a gente precisava conversar.

– Sobre o quê?

Ele deu de ombros.

– Ela só disse que a gente precisava conversar.

– E por que não fizeram isso?

– O quê?

– Conversar. Ali, na hora?

– A gente estava no corredor. Tinha gente em volta. Ela queria falar em particular.

– Sei. Por isso você ligou para ela.

– Foi.

– E o que ela disse?

– Foi esquisito. Ela queria saber minhas notas e minhas atividades extracurriculares. Era mais como se quisesse confirmar tudo aquilo. Quero dizer, a gente se conhece um pouco. Ela já sabia a maioria das coisas que perguntou.

– Só isso?

– A gente só conversou uns dois minutos. Ela disse que precisava desligar. Mas também disse que sentia muito.

– Sentia muito pelo quê?

– Por eu não ter entrado para a Duke. – Ele baixou a cabeça de novo.

– Você tem muita raiva acumulada, Roger.

– O senhor não entende.

– Então me diga.

– Esquece.

– Eu gostaria de poder, mas, veja bem, você ligou para mim.

Roger Chang examinou o beco como se nunca o tivesse visto de verdade. Seu nariz se franziu e o rosto se retorceu de nojo. Por fim ele encontrou o rosto de Myron.

– Eu vou ser sempre o nerd asiático, saca? Nasci neste país. Não sou imigrante. Quando falo, na metade do tempo as pessoas esperam que seja igual a um filme antigo do Jakie Chan. E, nessa cidade, se você não tem dinheiro e não é bom nos esportes, não chega a lugar algum. Eu vejo minha mãe se sacrificar. Vejo como ela se esforça. E penso: e se eu conseguisse? Se eu puder me esforçar muito no ensino médio, não me preocupar com todas as coisas que estou perdendo, só trabalhar duro, fazer o sacrifício, tudo vai ficar bem. Vou poder sair daqui. Não sei por que cismei com a Duke. Mas fiz isso. Era tipo... meu único objetivo. Quando conseguisse ser aceito poderia relaxar um pouco. Ficaria longe dessa loja...

Sua voz ficou no ar.

– Eu gostaria que você tivesse me dito alguma coisa – disse Myron.

– Não sou bom em pedir ajuda.

Myron queria dizer que ele deveria fazer mais do que isso, talvez alguma terapia para lidar com a raiva, mas não tinha como se colocar no lugar do garoto. E também não tinha tempo.

– O senhor vai me denunciar?

– Não. – Depois: – Você ainda pode entrar na lista de espera.

– Eles já limparam a lista.

– Ah. Olhe, sei que agora parece coisa de vida e morte, mas a faculdade para onde você vai não é tão importante assim. Aposto que você vai adorar a Rutgers.

– É, claro.

Ele não parecia convencido. Parte de Myron sentia raiva, mas outra parte – uma parte cada vez maior – se lembrava da acusação de Maxine. Havia uma chance, uma chance bem grande, de que ao ajudar Aimee ele tivesse destruído os sonhos daquele garoto. Não podia simplesmente se afastar disso, podia?

– Se você quiser pedir transferência depois de um ano, eu escrevo uma carta – disse.

Esperou que Roger reagisse. Ele não reagiu. Assim Myron o deixou sozinho no fedor do beco atrás da lavanderia da mãe.

capítulo 39

MYRON ESTAVA INDO SE encontrar com Joan Rochester – ela temia ficar em casa quando a filha ligasse, para o caso de o marido estar por perto – quando o celular dele tocou. Verificou o identificador de chamadas e seu coração falhou uma batida quando viu o nome ALI WILDER aparecer.

– Oi – disse ele.
– Oi.
Silêncio.
– Desculpe por antes – disse Ali.
– Não se desculpe.
– Não, eu fiquei histérica. Entendo o que você estava tentando fazer com as garotas.
– Eu não queria que Erin se envolvesse.
– Tudo bem. Talvez eu devesse estar preocupada ou sei lá o quê, mas quero mesmo ver você.
– Também quero.
– Vem aqui?
– Agora não posso.
– Ah.
– E provavelmente vou trabalhar nisso até tarde.
– Myron?
– O quê?
– Não me importa que horas sejam.
Ele sorriu.
– Qualquer que seja a hora, venha – disse Ali. – Vou esperar. E se eu estiver dormindo, jogue pedrinhas na minha janela e me acorde. Está bem?
– Ok.
– Tenha cuidado.
– Ali?
– O quê?
– Eu te amo.
Houve um pequeno suspiro. Depois, com uma musiquinha na voz:
– Também te amo, Myron.
E de repente era como se Jessica fosse um fiapo de fumaça.

* * *

O escritório de Dominick Rochester ficava numa garagem de ônibus escolares.

Do lado de fora da janela havia uma infinidade de veículos amarelos. O lugar era seu disfarce.

Os ônibus escolares podiam fazer maravilhas. Se você transportava crianças nos bancos, podia transportar praticamente qualquer coisa embaixo do piso. Os policiais podiam parar e revistar uma caminhonete. Nunca faziam isso com um ônibus escolar.

O telefone tocou. Rochester atendeu.

– Alô?

– O senhor queria que eu vigiasse sua casa?

Ele queria. Joan andava bebendo mais do que nunca. Podia ser devido ao sumiço de Katie, mas Dominick não tinha mais certeza. Por isso mandou um dos seus capangas ficar de olho. Só para garantir.

– Queria. E daí?

– Hoje mais cedo um cara veio falar com sua mulher.

– Hoje mais cedo?

– É?

– Mais cedo, quando?

– Há umas duas horas, talvez.

– Por que não me ligou na hora?

– Não pensei muito sobre isso. Eu anotei. Mas achei que o senhor só queria que eu ligasse se fosse uma coisa importante.

– Como ele é?

– O nome dele é Myron Bolitar. Eu reconheci. Ele jogava basquete.

Dominick apertou mais o fone no ouvido, como se pudesse viajar através dele.

– Quanto tempo ele ficou?

– Quinze minutos.

– Só os dois?

– É. Ah, não se preocupe, Sr. Rochester. Eu vigiei. Eles ficaram no andar de baixo, se é o que o senhor está pensando. Não houve... – Ele parou, sem saber como dizer.

Dominick quase gargalhou. O pateta achava que ele tinha mandado vigiar a esposa para o caso de ela estar dormindo com outro homem. Isso era hilário. Mas agora se perguntou: Por que Bolitar tinha ido até lá e ficado tanto tempo?

E o que Joan teria dito a ele?

– Mais alguma coisa?

– Bom, o negócio é o seguinte, Sr. Rochester...

– Qual é o negócio?

– Tem outra coisa. Veja só, eu anotei a visita do Bolitar, mas, como podia ver onde ele estava, não me preocupei muito, sabe?

– E agora?

– Bom, estou seguindo a Sra. Rochester. Ela acabou de entrar num parque da cidade. Riker Hill. Conhece?

– Meus filhos estudaram na escola de lá.

– Bom, certo. Ela está sentada num banco. Mas não está sozinha... Ela está sentada lá com o mesmo cara. Com Myron Bolitar.

Silêncio.

– Sr. Rochester?

– Ponha alguém atrás do Bolitar também. Quero que ele seja seguido. Quero que os dois sejam seguidos.

Durante a Guerra Fria o Riker Hill Art Park, localizado bem no seio do subúrbio, foi uma base de controle militar para mísseis de defesa aérea. O Exército a chamava de Sítio NY-80 da Bateria de Mísseis Nike. De 1954 até o fim da defesa aérea Nike, em 1974, o local funcionou para mísseis Hércules e Ajax. Muitas das construções e alojamentos originais do Exército americano funcionam agora como estúdios de arte, onde a pintura, a escultura e o artesanato florescem num ambiente comunitário.

Anos antes, Myron tinha achado tudo isso pungente e estranhamente reconfortante – a relíquia de guerra abrigando artistas –, mas agora o mundo era diferente. Na década de 1980 e 1990 lugares como aqueles eram bonitinhos e exoticamente antiquados. Agora esse "progresso" parecia um simbolismo falso.

Perto da antiga torre de radar militar, Myron sentou-se no banco com Joan Rochester. Não tinham feito mais do que se cumprimentar com a cabeça. Estavam esperando. Joan Rochester segurava o celular como se ele fosse um animal ferido. Myron olhou o relógio. A qualquer minuto Katie deveria ligar para a mãe.

Joan Rochester afastou o olhar.

– O senhor deve estar imaginando por que eu continuo com ele.

Na verdade, ele não estava. Em primeiro lugar, por mais medonha que fosse a situação, ele ainda se sentia meio tonto depois do telefonema de Ali. Sabia que era uma coisa egoísta, mas era a primeira vez em sete anos que dizia a uma mulher que a amava. Estava tentando afastar tudo isso da mente, mas não conseguia deixar de se sentir meio embrigado com a resposta dela.

Segundo – e talvez mais relevante –, muito tempo atrás Myron tinha parado de tentar decifrar os relacionamentos. Tinha lido sobre a síndrome da mulher espancada e talvez isso estivesse acontecendo aqui, e talvez este encontro fosse um pedido de socorro. Mas por algum motivo, nesse caso específico, não se importava o suficiente para estender a mão e atender ao pedido.

– Estou com o Dom há muito tempo. Há muito, muito tempo.

Joan Rochester ficou em silêncio. Depois de mais alguns segundos abriu a boca para falar mais, porém o telefone em sua mão vibrou. Ela olhou para ele como se o aparelho tivesse se materializado de repente. Vibrou de novo e então tocou.

– Atenda – disse Myron.

Ela assentiu e apertou o botão verde, levando em seguida o telefone à orelha.

– Alô?

Myron se inclinou para perto dela. Escutou uma voz do outro lado – parecia jovem, parecia feminina –, mas não conseguiu identificar nenhuma palavra.

– Ah, querida – disse Joan, com o rosto aliviado ao ouvir a voz da filha. – Que bom que você está em segurança. É. É, certo. Escute um segundo, está bem? Isso é muito importante.

Mais falas do outro lado.

– Estou com alguém aqui...

Fala agitada do outro lado.

– Por favor, Katie, só escute. O nome dele é Myron Bolitar. É de Livingston. Ele não quer lhe fazer mal. Como ele descobriu... É complicado... Não, claro que não falei nada. Ele tem registros telefônicos ou algo assim, não sei direito, mas ele disse que contaria ao seu pai...

Fala muito agitada agora.

– Não, não, ele ainda não fez isso. Só precisa falar com você um minuto. Acho que você deveria ouvir. Ele diz que é sobre a outra garota desaparecida, Aimee Biel. Ele está procurando por ela... Eu sei, eu sei. Falei isso com ele. Só... espere um pouco, está bem? Ele está aqui.

Joan Rochester começou a entregar o telefone a ele. Myron estendeu a mão e arrancou o aparelho dela, com medo de perder aquela conexão tênue. Encontrou sua voz mais calma e disse:

– Olá, Katie. Meu nome é Myron.

Parecia o apresentador de um noticiário noturno.

Mas Katie estava um pouco mais histérica.

– O que o senhor quer comigo?

– Só queria lhe fazer algumas perguntas.

– Não sei nada sobre Aimee Biel.

– Se você só pudesse me dizer...

– O senhor está rastreando esse telefonema, não está? – Sua voz estava transbordando de histeria. – Para o meu pai. Está me mantendo na linha para ele conseguir rastrear. Não é isso?

Myron já ia começar uma explicação tipo Berruti, dizendo que os rastreamentos não funcionam assim, mas Katie não lhe deu chance.

– Deixe a gente em paz!

E desligou.

Como outro clichê televisivo imbecil, Myron disse:

– Alô? Alô?

Mesmo sabendo que Katie Rochester havia desligado.

Ficaram sentados em silêncio por um minuto ou dois. Então Myron devolveu o telefone lentamente.

– Sinto muito – disse Joan Rochester.

Myron assentiu.

– Eu tentei.

– Eu sei.

Ela se levantou.

– Vai contar ao Dom?

– Não.

– Obrigada.

Ele assentiu de novo. Joan se afastou. Myron se levantou e foi na direção oposta. Pegou seu celular e apertou o primeiro número da discagem rápida. Win atendeu.

– Articule.

– Era Katie Rochester?

Myron esperava que algo assim acontecesse, que Katie não cooperasse. Por isso tinha se preparado. Win estava em Manhattan, pronto para ir atrás dela. Na verdade, faria melhor. Quando saísse do telefone público, ela voltaria para seu esconderijo, e Win iria segui-la.

– Parecia ela, sim – disse Win. – Estava com um namorado de cabelo escuro.

– E agora?

– Depois de desligar, ela e o tal namorado começaram a ir para o sul a pé. Por sinal, o namorado está portando uma arma de fogo num coldre de ombro.

Isso não era bom.

– Você está atrás deles?

– Vou fingir que você não perguntou isso.

– Estou indo.

capítulo 40

JOAN ROCHESTER TOMOU UM trago da garrafinha que mantinha embaixo do banco do carro.

Tinha chegado à garagem de casa. Podia ter esperado até entrar. Mas não esperou. Estava atordoada – estivera atordoada por tanto tempo que não se lembrava mais de uma época em que tivesse a cabeça realmente limpa. Não importava. A gente se acostuma. A gente se acostuma e esse atordoamento se torna normal. E a cabeça limpa é o que poderia tirá-la dos trilhos.

Ficou no carro olhando para a casa. Era como se a visse pela primeira vez. Era ali que ela morava. Era ali que passava a vida. Parecia impessoal. Mas ela morava ali. Tinha ajudado a escolhê-la. E agora, olhando para a casa, tentou se lembrar por quê.

Fechou os olhos e se perguntou como tinha chegado até ali. A gente não escorrega simplesmente para uma situação assim. A mudança nunca é drástica, são pequenas alterações, tão graduais que se tornam imperceptíveis. Foi isso que aconteceu com Joan Delnuto Rochester, a garota mais bonita da Escola Bloomfield.

Você se apaixona por um homem porque ele é tudo que seu pai não é. É forte, durão e você gosta disso. Ele a tira do chão. Você nem percebe quanto ele domina sua vida, como você começa a se tornar uma mera extensão dele, em vez de uma entidade separada ou, como você sonha, uma entidade maior: dois se tornando um no amor, como num romance. Você cede em coisas pequenas, depois em coisas grandes, depois em tudo. Seu riso começa a silenciar antes de desaparecer por completo. Seu sorriso diminui até virar apenas uma imitação da alegria, algo que você aplica como rímel.

Mas quando a vida tinha virado numa esquina tão sinistra?

Não conseguia encontrar um ponto na cronologia. Não pôde localizar um momento em que poderia ter mudado as coisas. Parecia inevitável que isso acontecesse. Nunca houve um tempo em que ela poderia tê-lo desafiado. Não houve uma batalha que ela poderia ter travado e vencido, que pudesse alterar tudo.

Se pudesse voltar no tempo, será que se afastaria na primeira vez em que ele a convidou para sair? Teria dito não? Teria arranjado outro namorado, como aquele sujeito gentil, Mike Braun, que agora morava em Parsippany?

A resposta provavelmente seria não. Seus filhos não teriam nascido. Os filhos, claro, mudam tudo. Você não pode desejar que as coisas não tivessem acontecido porque esta seria a traição definitiva: como você poderia viver consigo mesma se desejasse que seus filhos nunca tivessem existido?

Tomou outro gole.

A verdade era que Joan Rochester queria que seu marido morresse. Sonhava com isso. Porque era sua única possibilidade de fuga. Esqueça aquele absurdo sobre mulheres abusadas enfrentando seu homem. Seria suicídio. Ela jamais poderia abandoná-lo. Ele iria encontrá-la, espancá-la e trancá-la. Faria Deus sabe o quê com os filhos. Faria com que ela pagasse.

Às vezes Joan fantasiava que arrumava as malas dos filhos e encontrava um daqueles abrigos para mulheres vítimas de agressão. Mas e depois? Sonhava em entregar provas de crimes contra Dom – sem dúvida ela sabia de muita coisa –, mas nem mesmo o serviço de proteção à testemunha adiantaria. Ele iria encontrá-los. De algum modo.

Era esse tipo de homem.

Saiu do carro. Seu passo estava cambaleante, mas de novo isso havia se tornado quase uma norma. Joan Rochester foi até a porta de casa. Enfiou a chave na fechadura e entrou. Girou para fechar a porta. Quando se virou, Dominick estava à sua frente.

Joan pôs a mão no coração.

– Que susto.

Ele deu um passo até ela. Por um momento ela pensou que ele queria abraçá-la. Mas não era isso. Ele dobrou os joelhos. Seu punho direito se fechou. Ele girou o braço lateralmente para aumentar a força. Os nós dos dedos acertaram o rim da mulher.

A boca de Joan se abriu num grito silencioso. Seus joelhos cederam. Ela caiu no chão. Dominick a agarrou pelos cabelos. Levantou-a de novo e preparou o punho. Acertou as costas dela outra vez, agora com mais força.

Ela deslizou para o chão como um saco de areia cortado ao meio.

– Você vai me dizer onde Katie está – disse Dominick.

E a acertou de novo.

Myron estava em seu carro, falando ao telefone com Wheat Manson, seu ex-colega de time da Duke, que agora trabalhava no setor de admissões como assistente de decano, quando percebeu que estava sendo seguido mais uma vez.

Wheat Manson tinha sido um armador rápido, vindo das ruas violentas de Atlanta. Amava os anos que tinha passado em Durham, na Carolina do Norte, e nunca mais voltou para a Geórgia. Os dois velhos amigos começaram trocando rápidas amenidades antes de Myron tocar no assunto.

– Preciso perguntar uma coisa esquisita – disse Myron.
– Manda ver.
– Não se ofenda.
– Então não me peça nada ofensivo.
– Aimee Biel entrou por minha causa?

Wheat gemeu.

– Ah, não, você *não* me perguntou isso.
– Eu preciso saber.
– Ah, não, você *não* me perguntou isso.
– Olha, esqueça isso um segundo. Preciso que você me mande duas transcrições por fax. Uma de Aimee Biel. E uma de Roger Chang.
– Quem?
– É outro estudante da Escola Livingston.
– Deixe-me adivinhar: Roger não foi aceito.
– Ele tinha avaliações melhores, notas melhores...
– Myron?
– O quê?
– Não vamos entrar nessa. Entendeu? É confidencial. Não vou mandar as transcrições para você. Não vou discutir sobre candidatos. Vou lembrar que a aceitação não é questão de notas nem de testes, que existem fatores intangíveis. Nós dois mesmos entramos muito mais por causa de nossa capacidade de fazer uma esfera passar por uma argola do que pelas notas das provas, portanto deveríamos saber disso melhor do que ninguém. E agora, só ligeiramente ofendido, vou me despedir.
– Ei, espere um segundo.
– Não vou mandar nenhuma transcrição por fax.
– Não precisa. Vou dizer uma coisa sobre os dois candidatos. Só quero que você olhe no computador e veja se o que estou dizendo é verdade.
– De que diabo você está falando?
– Confie em mim, Wheat. Não estou pedindo informações. Só estou pedindo para você confirmar uma coisa.

Wheat suspirou.

– Não estou no escritório agora.

– Então faça quando puder.

– O que você quer que eu confirme?

Myron disse. E quando fez isso percebeu que o mesmo carro estava atrás dele desde que tinha saído de Riker Hill.

– Vai fazer isso por mim?

– Você é um pé no saco, sabia, Myron?

– Sempre fui – disse Myron.

– É, mas antes você tinha um salto maravilhoso da ponta do garrafão. Agora o que você tem?

– Magnetismo animal e carisma sobrenatural?

– Vou desligar.

E desligou. Myron tirou os fones do ouvido. O carro ainda estava atrás dele, talvez a uns 60 metros de distância.

Que mania era aquela de carros o seguirem? Nos velhos tempos um pretendente mandava flores ou bombons. Myron lamentou por um breve momento, mas não era hora para isso. O carro estava atrás dele desde que saíra de Riker Hill. Isso significava que provavelmente era um dos capangas de Dominick Rochester outra vez. Pensou a respeito. Se Rochester tinha mandado um homem segui-lo, provavelmente sabia ou tinha visto que ele estava com sua esposa. Myron pensou em ligar para Joan Rochester e avisá--la, mas decidiu não fazer isso. Como Joan tinha observado, ela estava com ele havia muito tempo. Sabia como se cuidar.

Estava na Northfield Avenue, indo para Nova York. Não tinha muito tempo, mas precisava se livrar do carro de Claire o mais rapidamente possível. Nos filmes isso exigiria uma perseguição ou algum tipo de retorno rápido. Isso não funcionava na vida real, em especial quando você precisa ir depressa a algum lugar e não quer atrair a polícia.

Mesmo assim existem algumas maneiras.

O professor da loja de música, Drew Van Dyne, morava em West Orange, que não ficava longe dali. Zorra devia estar no local. Myron pegou o celular e ligou. Zorra atendeu ao primeiro toque.

– Alô, gostosura – disse Zorra.

– Presumo que não tenha havido muita atividade na casa do Van Dyne.

– Presumiu corretamente, gostosura. Zorra só fica sentadinha. É tão chato isso para Zorra!

Zorra sempre se referia a si mesma na terceira pessoa. Tinha voz grave, sotaque forte e muito catarro. Não era um som agradável.

– Tem um carro me seguindo – disse Myron.

– E Zorra pode ajudar?

– Ah, pode. Zorra pode mesmo ajudar.

Myron explicou seu plano – seu plano assustadoramente simples. Zorra deu uma gargalhada e começou a tossir.

– Então Zorra gosta? – perguntou Myron, entrando no estilo de Zorra, como costumava fazer ao conversar com ela.

– Zorra gosta. Zorra gosta muito.

Como a coisa demoraria alguns minutos para ser arranjada, Myron deu voltas desnecessárias. Dois minutos depois avistou Zorra parada junto à pizzaria. Ela usava sua peruca loura dos anos 1930 e fumava um cigarro numa piteira, igualzinha a Veronica Lake depois de uma farra muito ruim – isso se Veronica Lake tivesse 1,90 metro, sombra de barba tipo Homer Simpson e fosse muito, muito feia.

Zorra piscou quando Myron passou e levantou o pé só um pouquinho. Myron sabia o que havia naquele salto alto. Na primeira vez em que se encontraram ela cortou seu peito com a lâmina escondida ali. No fim das contas Win poupou a vida de Zorra – algo que surpreendeu Myron tremendamente. Agora todos eram amiguinhos. Esperanza comparava isso aos seus dias no ringue, quando um famoso lutador mau ficava bom de repente.

Myron usou a seta para a esquerda e parou no meio-fio, dois quarteirões à frente de Zorra. Baixou a janela para ouvir. Zorra estava perto de uma vaga livre. O carro que seguia Myron parou nessa vaga para ver aonde ele ia. Claro, poderia ter parado em qualquer lugar da rua, ela estaria pronta para isso.

O resto, como já foi dito, foi assustadoramente simples. Zorra foi até a traseira do carro. Usava saltos altos nos últimos quinze anos, mas ainda caminhava como um potro recém-nascido.

Myron assistia à cena pelo retrovisor.

Zorra desembainhou a adaga de dentro do salto. Levantou a perna e acertou o pneu com toda a força. Myron ouviu o chiado do ar. Ela foi até o outro pneu e fez a mesma coisa. Depois fez algo que não era parte do plano.

Esperou para ver se o motorista sairia para repreendê-la.

– Não – sussurrou Myron. – Deixa para lá.

Ele tinha sido claro. Fure os pneus e corra. Não brigue. Zorra era mortal. Se o cara saísse do carro – provavelmente algum capanga machão acostumado a quebrar cabeças –, Zorra faria picadinho dele e usaria como cobertura de pizza. Esqueça o moralismo por um momento. Eles não precisavam desse tipo de atenção por parte da polícia.

O capanga que dirigia o carro gritou:

– Ei, que diab...? – E começou a sair do carro.

Myron se virou e enfiou a cabeça pela janela. Zorra estava sorrindo. Dobrou os joelhos um pouco. Myron gritou. Zorra levantou a cabeça e o encarou. Myron pôde ver a ansiedade, a vontade de atacar, então balançou a cabeça com o máximo de firmeza que pôde.

Mais um segundo se passou. O capanga fechou a porta do carro com força.

– Sua puta imbecil!

Myron continuou balançando a cabeça, agora com mais urgência. O capanga deu um passo na direção de Zorra. Myron sustentou o olhar dela, que finalmente assentiu com relutância.

E correu.

– Ei! – O capanga foi atrás. – Pare aí!

Myron ligou o carro. O sujeito olhou para trás, sem saber o que fazer, então tomou a decisão que provavelmente salvou sua vida.

Correu de volta para o carro.

Mas com os pneus de trás cortados não poderia ir a lugar nenhum.

Myron voltou para a rua, indo ao encontro da desaparecida Katie Rochester.

capítulo 41

Drew Van Dyne estava sentado na sala íntima da casa de Big Jake Wolf, tentando planejar seu próximo passo.

Jake tinha lhe dado uma Corona Light. Drew franziu a testa. Uma Corona de verdade, tudo bem, mas cerveja mexicana light? Por que não servir mijo, simplesmente? Mesmo assim Drew bebeu.

A sala fedia a Big Jake. Havia uma cabeça de cervo empalhada pendurada acima da lareira. Troféus de golfe e tênis enfileirados no console. O tapete era algum tipo de pele de urso. A TV era enorme, com pelo menos 70 polegadas. Havia minúsculos alto-falantes caros em toda parte. Alguma coisa clássica saía do aparelho digital. Uma máquina de pipoca de parque de diversões, com luzes piscando, ficava no canto. Havia estátuas douradas horrendas e samambaias. Tudo tinha sido escolhido com base não na moda ou na funcionalidade, mas no que pareceria mais ostentatório e caro.

Na mesinha lateral havia uma foto da esposa gostosa de Jake Wolf. Drew pegou-a e balançou a cabeça. Na foto, Lorraine Wolf estava de biquíni. Mais um troféu de Jake, supôs. Uma foto de sua própria esposa de biquíni na mesinha lateral da sala íntima. Quem faz isso?

– Conversei com Harry Davis – disse Wolf. Ele também bebia uma Corona Light. Havia uma rodela de lima enfiada na borda do copo. A regra de Van Dyne para o consumo de álcool: se uma cerveja precisa de uma fruta em cima, escolha outra. – Ele não vai falar.

Drew não disse nada.

– Não acredita?

Drew deu de ombros e tomou um gole de cerveja.

– É ele que mais tem a perder – afirmou Big Jake.

– Você acha?

– Você não?

– Eu lembrei isso ao Harry. Sabe o que ele disse? – perguntou Drew.

Jake deu de ombros.

– Disse que talvez Aimee Biel tivesse mais a perder. – Drew pousou sua cerveja, intencionalmente errando o descanso de copo. – O que você acha?

Big Jake apontou o dedo grosso para Drew.

– De quem seria a culpa disso, afinal?

Silêncio.

Jake foi até a janela. Indicou com o queixo a casa ao lado.

– Está vendo aquele lugar ali?

– O que é que tem?

– É uma porra de um castelo.

– Você não está mal aqui, Jake.

Um sorrisinho brincou no lábio dele.

– Não daquele jeito.

Drew observaria que isso era relativo, que ele próprio morava sozinho num buraco de merda menor do que a garagem de Wolf, mas por que se incomodar? Drew também poderia observar que não tinha uma quadra de tênis, nem três carros, estátuas douradas, uma sala de cinema e na verdade nem mais uma esposa, quanto mais uma gostosa a ponto de poder posar de biquíni.

– Ele é um advogado importante – trovejou Jake. – Estudou em Yale e nunca deixa ninguém esquecer isso. Tem um adesivo de Yale na janela do carro. Usa camisetas de Yale quando corre todo dia. Dá festas para o pessoal de Yale. Entrevista candidatos a Yale em seu grande castelo. O filho é um imbecil, mas adivinha para que faculdade ele vai?

Drew Van Dyne se remexeu na poltrona.

– O mundo não é um campo de jogo nivelado, Drew. Você precisa ser algo a mais. Ou fazer algo a mais. Você, por exemplo, queria ser um astro do rock. Os caras que conseguem, que vendem um zilhão de CDs e lotam arenas ao ar livre, você acha que são mais talentosos? Não. A grande diferença, talvez a única diferença, é que eles estavam dispostos a aproveitar alguma oportunidade. Exploraram alguma coisa. E você não. Sabe qual é a maior verdade do mundo?

Drew tinha consciência de que não havia como fazê-lo parar. Mas tudo bem. O sujeito estava falando. Estava vendo as coisas ao seu modo. Drew entendia o contexto. Tinha uma boa ideia de onde isso iria dar.

– Não, qual é?

– Atrás de toda grande fortuna há um grande crime.

Jake parou e deixou suas palavras pesarem. Drew sentiu a respiração ficando esquisita.

– Olhe para alguém com um tremendo colhão – continuou Jake Wolf. – Um Rockefeller, um Carnegie ou alguém assim. Quer saber a diferença entre eles e nós? Um bisavô deles trapaceou, roubou ou matou. Tinha colhões, claro. Mas sabia que o campo de jogo nunca é nivelado. Se você quiser dar uma virada, precisa fazer sozinho. Depois joga para as massas aquela historinha de trabalho duro, de colocar a mão na massa.

Drew Van Dyne se lembrou do alerta: *Não faça nada idiota. Está tudo sob controle.*

– Esse tal de Bolitar – disse Drew. – Você já colocou seus amigos policiais atrás dele. O cara não cedeu.

– Não se preocupe com ele.

– Isso não serve muito de consolo, Jake.

– Bom, só vamos lembrar de quem é a culpa disso.

– Do seu filho.

– Ei! – De novo Jake apontou com o dedo gordo. – Deixe o Randy fora disso.

Drew Van Dyne deu de ombros.

– Foi você que quis falar da culpa.

– Ele vai estudar em Dartmouth. Já está feito. Ninguém, especialmente nenhuma puta idiota, vai arruinar isso.

Drew respirou fundo, longamente.

– Mesmo assim. A questão é: se o Bolitar continuar cavando, o que vai encontrar?

Jake Wolf olhou para ele.

– Nada.

Drew Van Dyne sentiu uma pontada na base da coluna.

– Como você pode ter tanta certeza?

Wolf não disse nada.

– Jake?

– Não se preocupe com isso. Como eu disse, meu filho vai para a faculdade. Para ele tudo isso é passado.

– Você também disse que por trás de toda grande fortuna há um grande crime.

– E?

– Ela não significa nada para você, não é, Jake?

– Isso não tem a ver com ela. Tem a ver com o Randy. Com o futuro dele.

Jake Wolf se virou de volta para a janela, para o castelo do vizinho. Drew juntou os pensamentos, conteve as emoções. Olhou para aquele sujeito. Pensou no que ele tinha dito, no que aquilo significava. Pensou de novo no alerta.

– Jake?

– O quê?

– Você sabia que Aimee Biel estava grávida?

A sala ficou silenciosa. A música de fundo havia parado. Quando outra começou, o ritmo havia acelerado um pouco, era uma antiga do Supertramp. Jake Wolf virou a cabeça devagar e olhou por cima do ombro. Drew Van Dyne viu que a notícia era surpresa.

– Isso não muda nada – disse Jake.

– Acho que talvez mude.

– Como?

Drew Van Dyne enfiou a mão no coldre de ombro. Tirou a arma e apontou para Jake Wolf.

– Adivinhe.

capítulo 42

ERA UM SALÃO DE beleza chamado Barba, Cabelo e Bigode, numa área ainda não reformada do Queens. O prédio tinha aquele ar decrépito, como se uma parede pudesse desmoronar caso alguém encostasse nela. A camada de ferrugem na escada de incêndio era tão grossa que o tétano parecia uma ameaça real. Todas as janelas estavam bloqueadas por uma cortina pesada ou uma tábua. A estrutura tinha quatro andares e ocupava quase o quarteirão inteiro.

– Tem dois guardas armados junto às janelas.
– Devem cuidar de você muito bem aí dentro.

Win franziu a testa.

– E, mais ainda, os dois guardas só entraram em posição quando a Srta. Rochester e seu namorado voltaram.

– Estão preocupados com o pai dela – disse Myron.
– Seria uma dedução lógica.
– Você sabe alguma coisa sobre esse lugar?
– A clientela está abaixo do meu nível de especialização. – Win apontou para alguém atrás de Myron. – Mas não da dela.

Myron se virou. Agora o sol poente estava bloqueado, como se por um eclipse, por Big Cyndi vindo na direção deles. Totalmente vestida com malha branca. Malha branca muito justa. Sem roupa de baixo. Tragicamente, dava para ver. Numa modelo de passarela de 17 anos aquele macacão de malha já seria uma afronta à moda. Numa quarentona que pesava mais de 150 quilos... Bom, era preciso coragem para usá-lo, e toda ela estava à mostra, muito obrigada. Tudo tremia enquanto ela vinha na direção deles, com várias partes do corpo sacudindo como se tivessem vida própria.

Big Cyndi beijou Win no rosto. Depois se virou e disse:

– Olá, Sr. Bolitar. – E o abraçou, envolvendo-o, uma sensação não muito diferente de ser enrolado em um colchonete molhado.

– Ei, Big Cyndi – disse Myron quando ela o colocou no chão. – Obrigado por ter vindo tão depressa.

– Quando o senhor chama, Sr. Bolitar, eu corro – falou ela, o rosto plácido.

Myron nunca sabia se ela estava curtindo com sua cara ou não.

– Conhece esse lugar? – perguntou.
– Ah, conheço.

Ela suspirou. Os alces num raio de 60 quilômetros começaram a acasalar. Big Cyndi usava batom branco, como se tivesse saído de um documentário sobre Elvis. Sua maquiagem tinha brilhos. As unhas eram de uma cor que ela dissera se chamar Pinot Noir. Nos velhos tempos, Big Cyndi era a lutadora profissional e encarnava uma vilã. Tinha a aparência certa para o papel. Para quem nunca assistiu a lutas livres profissionais, o negócio não passa de uma peça teatral que coloca o bem contra o mal. Durante anos Big Cyndi havia sido a "senhora guerreira" do mal, chamada de Vulcão Humano. Até que uma noite, depois de uma luta particularmente medonha em que Big Cyndi "feriu" a adorável e esguia Esperanza Dias, a "Pequena Pocahontas", com uma cadeira – "feriu" tanto que a ambulância falsa entrou e colocou o protetor de pescoço e coisa e tal –, uma turba de fãs furiosos esperou do lado de fora do ginásio.

Quando Big Cyndi saiu, a turba atacou. Podiam tê-la matado. A multidão estava bêbada e agitada, e não estava de fato curtindo a equação de realidade versus ficção. Big Cyndi tentou fugir, mas não havia como. Lutou muito, mas eram dezenas de pessoas que queriam seu sangue. Alguém a acertou com uma máquina fotográfica, uma bengala, uma bota. Vieram para cima. Big Cyndi caiu. As pessoas começaram a pisoteá-la.

Vendo o tumulto, Esperanza tentou intervir. A multidão não aceitou. Nem mesmo sua lutadora predileta poderia conter a sede de sangue. E então Esperanza fez algo realmente inspirado.

Pulou num carro e "revelou" que Big Cyndi só estava fingindo ser má para conseguir informações. A multidão quase parou. Além disso, Esperanza anunciou que Big Cyndi era na verdade a Grande Chefe-Mãe, um apelido ruinzinho, mas, ei, ela estava improvisando tudo aquilo – a irmã de Pequena Pocahontas, desaparecida muito tempo atrás. Pequena Pocahontas e sua irmã estavam se reencontrando e iriam se tornar parceiras nas lutas.

A multidão aplaudiu. Depois ajudou Big Cyndi a se levantar.

Rapidamente Grande Chefe-Mãe e Pequena Pocahontas viraram a dupla de luta livre mais popular. A mesma história se repetia toda semana: Esperanza começava cada luta vencendo por pura habilidade, as oponentes faziam algo ilegal, como jogar areia no olho ou usar um objeto proibido. As duas malvadas se juntavam em cima da pobre Pocahontas enquanto alguém distraía a Grande Chefe-Mãe. Elas espancavam a beldade sensual até que a alça do biquíni de camurça de Pocahontas se rasgava. Então a Grande Chefe-Mãe soltava um grito de guerra e partia para resgatá-la.

Entretenimento incrível.

Quando deixou o ringue, Big Cyndi virou leoa de chácara e às vezes atriz em boates de sexo de baixo nível. Conhecia o lado pior das ruas. E era com isso que eles estavam contando agora.

– E o que se faz aqui? – perguntou Myron.

Big Cyndi fez sua carranca de totem indígena.

– Eles fazem um monte de coisas, Sr. Bolitar. Um pouco de drogas, um pouco de fraude pela internet, mas acima de tudo são boates de sexo.

– Boates – repetiu Myron. – No plural?

Big Cyndi confirmou com a cabeça.

– Seis ou sete, eu acho. Lembra-se de alguns anos atrás, quando a Rua 42 era cheia de vagabundos?

– Lembro.

– Bom, quando eles obrigaram todo mundo a sair de lá, para onde você acha que os vagabundos foram?

Myron olhou para o salão de manicure.

– Para cá?

– Aqui, lá, em todo lugar. Não é possível matar a vagabundagem, Sr. Bolitar. Ela só se muda para um novo hospedeiro.

– E esse é o novo hospedeiro?

– Um deles. Aqui, nesse prédio, eles oferecem clubes especiais, que atendem a uma variedade de gostos internacional.

– Quando você diz "clubes especiais"...

– Vejamos. Se você gosta de mulheres de cabelo claro, vai para a Louras Douradas. Fica no segundo andar, à direita. Se você curte homens afro-descendentes, vai para o terceiro andar e visita um lugar chamado... talvez o senhor goste disso, Sr. Bolitar: Malcolm Sex.

Myron olhou para Win, que deu de ombros.

Big Cyndi continuou com sua voz de guia de turismo:

– Quem tem fetiche asiático vai gostar do Joy Suck Club...

– É – disse Myron –, acho que já entendi. Então como vou entrar e encontrar Katie Rochester?

Big Cyndi pensou um momento.

– Eu posso bater lá e pedir um emprego.

– Como assim?

Big Cyndi pôs os punhos enormes nos quadris. Isso significava que as mãos ficaram separadas por cerca de 2 metros.

– Nem todos os homens têm fetiches pequenos, Sr. Bolitar.

Myron fechou os olhos e esfregou o nariz.

– Certo, tudo bem, talvez. Mais alguma ideia?

Win esperou com paciência. Myron sempre achara que Win não toleraria Big Cyndi, mas anos antes Win o surpreendera declarando algo óbvio: "Um dos nossos piores preconceitos, e um dos que mais admitimos, é contra as mulheres grandes. Nós nunca, nunca enxergamos além dele." E era verdade. Myron ficou com uma vergonha tremenda quando Win observou isso. Por isso começou a tratar Big Cyndi como deveria: como qualquer outra pessoa. Isso a deixava puta da vida. Uma vez, quando Myron sorriu para ela, ela lhe deu um soco no ombro – com tanta força que ele ficou dois dias sem conseguir levantar o braço – e gritou: "Corta essa!"

– Talvez você devesse tentar ser mais direto – falou Win. – Eu fico aqui. Deixe o celular ligado. Você e Big Cyndi, joguem uma conversa para entrar.

Big Cyndi assentiu.

– Podemos fingir que somos um casal querendo experimentar uma transa a três.

Myron ia falar alguma coisa quando Big Cyndi disse:

– Brincadeirinha.

– Eu sabia.

Ela arqueou uma sobrancelha brilhante e se inclinou para ele. A montanha indo a Maomé.

– Mas agora que plantei essa semente erótica, Sr. Bolitar, talvez o senhor ache meio difícil ter um bom desempenho com uma mulher pequena.

– Vou me esforçar. Venha.

Myron foi o primeiro a passar pela porta. Um negro usando óculos escuros de grife mandou que ele parasse. Usava um fone de ouvido como alguém do serviço secreto. Revistou Myron.

– Cara – disse Myron –, tudo isso só para fazer as unhas?

O homem pegou o celular de Myron.

– Não permitimos fotos – disse ele.

– O telefone não tem câmera.

O negro riu.

– Pode pegar de volta na saída.

Ele sustentou o riso até que Big Cyndi preencheu o espaço da porta. Então o riso fugiu, substituído por algo semelhante ao terror. Big Cyndi se enfiou como um gigante entrando numa casinha de brinquedo. Empertigou as costas, esticou os braços acima da cabeça e separou as pernas. A malha branca gritou em agonia. Big Cyndi piscou para o negro.

– Me revista, garotão – disse ela. – Estou toda armada.

A roupa era justa a ponto de parecer uma segunda pele. Se Big Cyndi carregava mesmo uma arma, o sujeito não queria saber onde.

– Tudo bem, moça. Pode entrar.

Myron pensou de novo no que Win tinha dito sobre o preconceito admitido. Mesmo assim, cerca de quatro anos antes, Esperanza insistira para que Big Cyndi pegasse alguns clientes. Fora Myron e Esperanza, era ela que trabalhava por mais tempo na MB Representações. Fazia certo sentido. Mas Myron sabia que seria um desastre. E foi. Ninguém se sentia confortável de ser representado por Big Cyndi. Culpavam as roupas estranhas, a maquiagem, a fala (ela gostava de rosnar), mas, mesmo se conseguisse se livrar de tudo isso, será que mudaria alguma coisa?

O negro pôs a mão em concha na orelha. Alguém estava falando com ele pelo fone. De repente ele colocou um braço no ombro de Myron.

– O que posso fazer pelo senhor?

Myron decidiu ser direto.

– Estou procurando uma mulher chamada Katie Rochester.

– Não tem ninguém com esse nome aqui.

– Eu sei que ela está aqui – disse Myron. – Entrou há vinte minutos.

O negro deu um passo mais para perto de Myron.

– Está me chamando de mentiroso?

Myron ficou tentado a dar uma joelhada na virilha do sujeito, mas isso não ajudaria.

– Olhe, nós podemos ficar aqui nessa queda de braço. Mas, realmente, de que adianta? Eu sei que ela entrou. Sei por que está escondida. Não quero fazer mal a ela. Podemos fazer isso de duas maneiras. Uma: ela pode falar rapidamente comigo e pronto, vou embora. Não digo nada sobre o paradeiro dela. Duas: bom, eu tenho vários homens postados lá fora. Se você me jogar porta afora eu ligo para o pai dela. Ele traz vários outros. A coisa vai ficar feia. Nenhum de nós precisa disso. Só quero conversar.

O negro ficou imóvel.

– Mais um detalhe – disse Myron. – Se ela está com medo de que eu trabalhe para o pai dela, pergunte o seguinte: se o pai dela soubesse que ela estava aqui, seria tão sutil assim?

Mais hesitação. Myron abriu os braços.

– Eu estou na sua área. Estou desarmado. Que dano eu poderia causar?

O homem esperou mais um segundo. Depois disse:

– Acabou?

– Além disso, a gente pode se interessar por uma transa a três – disse Big Cyndi.

Myron a silenciou com um olhar. Ela deu de ombros e ficou quieta.

– Esperem aqui.

O homem foi até uma porta de aço. A porta zumbiu. Ele a abriu e entrou. Demorou uns cinco minutos. Um sujeito careca e de óculos entrou. Estava nervoso. Big Cyndi começou a encará-lo. Lambeu os lábios. Segurou o que podiam ser seus seios. Myron balançou a cabeça, com medo de ela ficar de quatro e fazer mímica de sei lá o quê, quando misericordiosamente a porta se abriu. O homem de óculos escuros pôs a cabeça para fora.

– Venha comigo – disse ele, apontando para Myron. E se virou para Big Cyndi. – Sozinho.

Big Cyndi não gostou. Myron a acalmou com um olhar e entrou na outra sala. A porta de aço se fechou. Myron olhou em volta e disse:

– Epa.

Eram quatro. De vários tamanhos. Um monte de tatuagens. Alguns riam. Alguns faziam careta. Todos usavam jeans e camisetas pretas. Nenhum estava barbeado. Myron tentou deduzir quem seria o líder. Quando se metia numa briga em grupo, a maioria das pessoas acreditava que era preciso atacar o elo mais fraco. Isso é um erro. Além disso, se os caras fossem bons, não importava o que você fizesse.

Quatro contra um num espaço apertado. Você estava frito.

Myron reparou num homem que estava um pouco à frente dos outros. Tinha cabelo escuro e combinava com a descrição do namorado de Katie Rochester, dada por Win e Edna Skylar. Myron o encarou e disse:

– Você é idiota?

O sujeito de cabelos escuros franziu a testa, surpreso e insultado.

– Está falando comigo?

– Se eu disser "É, estou falando com você", isso vai ser o fim do papo ou você vai voltar com "Está falando comigo" de novo ou "É melhor não estar falando comigo"? Porque, realmente, nenhum de nós tem tempo para isso.

O sujeito de cabelos escuros sorriu.

– Você deixou uma opção de fora quando falou com o meu amigo aqui – disse, apontando para o segurança.

– Qual é?
– A opção três. – Ele levantou três dedos, para o caso de Myron não saber o que significava a palavra *três*. – Nós garantiremos que você *não possa* contar ao pai dela.

Ele riu. Os outros homens riram.

Myron abriu os braços e disse:

– Como?

Isso fez o sujeito franzir a testa de novo.

– Hein?

– Como você vai garantir isso? – Myron olhou em volta. – Vocês vão pular em cima de mim. Esse é o plano? E aí? O único modo de me calar seria me matar. Estão dispostos a ir tão longe? E quanto à minha adorável colega lá na sala da frente? Vão matá-la também? E quanto aos meus outros colegas – era melhor exagerar com o plural – que estão lá fora? Vão matá-los também? Ou o seu plano é me espancar e me dar uma lição? Nesse caso, um: não sou bom em aprender. Pelo menos não desse modo. E dois: estou olhando todos vocês e memorizando seus rostos, e se me atacarem é melhor garantirem que eu esteja morto porque, caso contrário, virei atrás de vocês, à noite, quando estiverem dormindo, vou amarrar vocês, derramar querosene no seu pau e colocar fogo.

Myron Bolitar, Mestre do Melodrama. Mas manteve o olhar firme e os encarou atentamente, um de cada vez.

– Então – disse. – Essa é a sua opção três?

Um dos homens arrastou os pés. Bom sinal. Outro olhou para o terceiro. O homem de cabelo escuro tinha algo parecido com um sorriso no rosto. Alguém bateu à porta do outro lado da sala. O homem de cabelo escuro abriu uma fresta, falou com alguém, fechou-a e se virou para Myron.

– Você é bom – disse ele.

Myron ficou calado.

– Venha por aqui.

Ele abriu a porta e sinalizou para Myron acompanhá-lo. Myron entrou num cômodo com paredes vermelhas. As paredes eram cobertas de fotos pornográficas e cartazes de filmes pornôs. Havia um sofá de couro preto, duas cadeiras dobráveis e um abajur. E sentada no sofá, parecendo aterrorizada porém incólume, estava ninguém menos do que Katie Rochester.

capítulo 43

Edna Skylar estava certa, pensou Myron. Katie Rochester parecia mais velha, mais madura. Tinha um cigarro na mão, que permaneceu apagado.

O sujeito de cabelo escuro estendeu a mão.

– Sou Rufus.

– Myron.

Eles trocaram um aperto de mão. Rufus sentou-se no sofá ao lado de Katie. Pegou o cigarro da mão dela.

– Não pode fumar no seu estado, querida – disse Rufus. Depois colocou o cigarro entre os lábios, acendeu, apoiou os pés na mesa de centro e soltou uma longa nuvem de fumaça.

Myron continuou de pé.

– Como você me encontrou? – perguntou Katie Rochester.

– Não é importante.

– Aquela mulher que me viu no metrô. Ela disse alguma coisa, não foi?

Myron não respondeu.

– Droga. – Katie balançou a cabeça e pôs a mão na coxa de Rufus. – Vamos ter que achar outro lugar.

– O quê? – disse Myron, apontando para o cartaz de uma mulher nua com as pernas escancaradas. – E deixar tudo isso para trás?

– Não é engraçado – reagiu Rufus. – Isso é culpa sua, cara.

– Preciso saber onde está Aimee Biel.

– Eu já te falei pelo telefone – disse ela. – Não sei.

– Você sabe que ela desapareceu também?

– Eu não desapareci. Fugi. Opção minha.

– Você está grávida.

– Estou.

– Aimee Biel também.

– E daí?

– E daí que vocês duas estão grávidas, as duas são da mesma escola, as duas fugiram ou desapareceram...

– Um milhão de garotas grávidas fogem de casa todo ano.

– Todas usam o mesmo caixa eletrônico?

Katie Rochester se empertigou.

– O quê?
– Antes de fugir você foi a um caixa eletrônico...
– Fui a várias caixas eletrônicos. Precisava de dinheiro para fugir.
– Por quê, o Rufus aqui não pode sustentar você?
– Vá para o inferno, babaca – disse Rufus.
– O dinheiro era meu – insistiu Katie.
– Há quanto tempo vocês estão juntos, afinal?
– Não é da sua conta. Nada disso é da sua conta.
– O último caixa eletrônico que você visitou foi um Citibank da Rua 52.
– E daí?
Katie Rochester parecia mais jovem e mais petulante a cada resposta.
– E o último caixa eletrônico que Aimee Biel visitou antes de desaparecer foi o mesmo Citibank da Rua 52.
Agora Katie pareceu genuinamente perplexa. Não era fingimento. Ela não sabia. Girou lentamente a cabeça para Rufus. Seus olhos se estreitaram.
– Ei – disse Rufus. – Não olhe para mim.
– Rufus, você...?
– Eu o quê? – Rufus jogou o cigarro no chão e saltou de pé. Levantou a mão como se fosse lhe dar um tapa. Myron entrou entre os dois. Rufus parou, sorriu, levantou as palmas das mãos fingindo se render.
– Tudo bem, querida.
– Do que ela estava falando? – perguntou Myron.
– Nada, acabou. – Rufus olhou para ela. – Desculpe, neném. Você sabe que eu nunca bateria em você, não é?
Katie não disse nada. Myron tentou decifrar seu rosto. Ela não estava se encolhendo, mas havia algo ali, algo que ele tinha visto na mãe dela.
– Nós vamos ter um filho – disse ela.
– Por que você olhou para o Rufus daquele jeito quando falei do caixa eletrônico?
– Foi idiotice. Esquece.
– Diga mesmo assim.
– Eu achei... mas estava errada.
– Achou o quê?
Rufus pôs os pés de volta na mesinha de centro, cruzando-os.
– Tudo bem, neném. Pode contar.
Katie Rochester manteve os olhos abaixados.

– Foi só... tipo... uma reação, saca?
– Reação a quê?
– O Rufus estava comigo. Só isso. Foi ideia dele usar aquele último caixa eletrônico. Ele achou que, sendo no centro da cidade e coisa e tal, seria difícil conectar a qualquer lugar, especialmente aqui.

Rufus arqueou uma sobrancelha, orgulhoso da própria engenhosidade.

– Mas, veja bem, tem um monte de garotas trabalhando para o Rufus. E se elas têm dinheiro, acho que ele as leva até um caixa eletrônico para que tirem a grana. Ele tem uma boate aqui, chamada Maioridade Recente. É para homens que querem garotas...

– Acho que consigo deduzir o que eles querem. Continue.

– Maioridade – interrompeu Rufus. – O nome é *Maioridade* Recente. A palavra-chave é *maioridade*. Todas as garotas têm mais de 18 anos.

– Tenho certeza de que sua mãe deve estar orgulhosa, Rufus. – Myron se virou de novo para Katie. – Então você achou...?

– Não achei. Como eu disse, só reagi.

Rufus colocou os pés no chão e se inclinou para a frente.

– Ela achou que talvez essa tal de Aimee fosse uma das minhas garotas. Não é. Olha, essa é a mentira que eu vendo. As pessoas acham que as garotas fugiram da fazenda ou da casa no subúrbio e vieram para a cidade grande virar... não sei, atrizes, dançarinas ou sei lá o quê, e que quando fracassam acabam fazendo programa. Eu vendo essa fantasia. Quero que os caras achem que estão pegando uma filha de fazendeiro se é isso que dá tesão neles. Mas o fato é que elas não passam de drogadas de rua. As mais sortudas trabalham nos filmes – ele apontou para um cartaz – e as mais feias nos quartos. É simples.

– Então você não recruta em escolas?

Rufus gargalhou.

– Eu gostaria. Quer saber onde eu recruto?

Myron esperou.

– Em reuniões do AA. Ou em centros de reabilitação. Esses lugares são como o teste do sofá, saca? Eu me sento no fundo, bebo aquele café horrível e escuto. Então falo com elas durante o intervalo, dou um cartão e espero até caírem no meu papo. Sempre caem. E lá estou eu, pronto para pegá-las.

Myron olhou para Katie.

– Uau, ele é fascinante.

– Você não o conhece de verdade – disse ela.

— É, tenho certeza de que ele é profundo. — Myron sentiu de novo a coceira nos dedos, mas se controlou. — E como vocês dois se conheceram?

Rufus balançou a cabeça.

— Não foi assim.

— Estamos apaixonados — disse Katie. — Ele conhece meu pai por causa dos negócios. Uma vez foi lá em casa e nós nos vimos... — Ela sorriu e pareceu bonita, jovem, feliz e idiota.

— Amor à primeira vista — explicou Rufus.

Myron apenas olhou para ele.

— O quê, você acha que não é possível?

— Não, Rufus, você parece um ótimo partido.

Rufus balançou a cabeça.

— Isso aqui é só um emprego para mim. Só isso. Katie e o neném são a minha vida. Entende?

Myron continuou sem dizer nada. Enfiou a mão no bolso e pegou a foto de Aimee Biel.

— Dê uma olhada nisso, Rufus.

Ele olhou.

— Ela está aqui?

— Malandro, juro pelo meu filho que ainda não nasceu que nunca vi essa gata e não sei onde ela está.

— Se você estiver mentindo...

— Chega de ameaças, certo? O que você tem aí é uma garota desaparecida, está bem? A polícia está atrás dela. Os pais estão atrás dela. Acha que eu quero essa encrenca?

— Você está com uma garota desaparecida bem aqui — disse Myron, apontando para Katie — O pai dela é capaz de mover céus e terras para encontrá-la. E a polícia também está interessada.

— Mas isso é diferente — reagiu Rufus, e seu tom se transformou em súplica. — Eu amo a Katie. Seria capaz de atravessar o fogo por causa dela. Não está vendo? Mas essa garota aí... nunca iria valer a pena. Se ela estivesse aqui eu devolveria. Não quero confusão.

Fazia um sentido triste, patético.

— Aimee Biel usou o mesmo caixa eletrônico — repetiu Myron. — Você tem alguma explicação para isso?

Os dois balançaram a cabeça.

— Vocês contaram a alguém?

— Sobre o caixa eletrônico? — perguntou Katie.

— É.

— Acho que não.

Myron se ajoelhou perto da garota.

— Escute, Katie. Eu não acredito em coincidências. Tem que haver um motivo para Aimee Biel ter ido até aquele caixa eletrônico. Tem que haver uma ligação entre vocês duas.

— Eu mal conhecia Aimee. Quero dizer, é, estudamos na mesma escola, mas nunca andamos juntas. Às vezes eu via Aimee no shopping, mas a gente nem dizia olá. Na escola ela ficava sempre com o namorado.

— Randy Wolf.

— É.

— Você o conhece?

— Claro. É o Garoto Dourado da escola. Com paizinho rico que sempre tirava ele de encrenca. Sabe qual é o apelido do Randy?

Myron se lembrou de alguma coisa do estacionamento da escola.

— Farm, algo assim?

— Sim, Farm. É abreviação de *Farmacêutico*. Randy é o maior traficante da Escola Livingston. — Então Katie sorriu. — Espere, quer saber qual é minha ligação com Aimee Biel? A única em que posso pensar é a seguinte: o namorado dela me vendia baseado.

— Espere aí. — Myron sentiu a sala começar a girar lentamente. — Você disse alguma coisa sobre o pai dele?

— Big Jake Wolf. O chefão da cidade.

Myron assentiu, agora quase com medo de se mexer e perder o raciocínio.

— Você disse alguma coisa sobre tirar o Randy de encrenca. — De repente sua própria voz pareceu muito distante.

— É só um boato.

— Conte.

— O que você acha? Um professor pegou o Randy vendendo drogas na escola. Denunciou aos policiais. O pai subornou todo mundo, acho que até o professor. Todos ficaram dizendo que não queriam arruinar o futuro brilhante do astro jogador de futebol.

Myron continuou assentindo.

— Quem era o professor?

— Não sei.

— Ouviu algum comentário sobre isso?

– Não.

Mas Myron achou que talvez soubesse quem era. Fez mais algumas perguntas. Mas não havia mais nada ali. Randy e Big Jake Wolf. A coisa voltava a eles mais uma vez. Voltava ao professor/orientador Harry Davis e ao músico/professor/comprador de lingerie Drew Van Dyne. Voltava a Livingston, à rebeldia dos jovens, e à pressão que eles sofriam para ter sucesso.

No fim, Myron olhou para Rufus.

– Deixe-nos a sós um minuto.

– De jeito nenhum.

Mas Katie já havia se recomposto.

– Tudo bem, Rufus.

Ele se levantou.

– Vou ficar atrás da porta – disse a Myron. – Com *meus* colegas. Sacou?

Myron engoliu a resposta e esperou até ficarem sozinhos. Pensou em Dominick Rochester, em como ele estava tentando encontrar a filha, pensou que talvez ele soubesse que Katie estava num lugar como aquele com um homem como Rufus, e como sua reação exagerada – seu desejo obsessivo de encontrar a filha – subitamente se tornava compreensível.

Myron se curvou perto do ouvido dela e sussurrou:

– Eu posso tirar você daqui.

Ela se inclinou para longe e fez uma careta.

– Do que você está falando?

– Sei que você quer fugir do seu pai, mas esse cara não é a solução.

– Como você sabe qual é a minha solução?

– Ele administra um bordel, pelo amor de Deus! Quase bateu em você.

– Rufus me ama.

– Posso tirar você daqui.

– Eu não vou a lugar algum. Prefiro morrer a viver sem o Rufus. Está claro?

– Katie...

– Vá embora.

Myron se levantou.

– Sabe de uma coisa? – disse ela. – Talvez Aimee seja mais parecida comigo do que você pensa.

– Como assim?

– Talvez ela também não precise ser resgatada.

Ou talvez vocês duas precisem, pensou Myron.

capítulo 44

Quando Myron e Win decidiram voltar para seus carros, Big Cyndi resolveu ficar para trás e mostrar a foto de Aimee nas imediações, só para garantir. As pessoas que trabalhavam nesses ramos ilícitos não falariam com policiais ou com Myron, mas falariam com ela. A criatura era bastante persuasiva.

Enquanto caminhavam, Win perguntou a Myron:
– Você vai voltar para o apartamento?
– Não tenho mais o que fazer.
– Vou liberar Zorra.
– Obrigado. – Depois, olhando de volta para o bordel, Myron acrescentou: – Não gosto de deixá-la aqui.
– Katie Rochester é adulta.
– Tem 18 anos.
– Exatamente.
– O que você está dizendo? A pessoa faz 18 anos e fica desamparada de repente? Nós só salvamos crianças?
– Não. Nós salvamos quem podemos. Salvamos quem está com problemas. Salvamos quem pede e precisa da nossa ajuda. Repito: nós não salvamos quem faz escolhas com as quais não concordamos. Escolhas ruins fazem parte da vida.

Continuaram andando. Myron disse:
– Você sabe como eu gosto de ir à Starbucks e me sentar para ler o jornal, não sabe?

Win confirmou com a cabeça.
– Todo adolescente que aparece lá fuma. Todos. Fico sentado olhando, e quando eles acendem um cigarro, sem nem mesmo pensar nisso, de modo totalmente casual, eu penso: "Myron, você deveria dizer alguma coisa." Penso que deveria ir até eles, me desculpar por interromper e pedir que larguem o cigarro agora, porque depois fica mais difícil. Quero sacudi-los e fazer com que entendam como estão sendo idiotas. Quero contar sobre todas as pessoas que eu conheço, pessoas que estavam levando vidas maravilhosas, felizes, como, digamos, Peter Jennings, um cara fantástico, pelo que ouvi dizer, e como ele estava levando essa vida incrível e a perdeu

porque começou a fumar jovem. Quero gritar com eles toda a litania dos problemas de saúde que eles vão enfrentar inevitavelmente por causa do que estão fazendo agora.

Win não disse nada. Olhou em frente e continuou a andar.

– Mas aí eu penso que devo cuidar da minha vida. Eles não querem ouvir isso. E quem eu sou, afinal de contas? Só um cara qualquer. Não sou importante o suficiente para convencê-los a parar. Eles provavelmente diriam para eu ir me catar. Assim, claro, fico quieto. Olho para o outro lado e volto para o jornal e o café, e enquanto isso aqueles garotos estão sentados perto de mim, se matando aos pouquinhos. E eu deixo.

– Nós escolhemos nossas batalhas. Essa seria uma guerra perdida.

– Eu sei, mas o negócio é o seguinte: se eu dissesse alguma coisa a todo adolescente, toda vez que os visse, talvez aperfeiçoasse meu discurso antitabagismo. E talvez convencesse um. Talvez um parasse de fumar. Talvez minha intromissão salvasse só uma vida. E aí eu me pergunto se ficar quieto é a coisa certa ou a coisa fácil.

– E daí? – perguntou Win.

– Como assim?

– Você vai ficar num McDonald's e censurar as pessoas que comem Big Mac? Quando você vê uma mãe encorajando o filho obeso a engolir a segunda porção gigante de batata frita você vai alertar para o futuro horrível do garoto?

– Não.

Win deu de ombros.

– Tudo bem, esquece – disse Myron. – Mas nesse caso específico, a poucos metros da gente há uma garota grávida dentro de um puteiro...

– Uma garota que tomou uma decisão sozinha, uma garota adulta – completou Win.

Continuaram andando.

– É como aquela Dra. Skylar falou.

– Quem?

– A mulher que viu Katie perto do metrô. Edna Skylar. Ela falou que preferia os pacientes inocentes. Quero dizer, ela fez o juramento de Hipócrates e tal, mas na hora do "vamos ver", preferiria trabalhar com alguém que merecesse mais.

– É a natureza humana. Presumo que você não se sentiu confortável.

– Não me sinto confortável com nada disso.

– Mas não é só a Dra. Skylar. Você faz a mesma coisa, Myron. Deixe de lado sua culpa e sua amizade com Claire por um instante. Nesse momento você está optando por ajudar Aimee porque considera que ela é inocente. Se ela fosse um garoto com histórico de envolvimento com drogas, estaria tão a fim de encontrá-la? Claro que não. Todos nós fazemos escolhas, querendo ou não.

– A coisa vai além disso.
– Como assim?
– Qual é a importância da universidade em que você estuda?
– O que isso tem a ver...?
– Nós tivemos sorte. Estudamos na Duke.
– E...?
– Eu consegui que Aimee fosse aceita. Escrevi uma carta. Dei um telefonema. Duvido que ela tivesse sido aceita se não fosse por mim.
– E...? – repetiu Win, ainda sem entender a linha de raciocínio de Myron.
– E quem eu estava pensando que era? Como Maxine Chang disse: quando um aluno entra, outro tem a vaga negada.

Win fez uma careta.

– Coisas da vida.
– O que não torna isso certo.
– Alguém faz a escolha baseado num conjunto de critérios bastante subjetivo. – Win deu de ombros. – Por que um dos critérios não seria você?

Myron balançou a cabeça.

– Não consigo deixar de pensar que isso está ligado ao desaparecimento de Aimee.
– A aceitação dela na universidade?

Myron assentiu.

– Como?
– Ainda não sei.

Separaram-se. Myron entrou em seu carro e verificou o celular. Havia uma nova mensagem de voz. Ouviu-a.

"Myron? Aqui é Gail Berruti. Pesquisei aquele telefonema sobre o qual você perguntou, para a residência de Erik Biel." Havia ruídos atrás dela. "O quê? Porcaria, espere um segundo."

Myron esperou. Era o telefonema que Claire tinha recebido da voz robótica dizendo que Aimee estava "bem". Alguns segundos depois Berruti voltou.

"Desculpe. Onde é que eu estava? Certo, é o seguinte. A ligação foi feita de um telefone público de Nova York, perto do metrô da Rua 23. Espero que isso ajude."

Clic.

Myron pensou nisso. Bem onde Katie Rochester tinha sido vista. Fazia sentido, supôs. Ou talvez, com o que tinha acabado de descobrir, não fizesse nenhum sentido.

O celular vibrou. Era Wheat Manson, ligando de volta da Duke. Não parecia feliz.

– Que diabo está acontecendo? – perguntou Wheat.

– O quê?

– As notas que você me deu do tal garoto, Chang. Tudo certo.

– Ele era o quarto da turma. Por que não conseguiu entrar?

– Vamos entrar nesse papo, Myron?

– Não, Wheat. Não vamos. E as notas de Aimee?

– Esse é o problema.

Myron fez mais algumas perguntas e desligou.

Tudo estava começando a se encaixar.

Meia hora depois, chegou à casa de Ali Wilder, a primeira mulher em sete anos a quem dizia que amava. Myron parou e ficou sentado no carro por um momento. Olhou para a casa. Muitos pensamentos ricocheteavam em sua cabeça. Pensou no falecido marido dela, Kevin. Essa era a casa que os dois tinham comprado. Myron imaginou Kevin e Ali chegando com um corretor, ambos jovens, escolhendo esse ninho como o lugar onde viveriam e juntos criariam os filhos. Será que ficaram de mãos dadas enquanto percorriam a futura moradia? O que atraiu Kevin? Ou será que o entusiasmo de sua amada é que o convenceu? E por que diabos Myron estava pensando nessas coisas?

Tinha dito a Ali que a amava.

Será que faria isso – diria "Eu te amo" – se Jessica não tivesse aparecido na noite anterior?

Sim.

Tem certeza, Myron?

Seu celular tocou.

– Alô?

– Pretende ficar sentado aí no carro a noite toda?

Ele sentiu o coração voar ao som da voz de Ali.

– Desculpe, só estava pensando.

– Em mim?
– É.
– No que gostaria de me dizer?
– Bom, não exatamente. Mas posso começar agora se você quiser.
– Não precisa. Já planejei tudo. Você só iria interferir no que eu pensei.
– Então me diga.
– Prefiro mostrar. Venha até a porta. Não bata. Não fale. Jack está dormindo e Erin em cima, no computador.

Myron desligou. Captou o próprio reflexo – o sorriso pateta – no retrovisor do carro. Tentou não correr até a porta, mas não conseguiu evitar uma daquelas corridinhas. A porta se abriu enquanto ele se aproximava. Ali estava com o cabelo solto. A blusa era justa, vermelha e brilhante. Esticava-se na parte de cima, pedindo para ser desabotoada.

Ali pôs um dedo nos lábios.
– Shh.

Beijou-o. Beijou com força e intensidade. Seu corpo cantava. Ela sussurrou em seu ouvido:
– As crianças estão lá em cima.
– Foi o que você disse.
– Em geral não sou muito de correr riscos – disse ela. Depois lambeu a orelha dele. Todo o corpo de Myron estremeceu de prazer. – Mas realmente, realmente quero você.

Myron conteve a resposta espirituosa. Beijaram-se de novo. Ela segurou sua mão, guiando-o rapidamente pelo corredor. Fechou a porta da cozinha. Passaram pela sala íntima. Ela fechou outra porta.
– O que acha do sofá? – perguntou.
– Não me importa se vai ser numa cama de pregos no intervalo do jogo no meio do Madison Square Garden.

Caíram no sofá.
– Duas portas fechadas – disse Ali, com a respiração ofegante. Beijaram-se de novo. Suas mãos começaram a acariciá-lo. – Ninguém pode nos interromper.
– Ora, você andou mesmo planejando.
– Praticamente o dia todo.
– Valeu a pena?

Ela arqueou as sobrancelhas.
– Espere só para ver.

* * *

    Não tiraram a roupa. Isso foi o mais incrível. Claro, botões foram abertos e zíperes, baixados. Mas ficaram vestidos. E agora, enquanto ofegavam nos braços um do outro, totalmente exauridos, Myron disse a mesma coisa que dizia sempre que terminavam:
– Uau.
– Você tem um tremendo vocabulário.
– Nunca use uma palavra grande quando uma pequena bastar.
– Eu poderia fazer uma piadinha agora, mas não vou.
– Obrigado – disse ele. E depois: – Posso perguntar uma coisa?
Ali se aconchegou mais.
– Qualquer coisa.
– Nós somos exclusivos?
Ela o encarou.
– Isso é sério?
– Acho que sim.
– Parece que você está me pedindo em namoro.
– O que você diria se eu pedisse?
– Em namoro? De verdade?
– Claro, por que não?
– Eu exclamaria: "Ah, sim!" Depois perguntaria se posso desenhar seu nome no meu caderno e usar sua jaqueta da universidade.
Ele sorriu.
Ali disse:
– Esse pedido tem alguma coisa a ver com a troca de "Eu te amo"?
– Acho que não.
Silêncio.
– Somos adultos, Myron. Você pode dormir com quem você quiser.
– Não quero dormir com mais ninguém.
– Então por que está me perguntando isso agora?
– Porque, bem, antes... Eu não... é... não penso com clareza quando fico num estado de... você sabe... – Ele gesticulou. Ali revirou os olhos.
– Homens. Não, sério, por que esta noite? Por que perguntou sobre exclusividade esta noite?
Ele pensou no que dizer. Era sempre a favor da honestidade, mas será que queria mesmo falar da visita de Jessica?

– Só quero esclarecer nossa situação.
De repente passos começaram a soar ruidosos na escada.
– Mãe!
Era Erin. Uma porta – a primeira das duas portas – se abriu com um estrondo.

Myron e Ali se moveram com uma velocidade capaz de intimidar um pit stop de Fórmula 1. As roupas estavam no lugar, mas, como dois adolescentes, eles se certificaram de que tudo estava fechado e ajeitado quando a segunda maçaneta começou a girar. Myron saltou para o outro lado do sofá quando Erin abriu a porta. Os dois tentaram apagar o ar de culpa do rosto, com resultados variados.

Erin irrompeu na sala. Olhou para Myron.

– Que bom que você está aqui!

Discretamente, Ali terminou de ajeitar a blusa.

– O que foi, querida?

– É melhor virem depressa.

– Por quê, o que houve?

– Eu estava no computador, conversando com meus amigos. E agora mesmo, tipo há uns trinta segundos, Aimee Biel entrou no chat e me disse olá.

capítulo 45

Todos correram para o quarto de Erin.
Myron subiu a escada. A casa estremeceu. Ele não ligou. A primeira coisa que o impressionou ao entrar no quarto foi como lembrava o de Aimee. Os violões, as fotos no espelho, o computador na mesa. As cores eram outras, havia mais almofadas e bichos de pelúcia, mas não havia dúvida de que os dois quartos pertenciam a adolescentes com muita coisa em comum.

Myron se aproximou da mesa. Erin chegou depois e Ali veio atrás. Ela se sentou diante do computador e apontou para a palavra: GuitarraamonossoCCM.

– CCM é Consertos de Chapéus Malucos – disse Erin. – O nome da banda que a gente estava montando.

– Pergunte onde Aimee está – disse Myron.

Erin digitou: **ONDE VOCÊ ESTÁ?** Depois apertou Enter. Dez segundos se passaram. Myron notou o ícone no perfil de Aimee. A banda Green Day. O papel de parede era dos New York Rangers. Ela estava digitando.

Não posso dizer. Mas estou bem. Não se preocupe.

Myron pediu:

– Diga que os pais dela estão abalados. Que ela deveria ligar para eles.

Erin digitou: **SEUS PAIS ESTÃO PIRANDO. VOCÊ PRECISA LIGAR PARA ELES.**

Eu sei. Mas vou voltar para casa logo. Aí explico tudo.

Myron pensou em como fazer a conversa ser mais eficiente.

– Diga que eu estou aqui.

Erin digitou: **MYRON ESTÁ AQUI.**

Pausa longa. O cursor piscou.

Achei que você estava sozinha.

DESCULPE. ELE ESTÁ AQUI. DO MEU LADO.

Sei que meti o Myron numa furada. Diga que eu sinto muito, mas estou bem.

Myron pensou.

– Erin, pergunte uma coisa que só ela saberia responder.

– Tipo o quê?

– Vocês têm assuntos particulares, não é? Não dividem segredos?

– Claro.

– Não estou convencido de que seja Aimee. Pergunte uma coisa que só ela e você saibam.

Erin pensou um momento. Depois digitou: **QUAL É O NOME DO GAROTO DE QUEM EU ESTOU A FIM?**

O cursor piscou. Ela não ia responder. Myron tinha quase certeza. Então GuitarraamonossoCCM digitou:

Ele finalmente convidou você pra sair?

– Insista no nome – falou Myron.

– Já ia fazer isso – disse Erin. Digitou: **QUAL É O NOME DELE?**

Preciso ir.

Erin não precisou ser instigada: **VOCÊ NÃO É AIMEE. AIMEE SABERIA QUAL É O NOME.**

Pausa longa. A maior até então. Myron se virou para Ali. O olhar dela estava fixo no computador. Myron podia ouvir a própria respiração nos ouvidos, como se tivesse encostado conchas neles. Então finalmente veio a resposta.

Mark Cooper.

O ícone sumiu. GuitarraamonossoCCM foi embora.

Por um momento ninguém se mexeu. Myron e Ali estavam olhando para Erin. Ela ficou rígida.

– Erin?

Alguma coisa aconteceu com o rosto dela. Um tremor silencioso no canto do lábio.

– Ah, meu Deus – disse Erin.

– O que foi?

– Quem é Mark Cooper? – perguntou Ali.

– Era Aimee ou não?

Erin assentiu.

– Era. Mas...

Seu tom de voz fez a temperatura do quarto baixar 10 graus.

– Mas o quê? – perguntou Myron.

– Mark Cooper não é o garoto de quem eu estou a fim.

Myron e Ali ficaram confusos.

– Então quem é ele? – perguntou Ali.

Erin engoliu em seco. Olhou primeiro para Myron, depois para a mãe.

– Mark Cooper é um cara esquisito que frequentou a colônia de férias no verão. Eu falei sobre ele para Aimee. Ele seguia as garotas com um risinho medonho. Sempre que aparecia a gente ria e sussurrava umas com as outras... – Sua voz baixou e voltou mais grave. – A gente sussurrava: "Encrenca."

Todos olharam para o monitor, esperando que Aimee ressurgisse. Mas nada aconteceu. Ela já tinha dado sua mensagem. E agora, de novo, sumira.

capítulo 46

Claire correu para o telefone. Digitou o número do celular de Myron e disparou a falar quando ele atendeu:

– Aimee estava na internet agora mesmo! Duas amigas dela me ligaram pra contar!

Erik Biel ficou sentado à mesa, ouvindo. Suas mãos estavam cruzadas. Tinha passado quase o dia inteiro conectado, seguindo as instruções de Myron e buscando informações sobre pessoas que moravam nas redondezas daquela rua sem saída. Agora percebia que perdera tempo. Myron tinha visto um carro com um adesivo da Escola Livingston imediatamente. Naquela mesma noite tinha descoberto que era de um professor de Aimee, um homem chamado Harry Davis.

Simplesmente quisera manter Erik fora do caminho.

Por isso lhe dera o trabalho inútil.

Claire ouviu o que Myron contava:

– Ah, não, ah, meu Deus...

– O que foi? – perguntou Erik.

Ela o silenciou com uma das mãos.

Erik sentiu a raiva surgir outra vez. Não de Myron. Não de Claire. De si mesmo. Olhou para o monograma de sua abotoadura francesa. Suas roupas eram feitas sob medida. Caimento perfeito. Grande coisa. Quem ele achava que estava impressionando? Olhou para a esposa. Tinha mentido para Myron. Ainda gostava dela. Mais do que qualquer coisa, queria que Claire olhasse para ele como antigamente. Talvez Myron estivesse certo. Talvez Claire o tivesse amado mesmo. Mas nunca o havia respeitado. Não precisava dele.

Não acreditava nele.

Quando a família entrou em crise, Claire correu para Myron. Deixou Erik de fora. E, claro, ele permitiu.

Erik Biel tinha feito isso durante toda a vida. Sua amante, uma mulher pequenina do seu escritório, era uma mulher carente, digna de pena, e o tratava como rei. Isso o fazia sentir-se homem. Claire, não. Simples assim.

– O que foi? – perguntou de novo.

Ela o ignorou. Ele esperou. Por fim Claire pediu que Myron esperasse um segundo.

– Myron disse que também viu quando ela estava on-line. Pediu para Erin fazer uma pergunta. Ela respondeu de um modo... Era ela mesmo, mas ela está com problemas.

– O que ela disse?

– Não tenho tempo para entrar em detalhes agora. – Claire encostou o telefone de novo na orelha e voltou-se para Myron. Para Myron! – Precisamos fazer alguma coisa.

Fazer alguma coisa.

A verdade era que Erik Biel não era grande coisa como homem. Sempre soubera disso. Quando tinha 14 anos fugiu de uma briga. A escola inteira assistia. O valentão estava pronto para bater. Erik foi embora. Sua mãe disse que ele era prudente. Na mídia, ir embora era a coisa "corajosa" a fazer. Que monte de merda! Nenhuma surra, nem passagem pelo hospital, nem concussão ou ossos quebrados poderiam ferir Erik mais profundamente do que não enfrentar a situação. Ele jamais havia esquecido, jamais havia superado aquilo. Tinha sido covarde. O padrão continuou. Abandonou os colegas quando eles foram atacados numa festa de fraternidade universitária. Num jogo dos Jets alguém derramou cerveja na sua namorada e ele não reagiu. Se um homem o olhasse do modo errado, ele sempre desviava o olhar primeiro.

Você pode explicar tudo isso com o palavrório psicológico da civilização moderna – todo aquele lixo sobre a força vir de dentro e a violência jamais resolver coisa alguma –, mas era tudo racionalização. Você pode viver se enganando assim, pelo menos durante um tempo. E então chega uma crise, uma crise como essa, e você percebe quem você é de verdade, que roupas bonitas, carros caros e calças bem-passadas não fazem de você um ser humano melhor.

Você não é um homem.

Mas mesmo assim, mesmo com fracotes como Erik, havia uma linha que não era possível atravessar. Se você atravessasse, não voltava jamais. Tinha a ver com os filhos. Um homem protege a família a todo custo. Não importa o sacrifício. Aceita qualquer golpe. Vai até o fim e arrisca tudo para mantê-la longe do mal. Não recua. Até o último suspiro.

Alguém tinha levado sua menininha.

Você não foge dessa luta.

Erik Biel pegou a arma.

A Ruger calibre .22 era uma arma velha, tinha sido do seu pai. Provavelmente não era disparada havia três décadas. Erik a havia levado a uma loja de armamentos de manhã. Comprara munição e outras coisas necessárias. O homem atrás do balcão limpara a Ruger, testara-a, dando um risinho de nojo para o sujeitinho à sua frente, tão digno de pena que nem sabia carregar e usar sua própria arma.

Mas agora ela estava carregada.

Erik Biel ouvia a mulher falar com Myron. Eles estavam tentando deduzir o que fariam em seguida. Ouviu dizerem que Drew Van Dyne não estava em casa. Eles queriam saber sobre Harry Davis. Erik sorriu. Pelo menos nesse sentido estava à frente deles. Tinha ligado para o número do professor, fingindo que era corretor de imóveis. Davis atendeu e disse que não estava interessado.

Isso fora meia hora atrás.

Erik foi para seu carro. A arma estava enfiada na calça.

– Erik? Aonde você vai? – perguntou Claire.

Ele não respondeu. Myron Bolitar tinha confrontado Harry Davis na escola. O professor não falou com Myron. Mas de um modo ou de outro falaria com Erik Biel.

Myron ouviu Claire dizer:
– Erik? Aonde você vai?
Seu telefone fez um bipe.
– Claire, tem alguém tentando me ligar. Telefono para você depois. – Myron passou para a outra linha. – Alô?
– É Myron Bolitar?
A voz era familiar.
– É.
– Aqui é o detetive Lance Banner, do Departamento de Polícia de Livingston. Nós nos conhecemos ontem.
Tinha sido só ontem?
– Claro, detetive, em que posso ajudar?
– A que distância você está do hospital St. Barnabas?
– Quinze, vinte minutos. Por quê?
– Joan Rochester acaba de ser levada para cirurgia.

capítulo 47

Myron acelerou e chegou ao hospital em dez minutos. Lance Banner estava esperando por ele.
— Joan Rochester ainda está em cirurgia.
— O que aconteceu?
— Quer a versão dele ou a dela?
— As duas.
— Dominick Rochester disse que ela caiu da escada. Os dois já estiveram aqui antes. Ela cai um bocado da escada se é que você me entende.
— Entendo. Mas você disse que havia uma versão dele e uma dela?
— Isso. Antes ela sempre confirmava a dele.
— E desta vez?
— Ela disse que ele a espancou. E que quer fazer uma denúncia.
— Isso deve tê-lo surpreendido. A coisa está muito feia?
— Muito. Várias costelas quebradas. Um braço quebrado. Ele deve tê-la enchido de porrada, porque talvez o médico precise remover um rim.
— Meu Deus.
— E, claro, não há uma única marca no rosto. O cara é bom.
— É a prática. Ele está aqui?
— Sim. Mas sob custódia.
— Por quanto tempo?
Lance Banner deu de ombros.
— Você sabe a resposta.
Resumindo: não muito.
— Por que me ligou? — perguntou Myron.
— Joan Rochester estava consciente quando chegou ao hospital. Queria alertar você. Disse para ter cuidado.
— O que mais?
— Só isso. É um milagre ela ter conseguido falar.
A fúria e a culpa o consumiam em igual medida. Tinha pensado que Joan Rochester podia lidar com o marido sozinha. Ela vivia com ele. Fazia as próprias escolhas. Nossa, qual seria sua próxima justificativa para não tê-la ajudado: ela não tinha pedido?

– Quer me contar como você se envolveu na vida dos Rochesters? – perguntou Banner.
– Aimee Biel não fugiu de casa. Está encrencada.
Myron o colocou a par dos fatos o mais rapidamente possível. Quando terminou, Lance Banner disse:
– Vamos emitir um boletim de busca para Drew Van Dyne.
– E Jake Wolf?
– Não sei como ele se encaixa nisso.
– Você conhece o filho dele?
– Randy? – Lance Banner encolheu os ombros de modo casual demais. – É o *quarterback* do time da escola.
– Randy já andou se metendo em confusão antes?
– Por que pergunta?
– Porque ouvi dizer que o pai dele subornou vocês para apagar uma acusação de tráfico. Pode comentar?
Os olhos de Banner ficaram sombrios.
– Quem diabos você pensa que é?
– Guarde a indignação, Lance. Dois dos seus coleguinhas me arrocharam por ordem de Jake Wolf. Eles me impediram de falar com o Randy. Um deles me deu um soco na barriga quando eu estava algemado.
– Isso é papo furado.
Myron apenas olhou para ele.
– Que policiais? – perguntou Banner. – Quero nomes!
– Um tinha mais ou menos a minha altura. Magricelo. O outro tinha bigode grosso e era parecido com John Oates, da dupla Hall and Oates.
Uma sombra baixou sobre o rosto de Lance. Ele tentou encobri-la.
– Você sabe de quem estou falando.
Banner tentou se conter. Falou com os dentes trincados:
– Diga exatamente o que aconteceu.
– Não temos tempo para isso. Mas me explique qual é a história com o filho do Wolf.
– Ninguém foi subornado.
Myron esperou. Uma mulher de cadeira de rodas veio na direção deles. Banner ficou de lado e a deixou passar. Esfregou o rosto com a mão.
– Há seis meses um professor disse que pegou Randy Wolf vendendo maconha. Revistou o garoto e achou dois baseados com ele. Quero dizer, um negócio insignificante.

— Quem era esse professor?
— Ele pediu para deixarmos o nome dele de fora.
— Foi Harry Davis?

Lance Banner não confirmou com a cabeça, mas era como se tivesse feito isso.

— E o que aconteceu?
— O professor ligou para a gente. Coloquei dois caras no caso. Hildebrand e Peterson. Eles... é... combinam com sua descrição. Randy Wolf disse que armaram contra ele.

Myron franziu a testa.

— E os seus caras engoliram isso?
— Não. Mas a acusação era fraca. A constitucionalidade da revista era questionável. A quantidade era pequena. E Randy Wolf é um bom garoto. Não tem ficha criminal nem nada.

— Vocês não queriam deixá-lo com problemas.
— Nenhum de nós queria.
— Diga, Lance. Se ele fosse um garoto negro de Newark apanhado com maconha na Escola Livingston, você acharia a mesma coisa?
— Não venha com essa merda hipotética para cima de mim. O caso era fraco, para começo de conversa, e aí, no dia seguinte, Harry Davis disse que não iria testemunhar. Assim. Recuou de repente. Meus policiais não tiveram escolha.

— Ora, que conveniente! Diga: o time teve uma boa temporada?
— Isso não é o que importa. O garoto tinha um futuro brilhante. Vai estudar em Dartmouth.
— É o que vivo escutando. Mas estou começando a me perguntar se isso vai acontecer mesmo.

Então uma voz gritou:
— Bolitar!

Myron se virou. Dominick Rochester estava parado no fim do corredor. Tinha as mãos algemadas e o rosto vermelho. Dois policiais estavam de cada lado dele. Myron começou se aproximar. Lance Banner correu atrás, avisando em voz baixa:

— Myron...?
— Não vou fazer nada, Lance. Só quero falar com ele.

Myron parou a 60 centímetros do sujeito. Os olhos pretos de Dominick Rochester chamejavam.

– Cadê minha filha?
– Está orgulhoso do que fez, Dominick?
– Você sabe alguma coisa sobre Katie.
– Sua mulher disse isso?
– Não. – Ele riu. Foi uma das visões mais apavorantes que Myron já tivera. – Na verdade foi o contrário.
– O que você está falando?
Dominick chegou mais perto e sussurrou:
– Não importa o que eu fiz com ela, não importa quanto ela sofreu, minha querida esposa não quis falar. Veja bem, é por isso que eu tenho certeza de que você sabe alguma coisa. Não porque ela falou, mas porque, não importando o diabo que eu a fiz passar, ela não falou.

Myron estava de volta no carro quando Erin Wilder ligou para ele.
– Sei onde Randy está.
– Onde?
– Está acontecendo uma festa de formatura na casa do Sam Harlow.
– Eles estão dando uma festa? Os amigos de Aimee não estão preocupados?
– Todo mundo acha que ela fugiu de casa. Alguns viram que ela estava on-line essa noite, por isso tiveram mais certeza ainda.
– Espere aí, se eles estão numa festa, como foi que a viram na internet?
– Eles têm smartphones, né?
Ah, a tecnologia, pensou Myron. Mantendo as pessoas juntas ao permitir que fiquem separadas. Erin deu o endereço. Myron conhecia a área. Desligou e foi até lá. Não demorou a chegar.
Havia vários carros parados na rua dos Harlows. Alguém tinha montado uma tenda grande no quintal dos fundos. Era uma festa de verdade, e não apenas uma reunião de alguns adolescentes tomando cerveja. Myron parou o carro e entrou no quintal.
Alguns pais estavam ali – acompanhantes, supôs. Isso tornaria a coisa mais difícil. Mas não tinha tempo para se preocupar. A polícia podia estar se mobilizando, mas não parecia ansiosa para enxergar o contexto. Agora Myron o estava percebendo. A cena ia entrando em foco. Sabia que Randy Wolf era uma das peças-chaves.
A festa estava muito bem dividida. Os pais na varanda da casa. Myron podia ver os adultos à luz fraca. Estavam rindo ao lado de um barril de

chope. Os homens usavam bermudas e mocassins e fumavam charutos. As mulheres vestiam saias estampadas e sandálias de borracha.

Os estudantes estavam na outra extremidade, o mais longe possível da supervisão dos adultos. A pista de dança estava vazia. O DJ tocava uma música do The Killers, algo sobre ter uma namorada que parecia um namorado que alguém tinha tido em fevereiro. Myron foi direto até Randy e pôs a mão no ombro dele.

Randy empurrou a mão de Myron.

– Sai do meu pé, cara.

– Precisamos conversar.

– Meu pai disse...

– Sei o que seu pai disse. Vamos falar mesmo assim.

Randy Wolf estava cercado por uns seis rapazes enormes. O *quarterback* e sua linha ofensiva, supôs Myron.

– Esse babaca está incomodando você, Farm?

O garoto que disse isso era gigantesco. Ele riu para Myron. O sujeito tinha cabelo louro espetado, mas o que você notava de cara era que ele não estava usando camisa. Eles estavam numa festa. Havia garotas, ponche, música, dança e até mesmo adultos. E esse cara não usava camisa.

Randy não disse nada.

O sem camisa tinha tatuagens de arame farpado em volta dos bíceps inchados. Myron franziu a testa. As tatuagens não poderiam ser mais pretensiosas sem a palavra *pretensioso* escrita junto. O cara era feito de camadas e mais camadas de carne. A pele do peito era tão lisa que parecia ter sido lixada. Ele era cheio de ondulações. A testa era inclinada. Os olhos estavam vermelhos, indicando que pelo menos parte da cerveja tinha encontrado o caminho até os menores de idade. Usava calças que iam até a canela e que podiam ser capris, mas Myron não sabia se os homens usavam isso ou não.

– O que está olhando, babaca?

Myron disse:

– Absolutamente... e estou sendo sincero... absolutamente nada.

Houve vários sons ofegantes no grupo. Um dos caras disse:

– Ah, malandro, esse velhote está querendo levar uma surra ou o quê?

Outro disse:

– Manda ver, Pressão.

O sem camisa, vulgo Pressão, fez sua melhor cara de mau.

– O Farm não vai falar com você. Sacou, babaca?

Isso provocou uma gargalhada em seus amigos.
Myron deu um passo na direção do garoto. Pressão não se abalou.
– Isso não é da sua conta – disse Myron.
– Eu decido o que é da minha conta – respondeu o garoto.
– Não vai me chamar de babaca dessa vez?
– Cara, é melhor fugir e se esconder. Ninguém fala assim com o Pressão.
Myron olhou para Randy.
– Precisamos conversar agora. Antes que isso fuja do controle.
Pressão sorriu, flexionou os peitorais e se adiantou.
– Já saiu.
Myron não queria bater num garoto, principalmente com os pais por perto. Isso causaria problemas demais.
– Não quero problemas – disse.
– Já arranjou, babaca.
Diante disso alguns caras vaiaram. Pressão cruzou os braços enormes na frente do peito. Movimento idiota. Myron precisava tirá-lo do caminho rapidamente, antes que os pais começassem a notar. Mas os amigos dele estavam olhando. O garoto era o valente da turma. Não podia se dar ao luxo de recuar.
Myron agiu. Quando você precisa tirar alguém do caminho com um mínimo de confusão ou sujeira, essa técnica era uma das mais eficazes. A mão de Myron começou ao lado do corpo. A posição natural de descanso. Você não dobra o pulso. Não recua o braço. Não se prepara nem fecha o punho. A menor distância entre dois pontos é uma linha reta. É disso que você lembra. Usando a velocidade natural como elemento surpresa, Myron lançou a mão nessa linha reta, do ponto de descanso perto do quadril até a garganta do Pressão.
Não acertou com força. Usou a borda abaixo do mindinho e encontrou o ponto fraco do pescoço. Poucos pontos do corpo humano são mais vulneráveis. Se você acerta alguém na garganta, dói. Faz a pessoa ofegar, tossir e se imobilizar. Mas você precisa saber o que está fazendo. Se apertar com força demais pode causar danos sérios. A mão de Myron deu o bote como uma serpente.
Os olhos de Pressão se arregalaram. Um som sufocado se travou em sua garganta. Com uma facilidade quase casual, Myron deu uma rasteira nas pernas dele com um giro interno do pé. Pressão caiu. Myron não esperou. Agarrou Randy pelo cangote e começou a puxá-lo para longe. Se algum

garoto se movia, Myron o paralisava com um olhar, ao mesmo tempo que arrastava Randy até o quintal do vizinho.

– Ai, me solta! – disse Randy.

Dane-se. Randy tinha 18 anos, era adulto, certo? Não havia motivo em pegar leve porque ele era um garoto. Levou-o para trás da garagem a duas casas de distância. Quando Myron o soltou, Randy esfregou a nuca.

– Qual é o seu problema, cara?

– Aimee está com problemas, Randy.

– Ela fugiu. Todo mundo disse. Várias pessoas falaram com ela pela internet ontem à noite.

– Por que vocês terminaram?

– O quê?

– Eu perguntei...

– Eu escutei. – Randy pensou, depois deu de ombros. – Nós crescemos e superamos um ao outro, só isso. Nós dois íamos para a faculdade. Era hora de seguir em frente.

– Mas na semana passada vocês foram juntos ao baile de formatura.

– É, e daí? A gente vinha planejando isso o ano inteiro. O smoking, o vestido, a limusine Hummer que a gente alugou junto com uns amigos. O grupo inteiro. Não queríamos estragar a festa de todo mundo. Por isso fomos juntos.

– Por que vocês dois terminaram, Randy?

– Já falei.

– Aimee descobriu que você estava vendendo drogas?

Então Randy sorriu. Era um garoto bonito e tinha um sorriso tremendamente bom.

– Você faz parecer que eu ando no Harlem viciando crianças em heroína.

– Eu poderia entrar num debate moral com você, Randy, mas estou um pouco pressionado pelo tempo.

– Claro que Aimee sabia. Ela até dividiu comigo em várias ocasiões. Não era grande coisa. Eu só fornecia para alguns amigos.

– Um desses amigos era Katie Rochester?

Ele deu de ombros.

– Ela pediu algumas vezes. Eu ajudei.

– Então de novo, Randy: por que você e Aimee terminaram?

Ele deu de ombros outra vez e sua voz baixou de volume só um pouquinho.

– Você teria que perguntar à Aimee.

– Ela terminou com você?

– Aimee mudou.
– Mudou como?
– Por que não pergunta ao pai dela?

Isso fez Myron se afastar.

– Erik? – Ele franziu a testa. – O que ele tem a ver com isso?

Randy não respondeu.

– Randy?

– Aimee descobriu que o pai dela estava pulando a cerca. – Ele deu de ombros. – Isso fez com que ela mudasse.

– Mudasse como?

– Não sei. É como se ela quisesse fazer alguma coisa para deixá-lo puto. O pai dela gostava de mim. Por isso, de repente... – outro dar de ombros –... ela deixou de gostar.

Myron pensou nisso. Lembrou-se do que Erik tinha dito na noite anterior, no fim daquela rua sem saída. Fazia sentido.

– Eu gostava dela, cara – continuou Randy. – Você não faz ideia de quanto. Tentei conquistá-la de volta, mas o tiro saiu pela culatra. Agora superei. Aimee não faz mais parte da minha vida.

Myron podia perceber as pessoas se reunindo. Estendeu a mão para pegar Randy outra vez pelo pescoço e arrastá-lo mais para longe, mas Randy se afastou.

– Estou bem! – gritou Randy para os amigos que se aproximavam. – A gente só está conversando.

Randy se virou de volta para Myron. De repente seus olhos estavam límpidos.

– Vá em frente. O que mais você quer saber?

– Seu pai chamou Aimee de puta.

– Certo.

– Por quê?

– Por que você acha?

– Aimee começou a sair com outro cara?

Randy assentiu.

– Era Drew Van Dyne?

– Não importa mais.

– Importa, sim.

– Não, não importa. Com todo o respeito, nada disso importa. Eu vou estudar em Dartmouth. Aimee vai para a Duke. Minha mãe me disse que a escola não é importante. As pessoas mais felizes no ensino médio acabam sendo os adultos mais ferrados. Eu tenho sorte. Sei disso. E sei que isso não vai durar a não ser que eu dê o próximo passo. Eu achava... Nós falamos sobre isso... Eu achava que Aimee entendia isso também. Eu achava que ela entendia como o próximo passo era importante. E no fim nós dois conseguimos o que queríamos. Fomos aceitos nas primeiras opções.

– Ela está correndo perigo, Randy.
– Não posso ajudar.
– Ela está grávida.
Ele fechou os olhos.
– Randy?
– Não sei onde ela está.
– Você disse que fez uma coisa para tentar reconquistá-la, mas o tiro saiu pela pela culatra. O que você fez, Randy?

Ele balançou a cabeça. Não ia dizer. Mas Myron achou que talvez tivesse uma ideia. Entregou-lhe seu cartão.

– Se pensar em alguma coisa...
– Certo.

Então Randy se virou. Voltou para a festa. A música continuava tocando. Os pais continuavam rindo. E Aimee continuava com problemas.

capítulo 48

QUANDO MYRON VOLTOU AO seu carro, Claire estava lá.
– É o Erik – disse ela.
– O que é que tem?
– Saiu correndo de casa... levou o revólver do pai.
– Você ligou para o celular dele?
– Ele não atendeu.
– Tem alguma ideia de aonde ele foi?
– Há alguns anos trabalhei numa empresa chamada Onde Estou. Já ouviu falar?
– Não.
– Colocam um GPS no seu carro para emergências, esse tipo de coisa. Enfim, nós instalamos nos nossos dois carros. Acabei de ligar para a empresa e pedi que mandassem a localização.
– E?
– Erik está estacionado na frente da casa de Harry Davis.
– Meu Deus.

Myron pulou para dentro do carro. Claire sentou no banco do carona. Ele queria discutir, mas não havia tempo.
– Ligue para a casa de Harry Davis – disse.
– Já tentei. Ninguém atendeu.

O carro de Erik estava mesmo parado bem em frente à residência de Davis. Se ele tinha a intenção de esconder sua chegada, não fizera um bom serviço.

Myron parou. Pegou sua arma. Claire disse:
– Para que diabo é isso?
– Só fique aqui.
– Eu perguntei...
– Agora não, Claire. Fique aqui. Se precisar de você eu chamo.

Sua voz não deixava espaço para discussão e pela primeira vez Claire simplesmente obedeceu. Ele foi andando pelo caminho, meio agachado. A porta da frente estava ligeiramente aberta, o que não era um bom sinal. Abaixou-se e ficou atento aos sons ao redor.

Havia ruídos, mas Myron não conseguiu descobrir o que era.

Abriu a porta usando o cano da arma. Não havia ninguém no saguão. Os sons vinham da esquerda. Myron avançou. Virou no fim do corredor, e ali, deitada no chão, estava uma mulher que ele presumiu ser a Sra. Davis.

Estava amordaçada. Tinha as mãos amarradas às costas. Seus olhos estavam arregalados de medo. Myron encostou um dedo nos lábios, como se pedisse silêncio. Ela olhou à direita, depois de volta para Myron, depois de novo para a direita.

Mais ruídos.

Havia outras pessoas no cômodo. À direita dela.

Myron pensou no próximo passo. Avaliou a hipótese de recuar e chamar a polícia. Eles poderiam cercar a casa, negociar com Erik. Mas poderia ser tarde demais.

Ouviu um tapa. Alguém gritou. A Sra. Davis fechou os olhos com força.

Não havia escolha. Myron estava com a arma pronta. Já estava se preparando para se virar na direção em que a Sra. Davis estivera olhando, mas de repente parou.

Entrar num cômodo desconhecido apontando uma arma seria uma atitude prudente?

Erik estava armado. Poderia render-se. Mas também poderia atirar.

Cinquenta por cento de chance.

Experimentou outra coisa.

– Erik?

Silêncio.

– Erik, sou eu. Myron.

– Entre, Myron.

A voz estava calma. Havia quase um tom de ironia. Myron pôde ver que Erik estava com uma arma na mão. Usava camisa social sem gravata. Tinha manchas de sangue no peito. Ele sorriu.

– Agora o Sr. Davis está preparado para falar.

– Baixe a arma, Erik.

– Acho que não.

– Eu disse...

– O quê? Vai atirar em mim?

– Ninguém vai atirar em ninguém. Só baixe a arma.

Erik balançou a cabeça. O sorriso permaneceu.

– Entre de uma vez. Por favor.

Myron entrou, com a arma ainda em punho. Agora podia ver Harry Davis numa cadeira. Estava de costas para Myron. Havia algemas de nylon em seus pulsos. A cabeça de Davis pendia sobre o pescoço, com o queixo para baixo.

Myron deu a volta até a frente, para olhá-lo.

– Ah, cara.

Davis havia sido espancado. Tinha sangue no rosto. Um dente caíra no chão. Myron se virou para Erik. A postura dele estava diferente. Não estava tão empertigado como o usual. Não parecia nervoso nem agitado. Na verdade Myron nunca o tinha visto tão relaxado na vida.

– Ele precisa de um médico – disse Myron.

– Ele está bem.

Myron olhou nos olhos de Erik. Eram poços plácidos.

– Esse não é o modo de resolver as coisas, Erik.

– Claro que é.

– Escute...

– Acho que não. Você é bom nisso, Myron, sem dúvida. Mas é preciso seguir algumas regras. Quando sua filha corre perigo, essas gentilezas voam pela janela.

Myron pensou em Dominick Rochester, em como ele havia dito uma coisa muito semelhante na casa dos Seidens. Não era possível existir dois sujeitos mais diferentes do que Erik Biel e Dominick Rochester. O desespero e o medo, porém, tinham feito com que ficassem quase idênticos.

Harry Davis levantou o rosto ensanguentado.

– Não sei onde Aimee está, juro.

Antes que Myron pudesse fazer qualquer coisa, Erik apontou a arma para o chão e atirou. O ruído soou alto na sala pequena. Harry Davis gritou. Um gemido veio de trás da mordaça da Sra. Davis.

Os olhos de Myron se arregalaram quando olhou para o sapato de Davis. Havia um buraco nele.

Era na beirada do dedão. O sangue começou a escorrer. Myron levantou sua arma e apontou para a cabeça de Erik.

– Pare com isso, Erik!

– Não.

Erik olhou para Harry Davis. O sujeito estava sentindo dor, mas agora tinha a cabeça erguida, os olhos mais focados.

– Você dormiu com minha filha?

– Nunca!

– Ele está dizendo a verdade, Erik.

Erik se virou para Myron.

– Como você sabe?

– Foi outro professor. Um cara chamado Drew Van Dyne. Ele trabalha na loja de música aonde ela gosta de ir.

Erik pareceu confuso.

– Mas quando você deixou Aimee ela veio para cá, não foi?

– Certo.

– Por quê?

Os dois olharam para Harry Davis. O sangue no sapato dele escorria lentamente. Myron se perguntou se os vizinhos teriam escutado o tiro, se chamariam a polícia. Duvidou. As pessoas presumiriam que o som era de um cano de descarga estourando ou fogos de artifício, algo explicável e seguro.

– Não é o que você pensa – disse Harry Davis.

– O quê?

E então os olhos de Harry Davis se viraram na direção da mulher. Myron entendeu. Puxou Erik de lado.

– Você o convenceu – disse. – Ele está pronto para falar.

– E daí?

– E daí que ele não vai falar na frente da esposa. E se ele fez alguma coisa com Aimee, não vai falar na sua frente.

Erik ainda estava com o sorriso no rosto.

– Você quer assumir o controle.

– Não se trata de assumir o controle, e sim de conseguir a informação.

Então Erik o surpreendeu.

– Está bem.

Myron apenas olhou para ele como se esperasse o desfecho da piada.

– Você acha que isso tem a ver comigo – disse Erik. – Mas não tem. Tem a ver com minha filha. Com o que eu faria para salvar Aimee. Eu mataria esse homem num segundo. Mataria a mulher dele. Diabos, Myron, eu mataria você também. Mas nada disso vai adiantar. Você está certo. Eu o convenci. Mas se quisermos que ele fale, a mulher dele e eu devemos sair da sala.

Erik foi até a Sra. Davis. Ela se encolheu.

Harry Davis gritou:

– Deixe-a em paz!

Erik o ignorou. Abaixou-se e ajudou a Sra. Davis a se levantar. Depois ele olhou de volta para Harry.

– Sua mulher e eu vamos esperar na cozinha.

Erik fechou a porta. Myron esperou para desamarrar Davis, mas aquelas algemas de nylon eram difíceis de soltar com a mão. Pegou um cobertor e estancou o fluxo de sangue do pé.

– Não dói muito – disse Davis.

Sua voz estava distante. Estranhamente, ele também parecia mais tranquilo. Myron já tinha visto isso. A confissão é mesmo boa para a alma. O sujeito estava carregando uma carga pesada de segredos. Ia sentir-se bem, pelo menos temporariamente, tirando o fardo do silêncio de cima dos ombros.

– Eu dou aulas no ensino médio há 22 anos – começou sem ser instigado. – Eu amo fazer isso. Sei que o salário não é fantástico. Sei que não é uma profissão de prestígio. Mas adoro os alunos. Adoro ensinar. Adoro ajudá-los a progredir. Adoro quando eles voltam e me visitam.

Davis parou.

– Por que Aimee veio para cá naquela noite? – perguntou Myron.

Ele pareceu não ouvir.

– Pense bem, Sr. Bolitar. Mais de vinte anos. Com estudantes do ensino médio. Não digo crianças do ensino médio. Porque muitos não são mais crianças. Têm 16, 17 e até 18 anos. Têm idade para prestar serviço militar e para votar. E, a não ser que você seja cego, sabe que elas são mulheres, e não meninas. O senhor já olhou algum exemplar da *Sports Illustrated* com uma matéria especial sobre moda praia? Já viu um desfile de alta costura? Aquelas modelos têm a mesma idade das garotas lindas, jovens, com que eu passo cinco dias por semana, dez meses por ano. Mulheres, Sr. Bolitar. Não meninas. Não se trata de atração doentia nem de pedofilia.

– Espero que você não esteja tentando justificar casos sexuais com alunas.

Davis balançou a cabeça.

– Só quero colocar as coisas dentro de um contexto.

– Não preciso de contexto, Harry.

Ele quase riu disso.

– Acho que o senhor me entende mais do que deseja admitir. A questão é que eu sou um homem normal, e com isso quero dizer que sou um heterossexual normal com necessidades e desejos normais. Vivo cercado ano após ano por mulheres incrivelmente lindas usando roupas justas, jeans de cintura baixa, decotes cavados e pernas à mostra. Todo dia, Sr. Bolitar. Elas sorriem para mim. Flertam comigo. E nós, professores, devemos ser fortes e resistir todo dia.

– Deixe-me adivinhar. Você parou de resistir?

– Não estou tentando ganhar sua cumplicidade. O que estou dizendo é que a posição em que estamos não é natural. Se a gente vir uma garota sensual de 17 anos andando pela rua, a gente olha. Deseja. Pode até fantasiar.

– Mas não parte para a ação.

– Por que não? Porque é errado ou porque não tem chance de dar certo? Agora imagine-se vendo centenas de garotas assim todos os dias, durante anos. Desde os tempos antigos o homem lutou para ser poderoso e rico. Por quê? A maioria dos antropólogos vai dizer que fazemos isso para atrair as melhores fêmeas. É a natureza. Não olhar, não desejar, não se sentir atraído, tudo isso tornaria você uma aberração, não acha?

– Não tenho tempo para isso, Harris. Você sabe que é errado.

– Sei. E durante vinte anos lutei contra esses impulsos. Me limitei a olhar, imaginar, fantasiar.

– E então?

– Há dois anos tive uma aluna maravilhosa, inteligente, linda. Não, não era Aimee. Não vou dizer o nome. Não há motivo para o senhor saber. Ela se sentava na primeira fileira. Olhava para mim como se eu fosse uma divindade. Mantinha os dois botões de cima da blusa abertos...

Davis fechou os olhos.

– E você cedeu aos seus instintos naturais – disse Myron.

– Não conheço muitos homens que teriam resistido.

– O que isso tudo tem a ver com Aimee Biel?

– Nada. Quero dizer, não diretamente. Aquela moça e eu começamos a ter um caso. Não vou entrar em detalhes.

– Obrigado.

– Mas acabamos sendo descobertos. Como o senhor pode imaginar, foi um desastre. Os pais dela ficaram loucos. Contaram à minha mulher. Ela ainda não me perdoou de verdade. Mas a família da Donna tem dinheiro. Pagamos aos pais da garota. Eles queriam manter a história em sigilo, também. Estavam preocupados com a reputação da filha. Por isso todos concordamos em não dizer nada. Ela foi para a faculdade. E eu voltei a dar aulas. Tinha aprendido a lição.

– E?

– E deixei tudo isso para trás. Sei que o senhor quer me considerar um monstro. Mas não sou. Tive muito tempo para pensar nisso. Sei que o senhor acha que só estou tentando racionalizar, mas há mais coisas envolvidas. Sou um bom professor. O senhor mesmo disse como é marcante ganhar o título de Professor do Ano, e que eu ganhei mais do que qualquer outro professor na história dessa escola. É porque gosto dos jovens. Não é contraditório ter esses desejos e gostar dos meus alunos. E o senhor sabe como os adolescentes são perceptivos. Sabem identificar uma falsidade a quilômetros de distância. Eles votam em mim, me procuram quando têm problemas, porque sabem que eu me importo.

Myron sentiu vontade de vomitar, mas sabia que os argumentos não deixavam de ter uma espécie de verdade perversa.

– Então você voltou a dar aulas – disse tentando trazê-lo de volta para o que interessava. – Deixou tudo aquilo para trás e...

– E então cometi um segundo erro. – Ele sorriu de novo. Havia sangue nos seus dentes. – Não, não é o que você está pensando. Não tive outro caso.

– O que foi, então?

– Peguei um aluno vendendo maconha. E o entreguei ao diretor e à polícia.

– Randy Wolf.

Davis assentiu.

– O que aconteceu?

– O pai dele... Conhece o cara?

– Nos conhecemos.

– Ele andou me investigando. Havia boatos sobre minha ligação com a aluna. Ele contratou um detetive particular. Também arranjou outro professor, um sujeito chamado Drew Van Dyne, para ajudá-lo. Van Dyne era o fornecedor de drogas do Randy.

– Então, se Randy fosse processado – disse Myron –, Van Dyne teria muito a perder também.

– É.

– Então deixe-me adivinhar. Jake Wolf descobriu o seu caso.

Davis confirmou com a cabeça.

– E chantageou você para ficar quieto.

– Ah, ele fez mais do que isso.

Myron olhou para o pé do sujeito. O sangue tinha parado de escorrer. Deveria levá-lo a um hospital – sabia disso –, mas não queria perder o ímpeto. O estranho era que Davis não parecia sentir dor. Queria falar. Provavelmente vinha pensando nessas justificativas malucas durante anos, chacoalhando sozinhas no cérebro, e agora finalmente tinha a chance de expressá-las.

– Então Jake Wolf me controlava – continuou Davis. – Assim que a gente entra na estrada da chantagem, nunca mais sai. É, ele ofereceu dinheiro. E sim, eu aceitei.

Myron pensou no que Wheat Manson tinha dito ao telefone.

– Você não era só professor. Era orientador educacional.

– Sim.

– Tinha acesso às fichas dos alunos. Eu já vi até que ponto os pais desta cidade são capazes de ir para colocar os filhos na faculdade certa.

– Você não faz ideia.

– Faço, sim. Não era muito diferente quando eu era novo. Então Jake Wolf mandou você mudar as notas do filho dele.

– Algo assim. Eu só mudei a parte acadêmica da ficha dele. Randy queria estudar em Dartmouth. Dartmouth queria Randy por causa do futebol. Mas era preciso que ele estivesse entre os 10 por cento melhores. Existem quatrocentos alunos na classe dele. Randy estava em 55º lugar; nada mau, mas não era dos melhores. Há outro aluno, um garoto brilhante chamado Ray Clarke. É o quinto da turma. Clarke entrou em Georgetown por decisão antecipada. Por isso eu sabia que ele não se candidataria para nenhuma outra universidade...

– E você trocou a ficha de Randy pela do tal de Clarke?

– É.

Myron se lembrou de outra coisa, algo que Randy tinha dito com relação a tentar ganhar Aimee de volta, que o tiro havia saído pela culatra, que os dois tinham o mesmo objetivo.

– E você fez a mesma coisa por Aimee Biel, para garantir que ela fosse para a Duke. Randy pediu isso a você, não foi?

– Foi.

– E quando Randy contou a Aimee o que tinha feito, achou que ela iria agradecer. Só que não foi assim. Ela começou a investigar. Tentou invadir o computador da escola para descobrir o que tinha acontecido. Ligou para Roger Chang, o quarto aluno da turma, para saber quais eram as notas e as atividades extracurriculares dele. Estava tentando deduzir o que vocês tinham feito.

– Isso eu não sei. – Davis estava perdendo o fluxo de adrenalina. Agora se encolhia de dor. – Nunca falei com Aimee sobre isso. Não sei o que Randy contou para ela, era isso que eu estava perguntando a ele quando o senhor nos viu no estacionamento da escola. Ele disse que não tinha tocado no meu nome, que só tinha dito a ela que ia ajudá-la a entrar na Duke.

– Mas Aimee somou dois e dois. Ou pelo menos estava tentando fazer isso.

– Pode ser.

Ele se encolheu de novo. Myron não se importou.

– Então agora chegamos à grande noite, Harry. Por que Aimee me pediu para deixá-la aqui?

A porta da cozinha se abriu. Erik enfiou a cabeça na sala.

– Como estamos indo?

– Bem – respondeu Myron.

Myron esperou um questionamento, mas Erik apenas desapareceu outra vez.

– Ele é maluco – disse Davis.

– Você tem filhas, não tem?

– Tenho. – Então ele assentiu como se entendesse de repente.

– Você está enrolando, Harry. Seu pé está sangrando. Você precisa ir para o hospital.

– Não me importo com isso.

– Você já chegou até aqui. Vamos terminar. Onde está Aimee?

– Não sei.

– Por que ela veio para cá?

Ele fechou os olhos.

– Harry?

Sua voz saiu fraca.

– Deus me perdoe, mas eu não sei.

– Quer explicar?

– Ela bateu aqui em casa naquela noite. Era ridiculamente tarde. Duas, três da madrugada, não sei. Donna e eu estávamos dormindo. Ela quase matou a gente de susto. Fomos até a janela. Nós dois a vimos. Eu me virei para minha mulher. Você deveria ver a cara dela. Havia muita dor. Toda a desconfiança, tudo o que eu vinha lutando para consertar se quebrou de novo. Ela começou a chorar.

– E o que você fez?

– Mandei Aimee embora.

Silêncio.

– Abri a janela. Disse que era tarde. Disse que podíamos conversar na segunda-feira.

– O que Aimee fez?

– Só me olhou. Não disse uma palavra. Estava desapontada. Dava para ver. – Davis fechou os olhos com força. – Mas também fiquei com medo de ela estivesse com raiva.

– Ela simplesmente saiu andando?

– Sim.

– E então ela desapareceu. Antes de revelar o que sabia. Antes de poder destruir você. E se o escândalo da fraude fosse revelado, você estaria arruinado, como eu disse quando conversamos da primeira vez. Tudo seria exposto.

– Eu sei. Pensei nisso.

Ele parou. As lágrimas começaram a escorrer pelo seu rosto.

– O que foi? – perguntou Myron.

– Meu terceiro grande erro – disse ele em voz fraca.

Myron sentiu um arrepio descer pela coluna.

– O que você fez?

– Eu nunca faria mal a ela. Nunca. Eu gostava dela.

– O que você fez, Harry?

– Eu estava confuso. Não sabia qual era a situação. Por isso fiquei apavorado quando ela apareceu. Sabia o que podia acontecer, como você mesmo disse. Tudo seria exposto. Aí eu entrei em pânico.

– O que você fez? – perguntou Myron de novo.

– Dei um telefonema. Assim que ela saiu. Liguei para uma pessoa que achei que poderia pensar no que fazer em seguida.

– Para quem você ligou, Harry?

– Jake Wolf. Liguei para Jake Wolf e disse que Aimee Biel estava bem na minha porta.

capítulo 49

Claire os encontrou quando eles saíram rapidamente.
– Que diabo aconteceu aqui?
– Vá para casa, Claire. Para o caso de ela telefonar – respondeu Erik sem parar de andar.

Claire olhou para Myron, como se pedisse ajuda. Myron não deu. Erik já estava na direção, figurativa e literalmente. Myron entrou no banco do carona antes que ele partisse a toda a velocidade.

– Você sabe onde é a casa dos Wolfs? – perguntou Myron.
– Deixei minha filha lá um monte de vezes.

Erik pisou fundo. Normalmente a expressão dele ficava em algum lugar nas vizinhanças do desdém. Costumava haver testas franzidas e profundas rugas de desaprovação. Nada disso estava presente agora. O rosto estava plácido, inabalado. Myron esperou que ele ligasse o rádio e começasse a cantar.

– Você vai ser preso – disse.
– Duvido.
– Acha que eles vão deixar isso pra lá?
– Provavelmente.
– O hospital vai ter que reportar o ferimento à bala à polícia.

Erik deu de ombros.
– Certo, mas, o que vão dizer? Eu tenho direito a um júri composto por meus pares. Isso significaria alguns pais de adolescentes. Quando for chamado para o banco de testemunhas vou contar que minha filha adolescente está desaparecida e que a vítima é um professor que seduziu uma aluna e recebeu suborno para mudar as notas dela...

Ele deixou a voz no ar como se o veredicto fosse óbvio demais para ser mencionado. Myron não sabia direito o que dizer. Por isso se recostou no banco.

– Myron?
– O quê?
– A culpa é minha, não é? A minha traição foi o catalisador disso tudo, não foi?
– Não creio que seja tão simples assim. Aimee é muito voluntariosa. Isso

pode ter colaborado, mas de um modo estranho tudo se soma. Van Dyne é professor de música e trabalha na loja de música predileta dela. Deve haver algum apelo aí. Ela provavelmente havia superado o Randy. Aimee sempre foi uma boa garota, não foi?

– A melhor – disse ele baixinho.

– Talvez ela só estivesse precisando se rebelar. Seria normal, certo? E lá estava o Van Dyne, a postos para ampará-la. Quero dizer, não sei se foi assim que aconteceu. Mas eu não colocaria toda a culpa em você.

Ele assentiu, mas não parecia engolir. Afinal de contas, Myron não estava se esforçando para vender a ideia. Myron pensou em chamar a polícia, mas o que iria dizer exatamente? E o que a polícia faria? Os policiais podiam estar na folha de pagamento de Jake Wolf. Isso poderia alertá-lo. De qualquer modo eles teriam que respeitar seus direitos. Ele e Erik não precisavam se preocupar com isso.

– E como você acha que tudo aconteceu? – perguntou Erik.

– Ainda temos dois suspeitos. Drew Van Dyne e Jake Wolf.

Erik balançou a cabeça.

– Foi o Wolf.

– Por que tem tanta certeza?

Ele inclinou a cabeça.

– Você ainda não compreendeu o elo paterno, não é, Myron?

– Eu tenho um filho, Erik.

– Que está no Iraque.

Myron ficou quieto.

– O que você faria para salvá-lo?

– Você sabe a resposta.

– Sei. O mesmo que eu. E o mesmo que Jake Wolf. Ele já mostrou até onde é capaz de ir.

– Há uma grande diferença entre subornar um professor para trocar fichas e...

– Assassinar alguém? – terminou Erik por ele. – Provavelmente a coisa não começa assim. Você começa falando com ela, tentando fazer com que ela veja as coisas do seu modo. Explica que ela também pode se encrencar, com a aceitação para a Duke e coisa e tal. Mas ela não recua. E de repente você entende: é uma clássica situação de "nós ou eles". É o futuro dela ou o do seu filho. Qual você vai escolher?

– Você está especulando – disse Myron.

– Talvez.

– Você precisa manter as esperanças.

– Por quê?

Erik olhou-o nos olhos:

– Ela está morta, Myron. Nós dois sabemos.

– Não sabemos, não.

– Ontem à noite, quando estávamos naquela rua sem saída, você se lembra do que falou?

– Falei um monte de coisas.

– Você disse que não achava que ela tinha sido sequestrada aleatoriamente por um psicopata.

– Ainda não acho. E daí?

– Então pense bem. Se era alguém que ela conhecia, Wolf, Davis, Van Dyne, escolha quem quiser... por que iriam sequestrá-la?

Myron não disse nada.

– Todos tinham motivos para mantê-la em silêncio. Mas pense bem. Você disse que podia ser Van Dyne ou Wolf. Eu aposto que é o Wolf. Mas de qualquer modo todos estavam com medo do que Aimee poderia revelar, certo?

– Certo.

– Você não sequestra uma pessoa se o que quer é mantê-la em silêncio. Você mata.

Ele disse isso com muita calma, as mãos no volante. Myron não sabia direito o que dizer. O argumento de Erik tinha sido bastante convincente. Você não sequestra se o objetivo for o silêncio. Isso não funciona. Esse medo também estivera roendo Myron por dentro. Ele tinha tentado escondê-lo, mas agora ali estava, escancarado pelo único homem que desejaria mais do que ele que nada disso fosse verdade.

– E agora eu estou bem – continuou Erik. – Está vendo? Estou lutando. Estou batalhando para descobrir o que aconteceu. Quando nós a encontrarmos, se ela estiver morta, acabou. Quero dizer, eu acabei. Vou vestir uma máscara e seguir em frente por causa dos meus outros filhos. É o único motivo pelo qual não vou murchar e morrer. Mas acredite: minha vida vai acabar. Você pode muito bem me enterrar junto com a Aimee. É disso que se trata. Estou morto, Myron. Mas não vou partir como covarde.

– Espere aí. Ainda não sabemos de nada.

Então Myron se lembrou de outra coisa. Aimee estava na internet na noite anterior. Ia dizer isso a Erik, lhe dar alguma esperança, mas primeiro queria examinar a situação na própria cabeça. Tinha alguma coisa estranha. Erik havia levantado um ponto interessante. Pelo que tinham sabido, não existia motivo para sequestrar Aimee. Só para matá-la.

Será que era mesmo Aimee na internet? Será que ela havia mandado um aviso para Erin?

Algo não estava batendo.

Saíram da Route 280 cantando pneus. Erik freou quando chegaram à rua de Wolf. O carro subiu a ladeira lentamente, parando duas casas antes.

– Qual é o próximo passo? – perguntou Erik.

– Vamos bater à porta e ver se ele está em casa.

Os dois saíram do carro e caminharam até a porta. Myron foi na frente. Erik deixou. Ele tocou a campainha, um som trinado e pretensioso, que continuou por tempo demais. Erik ficou recuado alguns passos, no escuro. Myron sabia que Erik estava com a arma. Imaginou como lidar com isso. Erik já havia atirado num homem naquela noite e parecia disposto a fazer isso de novo.

A voz de Lorraine Wolf chegou pelo interfone.

– Quem é?

– Myron Bolitar.

– É muito tarde. O que o senhor quer?

Myron se lembrou do vestido de tenista curto e das falas de duplo sentido. Agora não havia duplos sentidos.

– Preciso falar com o seu marido.

– Ele não está.

– Sra. Wolf, poderia, por favor, abrir a porta?

– Gostaria que o senhor fosse embora.

Myron pensou em como agir.

– Falei com o Randy esta noite.

Silêncio.

– Ele estava numa festa. Conversamos sobre Aimee. Depois falei com Harry Davis. Sei de tudo, Sra. Wolf.

– Não sei do que o senhor está falando.

– Ou a senhora abre esta porta ou eu vou à polícia.

Mais silêncio. Myron se virou e olhou para Erik. Ele ainda parecia relaxado demais. Myron não gostou disso.

– Sra. Wolf?

– Meu marido vai voltar em uma hora. Venha mais tarde.

Erik Biel foi quem respondeu:

– Acho que não.

Ele pegou a arma, encostou na fechadura e atirou. A porta se abriu com um estrondo. Erik entrou segurando a arma. Myron o seguiu.

Lorraine Wolf gritou.

Erik e Myron foram na direção do som. Quando chegaram à sala íntima os dois pararam.

Lorraine Wolf estava sozinha.

Por um momento ninguém se mexeu. Myron apenas avaliou a situação. A primeira coisa que ele notou foi que Lorraine Wolf estava no centro da sala, usando luvas de borracha. Luvas de borracha de um amarelo vivo. Depois olhou as mãos mais atentamente. Numa delas, a direita, ela segurava uma esponja. Na outra – a esquerda, obviamente – segurava um balde amarelo que combinava com as luvas.

Havia um pedaço molhado no tapete que ela estivera limpando.

Erik e Myron deram um passo à frente. Agora podiam ver que havia água no balde. A água tinha um tom rosa medonho.

– Ah, não... – sibilou Erik.

Myron se virou para agarrá-lo, mas era tarde demais. Uma sombra negra baixou sobre os olhos de Erik. Ele soltou um uivo e pulou na direção da mulher. Lorraine Wolf gritou, deixando o balde cair no tapete. O líquido rosado se derramou.

Erik a derrubou. Os dois caíram por cima do encosto do sofá. Myron estava logo atrás, sem saber como agir. Se fizesse um movimento agressivo demais Erik poderia puxar o gatilho. Mas se não fizesse nada...

Erik estava segurando Lorraine Wolf. Encostou a arma na têmpora dela. Ela gritou, segurando a mão dele. Erik não se mexeu.

– O que você fez com a minha filha?

– Nada.

Myron interveio:

– Erik, não...

Mas Erik não estava escutando. Myron levantou sua arma. Apontou-a para Erik. Ele viu, mas estava óbvio que não se importava.

– Se você matá-la... – começou Myron.

– O quê? – gritou Erik. – O que nós perdemos, Myron? Olhe esse lugar. Aimee já está morta.

Lorraine Wolf gritou:

– Não!
– Onde ela está, então, Lorraine? – perguntou Myron.
Lorraine apertou os lábios com força.
– Lorraine, onde Aimee está?
– Não sei.
Erik levantou a arma. Ia lhe dar uma coronhada.
– Erik, não.
Ele hesitou. Lorraine levantou os olhos, encarando o agressor. Estava apavorada, mas Myron viu que ela estava se firmando, preparando-se para levar o golpe.
– Não – disse Myron de novo. E deu um passo mais para perto.
– Ela sabe de alguma coisa – compreendeu Erik.
– E vamos descobrir, está bem?
Erik olhou para ele.
– O que você faria? Se fosse alguém que você amava?
Myron chegou mais perto.
– Eu amo Aimee.
– Não como um pai.
– É. Não desse jeito. Mas já fiz esse tipo de coisa. Já pressionei demais. Não funciona.
– Funcionou com Harry Davis.
– Eu sei, mas...
– Ela é mulher. É a única diferença. Eu atirei no pé dele e você fez perguntas e deixou que ele sangrasse. Agora estamos cara a cara com alguém que está limpando sangue e de repente você fica cheio de melindres.
Mesmo no meio dessa névoa, Myron conseguia entender o argumento dele. Era de novo a coisa de homem e mulher. Se Aimee fosse um rapaz. Se Harry Davis fosse uma mulher bonita que gostasse de flertar.
Erik encostou a arma de novo na têmpora de Lorraine.
– Onde está minha filha?
– Não sei – respondeu ela.
– De quem é o sangue que você está limpando?
Erik apontou a arma para o pé dela. O controle havia sumido. Lágrimas começaram a escorrer pelo rosto dele. A mão tremia.
– Se você atirar nela – disse Myron – isso contamina a prova. O sangue vai se misturar. Eles nunca vão descobrir o que aconteceu aqui. E o único que vai para a cadeia é você.

Não fazia todo o sentido, mas bastou para que Erik hesitasse. Todo o seu rosto desmoronou. Ele começou a chorar. Mas continuou segurando o revólver, sempre apontado para o pé dela.

– Só respire um pouco – disse Myron.

Erik balançou a cabeça.

– Não.

O ar estava pesado. Tudo havia parado. Erik olhou para Lorraine Wolf. Ela levantou os olhos sem se encolher. Myron podia ver o dedo de Erik no gatilho.

Agora não havia escolha.

Myron precisava agir.

E então seu celular tocou.

Isso fez todo mundo parar. Erik tirou o dedo do gatilho e enxugou o rosto com a manga da camisa.

– Atenda – disse.

Myron olhou rapidamente para o identificador de chamadas. Era Win. Apertou o botão e encostou o aparelho na orelha.

– O que foi?

– O carro de Drew Van Dyne acaba de chegar em casa – disse Win.

capítulo 50

A INSPETORA DE HOMICÍDIOS LOREN Muse estava cuidando do caso dos dois assassinatos em East Orange quando o telefone tocou. Era tarde, mas ela não ficou surpresa. Costumava trabalhar até altas horas. Todos sabiam.
– Muse.
A voz estava abafada mas parecia masculina.
– Tenho uma informação para você.
– Quem está falando?
– É sobre aquela garota desaparecida.
– Que garota desaparecida?
– Aimee Biel.

Erik ainda estava apontando a arma para Lorraine Wolf.
– O que houve? – perguntou ele, virando o rosto para Myron.
– Drew Van Dyne está em casa.
– O que isso quer dizer?
– Quer dizer que deveríamos ir falar com ele.
Erik indicou Lorraine Wolf com a arma.
– Não podemos simplesmente deixá-la aqui.
– Concordo.
O mais inteligente seria Erik ficar ali, de olho nela, não deixar que Lorraine avisasse ninguém, que limpasse nada. Mas não queria deixá-la sozinha com Erik. Não na condição em que ele estava.
– Deveríamos levá-la – disse Myron, por fim.
Erik encostou a arma na cabeça dela.
– Levante-se – disse.
Ela obedeceu. Levaram-na para fora. Myron ligou para o detetive Lance Banner enquanto iam para o carro.
– Banner falando.
– Leve seus melhores peritos à casa de Jake Wolf. Não posso explicar.
Desligou. Em outras circunstâncias poderia ter pedido reforço. Mas Win estava na casa de Drew Van Dyne. Não seria necessário.
Myron dirigiu. Erik sentou-se no banco de trás ao lado de Lorraine, com a arma apontada para ela. Myron olhou pelo retrovisor e a encarou.

– Onde está seu marido? – perguntou, fazendo uma curva à direita.
– Saiu.
– Para onde?
Ela não respondeu.
– Há duas noites vocês receberam um telefonema. Às três da manhã.
Seus olhos se encontraram no retrovisor. Ela não assentiu, mas ele achou que podia ver concordância.
– Quem fez a ligação foi Harry Davis. Quem atendeu? A senhora ou seu marido?
A voz dela saiu fraca.
– Foi o Jake.
– Davis disse a ele que Aimee tinha estado lá, que estava preocupado. E então Jake correu e pegou o carro.
– Não.
Myron fez uma pausa e pensou na resposta.
– O que ele fez, então?
Lorraine se remexeu no banco, olhando direto para Erik.
– Gostávamos muito da Aimee. Pelo amor de Deus, Erik, ela namorou o Randy por dois anos.
– Mas então ela o largou – disse Myron.
– É.
– Como o Randy reagiu?
– Ficou com o coração partido. Ele gostava dela. Mas vocês não podem pensar... – Sua voz morreu.
– Vou perguntar de novo, Sra. Wolf. Depois que Harry Davis ligou para sua casa, o que seu marido fez?
Ela encolheu os ombros.
– O que ele poderia fazer?
Myron fez uma pausa.
– O quê, você acha que o Jake foi até lá e a agarrou? Qual é! Mesmo sem trânsito a gente leva meia hora de Livingston até Ridgewood. Você acha que Aimee ia ficar esperando o Jake chegar?
Myron abriu a boca e fechou de novo. Tentou visualizar a cena. Harry Davis tinha acabado de rejeitá-la. Será que ela simplesmente ficaria parada, naquela rua escura, durante meia hora ou mais? Fazia sentido?
– Então o que aconteceu? – perguntou.
Ela não disse nada.

– Vocês receberam o telefonema de Harry Davis. Ele estava em pânico por causa de Aimee. O que a senhora e o Jake fizeram?

Myron virou à esquerda. Estavam na Northfield Avenue, uma das principais de Livingston. Pisou mais fundo no acelerador.

– O que vocês teriam feito? – perguntou ela.

Ninguém respondeu. Lorraine encarou Myron pelo retrovisor.

– É o seu filho. O futuro dele está em risco. Ele tem uma namorada maravilhosa. Mas alguma coisa aconteceu com ela. Ela mudou. Não sei por quê.

Erik se remexeu mas manteve o revólver apontado para ela.

– De repente ela não quer mais saber dele. Tem um caso com um professor. Sai batendo à porta dos outros às três da madrugada. Está descontrolada. E, se abrir o bico, pode destruir o seu mundo inteiro. O que o senhor faria, Sr. Bolitar? – Ela se virou para Erik. – Se a situação fosse invertida, se Randy tivesse abandonado Aimee e começasse a agir assim, ameaçando acabar com o futuro dela, o que você teria feito, Erik?

– Eu não o teria matado – respondeu Erik.

– Nós não a matamos. Nós só... ficamos preocupados. Jake e eu conversamos. Pensamos em como lidar com aquilo. Tentamos planejar o que fazer. Primeiro mandaríamos Harry Davis mudar os registros do computador e deixar tudo como estava antes, se possível. Queríamos que parecesse uma falha no sistema ou algo assim. As pessoas poderiam suspeitar da verdade, mas se não pudessem provar, talvez ficássemos seguros. Pensamos em outras soluções. Sei que você quer chamar Randy de traficante, mas ele era só um avião. Toda escola tem alguns. Não vou defender isso. Quando eu estudei em Middlebury, o fornecedor era um garoto que hoje é um político importante. Quando você se forma, isso fica pra trás. Mas precisávamos garantir que a história não fosse divulgada. E, acima de tudo, queríamos pensar num modo de conversar com Aimee. Íamos ligar para você, Erik. Achamos que talvez você pudesse falar com ela. Porque não era só o futuro do Randy. Era o dela também.

Estavam chegando perto da casa de Drew Van Dyne.

– Bela história, Sra. Wolf – disse Myron. – Mas a senhora deixou uma parte de fora.

Ela fechou os olhos.

– De quem era o sangue no seu tapete?

Não houve resposta.

– A senhora me ouviu ligando para a polícia. Eles estão indo para lá agora. Existem testes. DNA e coisa e tal. Eles vão descobrir.

Lorraine não disse nada. Agora estavam na rua do professor de música. As casas ali eram menores e mais velhas. Os gramados não eram tão verdes. Os arbustos estavam meio caídos. Win tinha dito a Myron exatamente onde estaria; caso contrário ele não o teria visto. Parou e olhou para Erik.

– Fique aqui um segundo.

Myron parou o carro e foi para trás de uma árvore.

– Não estou vendo o carro de Drew Van Dyne – disse Myron para Win.

– Está na garagem.

– Há quanto tempo ele está aqui?

– Há quanto tempo eu liguei?

– Dez minutos.

Win assentiu.

– Então é isso aí.

Myron olhou para a casa. Estava escura.

– Não tem luzes acesas.

– Também notei.

– Ele entrou de ré na garagem há dez minutos e ainda não foi para casa?

Win deu de ombros.

De repente houve um rangido. O portão da garagem se abriu. Faróis brilharam no rosto deles. O carro partiu a toda velocidade. Win pegou sua arma, preparando-se para atirar. Myron pôs a mão no braço do amigo.

– Aimee pode estar lá.

Win assentiu. O carro voou pela entrada de veículos e cantou pneus virando à direita. Passou pelo carro estacionado com Erik Biel e Lorraine Wolf no banco de trás, ela ainda sob a mira da arma. O Toyota Corolla de Van Dyne hesitou e depois acelerou.

Myron e Win correram de volta para o carro. Myron entrou atrás do volante, Win no banco do carona.

Win se virou e sorriu para Erik.

– Oi – disse.

Win estendeu a mão para trás para cumprimentar Erik. Em vez disso agarrou rapidamente a arma e a arrancou dele. Assim. Num segundo Erik Biel estava segurando uma arma. No outro não estava mais.

Myron engrenou o carro enquanto o veículo de Van Dyne desaparecia na esquina. Win olhou para o revólver, franziu a testa e tirou as balas.

A perseguição tinha começado. Mas não duraria muito.

capítulo 51

QUEM ESTAVA DIRIGINDO O carro não era Drew Van Dyne. Era Jake Wolf.

Jake era veloz. Fez algumas curvas rápidas, mas só dirigiu por cerca de um quilômetro e meio. Chegou ao antigo Shopping Roosevelt, deu a volta pelos fundos e estacionou. Atravessou os campos de futebol escuros, indo na direção da Escola Livingston. Achou que Myron Bolitar o seguia. Mas também achou que tinha distância suficiente.

Ouviu os sons da festa. Depois de mais alguns passos começou a ver as luzes. O ar da noite era bom nos pulmões. Tentou olhar as árvores, as casas, os carros nas garagens. Amava essa cidade. Amava sua vida aqui.

À medida que chegava mais perto ouvia os risos. Pensou no que estava fazendo. Engoliu em seco e passou por trás de uma fileira de pinheiros, entrando na propriedade vizinha. Encontrou um ponto entre duas árvores e olhou para a tenda. Viu seu filho imediatamente.

Sempre tinha sido assim com o Randy. Era impossível não vê-lo. Ele se destacava, não importando as circunstâncias. Jake se lembrou de quando tinha ido ao primeiro jogo de futebol do filho, no primeiro ano. Devia haver trezentas, quatrocentas crianças, todas ali, correndo e trombando como moléculas no calor. Jake tinha chegado tarde, mas demorou meros segundos para encontrar seu garoto radiante no meio das ondas de crianças parecidas. Era como se houvesse um refletor aceso, iluminando cada passo dele.

Jake Wolf apenas olhou. Seu filho estava falando com alguns colegas, que riam de algo que ele tinha dito. Jake sentiu seus olhos se enchendo de lágrimas. Havia muita culpa a ser distribuída. Tentou pensar em onde tudo tinha começado. Com o Dr. Crowley, talvez. O maldito professor de história chama a si mesmo de *doutor*. Que tipo de bosta pretensiosa é essa, afinal?

Crowley era pequeno, insignificante, com cabelos esticados sobre a careca e ombros caídos. Odiava atletas. Dava para sentir o cheiro da inveja a um quilômetro de distância. Crowley olhava para alguém como Randy, alguém tão bonito, atlético e especial, e só via seus fracassos adolescentes. Foi ali que tudo começou.

Randy escrevera uma dissertação ótima sobre a Ofensiva do Tet para a aula de história de Crowley. Crowley lhe deu nota 7. Uma porcaria de 7. Um amigo de Randy chamado Joel Fisher tirou 10. Jake leu os dois trabalhos. O de Randy era melhor. Não era só Jake que achava isso. Ele mostrou os dois textos para várias pessoas, sem dizer qual era qual.

– Qual é o melhor? – perguntava.

E quase todos concordavam. A dissertação de Randy era superior.

Poderia parecer uma coisa pequena, mas não era. A dissertação valia três quartos da nota, e Randy tirou 7. Isso o deixou fora da lista de honra naquele semestre; porém mais do que isso, mais do que qualquer coisa, tirou-o dos dez por cento melhores da turma. A universidade de Dartmouth tinha deixado claro. Com as estatísticas esportivas do Randy ele precisaria estar nos dez por cento melhores. Se aquele 7 fosse um 9, Randy seria aceito.

Essa era a diferença.

Jake e Lorraine foram falar com o Dr. Crowley. Explicaram a situação. Ele não cedeu. Assumiu um ar superior, gostando do jogo de poder, e Jake precisou de toda a força de vontade para não jogar o cara por uma janela de vidro. Mas Jake não desistiria tão fácil. Contratara um detetive particular para investigar o passado do sujeito, mas a vida dele era tão patética, tão vazia, tão sem graça, especialmente perto do farol luminoso que era o filho de Jake... Não havia nada que pudesse usar contra o sujeito.

Assim, se Jake Wolf tivesse seguido as regras, tudo estaria acabado. Nada teria acontecido. Mas isso manteria seu filho fora de uma faculdade de elite – e tudo por capricho de um sujeitinho insignificante feito Crowley. De jeito nenhum. E assim a coisa começou.

Jake engoliu em seco e ficou observando seu filho no meio da festa, como o sol com uma dúzia de planetas em sua órbita. Estava com um copo na mão. Randy tinha um brilho natural, uma bela postura. Jake Wolf ficou parado nas sombras, e se perguntou se haveria algum modo de salvar tudo aquilo. Achava que não. Era como tentar segurar água. Tentara parecer confiante para Lorraine. Pensou em largar o corpo na casa de Drew Van Dyne. Lorraine limparia a sujeira. Ainda poderia ter dado certo.

Porém Myron Bolitar tinha aparecido. Jake o viu da garagem. Estava encurralado. Esperava acelerar, despistá-los, largar o corpo em outro local. Mas quando fez a primeira curva e viu Lorraine no banco de trás, soube que estava acabado.

Contrataria um bom advogado. O melhor da cidade. Conhecia um cara, Lenny Marcus, que era um grande advogado de defesa. Ligaria para ele, veria o que poderiam resolver. Mas no fundo do coração Jake sabia que não tinha mais jeito. Pelo menos para ele.

Por isso estava ali, parado nas sombras. Olhando seu filho lindo e perfeito. Randy era a única coisa que ele fizera direito. Seu garoto. Seu garoto precioso. Mas isso bastava. Desde a primeira vez que pôs os olhos no bebê no hospital, Jake Wolf ficou hipnotizado. Foi a todos os treinos que pôde. A todos os jogos. Não era só para dar apoio – frequentemente, durante os treinos, ficava atrás de uma árvore, quase escondido, como agora. Gostava de olhar o filho. Só isso. Gostava de se perder nessa bem-aventurança simples de observá-lo. E às vezes, quando fazia isso, não conseguia acreditar na própria sorte, em como alguém como ele, um sujeitinho tão insignificante quanto Jake Wolf, podia ter participado da criação de algo tão milagroso. O mundo era cruel e medonho, e você precisava fazer todo o possível para conseguir alguma vantagem, mas de vez em quando ele olhava para Randy e percebia a existência de outra coisa além do horror do ódio, tinha de existir algo melhor lá fora, algum ser superior, porque aqui, à sua frente, estava de fato a perfeição e a beleza.

– Ei, Jake.

Ele se virou ao som da voz.

– Oi, Jacques.

Era Jacques Harlow, pai de um dos amigos mais íntimos de Randy e anfitrião da festa. Jacques se aproximou. Os dois olharam para a festa, para os filhos, absorvendo aquilo por quase um minuto inteiro em silêncio.

– Dá para acreditar que tudo passou tão depressa? – disse Harlow.

Jake apenas balançou a cabeça, com medo de falar. Seu olhar jamais se afastava do filho.

– Ei, que tal ir tomar uma bebida?

– Não posso, obrigado. Só passei para deixar uma coisa para o Randy.

Harlow deu um tapinha nas costas dele.

– Claro. – E voltou para a varanda.

Demorou mais cinco minutos. Jake desfrutou de cada um. Depois ouviu passos. Virou-se e viu Myron com uma arma. Sorriu e se voltou para o filho.

– O que está fazendo aqui, Jake?

– O que parece?

Jake Wolf não queria se mexer, mas sabia que era hora. Aproveitou para lançar um último olhar para o filho. Seria a última vez que o veria assim. Queria lhe dizer alguma coisa, oferecer algumas palavras de sabedoria, mas Jake não era bom com as palavras.

Por isso virou-se e levantou as mãos.

– No porta-malas – disse Jake Wolf. – O corpo está no porta-malas.

capítulo 52

WIN ESTAVA UM POUCO atrás de Myron. Só para garantir. Mas pôde ver imediatamente que Jake Wolf não iria resistir. Ele estava se entregando. Pelo menos por enquanto. Poderia fazer algo mais tarde. Win já tinha lidado com homens como Jake Wolf. Eles jamais acreditavam de fato que a coisa estava acabada. Procuravam uma saída, uma rota de fuga, uma manobra legal, alguma coisa.

Alguns minutos antes tinham visto o carro de Van Dyne no estacionamento do Shopping Roosevelt. Myron e Win correram à frente, deixando Lorraine Wolf e Erik Biel no carro. Erik ainda tinha algumas algemas de nylon que havia comprado na mesma loja onde comprou a munição. Por isso eles algemaram as mãos de Lorraine às costas e esperaram intensamente que Erik não fizesse nada idiota.

Pouco depois de Myron e Win desaparecerem no escuro Erik saiu do banco de trás e foi na direção do carro de Van Dyne. Abriu a porta da frente. Não sabia exatamente o que estava fazendo, só sabia que precisava fazer alguma coisa. Entrou atrás do volante. Havia palhetas de guitarra no chão. Lembrou-se da coleção de sua filha, de quanto ela a amava, como seus olhos se fechavam quando tocava as cordas. Lembrou-se da primeira guitarra de Aimee, um instrumento vagabundo comprado por 10 pratas numa loja de brinquedos. Ela tinha apenas 4 anos. Tocou empolgada e fez uma apresentação maravilhosa de "Papai Noel está chegando" – mais como Bruce Springsteen do que você esperaria de uma criança do jardim de infância. Ele e Claire aplaudiram feito loucos quando ela terminou.

– Aimee é puro rock 'n' roll – dissera Claire.

Todos estavam sorrindo. Felizes demais.

Erik olhou pelo para-brisa para seu carro e seus olhos se cruzaram com os de Lorraine. Fazia dois anos que a conhecia, desde que Aimee começara a namorar o filho dela. Gostava dela. Para dizer a verdade, até havia fantasiado sobre ela. Não que quisesse fazer alguma coisa. Não era nada disso. Era só uma fantasia inofensiva com uma mulher atraente. Normal.

Olhou para o banco de trás. Havia partituras escritas à mão. Imobilizou-se. Sua mão se moveu devagar. Viu a letra e percebeu que era de Aimee. Pegou o papel e trouxe mais perto, segurando como se fossem fiapos de porcelana.

Aimee tinha escrito isso.

Algo travou sua garganta. As pontas dos dedos tocaram as palavras, as notas. Sua filha tinha segurado esse papel. Ela havia franzido o rosto como sempre fazia, tinha mergulhado nas próprias experiências de vida e produzido isso. Era um pensamento simples, realmente, mas de súbito significava tudo para ele. Sua raiva sumiu. Teve certeza de que ela voltaria. Mas nesse momento seu coração estava pesado. Não existia raiva. Apenas dor.

Foi então que Erik decidiu abrir o porta-malas.

Olhou de novo para Lorraine Wolf. Algo passou pelo rosto dela. Não soube o quê. Abriu a porta do carro e saiu de novo para a noite. Foi na direção do porta-malas, segurou a maçaneta com uma das mãos e começou a levantar a tampa. Ouviu um som vindo do campo. Virou-se e viu Myron correndo.

– Erik, espere...

Erik abriu o porta-malas.

A lona preta. Foi o que viu primeiro. Algo enrolado numa lona preta. Seus joelhos se dobraram mas ele se controlou. Myron foi em sua direção, mas Erik levantou a mão como se dissesse para ele ficar para trás. Tentou puxar a lona, mas ela não cedia. Puxou e puxou. A lona ficou no lugar. Erik começou a entrar em pânico. Seu peito arfava. Sua respiração ficou presa.

Pegou o chaveiro e enfiou a ponta de uma chave no plástico, fazendo um furo. Havia sangue. Cortou a lona e enfiou as mãos lá dentro. Elas ficaram molhadas e pegajosas. Erik puxou desesperadamente a lona, rasgando-a como se estivesse presa dentro, ficando sem ar.

Então viu o rosto e caiu para trás.

Agora Myron estava ao seu lado.

– Ah, meu Deus – disse Erik. E desmoronou. – Deus, obrigado...

Não era sua filha que estava no porta-malas. Era Drew Van Dyne.

capítulo 53

LORRAINE WOLF DISSE:
– Eu atirei nele em legítima defesa.

Já dava para ouvir o som das sirenes da polícia se aproximando. Myron estava ao lado do porta-malas com Erik e Lorraine. Olhou por cima do campo, e, mesmo a distância era possível ver as silhuetas de Win e Jake Wolf. Myron tinha corrido para o carro, deixando Win cuidando do suspeito.

– Drew Van Dyne estava na nossa casa – continuou ela. – Puxou uma arma contra o Jake. Eu vi. Ele estava gritando todo tipo de maluquices sobre Aimee...

– Que maluquices?

– Disse que Jake não gostava dela. Que para ele ela só era uma vagabunda idiota. Que ela estava grávida. Estava falando sem parar.

– E o que a senhora fez?

– Temos armas em casa. Jake gosta de caçar. Por isso peguei um fuzil. Apontei para Drew Van Dyne. Disse para ele baixar a arma. Ele não quis. Não ia baixar. Dava para ver. Por isso...

– Não! – disse Wolf. Agora os dois estavam suficientemente perto para ouvir. – Eu atirei em Van Dyne!

Todo mundo o encarou. As sirenes da polícia soaram mais altas.

– Atirei nele em legítima defesa – insistiu Jake Wolf. – Ele apontou a arma para mim.

– Então por que você escondeu o corpo no porta-malas? – perguntou Myron.

– Tive medo de ninguém acreditar em mim. Ia levá-lo para a casa dele, largá-lo lá. Depois percebi que seria idiotice.

– Quando percebeu isso? – perguntou Myron. – Quando nos viu?

– Quero um advogado. Lorraine, não diga mais nada.

Erik Biel deu um passo à frente.

– Nada disso importa. Afinal, onde está a minha filha?

Ninguém se mexeu. Ninguém falou. A noite continuou silenciosa, a não ser pelo grito das sirenes.

* * *

Lance Banner foi o primeiro policial a sair do carro, mas dezenas de radiopatrulhas baixaram no estacionamento do Shopping Roosevelt. Mantiveram as luzes piscantes acesas. O rosto de todo mundo ficava mudando de azul para vermelho. O efeito era estonteante.

– Aimee – disse Erik baixinho. – Onde ela está?

Myron tentou manter a calma, se concentrar. Chegou perto de Win, que, como sempre, permanecia inabalável.

– E então, em que pé estamos? – perguntou Win.

– Não foi o Davis – respondeu Myron. – Nós verificamos. Também não parece que foi o Van Dyne. Ele ameaçou Jake Wolf porque pensou que ele tinha feito isso. E os Wolfs dizem, de modo um tanto convincente, que não foram eles.

– Mais algum suspeito?

– Não consigo pensar em ninguém.

– Então precisamos investigar todos de novo.

– Erik acha que ela está morta.

Win confirmou com a cabeça.

– É isso que eu quero dizer. Quando digo que precisamos investigá-los de novo.

– Você acha que um deles a matou e se livrou do corpo?

Win não se incomodou em responder.

– Meu Deus. – Myron lançou um olhar para Erik. – Será que estamos olhando isso do modo errado desde o início?

– Não sei como.

O celular de Myron tocou. Ele olhou para o identificador de chamadas e viu que o número estava bloqueado.

– Alô?

– É a investigadora Loren Muse. Você se lembra de mim?

– Claro.

– Acabei de receber um telefonema anônimo. Alguém disse que viu Aimee Biel ontem.

– Onde?

– Na Avenida Livingston. Aimee estava no banco do carona de um Toyota Corolla. A descrição do motorista combina com Drew Van Dyne.

Myron franziu a testa.

– Tem certeza?

– Foi o que a pessoa disse.

– Ele está morto, Muse.
– Quem?
– Drew Van Dyne.
Erik se aproximou e parou perto de Myron.
E foi então que aconteceu.
O celular de Erik tocou.
Ele pegou o telefone. Quando viu o número no identificador de chamadas, quase gritou.
– Ah, meu Deus...
Erik levou o telefone ao ouvido. Seus olhos estavam molhados. Sua mão tremia tanto que ele apertou o botão errado para atender. Sua voz era um grito em pânico.
– Alô?
Myron se inclinou para perto, querendo ouvir. Houve um momento de estática. E então uma voz, uma voz lacrimosa e familiar, disse:
– Papai?
O coração de Myron parou.
O rosto de Erik desmoronou, mas sua voz era totalmente paterna.
– Onde você está, querida? Você está bem?
– Eu não... Eu estou bem, eu acho. Pai?
– Tudo bem, querida. Estou aqui. Só diga onde você está.
E ela disse.

capítulo 54

Myron dirigia. Erik ficou no banco do carona.

A corrida não foi longa.

Aimee tinha dito que estava atrás do Little Park, perto da escola – o mesmo parque aonde Claire costumava levá-la quando ela tinha 3 anos. Erik não deixou que ela desligasse.

– Está tudo bem – ficava dizendo. – Papai está indo.

Myron cortou caminho pegando a rotatória na direção errada. Passou por cima de dois meios-fios. Não se importava. Nem Erik. Só queria chegar rápido. O estacionamento estava vazio. Os faróis dançaram pela noite e então, quando fizeram a última volta, a luz pousou numa figura solitária.

Myron pisou no freio.

– Ah, meu Deus, ah, meu Deus – disse Erik, saindo do carro.

Myron também saiu depressa. Os dois começaram a correr. Mas em algum ponto do caminho Myron diminuiu o passo, deixando que o pai fosse à frente. Era assim que deveria ser. Erik envolveu a filha nos braços. Segurou o rosto dela com cuidado, como se temesse que fosse apenas um sonho, um sopro de fumaça, que ela pudesse sumir de novo.

Myron parou e olhou. Então pegou seu celular e ligou para Claire.

– Myron? Que diabo está acontecendo?

– Ela está bem – disse.

– O quê?

– Ela está em segurança. Vamos levá-la para casa, Claire.

No carro, Aimee estava grogue.

– O que aconteceu? – perguntou Myron.

– Acho... – começou Aimee. Seus olhos se arregalaram. As pupilas estavam dilatadas. – Acho que me drogaram.

– Quem?

– Não sei.

– Não sabe quem sequestrou você?

Ela balançou a cabeça.

Erik estava no banco de trás, abraçado com a filha. Ele acariciava seu cabelo e dizia repetidamente que tudo estava bem.

– Talvez devêssemos levá-la a um médico – disse Myron.
– Não – contrapôs Erik. – Primeiro ela precisa ir para casa.
– Aimee, o que aconteceu?
– Dá um tempo, Myron. Deixa ela recuperar o fôlego.
– Tudo bem, pai.
– Por que você estava em Nova York?
– Eu ia encontrar alguém...
– Quem?
– Tinha a ver... – Sua voz ficou no ar. Depois ela disse: – É difícil falar disso.
– Nós sabemos sobre Drew Van Dyne – explicou Myron. – Sabemos que você está grávida.
Ela fechou os olhos.
– Aimee, o que aconteceu? – repetiu Myron.
– Eu ia tirar.
– O bebê?
Ela confirmou com a cabeça.
– Fui à esquina da Rua 52 com a Sexta Avenida. Foi o que me mandaram fazer. Iam me ajudar. Chegaram num carro preto. Disseram para eu pegar dinheiro no caixa eletrônico.
– Quem?
– Eu não vi. As janelas eram escuras. Eles estavam sempre disfarçados.
– Disfarçados?
– É.
– Eles. Eram mais de um?
– Não sei. Sei que escutei uma voz de mulher. Disso tenho certeza.
– Por que você não foi ao St. Barnabas?
Aimee hesitou.
– Estou cansada demais.
– Aimee?
– Não sei. Alguém do St. Barnabas ligou. Uma mulher. Se eu fosse para lá meus pais ficariam sabendo. Alguma lei sobre notificar os pais ou algo assim. Eu simplesmente... eu cometi muitos erros. Só queria... Mas de repente não tive tanta certeza. Peguei o dinheiro. Ia entrar no carro. Mas aí entrei em pânico. Foi quando liguei para você, Myron. Queria falar com alguém. Ia falar com você, mas, não sei... Sei que você estava tentando ajudar, mas achei que seria melhor falar com outra pessoa.

– Harry Davis?

Aimee assentiu.

– Eu conheço outra garota. Ela engravidou do namorado e disse que o Sr. D ajudou muito.

– Já basta – disse Erik.

Estavam quase chegando em casa. Mas Myron não queria deixar o assunto morrer. Ainda não.

– E o que aconteceu?

– O resto é confuso – respondeu ela.

– Confuso como?

– Sei que entrei num carro.

– De quem?

– Não sei... Era o mesmo que estava me esperando em Nova York, eu acho. Eu fiquei muito atordoada depois que o Sr. D me mandou embora. Por isso achei melhor ir com eles. Acabar logo com aquilo. Mas...

– Mas o quê?

– Tudo é confuso.

Myron franziu a testa.

– Não entendo.

– Não sei – disse ela. – Eu fiquei drogada quase o tempo todo. Só me lembro de acordar alguns minutos de cada vez. Eu acho que estava numa espécie de cabana de madeira. Só me lembro disso. Tinha uma lareira com pedra branca e marrom. E de repente eu estava naquele campo atrás do parque. Liguei para você, pai. Nem sei... Quanto tempo fiquei longe?

Então ela começou a chorar. Erik a envolveu com os braços.

– Tudo bem – disse ele. – O que quer que tenha acontecido, acabou. Você está em segurança agora, querida.

Claire estava no quintal. Quando viu o carro se aproximar, correu até ele. Aimee saiu, mas mal conseguia ficar de pé. Claire soltou um grito gutural e agarrou a filha.

Erik, Claire e Aimee se abraçaram, choraram, beijaram-se. Myron se sentiu um intruso. Eles foram em direção à porta. Myron esperou. Claire olhou para trás, trocou um olhar com Myron e voltou correndo até ele.

– Obrigada – disse ela, dando-lhe um beijo.

– A polícia ainda vai precisar falar com ela.

– Você cumpriu sua promessa.

Ele não disse nada.

– Você a trouxe de volta.
Então ela correu para casa.

Myron ficou parado olhando-os desaparecer dentro de casa. Queria comemorar. Aimee estava em casa. Estava bem.
Mas não se sentia no clima.
Foi de novo até o cemitério. O portão estava aberto. Encontrou o túmulo de Brenda e se sentou ao lado, enquanto a noite o envolvia. Podia ouvir o barulho do tráfego na autoestrada. Pensou no que tinha acabado de acontecer. Pensou no que Aimee tinha dito. Pensou que ela estava em casa, segura e com a família, enquanto Brenda estava embaixo do chão.
Ficou sentado até que outro carro chegou. Quase sorriu quando Win apareceu. Win manteve distância por um momento. Depois se aproximou da lápide. Olhou para ela.
– É bom marcar um ponto na coluna de vitórias, não é? – disse Win.
– Não tenho tanta certeza.
– Por quê?
– Ainda não sei o que aconteceu.
– Aimee está viva. Está em casa.
– Não sei se isso basta.
Win apontou para a lápide.
– Se você pudesse voltar no tempo, precisaria saber de tudo que aconteceu? Ou bastaria que ela estivesse viva e em casa?
Myron fechou os olhos, tentou imaginar essa bem-aventurança.
– Bastaria que ela estivesse viva e em casa.
Win sorriu.
– É isso aí. O que mais importa?
Myron se levantou. Não sabia a resposta. Só sabia que tinha passado tempo demais com fantasmas e com os mortos.

capítulo 55

Os POLICIAIS PEGARAM O depoimento de Myron. Fizeram perguntas. Não disseram nada. Naquela noite Myron dormiu em Livingston. Win ficou com ele, coisa que raramente fazia. Os dois acordaram cedo. Assistiram ao *SportsDesk* na TV e comeram cereal no café da manhã.

Parecia uma coisa normal, certa e até maravilhosa. Win disse:

– Estive pensando no seu relacionamento com a Sra. Wilder.

– Não faça isso.

– Não, não. Acho que preciso pedir desculpas. Talvez eu a tenha julgado mal. Você gosta da aparência dela. Estou achando que talvez o *derrière* dela seja de uma qualidade superior à que eu pensei originalmente.

– Win?

– O quê?

– Não me importa o que você acha.

– Importa, sim, meu amigo.

Às oito da manhã Myron foi até a casa dos Biels. Achou que já estariam acordados. Bateu de leve à porta. Claire atendeu, vestida com um roupão de banho. O cabelo estava desgrenhado. Ela saiu e fechou a porta.

– Aimee ainda está dormindo – disse Claire. – A droga que os sequestradores deram a deixou apagada de verdade.

– Talvez vocês devessem levá-la ao hospital.

– Você conhece nosso amigo David Gold? Ele é médico. Veio aqui ontem à noite e fez um exame. Disse que ela vai ficar bem assim que o efeito da droga passar.

– O que deram a ela?

Claire deu de ombros.

– Acho que nunca vamos saber.

Os dois ficaram ali por um momento. Claire respirou fundo e olhou para um lado e para outro da rua. Depois disse:

– Myron?

– Sim?

– Quero que você deixe a polícia cuidar disso daqui em diante.

Ele não respondeu.

– Não quero que você faça perguntas a Aimee sobre o que aconteceu.

A voz dela estava fria como aço. Myron esperou para ver se Claire diria mais alguma coisa. Não demorou muito:
– Erik e eu só queremos que isso acabe. Contratamos um advogado.
– Por quê?
– Somos os pais dela. Sabemos como proteger nossa filha.
A implicação era: Myron não sabia. Ela não precisava mencionar de novo aquela primeira noite, quando Myron havia deixado Aimee sair do carro e não tinha cuidado dela. Mas era o que estava dizendo.
– Sei como você é, Myron.
– Como eu sou?
– Você quer respostas.
– Você não quer?
– Quero que minha filha esteja feliz e saudável. Isso é mais importante do que respostas.
– Você não quer que quem fez isso pague?
– Provavelmente foi Drew Van Dyne. E ele está morto. Então de que adianta? Só queremos que Aimee consiga deixar isso para trás. Ela vai para a faculdade daqui a alguns meses.
– Todo mundo fica falando sobre a faculdade como se fosse a grande renovação de tudo. Como se os primeiros 18 anos da vida não contassem.
– De certa forma, não contam.
– Isso é papo furado, Claire. E o bebê?
Claire voltou para a porta.
– Com todo o respeito, e não importando o que você queira pensar sobre nossas decisões... isso não é da sua conta.
Myron assentiu. Nisso ela estava certa.
– Sua parte nessa história acabou – disse Claire, com a frieza de aço outra vez. – Obrigada pelo que fez. Agora preciso voltar para a minha filha.
E Claire fechou a porta na sua cara.

capítulo 56

Uma semana depois, Myron estava sentado no restaurante Baumgart's com o detetive de polícia Lance Banner e a investigadora Loren Muse, do condado de Essex. Myron tinha pedido o frango Kung Pao. Banner pediu um especial de peixe chinês. Muse estava comendo um sanduíche de queijo quente.

– Queijo quente num restaurante chinês? – perguntou Myron.

Loren Muse deu de ombros no meio de uma mordida.

Banner usou seus pauzinhos para comer.

– Jake Wolf está alegando legítima defesa – disse. – Diz que Drew Van Dyne puxou a arma contra ele, que ficou fazendo ameaças.

– Que tipo de ameaças?

– Van Dyne ficava falando sem parar que Jake tinha machucado Aimee Biel. Ou algo assim. Os dois foram meio vagos com relação aos detalhes.

– Os dois?

– A principal testemunha de Jake Wolf. A mulher dele, Lorraine.

– Naquela noite Lorraine contou que foi ela que puxou o gatilho – disse Myron.

– Eu acho que foi ela, sim. Fizemos uma verificação de resíduos de pólvora na mão de Jake Wolf. Ele estava limpo.

– Verificaram a mulher?

– Ela se recusou – respondeu Banner. – Ou melhor, Jake Wolf a proibiu.

– Então ele está assumindo a culpa pela mulher?

Banner olhou para Loren Muse. E assentiu devagar.

– O que foi? – perguntou Myron.

– Olhe, Myron, acho que você está certo – disse Banner. – Jake Wolf está tentando assumir a culpa por toda a família. Por um lado ele está alegando legítima defesa. Há algumas provas para apoiar essa versão. Van Dyne tinha certo histórico negativo. Além disso, estava com uma arma, registrada no nome dele. Por outro lado, Jake está disposto a pegar algum tempo de cadeia em troca de um passe livre para a mulher e o filho.

– O filho?

– Ele quer uma garantia de que Randy vai estudar em Dartmouth e que será liberado de todas as alegações subsequentes, inclusive qualquer coisa relacionada à morte de Van Dyne, ao escândalo da fraude e à possível ligação dele com Van Dyne e as drogas.

Tudo fazia sentido. Jake Wolf era um escroto, mas Myron tinha visto como ele olhava para o filho naquela festa.

– Ele ainda está tentando salvar o futuro do Randy.

– É.

– Vai conseguir?

– Não sei – respondeu Banner. – O promotor não tem jurisdição sobre Dartmouth. Se eles quiserem rescindir a aceitação, podem fazer isso, e provavelmente vão fazer.

– O que o Jake está fazendo é quase admirável – disse Myron.

– Ou não – acrescentou Banner.

Myron olhou para Loren Muse.

– Você está quieta demais.

– Porque acho que Banner entendeu errado.

Banner franziu a testa.

– Não entendi errado.

Loren pousou o sanduíche e espanou as migalhas da mão.

– Para começo de conversa, você vai colocar a pessoa errada na cadeia. O teste de resíduo de pólvora prova que Jake Wolf não atirou em Drew Van Dyne.

– Ele disse que usou luvas.

Agora Loren Muse franziu a testa.

– Ela tem razão – disse Myron.

– Puxa, Myron, obrigada.

– Ei, eu estou do seu lado, Muse. Lorraine Wolf me disse que atirou em Drew Van Dyne. Não é ela que deveria ser julgada?

Loren Muse se virou para ele.

– Mas eu não disse que achava que foi Lorraine Wolf.

– Como assim?

– Às vezes a resposta mais óbvia é a certa.

Myron balançou a cabeça.

– Não estou entendendo.

– Recue um pouco – disse Loren Muse.

– Até onde?

– Até Edna Skylar nas ruas de Nova York.

– Certo.

– Talvez a gente tenha entendido certo o tempo todo. Desde o momento em que ela telefonou para nós.

– Ainda não estou entendendo.

– Edna Skylar confirmou o que a gente já sabia: que Katie Rochester tinha fugido de casa. E a princípio também foi o que pensamos sobre Aimee Biel, não foi?

– E daí?

Loren Muse não disse nada.

– Espere um minuto. Está dizendo que acha que Aimee Biel fugiu de casa?

– Há um monte de perguntas sem resposta – disse Loren.

– Então faça.

– A quem?

– Como assim, a quem? Pergunte a Aimee Biel.

– Nós tentamos. – Loren Muse sorriu. – O advogado de Aimee não permite que falemos com ela.

Myron se recostou na cadeira.

– Não acha isso estranho?

– Os pais querem que ela deixe tudo para trás.

– Por quê?

– Porque foi uma experiência muito traumática para ela.

Os três trocaram olhares.

– A história que ela contou para você – disse Loren. – Que foi drogada e mantida numa cabana.

– O que é que tem?

– A história está cheia de furos.

Um arrepio gelado começou na base do pescoço de Myron e desceu pela espinha.

– Que furos?

– Em primeiro lugar temos a fonte anônima que ligou para mim. A pessoa que a viu passeando por aí com Drew Van Dyne. Se Aimee foi sequestrada, como isso poderia ser verdade?

– Sua testemunha estava errada.

– Certo. Por acaso ela viu a marca do carro e descreveu Drew Van Dyne com detalhes. Mas, ei, provavelmente está errada.

– Não se pode confiar em fontes anônimas – tentou Myron.

– Ótimo, então passemos ao segundo furo. A tal história do aborto tarde da noite. Verificamos no St. Barnabas. Ninguém disse nada a ela sobre ter que notificar os pais. Mais do que isso: não é verdade. As leis sobre isso podem até mudar, mas no caso dela...

– Ela tem 18 anos – interrompeu Myron. É adulta. A idade de novo.

– Exato. E tem mais.

Myron esperou.

– Terceiro furo: encontramos as digitais de Aimee na casa de Drew Van Dyne.

– Eles tinham um caso. Claro que as digitais dela estavam lá. Podem ter sido feitas semanas antes.

– Encontramos digitais numa lata de refrigerante. A lata ainda estava no balcão da cozinha.

Myron não disse nada, mas sentiu alguma coisa no fundo dele começando a ceder.

– Todos os seus suspeitos: Harry Davis, Jake Wolf, Drew Van Dyne. Fizemos uma verificação detalhada deles. Nenhum poderia ter feito um suposto sequestro. – Loren Muse abriu os braços. – Então é como aquele antigo axioma ao contrário. Quando você eliminou todas as outras possibilidades, precisa voltar à primeira solução, a mais óbvia.

– Você acha que Aimee fugiu.

Loren Muse se remexeu na cadeira.

– Aqui está ela, uma garota confusa. Grávida de um professor. O pai dela está tendo um caso. Ela é apanhada no escândalo da fraude escolar. Devia se sentir encurralada, não acha?

Myron se pegou quase assentindo.

– Não existem provas físicas, absolutamente nenhuma, de que Aimee foi sequestrada. Qual seria a motivação num caso assim? Os motivos normais são... o quê? Agressão sexual, para começo de conversa. Sabemos que isso não aconteceu. O médico dela revelou isso. Não houve trauma físico nem sexual. Por que outro motivo as pessoas são sequestradas? Em troca de resgate. Bom, sabemos que isso também não aconteceu.

Myron continuou imóvel. Era quase exatamente o que Erik tinha dito. Se você quisesse manter Aimee quieta, não iria sequestrá-la. Iria matá-la. Mas ela estava viva. Portanto...

Loren Muse continuou argumentando:

– Você vê algum motivo para um sequestro, Myron?

– Não – respondeu ele. – Mas e o caixa eletrônico? Como você inclui isso?

– Quer dizer, as duas garotas usarem o mesmo?
– É.
– Não sei. Talvez seja coincidência, afinal de contas.
– Qual é, Muse!
– Certo, tudo bem, vamos examinar isso. – Ela apontou para ele. – Como aquela transação num caixa eletrônico se encaixa num sequestro? Wolf saberia sobre ele? Davis, Van Dyne?

Myron viu o argumento dela.

– Mas há outras coisas também – contrapôs. – Como a ligação feita de um telefone público no metrô. Ou o fato de que ela esteve na internet.

– Tudo isso se encaixa na hipótese de fuga – disse Loren. – Se alguém a sequestrou, como ela diz, por que se arriscaria ligando de um telefone público? Por que iria colocá-la na internet?

Myron balançou a cabeça. Sabia que essa hipótese fazia sentido. Apenas se recusava a aceitar.

– Então é assim que a coisa termina? Não foi o Davis. Não foi o Wolf nem Van Dyne nem ninguém. Aimee Biel simplesmente fugiu?

Loren Muse e Lance Banner trocaram outro olhar.

Então Lance disse:

– É, é a teoria atual. E lembre-se: não existe lei contra o que ela fez. Um monte de gente já se machucou e até morreu por causa disso... Mas fugir não é ilegal.

Loren Muse ficou quieta de novo. Myron não gostou.

– O que foi? – perguntou rispidamente.

– Nada. Todas as provas apontam para isso. Talvez até expliquem por que os pais de Aimee não querem que a gente fale com ela. Eles não querem que tudo isso seja revelado: o caso com o professor, a gravidez. Diabos, gostando ou não, ela também foi beneficiada no escândalo da fraude. De modo que manter tudo em sigilo, fazer com que ela pareça uma vítima e não uma fugitiva, pode ser a opção certa.

– Mas?

Ela olhou para Banner. Ele suspirou e balançou a cabeça. Loren Muse começou a brincar com o garfo.

– Mas Jake e Lorraine Wolf quiseram assumir a culpa pela morte de Drew Van Dyne.

– E?

– Você não acha isso estranho?

– Não. Nós explicamos por quê. Lorraine o matou. Jake quer assumir a culpa para protegê-la – disse Lance.

– E o fato de que eles estavam limpando as provas e tentando ocultar o corpo?

Myron deu de ombros.

– Seria a reação natural.

– Mesmo se você tivesse matado em legítima defesa? – argumentou Muse.

– No caso deles, sim. Eles estavam tentando proteger a coisa toda. Se Van Dyne fosse encontrado morto na casa deles, mesmo se tivessem atirado em legítima defesa, todas as acusações sobre o Randy viriam à tona. As drogas, a fraude, tudo.

Ela assentiu.

– Essa é a teoria. É no que o Lance acredita. E provavelmente foi o que aconteceu.

Myron tentou não parecer impaciente demais.

– Mas?

– Mas talvez não tenha acontecido assim. Talvez Jake e Lorraine tenham chegado em casa e encontrado o corpo lá.

Myron parou de respirar. Há alguma coisa dentro de você que pode se dobrar e se esticar. Mas, de vez em quando, aquilo pode repuxar demais. Se você permitir, acaba se quebrando por dentro. Você se parte em dois. Myron conhecia Aimee durante toda a vida. E agora, se estivesse certo com relação a aonde Loren Muse queria chegar, estava perto de se quebrar.

– De que diabo você está falando?

– Talvez os Wolfs tenham chegado em casa e visto um corpo. E talvez tenham presumido que Randy fez aquilo. – Ela se inclinou mais perto. – Van Dyne era o fornecedor de drogas do Randy. Além disso, tinha roubado a namorada do Randy. Então talvez mamãe e papai tenham visto o corpo e achado que Randy o matou. Talvez tenham entrado em pânico e colocado o corpo no carro dele.

– O quê? Você acha que Randy matou Drew Van Dyne?

– Não. Acho que *eles* pensaram isso. Randy tem um álibi.

– Então o que você quer dizer?

– Se Aimee não foi sequestrada, se ela fugiu com Drew Van Dyne, talvez estivesse na casa dele. E talvez, apenas talvez, Aimee, nossa menininha apavorada, realmente quisesse deixar tudo aquilo para trás. Talvez estivesse pronta para a faculdade, para seguir em frente e cortar todos os laços, só que esse cara não quis deixar.

Myron fechou os olhos. Aquela coisa dentro dele estava sendo puxada com toda a força. Ele tentou fazer com que ela parasse, balançando a cabeça.

– Você está errada.

Loren deu de ombros.

– Provavelmente.

– Eu conheço essa garota desde que nasceu.

– Eu sei, Myron. Ela é uma garota jovem e doce, certo? Garotas jovens e doces não podem ser assassinas, podem?

Ele pensou em Aimee Biel, em como ela riu com ele no porão, como brincava no trepa-trepa quando tinha 3 anos. Lembrou-se dela soprando velas no aniversário. Lembrou-se de vê-la numa peça da escola quando estava no oitavo ano. Lembrou-se de tudo isso e sentiu a raiva começando a crescer.

– Você está errada – disse outra vez.

Myron esperou na calçada do outro lado da rua, diante da casa deles.

Erik foi o primeiro a sair. Seu rosto estava tenso, sério. Aimee e Claire vieram logo depois. Myron ficou parado, olhando. Aimee o viu primeiro. Sorriu e acenou. Myron estudou aquele sorriso. Parecia o mesmo de sempre. O mesmo que ele tinha visto no playground quando ela era pequena. O mesmo que tinha visto em seu porão algumas semanas atrás.

Não havia nada diferente.

Só que agora aquele sorriso lhe provocou um arrepio.

Olhou para Erik e depois para Claire. Os olhos deles estavam duros, protetores, mas havia outra coisa ali, algo além da exaustão e da rendição, algo primitivo e instintivo. Erik e Claire caminhavam com a filha. Mas não tocavam nela. Foi isso que Myron notou. Não estavam tocando a própria filha.

– Oi, Myron! – gritou Aimee.

– Oi.

Aimee atravessou a rua correndo. Seus pais não se moveram. Nem Myron. Aimee o envolveu com os braços, quase derrubando-o. Myron tentou abraçá-la de volta, mas não conseguia fazer isso direito. Aimee o apertou com mais força.

– Obrigada – sussurrou ela.

Ele não disse nada. O abraço dela parecia o mesmo. Quente e forte. Não era diferente de antes.

No entanto ele queria que o abraço terminasse.

Myron sentiu o coração se despedaçar. Deus, ele só queria que ela fosse embora, que se afastasse. Queria que essa garota que ele havia amado por tanto tempo sumisse dali. Segurou os ombros dela e a empurrou suavemente.

Agora Claire estava atrás dela e disse a Myron:

– Estamos com pressa. A gente se vê depois.

Ele assentiu. As duas se afastaram. Erik esperou junto do carro. Myron ficou observando-os. Claire estava ao lado da filha, mas continuava sem tocá-la. Aimee entrou no carro. Erik e Claire se entreolharam. Não falaram. Aimee estava no banco de trás. Os pais, nos da frente. Era bastante natural, pensou Myron, mas mesmo assim parecia que eles estavam tentando ficar longe da garota, como se soubessem de algo sobre a estranha que agora morava com eles. Claire o espiou de volta.

Eles sabem, pensou Myron.

Myron ficou vendo o carro se afastar. Quando ele desapareceu na rua, percebeu uma coisa.

Não tinha cumprido sua promessa.

Não tinha trazido a garotinha deles de volta para casa.

A garotinha tinha ido embora.

capítulo 57

Quatro dias depois

JESSICA CULVER SE CASOU mesmo com Stone Norman no Tavern on the Green.

Myron estava em sua sala quando leu a notícia no jornal. Esperanza e Win também estavam lá – Win parado perto de um espelho de corpo inteiro, examinando o próprio giro dando uma tacada de golfe, Esperanza observando Myron atentamente.

– Você está bem? – perguntou ela.

– Estou.

– Sabe que o casamento dela é a melhor coisa que já aconteceu para você?

– Sei. – Myron pôs o jornal na mesa. – Percebi uma coisa que queria contar para vocês.

Win parou o giro na metade.

– Meu braço não está suficientemente reto.

Esperanza sinalizou para ele ficar quieto.

– O quê?

– Sempre tentei fugir do que agora vejo que são meus instintos naturais – disse Myron. – Vocês sabem. Bancar o herói. Vocês dois me avisaram para não ser assim. E eu ouvi. Mas entendi uma coisa. Eu preciso fazer isso. Vou ter minhas derrotas, claro, mas vou ter mais vitórias. Não vou fugir mais. Quero ajudar as pessoas. E é o que vou fazer.

Win se virou para ele.

– Acabou?

– Acabei.

Win olhou para Esperanza.

– Devemos aplaudir?

– Acho que deveríamos.

Esperanza se levantou e aplaudiu loucamente. Win pousou seu taco invisível e fez um educado aplauso de golfe.

Myron fez uma reverência e disse:

– Muito obrigado, vocês são uma linda plateia, não se esqueçam da gorjeta na saída. Ei, experimentem a vitela.

Big Cyndi enfiou a cabeça na sala. Hoje tinha pegado pesado no blush e parecia um sinal de trânsito.

– Linha dois, Sr. Bolitar. – Big Cyndi tremelicou as pálpebras. Imagine dois escorpiões presos pelas costas. Depois acrescentou: – É sua nova queridinha.

Myron pegou o telefone.

– Oi!

Ali Wilder perguntou:

– A que horas você vem?

– Lá pelas sete.

– Que tal pizza e um filme com as crianças?

Myron sorriu.

– Parece ótimo.

Ele desligou. Estava sorrindo. Esperanza e Win trocaram um olhar.

– O que foi? – perguntou Myron.

– Você fica tão pateta quando está apaixonado! – respondeu Esperanza.

Myron olhou o relógio.

– Está na hora.

– Boa sorte – disse Esperanza.

Myron se virou para Win.

– Quer ir junto?

– Não, meu amigo. Esse caso é todo seu.

Myron se levantou. Beijou o rosto de Esperanza. Abraçou Win. Win ficou surpreso com o gesto, mas aceitou. Myron voltou de carro para Nova Jersey. Era um dia glorioso. O sol brilhava como se tivesse acabado de ser criado. Myron mexeu no rádio. Todas as estações tocavam suas músicas prediletas.

Era esse tipo de dia.

Não passou no túmulo de Brenda. Achou que ela entenderia. As ações falam mais alto, e coisa e tal.

Parou diante do Centro Médico St. Barnabas. Foi para o quarto de Joan Rochester. Ela estava sentada quando ele chegou, pronta para sair.

– Como você está? – perguntou ele.

– Bem.

– Sinto muito pelo que aconteceu com você.

– Não precisa.

– Você vai para casa?

– Vou.
– Não vai prestar queixa?
– Não.
Myron pensou.
– Sua filha não pode ficar fugindo para sempre.
– Eu sei.
– O que você vai fazer?
– Katie voltou para casa ontem à noite.

Isso é que era final feliz, pensou Myron. E fechou os olhos. Não era o que queria ouvir.

– Ela e Rufus brigaram. Por isso Katie foi para casa. Dominick a perdoou. Tudo vai ficar bem.

Os dois se entreolharam. Não iria ficar bem. Ele sabia. Ela sabia.

– Quero ajudar vocês – disse Myron.
– Não pode.

E talvez ela estivesse certa.

Você ajuda quem pode. Era o que Win tinha dito. E você sempre, *sempre*, cumpre suas promessas. Era por isso que tinha vindo hoje. Para cumprir uma promessa.

Encontrou a Dra. Edna Skylar no corredor do lado de fora da enfermaria de oncologia. Esperava falar com ela no consultório, mas tudo bem.

Edna Skylar sorriu ao vê-lo. Usava pouca maquiagem. O jaleco branco estava amarrotado. Desta vez não havia nenhum estetoscópio pendurado no pescoço.

– Oi, Myron – disse ela.
– Oi, Dra. Skylar.
– Pode me chamar de Edna.
– Está bem.
– Eu estava de saída. – Ela apontou com o polegar para o elevador. – O que o traz aqui?
– Você, na verdade.

Edna Skylar tinha uma caneta enfiada atrás da orelha. Pegou-a, fez uma anotação num prontuário e a recolocou no lugar.

– É mesmo?
– Você me ensinou uma coisa quando estive aqui da outra vez.
– O que foi?
– Nós falamos sobre o paciente virtuoso, lembra? Falamos sobre os pu-

ros versus os sujos. Você foi muito honesta comigo sobre preferir trabalhar com pessoas que parecem mais merecedoras.

– Conversa fiada. No fim das contas, eu fiz um juramento. Também trato daqueles de quem não gosto.

– Ah, eu sei. Mas, veja bem, você me fez pensar. Porque eu concordei. Queria ajudar Aimee Biel porque achava que ela era... não sei.

– Inocente?

– Acho que sim.

– Mas ficou sabendo que não é.

– Mais do que isso. O que aprendi foi que você estava errada.

– Com relação a quê?

– Não podemos ser preconceituosos com as pessoas desse jeito. Presumimos o pior, nos tornamos céticos. E quando fazemos isso começamos a ver somente as sombras. Sabia que Aimee voltou para casa?

– Ouvi dizer.

– Todo mundo acha que ela tinha fugido.

– Também ouvi dizer isso.

– Mas ninguém ouviu a história dela. Quero dizer, ouvir de verdade. Assim que essa suposição surgiu, Aimee deixou de ser inocente. Está vendo? Até os pais dela. Eles queriam o melhor para ela, do fundo do coração. Queriam tanto protegê-la que nem eles puderam enxergar a verdade.

– E qual é a verdade?

– Alguém é inocente até que se prove o contrário. Não é uma coisa que só vale para o tribunal.

Edna Skylar olhou explicitamente o relógio.

– Não entendo aonde você quer chegar.

– Eu acreditei naquela garota durante toda a vida dela. Estava errado? Era tudo mentira? Mas, no fim das contas, é como os pais dela disseram: o trabalho de protegê-la é deles, e não meu. Por isso pude ser mais imparcial. Estava disposto a descobrir a verdade. Por isso esperei. Quando finalmente encontrei Aimee sozinha, pedi que ela me contasse toda a história. Porque havia furos demais na outra, aquela em que ela fugiu e talvez tenha matado o amante. Aquele caixa eletrônico, para começo de conversa. A ligação do telefone público. Coisas assim. Eu não queria simplesmente empurrar tudo de lado e ajudá-la a seguir em frente. Por isso conversei com ela. Eu pensei em quanto a amava e me importava com ela. E fiz uma coisa realmente estranha.

– O quê?

– Presumi que Aimee estava dizendo a verdade. Se estivesse, então eu sabia de duas coisas. O sequestrador era uma mulher. E o sequestrador sabia que Katie Rochester tinha usado o caixa eletrônico da Rua 52. Quais eram as únicas pessoas que se encaixavam aí? Katie Rochester. Bom, ela não fez isso. Loren Muse... de jeito nenhum. E a senhora.

– Eu? – Edna Skylar começou a piscar. – Está falando sério?

– Você se lembra de quando eu liguei e pedi que olhasse a ficha médica de Aimee? Para ver se ela estava grávida?

De novo a mulher olhou o relógio.

– Realmente não tenho tempo para isso.

– Eu disse que não era só sobre um inocente. Era sobre dois.

– E?

– Antes de ligar para você pedi que seu marido fizesse a mesma coisa. Achei que seria mais fácil, já que ele é ginecologista. Mas ele se recusou.

– Stanley é rígido com as regras.

– Eu sei. Mas ele me disse uma coisa interessante. Disse que hoje em dia, com todas as leis novas, o computador põe na ficha de um paciente uma nova data sempre que alguém a consulta. Dá até para ver o nome do médico que viu a ficha. E a hora em que ele viu.

– Certo.

– Por isso verifiquei a ficha de Aimee. Adivinha o que ela mostra?

O sorriso da doutora começou a sumir.

– Você, Dra. Skylar, olhou aquela ficha duas semanas *antes* de eu pedir. Por que faria isso?

Ela cruzou os braços.

– Não fiz nada disso.

– Então o computador está errado?

– Às vezes Stanley esquece a senha dele. Provavelmente usou a minha.

– Sei. Ele se esquece da própria senha mas se lembra da sua. – Myron inclinou a cabeça e chegou mais perto. – Acha que ele confirmaria isso sob juramento?

Edna Skylar não respondeu.

– Sabe onde você foi mesmo esperta? – continuou ele. – Quando me contou sobre seu filho. Aquele que significou problemas desde o primeiro dia e fugiu para fazer sucesso. Disse que ele ainda estava péssimo, lembra?

Um som pequeno, dolorido, escapou dos lábios dela. Seus olhos se encheram de lágrimas.

— Mas você não mencionou o nome dele. Não havia motivo para isso, claro. E não havia motivo para alguém saber. Mesmo agora. Não fazia parte da investigação. Não sei qual é o nome da mãe de Jake Wolf. Nem de Harry Davis. Mas assim que vi que você tinha examinado a ficha médica de Aimee, fiz uma pequena investigação. Seu primeiro marido se chamava Andrew Van Dyne. Estou certo? O nome do seu filho era Drew Van Dyne.

Ela fechou os olhos e respirou fundo várias vezes. Quando abriu de novo, deu de ombros, tentando parecer casual, mas nem chegando perto disso.

— E?

— Estranho, não acha? Quando perguntei a você sobre Aimee Biel, a senhora não mencionou que seu filho a conhecia.

— Eu disse que estava afastada do meu filho. Não sabia de nada sobre eles dois.

Myron riu.

— Você tem todas as respostas, não é, Edna?

— Só estou dizendo a verdade.

— Não, não está. Foi mais uma coincidência. Tantas coincidências, não acha? Foi o que não consegui entender desde o início. Duas garotas grávidas na mesma escola? Tudo bem, não era grande coisa. Mas todo o resto: as duas fugindo, as duas usando o mesmo caixa eletrônico antes de sumir, tudo aquilo. De novo vamos presumir que Aimee estivesse dizendo a verdade. Vamos presumir que alguém, uma mulher, tenha mesmo dito para Aimee esperar naquela esquina. Digamos que essa mulher misteriosa tenha dito para ela sacar dinheiro daquele caixa eletrônico. Por quê? Por que alguém faria isso?

— Não sei.

— Sabe, sim, Edna. Porque não era coincidência. Nada disso. Você armou tudo. As duas garotas desaparecendo do mesmo modo? Só havia um motivo para isso. A sequestradora, você, queria ligar o caso de Aimee ao de Katie.

— E por que eu iria querer fazer isso?

— Porque a polícia tinha certeza de que Katie Rochester havia fugido; em parte por causa do que você viu na cidade. Mas com Aimee Biel a situação era diferente. Ela não tinha um pai abusivo e ligado à máfia, por exemplo. O desaparecimento dela iria causar comoção. O melhor modo, o único modo, de impedir que essa investigação fosse a fundo era fazer com que Aimee também parecesse ter fugido.

Por um momento os dois ficaram parados. Então Edna Skylar se mexeu para a direita, como se estivesse se preparando para passar por ele. Myron se mexeu junto com ela, bloqueando o caminho. Ela o encarou.

– Você está gravando essa conversa, Myron?

Ele levantou os braços.

– Pode me revistar.

– Não precisa. De qualquer modo isso tudo é absurdo.

– Vamos voltar àquele dia na rua. Você e Stanley estão andando por Manhattan. O destino dá uma mãozinha. Você vê Katie Rochester, como contou à polícia. Percebe que ela não está desaparecida nem encrencada. Ela simplesmente fugiu de casa. E pede para você não contar. Você obedece. Durante três semanas não diz nada. Volta à sua vida normal. – Myron examinou o rosto dela. – Está me acompanhando até aqui?

– Estou.

– Então por que mudou de ideia? Por que depois de três semanas você liga de repente para seu velho amigo Ed Steinberg?

Ela cruzou os braços novamente.

– Por que não me diz você?

– Porque a sua situação mudou, e não a de Katie.

– Como?

– Você falou que seu filho significava encrenca desde o dia em que nasceu. Disse que tinha desistido dele.

– Isso mesmo.

– Talvez tenha. Não sei. Mas você mantinha contato com Drew. Pelo menos um pouco. Sabia que Drew tinha se apaixonado por Aimee. Ele lhe contou isso. Provavelmente contou também que ela estava grávida.

– Você pode provar?

– Não. Essa parte é especulação. O resto não. Você examinou a ficha médica de Aimee no computador. Disso sabemos. Você viu que ela estava mesmo grávida. Porém, mais do que isso, viu que ela ia fazer um aborto. Drew não sabia. Ele achava que estavam apaixonados e iam se casar. Mas Aimee só queria se livrar daquilo tudo. O romance com Drew Van Dyne não passava de um erro idiota cometido no ensino médio, ainda que não fosse um erro incomum. Aimee ia para a faculdade.

– Parece um motivo para Drew sequestrá-la – disse Edna Skylar.

– Parece, não é? Se fosse só isso. Mas de novo eu fiquei pensando nas coincidências. O caixa eletrônico que as duas garotas usaram... Quem sabia dessa história? Você ligou para seu velho amigo Ed Steinberg e sondou sobre o caso. Ele falou. Por que não? Nada era confidencial. Nem existia de fato um caso. Quando ele mencionou o caixa eletrônico do Citibank você presumiu que esse seria um bom argumento. Quem para e saca dinheiro antes de ser sequestrado? Todo mundo presumiria que Aimee tinha fugido também. E foi exatamente o que aconteceu. Então você ligou para Aimee. Disse que era do hospital, o que era verdade. Disse o que ela precisaria fazer para interromper a gravidez em segredo. Marcou aquele encontro em Nova York. Ela estava esperando na esquina. Você passou. Disse para ela pegar dinheiro no caixa eletrônico. Aimee obedeceu. E então entrou em pânico. Queria pensar melhor. Ali estava você, querendo pegá-la, mas de repente ela foge e liga para mim. Eu chego lá. Levo-a até Ridgewood. Você vai atrás; foi o seu carro que eu vi naquela noite, nos seguindo até a rua sem saída. Quando ela foi rejeitada por Harry Davis, você estava esperando. Aimee não se lembra de muita coisa depois disso. Diz que foi drogada. Isso se encaixa: a memória dela devia estar confusa. O Propofol causaria esse sintoma. Você conhece essa droga, não é, Edna?

– Claro. Sou médica. É um anestésico.

– Você já usou no trabalho?

Ela hesitou.

– Já.

– É agora que tudo começa a se fechar.

– Verdade? Por quê?

– Tenho outras provas, mas na maioria são circunstanciais. Os registros das fichas médicas, para começo de conversa. Você não somente viu a ficha de Aimee antes do que deu a entender, como também nem falou delas de novo quando eu liguei. Por que faria isso? Você já sabia que ela estava grávida e não me disse nada. Além disso, tenho registros telefônicos: seu filho ligou para você, você ligou para seu filho.

– E daí?

– Certo, e daí? Mas você ligou para a escola e falou com seu filho logo depois que eu conversei com você pela primeira vez. Harry Davis se perguntou como Drew sabia que alguma coisa estava acontecendo, antes mesmo de confrontá-lo. Foi assim. Você ligou avisando. E teve aquela ligação para Claire, daquele telefone público perto da Rua 23... Foi gentileza sua tentar reconfortar os pais um pouco. Mas, veja bem, por que Aimee ligaria de lá, bem de onde Katie Rochester tinha sido vista? Aimee não saberia disso. Só você saberia. E nós já verificamos seus registros do E-Zpass. Você foi até Manhattan. Pegou o túnel Lincoln vinte minutos antes do telefonema.

– Essa prova não é nem um pouco sólida.

– Provavelmente não. Mas veja onde você vai cair. O Propofol. Como médica, você pode emitir receitas, claro, mas também precisa requisitar o medicamento. A polícia já verificou com seu departamento, a meu pedido. Você comprou uma quantidade de Propofol que ninguém consegue explicar para onde foi. Aimee fez um exame de sangue. A substância ainda estava na corrente sanguínea dela.

Edna Skylar respirou fundo, prendeu o fôlego e soltou o ar em seguida.

– Você tem um motivo para esse suposto sequestro, Myron?

– Vamos mesmo entrar nesse jogo?

Ela deu de ombros.

– Já jogamos até aqui.

– Ótimo, certo. O motivo. Esse era o problema para todo mundo. Por que alguém sequestraria Aimee? Todos achávamos que alguém queria mantê-la em silêncio. Seu filho poderia perder o emprego. O filho de Jake Wolf poderia perder tudo. Harry Davis, bom, ele também tinha um filho a perder. Mas sequestrá-la não ajudaria. Também não existia pedido de resgate, nem agressão sexual, nada assim. Por isso fiquei me perguntando: por que alguém sequestraria uma garota?

– E?

– E... você falou sobre os inocentes.

– Certo. – Agora havia resignação no sorriso dela.

Edna Skylar sabia o que viria em seguida, pensou Myron, mas não iria facilitar as coisas.

– Quem poderia ser mais inocente do que seu neto não nascido? – perguntou Myron.

Ela pode ter assentido. Era difícil dizer.

– Continue.

– Você mesma disse quando falamos sobre escolher pacientes. Sobre priorizar, salvar os inocentes. Seus motivos eram quase puros, Edna. Você estava tentando salvar seu próprio neto.

Edna Skylar se virou e olhou pelo corredor. Quando encarou Myron de novo, o sorriso triste havia sumido. Seu rosto estava estranhamente vazio.

– Aimee já estava com quase três meses de gravidez – começou ela. O tom de voz tinha mudado. Havia algo suave, algo distante, também. – Se eu pudesse segurar a garota por mais um ou dois meses, seria tarde demais para o aborto. Se eu pudesse adiar a decisão dela por um tempinho a mais, salvaria meu neto. Isso é tão errado assim?

Myron não disse nada.

– E você está certo. Eu queria que o desaparecimento de Aimee se parecesse com o de Katie Rochester. Parte da história já estava pronta, claro. As duas estudavam na mesma escola e estavam grávidas. Por isso acrescentei o saque no caixa eletrônico. Fiz todo o possível para parecer que Aimee tinha fugido de casa. Mas não pelos motivos que você disse. Não porque ela era uma garota com uma família boa. Pelo contrário.

Myron assentiu, começando a entender.

– Se a polícia começasse a investigar – concluiu ele –, poderia descobrir o caso dela com seu filho.

– É.

– Nenhum dos suspeitos tinha uma cabana de madeira. Mas você tem, Edna. Tem até a lareira marrom e branca, como Aimee contou.

– Parece que você andou ocupado me investigando, hein?

– Andei, sim.

– Eu planejei tudo direitinho. Iria tratá-la bem. Iria monitorar o bebê. Faria com que ela telefonasse para os pais e os tranquilizasse. Ficaria fazendo coisas assim, dando dicas de que Aimee tinha fugido de casa e estava bem.

– Tipo entrar na internet?

– É.

– Como você conseguiu o login e a senha dela?

– Ela me revelou quando estava drogada.

– Você usava algum disfarce quando estava com ela?

– Eu mantinha o rosto coberto.

– E de onde você tirou o nome Mark Cooper?

Edna deu de ombros.

– Ela me contou também.

– Mas era a resposta errada. Mark Cooper era um garoto que tinha o apelido de Encrenca. Esse foi outro detalhe que me deixou intrigado.

– Espertez dela – disse Edna Skylar. – Eu só queria mantê-la longe por alguns meses. Ficaria deixando dicas de que ela tinha fugido. Depois iria soltá-la. Ela confirmaria a história do sequestro.

– E ninguém acreditaria.
– Ela teria o bebê, Myron. Eu só estava preocupada com isso. O plano daria certo. Assim que a polícia soube do saque no caixa eletrônico, teve certeza de que ela era fugitiva. Por isso ficou de fora. Os pais... bem, são pais. As preocupações deles foram descartadas, como as dos Rochesters. – Ela o encarou. – Só uma coisa me atrapalhou.
Myron abriu as mãos.
– A modéstia me impede de dizer – disse ele.
– Então vou dizer. Você, Myron. Você me atrapalhou.
– Você não vai me chamar de criança enxerida, vai? Que nem no *Scooby-Doo*?
– Você acha isso engraçado?
– Não, Edna. Não acho nem um pouco engraçado.
– Eu jamais quis ferir alguém. Concordo que seria uma inconveniência para Aimee. Poderia até ser um pouco traumático para ela, mas sou muito boa em administrar medicamentos. Poderia mantê-la confortável e o bebê em segurança. E é claro que os pais dela sofreriam um bocado. Mas achei que, se eles se convencessem de que ela havia fugido, de que ela estava bem, isso facilitaria a situação para eles. Mas some os prós e os contras. Mesmo se todos tivessem que sofrer um pouco, você não vê? Eu estava salvando uma vida. Mas é como eu lhe disse. Errei com o Drew. Não cuidei dele. Não o protegi.
– E não cometeria o mesmo erro com seu neto.
– Exato.
Havia pacientes e visitantes, médicos e enfermeiros, todo tipo de pessoas andando de um lado para outro. Alguém passou com um buquê de flores enorme. Myron e Edna não viram nada disso.
– Você me disse ao telefone – continuou Edna. – Quando pediu que eu olhasse a ficha de Aimee. Proteger os inocentes... Era o que eu estava tentando fazer. Mas quando ela sumiu você se culpou. Sentiu-se obrigado a encontrá-la. E começou a investigar.
– Mas quando cheguei perto demais você precisou contabilizar os prejuízos.
– Sim.
– Por isso a soltou.
– Eu não tinha escolha. Assim que você se envolveu, pessoas começaram a morrer.

– Não está me culpando por isso, está?

– Não, e também não estou me culpando – disse ela, com a cabeça erguida. – Nunca matei ninguém. Nunca pedi a Harry Davis para alterar fichas escolares. Não pedi a Jake Wolf para contratar capangas. Nunca pedi a Randy Wolf para vender drogas. Nunca disse para meu filho dormir com uma aluna. E não disse para Aimee Biel engravidar.

Myron não falou nada.

– Quer ir além? – A voz dela subiu um tom. – Não falei para Drew apontar uma arma para Jake Wolf. Pelo contrário. Tentei acalmar meu filho, mas não podia contar a verdade. Talvez devesse ter contado. Mas Drew sempre estragou tudo. Por isso disse para ele relaxar. Que Aimee devia estar bem. Mas ele não ouviu. Achava que Jake tinha feito alguma coisa com ela. Por isso foi atrás dele. Acho que a esposa de Jake contou a verdade... Ela atirou nele em legítima defesa. Foi assim que meu filho acabou morto. Mas eu não fiz nada disso.

Myron esperou. Os lábios de Edna estavam tremendo, mas ela se manteve firme. Não iria desmoronar. Não demonstraria fraqueza, nem mesmo quando seus atos não só não produziram os resultados desejados, mas também provocaram a morte de seu próprio filho.

– Eu só queria salvar a vida do meu neto. De que outro modo poderia fazer isso?

Myron continuou sem responder.

– E então?

– Não sei.

– Por favor. – Edna Skylar segurou o braço dele como se fosse um salva-vidas. – Me diga o que ela vai fazer com relação ao bebê?

– Também não sei.

– Você nunca vai poder provar nada.

– Isso é com a polícia. Eu só queria cumprir minha promessa.

– Que promessa?

Myron olhou pelo corredor e gritou:

– Está tudo bem agora.

Quando Aimee Biel apareceu, Edna Skylar ofegou e pôs a mão na boca. Erik também estava ali, ao lado da filha. Claire estava do outro. Os dois a abraçavam.

Então Myron se afastou sorrindo. Seu passo flutuava. Lá fora o sol continuava brilhando. O rádio iria tocar suas músicas prediletas. Toda a conversa estava gravada – sim, tinha mentido para ela sobre isso – e ele a entregaria a Muse e Banner. Eles poderiam abrir um processo. Ou não.

Cada um faz o que pode.

Erik assentiu quando Myron passou. Claire estendeu a mão para ele. Havia lágrimas de gratidão nos olhos dela. Myron tocou sua mão, mas continuou andando. Os olhares dos dois se encontraram e ele a viu de novo como uma adolescente, na escola, na sala de aula. Porém nada disso importava mais.

Havia feito uma promessa a Claire. Prometera trazer sua garotinha de volta.

E agora, finalmente, cumprira a promessa.

CONHEÇA OS LIVROS DE HARLAN COBEN

Não há segunda chance
Até o fim
A grande ilusão
Não fale com estranhos
Que falta você me faz
O inocente
Fique comigo
Desaparecido para sempre
Cilada
Confie em mim
Seis anos depois
Não conte a ninguém
Apenas um olhar
Custe o que custar
O menino do bosque

Coleção Myron Bolitar
Quebra de confiança
Jogada mortal
Sem deixar rastros
O preço da vitória
Um passo em falso
Detalhe final
O medo mais profundo
A promessa
Quando ela se foi
Alta tensão
Volta para casa

Para saber mais sobre os títulos e autores da Editora Arqueiro,
visite o nosso site e siga as nossas redes sociais.
Além de informações sobre os próximos lançamentos,
você terá acesso a conteúdos exclusivos
e poderá participar de promoções e sorteios.

editoraarqueiro.com.br